Das Buch

»Statt an meiner Karriere zu bauen, baute ich an der Burg...« Seit das Riesenspielzeug aus Plastikbausteinen den Schreibtisch des geplagten Vaters »belagert«, dreht sich in der Familie alles um die Burg. Bereits ihre Errichtung wird zu einer vergnüglichen Wanderung durch die mittelalterliche Literatur, ist doch der Vater Altgermanist und von Berufs wegen mit dem Rittertum befaßt. Spielerisch nähert sich der sechsjährige Sohn Georg in seiner Kunststoffausrüstung dem Thema, während der dreijährige Michael in erster Linie zerstörerische Angriffe auf das mühsam erstellte Bauwerk aus Plastik startet. Die Abenteuer und Kämpfe finden unter den kritischen Augen der Mutter statt, die ihre Rittersleute auch auf Exkursionen zu echten Anschauungsobjekten begleitet, ihren Turnierspielen verhaltenen Beifall spendet, mißlungene Aktionen zuweilen mit beißendem Spott bedenkt und sich über die ständige Unordnung in der kleinen Gemeindebauwohnung ärgert. Hier sollte eigentlich die Habilitationsschrift entstehen, doch statt dessen kämpft der Universitätsassistent mit Anpassungsschwierigkeiten und findet den akademischen Betrieb immer fragwürdiger... »Ein hintergründiger intellektueller Spaß«, wie Otto F. Beer in der ›Süddeutschen Zeitung‹ treffend fests

Der Autor

Alois Brandstetter, am 5. Dezember reich geboren, ist Germanist und Historiker und lehrt heute als Professor für Deutsche Philologie an der Universität Klagenfurt. Sein literarisches Schaffen hat ihm bereits eine Reihe von Preisen eingetragen. Werke u.a.: ›Zu Lasten der Briefträger‹ (1974), ›Die Abtei‹ (1977), ›Die Mühle‹ (1981), ›Altenehrung‹ (1983), ›So wahr ich Feuerbach heiße‹ (1988), Romane.

Alois Brandstetter:
Die Burg
Roman

Deutscher
Taschenbuch
Verlag

Von Alois Brandstetter
sind im Deutschen Taschenbuch Verlag erschienen:
Der Leumund des Löwen (10021)
Die Abtei (10218)
Über den grünen Klee der Kindheit (10450)
Altenehrung (10595)
Zu Lasten der Briefträger (10694)
Österreichische Erzählungen des 20. Jahrhunderts (10832)

Lizenzausgabe
1. Auflage April 1989
Deutscher Taschenbuch Verlag GmbH & Co. KG,
München

ISBN 3-7017-0430-9
Umschlaggestaltung: Celestino Piatti
Gesamtherstellung: C.H. Beck'sche Buchdruckerei,
Nördlingen
Printed in Germany · ISBN 3-423-11053-8
1 2 3 4 5 6 · 94 93 92 91 90 89

Die kinderreichen Familien haben die kleinen Wohnungen, die kinderlosen zum Ausgleich die großen. Es ist möglich, daß die Wohnungen der kinderarmen oder kinderlosen Familien sich nur deshalb größer ausnehmen, weil sie menschenleer oder nahezu menschenleer sind und meistens auch nur locker und dezent möbliert, während die Wohnung einer kinderreichen Familie überquillt von Stockbetten, Schaukelpferden, Plüschtieren, Tretrollern und so fort. Eine relativ kleine Wohnung also, dünn besiedelt, macht leicht den Eindruck einer relativ großen Wohnung, eine relativ große Wohnung, dicht besiedelt, erscheint als relativ klein. Meine Wohnung ist relativ dicht besiedelt, aber nicht nur relativ, sondern absolut klein, unverhältnismäßig, nicht nur verhältnismäßig.
Wenn jemand so wie wir, meine Frau und ich, zwei Kinder hat, dann werden diese Kinder allmählich von der gesamten – kleinen – Wohnung Besitz ergreifen und vor allem ihn, den Vater, mit seinen Habseligkeiten an den Rand drängen. Hat der Vater eine Bibliothek, wie ich, dann tut er gut daran, diese Bücher, sobald die Kleinen zu kriechen und dann gar zu gehen beginnen, in Sicherheit zu bringen. Ich habe damit zu lange gewartet, und der Schaden, den Georg, mein Älterer, angerichtet hat, war beträchtlich. Gerade in der untersten Reihe des Regals hatte ich leider meine kostbarsten Bücher stehen, zugleich auch die dicksten und höchsten wegen des größeren Freiraumes der Regalbretter. Nun also fehlt mir im Faksimile der »Millstätter Genesis« eine Seite. Und als hätte sich Georg etwas dabei gedacht, hat er sich ein besonders schönes Blatt mit einer Miniatur ausgesucht. So also hat mein kleiner Engel die Schöpfung durcheinandergebracht, und die wertvolle Rarität hat einen entscheidenden Makel. Jeder, der sich bei Pretiosen und teuren Büchern

auskennt, weiß, was gerade deren Vollständigkeit bedeutet und wert ist. Nach diesem Warnschuß begann ich mit dem Hinaufstellen und vor allem mit dem Auslagern. Kampflos habe ich Georg die beiden unteren Regale überlassen, meine Bücher in für ihn unerreichbaren Höhen deponiert, dort freilich Doppelreihen stellen müssen und so viele Bücher nicht nur aus dem Blick, sondern bald auch aus dem Sinn und Gedächtnis verloren. Bis schließlich mein Zweiter soweit bei Vernunft sein wird, daß er Bücher nicht für Spielzeug oder jedenfalls für ein besonderes, Schonung und Vorsicht verdienendes Spielzeug hält – oder als das Spielzeug seines Vaters respektiert –, wird das Gedächtnis des Vaters sicher schon so weit nachgelassen haben, daß dessen Staunen bei der Rückkehr zur alten Ordnung über den lange verschütteten Reichtum seiner eigenen Bibliothek groß sein wird, namentlich auch über die in der Zwischenzeit angeschafften und angefallenen Doubletten ... Wichtige Handbücher habe ich freilich in mein kleines Dienstzimmer in der Universität gebracht.

Der kindlichen Expansion ist aber leider auch mein Schreibtisch zum Opfer gefallen. Ich mußte ihn räumen. Ich könnte meine Lage ganz gut in der Sprache und mit dem Wortschatz der Belagerung, des Berennens und der endgültigen Einnahme einer mittelalterlichen Burg beschreiben. Uneigentlich wäre dabei fast eigentlich, denn über der Schreibtischplatte meines Schreibtisches türmt sich heute die große Burg von Playmobil. Dort, wo ich bis vor kurzem meine Schreibmaschine stehen hatte, auf der ich meine Aufsätze über die Schuld des Gregorius, des Geschwisterkindes, das später seine Mutter befreit und heiratet und nach einer langen Bußzeit zum Papst gewählt wird, und dort, wo ich meine anderen Beiträge zur mittelalterlichen Literatur geschrieben habe, erhebt sich nun der Bergfried, der Hauptturm der Playmobilanlage. Genaugenommen ist es weniger ein deutscher Bergfried als vielmehr ein englischer Belfry,

ähnlicher als dem deutschen Bergfried sogar noch dem französischen Donjon, wie sich die Plastikfirma überhaupt an einem sehr synkretistischen, sehr bunten und zusammengewürfelten, so gesehen auch internationalistischen Mittelalter orientiert haben dürfte, ganz entsprechend der Tatsache, daß es sich beim Rittertum und der Baukultur der Kastelle und Burgen um eine gesamteuropäische Angelegenheit handelte. Vielleicht haben sich die Geschäftsleute aber auch etwas anderes – oder auch gar nichts dabei gedacht.
Ich selbst hatte anfangs gemeint, daß es sich bei der Burg auf meinem Schreibtisch um eine provisorische und wieder abbaubare Einrichtung handle, dann aber stellte sich heraus, daß dem nicht ganz so war und daß die Umständlichkeit der Errichtung und die Kompliziertheit der ganzen Anlage ein wiederholtes Auf- und Abbauen gar nicht erlaubte. Mit »ad hoc« war da nichts zu machen. Die Burg steht definitiv auf ihrem Platz, eine feste Burg, durchaus eine Veste. Der Standort hat sich darüber hinaus als günstig erwiesen und insofern bewährt, als der Schreibtisch, dieser sogenannte Schreibtisch, das Podest, der Unterbau der Burg, der Burgberg, an der Wand steht und so Georg, der Ältere, dem die Burg gehört, sein Eigentum leicht gegen Michael, den Jüngeren, verteidigen kann. Vielleicht ist »leicht« eine Übertreibung, denn es kommt immer wieder vor, daß sich Michael in einem unbewachten Augenblick von Osten, aus der Niederung des Flurs, der Anlage nähert. Gerade gestern war das der Fall, und der Kleine, dem es ganz an Verständnis fehlt, langte hoch, zerrte blitzschnell an der Schildmauer, daß sie umstürzte und auch noch einen Teil des Palas unter sich begrub. Wâfen, herre, wâfen! Der Ältere stürzte, als er das Krachen hörte, herbei, und es kam zu einem erbitterten Kampf zwischen Georg und Michael, der damit endete, daß Michael weinend »fîanze« und »Sicherheit« geben mußte. Gib eine Ruh! sagte Georg. Ich sah dem Kampf anfangs bloß zu, bis aber meine Frau aus der Küche Arthur! rief

und ob ich dem Treiben nicht bald ein Ende setzen möchte.
Georg geht mit dem Jüngeren nicht gerade fein und ritterlich um, und es hilft auch wenig, wenn ich ihm von Zeit zu Zeit eine Lektion über die höfische Tugendlehre gebe, »wis guete, wis diemüete« und so weiter, oder einfacher, wie ich es selbst gelernt habe: der Gescheitere gibt nach, der Dümmere fällt in den Bach, und dabei einen besonderen Akzent auf die zwischen einem Älteren und bereits rein körperlich gesehen »Höhergestellten« und einem Kleineren und Unterlegenen so wichtige und schöne alte Tugend der Milde, des beneficiums, der freundlichen und barmherzigen Nachsicht lege. Es sei in der Geschichte, die ich ihm neulich erzählt hätte, nur von Witwen und Waisen die Rede gewesen, rechtfertigt sich Georg, und keines von beidem treffe auf den Bruder zu. Es ist freilich auch schwer, die Partei des Kleinen zu ergreifen und für ihn Verständnis zu erbitten, wo er wirklich nichts im Sinn zu haben scheint, als die Burg und alles übrige umzustoßen, niederzutrampeln und einzureißen. Gelingt ihm dies – und es gelingt ihm meistens schneller, als ein Erwachsener überhaupt schauen kann –, so lacht er zufrieden. Für ihn ist noch gar kein Unterschied zwischen Aufbau und Abbau, ja, zu dem einen nicht in der Lage, hält er sich an das andere, Konstruktion und Destruktion, das ist ihm alles eins, jedenfalls könnte sich kein Mensch über etwas gelungen Vollbrachtes mehr freuen als der Kleine über sein Zerstörungswerk. Sein Werk ist »vollbracht«, wenn das Werk in Trümmern liegt! Und obwohl er, wie gesagt, noch nicht fähig ist, zwei Teile dieses großen Plastikbaukastens zusammenzufügen, ein Stäbchen in ein dafür bestimmtes Loch zu stecken, ein Fenster einzusetzen, einen Wimperg festzumachen, ein Tor einzuhängen oder irgend etwas sonst zu errichten oder nach Vorschrift einzuordnen, ist er sehr wohl in der Lage, mit einem Schlag oder einem Fußtritt ein ganzes Dutzend von Verbänden und Verfugungen zu lösen und da-

für zu sorgen, daß kein Stein auf dem anderen bleibt und die Playmobilburg zu einer Stätte des Grauens und der Verwüstung wird. In einem einzigen Augenblick hat er einmal die gesamte Anlage buchstäblich dem Erdboden, das heißt der Schreibplatte meines Schreibtisches, meines sogenannten Schreibtisches, gleichgemacht, und gleich im Anschluß daran durch beherztes Umrühren für eine der Entropie entsprechende Gleichverteilung der Elemente gesorgt, und es ist redundant hinzuzufügen, daß diese Vandalentat, dieser herostratische Terror eine lange Fehde zwischen den Söhnen heraufbeschworen hat, eine Auseinandersetzung, in die auch die Eltern, Ginover und Arthur, hineingezogen wurden. Zinnen und Wehrgänge, Hurden und Mauerteile, Erker, Brunnen und Türme, Zugbrücke und Schildmauer, all das lag über-, unter- und ineinander, von der Belegschaft der Burg ganz zu schweigen. Das Kapellendach und ein Palasstück bedeckten den Burgherren und seine Männer, Knappen und Ritter, Bewaffnete und Unbewaffnete, den Pferdeburschen und das Küchenmädchen, Bannerträger und Herolde, Knechte und Mägde, Damen und Fräulein unter sich. Mage unde man, ritter unde degen, wîgande unde heleden, recken unde knehte, alde unde junge, man unde wîp, Pferd und Reiter, Ritter, Tod und Teufel. Liegt nun wirklich alles darnieder und ist kein Acrylesterstyrolacrylnitritcopolymere-Teil auf dem anderen, so ist mit dem dann einsetzenden, notwendig gewordenen Wiederaufbau natürlich auch mein größerer Sohn überfordert, und es hilft nichts, als daß ich mich selbst alsbald an die Wiedererrichtung der Burg mache.

Wie habe ich beim ersten Aufstellen und dann noch viel mehr bei den von Zeit zu Zeit nach den Plünderungen und Raubzügen meines Michael fällig gewordenen Rekonstruktionen und Ausbesserungsarbeiten die Geber dieser Gabe, den Onkel und die Tante Georgs und seine Paten, verflucht und »verwâzen«, daß sie »got schend«, daß sie aber auch gleich die monströse Luxusausführung der Ritterburg, die Nummer 839 des Katalogs von Playmobil und nicht die bescheidenere Standardausführung 838 daherbringen mußten, die mit 264 Einzelteilen gegenüber dem dann gekauften Monstrum mit seinen 509 Elementen wesentlich übersichtlicher und bequemer zu errichten und wiederzuerrichten gewesen wäre. Zweihundertvierundsechzig Teile lasse ich mir zur Not noch einreden, fünfhundertundneun Elemente ergeben ein Gebäude der Gigantomanie. Der Stifter einer solchen Gabe muß sich außerdem gefallen lassen, als Hochstapler, der Geber als Angeber angesehen zu werden. Wenn du schenkst, dann gib dein Herz, heißt es. Bei fünfhundertundneun Elementen kann ich nur noch Imponiergehabe, aber kein Herz mehr erblicken, nur jemand, der eine Herzkrankheit hat, wahrscheinlich eine Herzerweiterung oder ein Sportlerherz, kann eine solche Burg anschleppen und verschenken. Derjenige, der eine solche Playmobilburg ausbaden, das heißt aufstellen muß, kann nicht anders, als den Stifter für einen herzlosen Sadisten zu halten. Bitte die kleine Burg, sagten meine Frau und ich gleicherweise zu Ohm und Muhme, als sie uns eröffneten, daß sie ihrem Paten »eine kleine Freude« in Gestalt einer Ritterburg, »wie sie doch alle Buben gern haben«, schenken möchten. Nicht nur einmal sagten wir, bitte die kleine Version, die Nummer 838, achthundertachtunddreißig, wir bitten euch um Himmels willen um die Standardausführung. Der Bub hat auch mit der kleinen Burg eine große Freude, sagte ich, ich aber hätte mit der großen Burg nicht einmal eine kleine Freude. Bitte die kleine Burg, sagten meine Frau und ich, bitte die Nummer 838, sagten wir, bitte die Standardausführung. Gebracht aber haben Ohm und Muhme nicht die kleine Burg und nicht die Nummer 838 und nicht die Standardausführung, sondern die Hochosterwitz, statt der Standardversion also das Luxusmodell, das »Superkastell«, wie es im Katalog unter der Nummer 839 angepriesen wird, wobei sich der Superlativ

und die höchste Steigerungsstufe bei dieser Anpreiserei vor allem auf den Umfang und das Quantitative beziehen muß, weil es im Detail und in der Ausführung unübersehbare Mängel gibt. Allein das Burgtor aber besitzt 26 Bestandteile, und ich bin bereits müde, wenn ich die Wolfsgrube mit den Brettern verlegt, die künstlichen Steinmauern der zwei Torkammern eingezogen, die Torhalle gedeckt, die Schwungruten für die Zugbrücke und die Brücke selbst eingehängt, die Fallgatter eingesetzt und austariert, mit Darmsaiten festgebunden und am Hebebaum befestigt habe. Vom Schlußpförtlein und dem Mannsloch neben dem Haupttor, den Pechnasen, dem Pförtnermäuerchen und den übrigen Feinheiten hier ganz abgesehen und geschwiegen.
Als ich die gute Muhme bei unserem ersten Zusammentreffen nach Stiftung und Übergabe der Hochburg an Georg zu jenen denkwürdigen Weihnachten auf die Folter und Tortur, die sie mir, nicht meinem Sohn natürlich, mit diesem Danaergeschenk bereitet habe – ich fürchte die Verwandten, selbst wenn sie die Riegersburg bringen! –, aufmerksam machte, und wie ich nun schon Stunden über dem Bauplan verbracht und viel Zeit in das Studium der Gebrauchsanweisung und der Bauvorschriften investiert hätte und wie ich nach vielen weiteren Stunden mit meinen Arbeiten gleichwohl noch nicht wesentlich über das Zwingertor und die Vorburg hinausgekommen sei und wie ich nach diesen harten Erfahrungen realistischerweise damit rechnen und darauf gefaßt sein müsse, nicht vor Lichtmeß einigermaßen fertig zu sein und zur Dachgleiche gelangen zu hoffen dürfe, da wußte die Gute in ihrer Güte und lieben Einfalt nicht mehr als das Sprichwort zu erwidern: Auch Rom wurde nicht an einem Tag erbaut. Der Onkel und Pate aber lachte herzhaft und meinte, ich sollte es nur von der lustigen Seite nehmen, es sei doch nur eine Spielerei, ein solches Diorama aufzustellen, sei doch weiter nichts als eine Hexerei, und im übrigen reiche es, wenn ich zu Pfingsten mit dem Burgenbau fertig sei,

denn Pfingsten sei schließlich, wie gerade ich wissen müsse, das Fest der ritterlichen Turniere.
So sauer ist mir nun der Burgenbau gefallen, mir, der ich an allem Ritterlichen und den Ruinen von Burgen auf den Bergen der Heimat die größte Freude habe. Nichts Schöneres wüßte ich mir, als an einem frühen Morgen einen Burgberg zu besteigen, die alten Mauern und das Gelände zu erforschen und schließlich hineinzutreten in diese herrlichen Mauern, das Herz und die Seele gehen mir auf, wenn ich nur daran denke. Und er ist mir deshalb so schwergefallen, weil diese Burg so gar nicht dem Bild entsprach, das ich von diesem geliebten Gegenstand in der Seele trug. Die »arebeit« hat sich dann dadurch aber doch erleichtert, daß diese Burg zwar riesig, aber zugleich von einer gewissen Übersichtlichkeit, ja einer einfallslosen Symmetrie und auf einem lapidaren Grundriß, einem Rechteck im wesentlichen, zu errichten war. So gab es auch ganze Plastiksäcke voll gleicher Teile. Es handelte sich dabei doch um eine Fertigteilburg, und ich habe beim Studium des Katalogs mit Erstaunen gesehen, daß einige dieser Teile offenbar auch bei anderen Diaramen vorkamen. Solche Ähnlichkeiten und Austauschbarkeiten bemerkte ich vor allem bei dem sogenannten Fort, in das sich die Postkutsche nach einem Indianerüberfall rettet, in Sheriff's Office, im Saloon und im Drug-Store steckten Fertigteile der Kemenaten der Wohnburg. Hier fand eine Versöhnung weit auseinanderliegender Kulturen statt. Doch waren diese anachronistischen Inkompatibilitäten, diese zeitlichen und geographischen Unvereinbarkeiten in re, wie ich dachte, fundiert und eigentlich so unplausibel nicht. Ergibt sich nicht aufgrund der Funktionsgleichheit eines Forts und einer Burg, in der Ausrichtung auf Defensivität in ihrem präventiven Charakter der Verteidigbarkeit, und des »Schutzraumes« ihre kulturmorphologische Similität? Wie im Wilden Westen konnte auch im europäischen Mittelalter keiner auf den Staat warten, um sich schützen zu lassen, es mußte sich

jeder selbst vorsehen, und eine dieser »Vorsehungen« ist die abendländische Burg und eine andere das amerikanische Fort. So wie auf der Burg der Burgherr das Sagen hat, so im Fort der Kommandant. »Headquarters« steht über dem einzigen besser befestigten Gebäude des Forts. Über der Burg wie über dem Fort könnte die Erkenntnis der Verhaltensforschung stehen: Der Mensch ist eine Bestie. Zu leicht vergessen wir dies freilich, wenn wir eine Burg sehen. Wir sehen nur noch das Bergende und Schützende, die wuchtige Wohnburg und die Einrichtungen der Verteidigung, der aggressive und offensive Teil der Ritterwelt ist uns nicht so geläufig und präsent, auch wenn wir eine Rüstkammer besuchen oder alte Waffen besichtigen, es heimelt uns alles irgendwie an, es erschreckt uns nicht mehr.
Verblüffender als die Ähnlichkeiten zwischen der Burg und dem Fort sind schon jene zwischen dem Zirkus und der Burg. Dabei haben sich die Playmobilisten die eine wirklich vorhandene Ähnlichkeit sogar noch entgehen lassen, ich denke an die Zwinger an der Ringmauer. Nach den Wällen und Gräben, die zu überwinden waren, erwarteten den Angreifer auf einigen Burgen bekanntlich an der Ringmauer, vor allem an der zweiten Ringmauer, Bluthunde, Bären und Wildschweine, in besonderen Kursen auf Menschen angesetzt und abgerichtet und scharf gemacht. Die Tiere des Zirkus werden freilich in die andere Richtung hin erzogen, das ist schwerer und im Ergebnis auch erstaunlicher, wenn der Löwe den in sein Maul gehaltenen, regelrecht dargereichten Kopf des Dompteurs als Mahlzeit verschmäht und so gegen seine Raubtiernatur handelt. Da scheint es natürlicher und seiner Anlage angemessener, wenn man den Wolf im Hund oder das Wild- im Hausschwein, die Sau im Schwein also wieder freilegt und aktiviert, wie es die Tierbändiger der Burgen praktiziert haben. Wie mögen sich aber schon damals die Kampftiere vor dem Bering der Burg von den Hündchen und Kätzchen, den Haustieren, den pläsierlichen

und possierlichen Pinschern, Dackeln und Windspielen in der Wohnburg unterschieden haben, und manches Schoßhündchen einer Dame wird selbst ängstlich sein Schnäuzchen über den Mauerrand der Zinne gereckt und in den Graben hinuntergelinst haben, wo die Bluthunde an den Versuchskaninchen ihr Fleischhauerhandwerk gelernt und geübt haben. Von einem großen Zelt, ähnlich dem Zirkuszelt von Playmobil, ist übrigens im Zusammenhang mit der berühmtesten Schwertleite, dem Hoffest von Mainz, die Rede, als Kaiser Friedrich I., Barbarossa, am Pfingstmontag, dem 21. Mai 1184, seine Söhne Friedrich und Heinrich zu Rittern schlug. 20 000 Ritter beteiligten sich an jenem Fest, vor allem auch an einem großen Turnier. Aber das Fest endete bekanntlich traurig, als ein Sturm eine provisorische Holzkirche und vor allem die Zeltstadt umlegte und viele Ritter unter sich begrub. Damals verging auch den Spielleuten, den Ioculatores, den Clowns und Jolly Jokers, die von weither, vor allem auch aus England, in Mainz zugegen waren und die Leute unterhielten, das Lachen. Und obwohl sich der Kaiser, der sich ganz als Ritter fühlte, auch selbst am unblutigen Kampfspiel beteiligte, haben am Schluß alle dieses katastrophale Ende als ein düsteres Omen empfunden. Und da sich bekanntlich alle, aber wirklich alle negativen Prophezeiungen im menschlichen Leben schon insofern erfüllen, als jedes Leben tödlich endet, fiel es nicht nur damals den Vorhersagern und Zukunftsdeutern, sondern fällt es vor allem uns im Nachhinein leicht, die Unheilprophezeiungen für voll erfüllt und eingetroffen, ja im Tod *über*troffen anzusehen. Friedrich der Erste etwa, um nur vom Kaiser selbst zu reden, ist schließlich in voller Rüstung und samt seinem roten Bart im Fluß Saleph auf einem Kreuzzug untergegangen und ertrunken ...
Ich halte die Zeit, die man Kindern widmet etwa durch das Aufstellen einer Burg, für gut verbracht und nicht für vertan. Ich beneide die Ritterväter des Mittelalters gar nicht, die sich an der Brutpflege kaum beteiligt haben, weil sie ständig am

»Urlauben«, das heißt Abschiednehmen waren. Immer bitten die Ritter die Frauen um die Erlaubnis, ausreiten und Abenteuer suchen zu dürfen. Und die Kinder, wie etwa Tristan im »Tristan« von Gottfried von Straßburg, können gar nicht unmündig und hilflos genug sein, daß sich die Väter, wie in Tristans Fall Riwalin, dadurch ab- und zurückhalten ließen. Todkrank zeugt Riwalin mit Blancheflur außer- oder vorehelich den Tristan. Kaum genesen und verheiratet, kann er die Geburt seines Kindes nicht abwarten, sondern muß gleich wieder auf einen Kriegszug gegen Morgan.
»Frau, sprach er, erlaubt mir, aber ich will und muß zu Land fahren, Euch, Schöne, möge Gott behüten, seid immer glücklich und bleibt gesund!« Von der Frau aber heißt es, als sie von dem bevorstehenden Ausritt erfährt: »Aus ihrem Munde kam nichts weiter als das so traurige Owe! Das sagte sie und nichts sonst. Owe, sagte sie immer wieder, owe! Owe nun Liebe und owe Mann!« Als sie schließlich die Nachricht von Riwalins Tod bekommt, stirbt sie darüber selbst, in den Geburtswehen. Gezeugt und geboren aus dem Tod, tritt Tristan als ein »tristis«, was auf deutsch »traurig« heißt, ins Leben! Der Mann, hieß es früher, muß hinaus ins feindliche Leben. Warum aber war und ist dieses Leben so feindlich, so traurig und so todbringend, vielleicht gerade auch deshalb, *weil* die Männer hinausstreben und ihre Kinder und ihre Familien allein lassen. Ich weiß, daß es keinen Sinn hätte, gehabt hätte, Riwalin zu raten, er möge doch daheim bleiben, seiner Frau Blancheflur bei der Geburt beistehen und zugegen sein und auch dem Kind von Anfang an wenigstens ein väterlicher, wenn nicht überhaupt ein mütterlicher Vater zu sein, vielleicht seinem Sohn eine Playmobilburg zu basteln, mit ihm Ball und Fangen zu spielen. Ein solcher Riwalin hätte sich um das in seiner Zeit Höchste und Wichtigste gebracht, die Ehre, und uns um eine der grandiosesten Tragödien. Ja, große Tragödien und nahegehende Katastrophen entstanden und entstehen aus dem Unverstand

der Väter. Ein Heer von Waisen hinterlassen die Kriege. Gibt es aber einmal gerade keinen Krieg, so bringen sich die Kavaliere der Straße heute durch sinnlose Fahrmanöver, durch sogenannte »Ausritte«, das heißt Abkommen vom geraden Weg, wenn nicht um das Leben, so doch um die Gesundheit. Immer auf der Flucht vor ihren Familien und ihren Kindern, purzeln sie in manchen Graben und stoßen auch noch, bildlich oder direkt, ihre Lieben, ihre Blancheflurs und Tristans, in die Gruben und Gräben dieser unfamiliären Gesellschaft.

Doch ist das sogenannte »Verrittern« nur die eine große Untugend der Männer und Ritter. Iwein im »Iwein« Hartmanns von Aue ist der Parade- und Beispielritter des Ausreitens und Ausbleibens. Obwohl er seiner Frau Laudine versprochen hat, übers Jahr wieder zurückzukehren, nachdem ihn Gawein, der Kollege oder »Geselle«, wie es im alten Deutschen heißt – worin sich das Wort »sal« für Saal verbirgt, womit sich der »Geselle«, ganz entsprechend wie der »Kamerad«, von »camera«, die Kammer, als der verstanden hat, der mit einem den Saal, und das heißt vor allem den Schlafsaal, geteilt hat –, an das gemeinsame Junggesellenleben erinnert und zum Urlauben und Ausreiten animiert und verführt hat, vergißt er auf dieses Versprechen, versäumt sich und »verrittert« sich, hauptsächlich am Hof des Königs Artus, bis ihn Lunete, die Botin und Kammerfrau der Laudine, nicht nur an sein Versprechen erinnert, sondern auch verflucht und Iwein auf der Stelle in den Wahnsinn verfällt und sich wie ein Tier gebärdet.

Gawein aber erinnert Iwein bei seiner »Überredung« an die andere Möglichkeit des ritterlichen Versagens, das Gegenteil gewissermaßen des Verritterns, nämlich das sogenannte »Verliegen«, und er nennt als das abschreckende Beispiel den Erec: »Geselle, sagt er zu Iwein, daß Ihr nicht in der Weise an Eurer Laudine schuldig werdet, wie jene schuldig werden, die man zeiht, daß sie vor lauter Frauendienst und

Ehepflichten auf ihren Ritterdienst und ihre Ritterpflichten vergessen. Richtet nur nicht Euer ganzes Sinnen und Trachten auf das häusliche Wohlleben, wie es Erec gemacht hat, der sich bei seiner Enite ›verlag‹, wenn er sich auch schließlich besann und wie ein echter Ritter seine Ehre zurückgewann ...« Und von Erec sagt Gawein, daß seine Ehre fast »verfahren« gewesen sei: »der minnete ze sêre«. Als »verligen« und »verlegenheit« benennt und beschwört Gawein die Urangst des ritterlichen Mannes, die Angst vor der »acedia« der Theologen, der Trägheit, einer der sieben Todsünden. Der Ritter muß rittern und reiten, will er sich und seinem Namen Ehre machen. Eine Meisterleistung der Überredung oder der persuasiven Rhetorik, wie es die Philologie etwas umständlicher und akademischer nennt, ist Gaweins argumentativ raffinierte, einleuchtende und überzeugende Intervention. Und sie wirkt. Sie eist Iwein los.
Wie viele inhaltlich und formal ähnlich gebaute Überredungen und »Persuasionen« habe ich auch unter den Universitären gehört, wenn etwa ein Assistent den anderen, um nur vom Mittelbau und meiner Kurie zu sprechen, zum Kegeln, Schifahren, Bergsteigen, zum Kino- oder Gasthausbesuch, zum Tennisspielen oder Fußballspielen überredete. Sei doch kein Mamahocker, daheim sterben die Leute, wie oft habe ich selbst das ganze Repertoire an Merksätzen, Redensarten und Sprichwörtern, Sentenzen und Exempeln zu hören bekommen, wenn ich auch durch eine allmählich erworbene Prinzipientreue oder durch eine besondere Sturheit, wie meine Kollegen vom Mittelbau meinen, durch eine hartnäkkige Resistenz und Immunität also, später nicht mehr behelligt und belästigt und nicht mehr angesprochen wurde. Der schiebt immer seine Kinder vor, sagten sie, der Arthur muß an den häuslichen Herd. Artus sehnt sich nach Ginover. Kinder, Frau und Familie hatten als Argumente, wenn sich im Männerbund der Assistenten, dieser wenn nicht Bluts-, so doch Bierbruderschaft, jene »Aufbruchsstimmung« und

jene »Unternehmungslust« bemerkbar machten, keine Chance. Sprach einer dem Kartenspielen das Wort, so machte man mit einem Kindergeburtstag, einem Ehejubiläum oder einem Verwandtenbesuch natürlich keinen Stich mehr. Was kommst du uns da mit deiner Frau, sagten sie, du bist noch lang genug verheiratet. Eines der Generalmotive, passend zu jeder Gelegenheit, lautete: So jung kommen wir nie wieder zusammen. Wer seine Frau liebt, der schont sie, sagten die Männerbündler. Und einer, ein besonders Schlauer, kam mir sogar einmal mit jenem wirklich und wahrhaft denkwürdigen Passus aus der »Loseiserede« des Gawein im »Iwein«, wo es sinngemäß heißt, daß man eine gute Frau ohne weiters allein lassen könne, weil sie keines anderen Schutzes bedürfe als desjenigen, den sie durch ihre eigene Tugendhaftigkeit ja ohnedies besitzt. Nur kopflose Frauen und dumme Kinder, sagt Gawein, müssen immer einen Gatten und Vater um sich haben. Wie man es anstellen muß, um daheim loszukommen, weiß Gawein auch. Er sagt: »Herr Iwein, denkt an das alles und fahrt mit uns von hinnen. Schaut und seht zu, daß Ihr in einem günstigen Augenblick mit ein wenig Schmeicheln und Schmusen die Erlaubnis bekommt. Dann Gott befohlen Frau und Kinder!« Oder: der Frau befohlen »liut unde lant«, Land und Leute, wie es im Original heißt.

Ich selbst halte, um es zu wiederholen, die Zeit, die man Kindern und der Familie widmet, für nicht vertan, sondern gut verbracht. Freilich sollte der Vater auch einen Beruf haben, er sollte neben seiner Vaterrolle doch auch im Berufsleben an seinem Platz eine Rolle spielen. Hausmann allein möchte ich jedenfalls nicht unbedingt sein. Mein Beruf aber und meine Berufung ist das Schreiben, das Forschen und Schreiben, in dieser Reihenfolge. Forschen und Verfassen stehen zueinander in einem Verhältnis wie Denken und Sprechen. Mancher spricht erst und denkt dann oder denkt überhaupt nicht mehr, weil er ohnehin schon gesprochen hat. Und tut mir auch keinen Augenblick leid, daß ich an den Lustbarkeiten und Gesellschaftsspielen des kollegialen Mittelbaus nicht teilnehmen kann, weil ich mich der Familie verpflichtet fühle, so wäre ich ein Lügner und Heuchler, wenn ich nicht zugäbe, daß ich darunter leide, daß ich nun gerade wegen der Familie meine wissenschaftlichen Arbeiten aus Zeitmangel nicht so betreiben und ihnen »obliegen« kann, wie ich es gern möchte. Denn während ich mich etwa der Errichtung der Burg 839 widme, kann ich meine Schreibarbeiten natürlich nicht fördern, weder an meinem unter der Burg allmählich verschwindenden, spätestens zu Pfingsten vollständig verschwundenen Schreibtisch noch auch an einem anderen Schreib- und Ersatztisch. Und oft fürchte ich, daß dann, wenn nach Georg, dem Älteren, auch einmal Michael, der Jüngere, sein Interesse an der Burg verloren haben wird und wenn also an die Entsetzung des Schreibtisches zu denken sein wird, wenn wir endlich die große Burg mit den 509 Elementen, sofern es dann freilich nach den vielen Belagerungen und Kämpfen um die Burg noch 509 Elemente sein werden, einer »befreundeten« Familie schenken und einem Kind mit dieser großen Burg eine kleine Freude bereiten können und wir dann endgültig dieses trojanische Pferd aus unserem Stall haben – dann, ja dann wird es mit dem Schreiben und Forschen oder Forschen und Schreiben wohl auch zu spät und vorbei sein. Nach dem Versäumen von so vielen Abgabeterminen wird kein Verlag und keine Redaktion von mir überhaupt noch etwas erwarten. Werde ich dem »Journal für Mittelalterforschung« dann endlich den für »fert«, d. h. vergangenes Jahr, versprochenen Beitrag über die »militaris alapa«, die sogenannte Ritterohrfeige, die Frage nämlich, ob in unserem Süden bei der sogenannten Waffenreichung die »colée«, der Schlag auf den Hals, oder die »paumée«, also der Schlag mit der offenen Hand, rechtens und der Brauch gewesen sei, zusenden, so wird man sich dort vermutlich die Augen reiben und diesen nicht trauen und sich über meinen wissenschaftlichen Irrläufer und Querschläger nicht wenig wundern. Die alapa-Forschung, die Ohrfeigen-Wissenschaft, wird dann über meinen Beitrag längst hinweggeschritten sein. Über der Errichtung und öfter notwendig gewordenen Reparaturen, ja Wiedererrichtungen der großen Burg, um nur diese eine meiner familiären Aufgaben zu nennen, die vielen Ausflüge, Besuche, Spaziergänge und Ausfahrten mit der Familie unberücksichtigt, wird mir viel inzwischen erschienene Literatur zum alapa-Thema entgangen sein und meine unter großen Schwierigkeiten und Opfern fertiggestellte Arbeit heillos überholt und überflüssig gemacht haben. Sie rennen mit Ihrem Beitrag ein offenes Burgtor ein, werden sie mir von der Redaktion des Journals schreiben. Sie lüften ein längst bekanntes Geheimnis. Die Naivität, die sich in Ihrem Aufsatz über die »alapa« beim Waffennehmen zeigt, ist wahrlich entwaffnend, wird man sich dort über meinen veralteten Rüstungs-Aufsatz entrüsten. Denn ich weiß natürlich auch, daß in spätestens fünf Jahren, also in der Zeitspanne einer wissenschaftlichen Generation, all mein schönes Material, das ich über die »dubbatio«, die Schwertleite oder Schwertumgürtung, von der Miles- und Ritterforschung als »Promotion« bezeichnet, über das Verhältnis von »adoubeur«, wie sie im Französischen den Geber und »adoubé«, wie sie dortzulande den Nehmer der »alapa«, der Ritterohrfeige, nennen, gesammelt habe, Makulatur sein wird, ein Schlag ins Wasser gewissermaßen. Und auch die Frage, seit wann im europäischen Mittelalter bei dieser Zeremonie die Sporen, die man dem Knappen verlieh, eine Rolle spielen, wird man dann vermutlich lange anderswo gelöst und beantwortet haben. Mit einer Antwort auf diese beantwortete Frage wird man sich dann sicher keine wissenschaftlichen Sporen, nicht aus Eisen und schon gar nicht aus Gold, wie sie später in Mode kamen, verdienen können. Inzwischen werden allein in Deutschland mindestens fünf Dissertationen über die Rit-

terpromotion entstanden sein, davon zwei »summa cum laude«, zwei »magna cum laude« und eine »rite«, in Österreich drei weitere Dissertationen, davon eine Promotion »sub auspiciis praesidentis rei publicae«, eine Ehrenpromotion unter dem Ehrenschutz des Bundespräsidenten.
Es ist lange her, daß ich selbst einer solchen Promotion »sub auspiciis«, wie es der Einfachheit halber heißt, teilhaftig geworden bin. Die verkürzte Form »sub auspiciis« verdankt sich wohl dem Umstand der Variabilität der Herrschaftsformen. Früher hieß es »sub auspiciis imperatoris«, unter dem Ehrenschutz des Kaisers, heute heißt es »sub auspiciis praesidentis rei publicae«, unter dem Ehrenschutz des Präsidenten der Republik, sage ich also nur »sub auspiciis«, so zeige ich mich entweder als uninformiert über den gegenwärtigen Stand der Herrschaftsform oder aber einfach als offen und unentschieden. In der Zeit zwischen der Ersten und der Zweiten Republik hatten wir ja den »dux«, den Verführer, der wegen seiner Arbeitsüberlastung mit dem Kriegführen den Brauch der Ehrenpromotionen nicht pflegen konnte.
Inzwischen ist mein ältester Sohn bereits ein aufmerksamer Zuhörer, wenn ich ihm schildere, wie ich vom Herrn Bundespräsidenten zwar nicht das Schwert und auch keine Sporen, aber einen Ehrenring bekam, und ich muß es immer wieder erzählen. Um die an sich langweilige Geschichte kindgemäß und kindertümlich zu gestalten, habe ich sie mittlerweile von der Wahrheit ganz zur Dichtung hin verändert, und mein Sohn verlangt, auf die Frage, wie ich die Geschichte erzählen soll, immer und expressis verbis »die Rittergeschichte«, also statt der realistischen die phantastische Version, in der statt des kirchenschweizerartig gekleideten Pedells, der in seinem schwarzen Mantel den Herrn Bundespräsidenten in den Saal geführt hat, Herolde mit Fanfaren vorkommen, der Präsident nicht bürgerlich dahergeht, sondern nach Ritterart, Königsart im besonderen, im Königsornat in den Fest-, das heißt Rittersaal einreitet.

Mein Vorbild beim Erzählen meiner Auspiciispromotion ist der Bericht über die berühmteste Ritterpromotion, die erwähnte Promotion Friedrichs und Heinrichs durch ihren Vater Friedrich Barbarossa auf dem Mainzer Hoffest des Jahres 1184. Das war noch eine wirkliche Promotion sub auspiciis imperatoris! Heinrich von Veldeke, ein Teilnehmer am Hoffest, schreibt in der »Eneit«, seiner Äneasdichtung, darüber, leider aber sehr allgemein, sodaß ich seinem Bericht nicht viel entnehmen konnte, was meinen Georg zufriedenstellen würde. Heinrichs Erwähnung gewinnt keine Farbe, er sagt vom Fest nur, daß es unendlich prächtig gewesen sei, sodaß er nie etwas Prächtigeres gesehen hätte. Nie seien bei einem ähnlichen Fest so viele Leute gewesen, Fürsten und Mannen. Friedrich sei, nachdem er den Söhnen das Schwert gegeben habe, viel Ehre erwiesen, das heißt gehuldigt worden. Bis zum Jüngsten Tag würde man ungelogen davon erzählen können und käme doch an kein Ende. Und wenn noch hundert Jahre davon gesprochen und geschrieben wird, sagt Heinrich, so bleibt immer noch das meiste ungesagt. So fügt der blasse Heinrich eine Übertreibung an die andere, aber jede von einer so abstrakten Art, daß man etwa einem Kind damit niemals Eindruck machen könnte. Und Heinrich von Veldeke läßt sich sogar das bekannte tragische Ende des Festes mit dem Kircheneinsturz und der Niederlegung der Zeltstadt durch den Sturm entgehen. Er wird seine Gründe gehabt haben, warum er dieses als schlimmes Omen betrachtete Ende nicht erwähnt hat, eine Freude hat er seinen Lesern damit aber nicht bereitet. So wirkt sein Bericht nicht nur sehr unanschaulich, sondern auch noch geschönt und stilisiert. Er will das feierliche Mainzer Hoffest erlebt haben und schreibt darüber weiter nichts als ein paar Hyperbeln und liefert einen ganz unfestlichen und absolut unfeierlichen Bericht, eine Beschreibung, die eigentlich den Namen Beschreibung gar nicht verdient. Heinrich, Heinrich, wo hast du nur deine Augen gehabt! Hätte Heinrich von Veldeke das

Fest, den alten Kaiser, den Streit zwischen dem Abt von Fulda und dem Erzbischof von Köln, die sich um den Platz zur Linken des Herrschers rauften, sodaß der Kölner Erzbischof drohte, er werde das Fest verlassen, und erst Kaiser Friedrich und König Heinrich den Frieden wiederherstellen mußten, hätte er die Umstände, die Riten und Zeremonien, die »alapa«, »colée« oder »paumée«, hätte er die Beteiligung des Klerus, der sich später der Schwertleite bemächtigte und eine Art Firmung daraus machte, was aber nicht unumstritten ist und von vielen in Abrede gestellt wird, hätte er die Gebete und Rechtsformeln genannt und protokolliert, das Wetter, die Lage und Gestalt der Festwiese, das Rahmenprogramm, die Gottesdienste, die Huldigungen, die Aufführungen, das Belehnen – ja dann ... Haben Friedrich und Heinrich auch, wie ich, nach der Promotion »spondeo ac polliceor« sagen müssen? Promotor Barbarossa dixit, was, ja, was nur, guter Heinrich, hat Friedrich wirklich gesagt? Jetzt kommen die Textkritiker und meinen, die Passage über das Hoffest in Mainz sei gar nicht von Heinrich von Veldeke, sondern erst später von einem anderen ins Werk eingefügt worden. Heinrich sei nämlich selbst ein durchaus besserer und anschaulicherer Darsteller und Schilderer, als es hier zum Ausdruck komme, die Hoffestdarstellung bleibe deutlich unter dem Niveau des übrigen. Sei dem wie ihm sei, auch andere Beschreibungen in diesem frühhöfischen Werk sind nicht gerade aus jenem Stoff, aus dem die Träume der Kinder sind ... Höchstens mit Heinrichs Beschreibung des Cerberus habe ich meinem Sohn Georg etwas Befriedigendes bieten können. Im übrigen muß ich zu Friedrich Schiller meine Zuflucht nehmen, dessen Balladen bei den Kindern unbedingten Beifall finden. Schiller überbietet natürlich auch Heinrichs von Veldeke »wilden Hund« Cerberus deutlich. Der berühmte Dichter hatte wahrscheinlich große Angst, als er vor der Wartburg die Bluthunde sah, weil sie wie tollwütig lechzten ... Davon scheint sein Cerberus zu künden.

»Schrecklich« aber und »schaurig« beschreibt vor allem Friedrich Schiller ungefähr 600 Jahre später in seiner Ballade »Der Handschuh« einen »Löwengarten« und das »Kampfspiel«, das König Franz und mit ihm die »Großen der Krone«, »und rings auf hohem Balkone die Damen in schönem Kranz« beobachten: »Und wie er winkt mit dem Finger, Auf tut sich der weite Zwinger, Und hinein mit bedächtigem Schritt Ein Löwe tritt, Und sieht sich stumm Rings um, Mit langem Gähnen, Und schüttelt die Mähnen Und streckt die Glieder Und legt sich nieder. Und der König winkt wieder, Da öffnet sich behend ein zweites Tor, Daraus rennt Mit wildem Sprunge Ein Tiger hervor, Wie er den Löwen erschaut, Brüllt er laut, Schlägt mit dem Schweif einen furchtbaren Reif, Und recket die Zunge, Und im Kreise scheu Umgeht er den Leu Grimmig schnurrend, Darauf streckt er sich murrend Zur Seite nieder ...« und in diesem Tone geht es Schillerisch und balladesk weiter, mit zwei Leoparden, die sich mit »mutiger Kampfbegier« auf das Tigertier stürzen. Das Tigertier aber »packt sie mit seinen grimmigen Tatzen«. In dieses Inferno der »greulichen Katzen« wirft dann die schöne Kunigund »spottenderweis« »von des Altans Rand« einen Handschuh »zwischen den Tiger und den Leun mitten hinein«. »Und der Ritter« (Delorges) »in schnellem Lauf Steigt hinab in den furchtbaren Zwinger Mit festem Schritte, Und aus der Ungeheuer Mitte Nimmt er den Handschuh mit keckem Finger« – »Und mit Erstaunen und mit Grauen Sehens die Ritter und Edelfrauen, Und gelassen bringt er den Handschuh zurück. Da schallt ihm sein Lob aus jedem Munde, Aber mit zärtlichem Liebesblick – (er verheißt ihm sein nahes Glück) – Empfängt ihn Fräulein Kunigunde Und er wirft ihr den Handschuh ins Gesicht: ›Den Dank, Dame, begehr ich nicht‹, Und verläßt sie zur selben Stunde.«
Diese klassische Ballade Schillers ist sehr schnell zur Lieblingslektüre Georgs geworden, wenn man bei einem analphabetischen Kind bereits von einer »Lektüre« sprechen

kann und nicht richtiger und genauer »Auditüre« sagen will, denn lesen muß der Vater, immer wieder. Ein Mensch und Philologe aber, der täglich oft zweimal den »Handschuh« von Schiller anziehen muß, ist in großer Gefahr, den Glauben an die deutsche Klassik zu verlieren! Und in Gefahr gerät er auch, den schaurigen Wortschatz dieser Ballade vom Zwinger an der Burg König Franzens alsbald wirklich wie ein »Burgschauspieler« hochdramatisch zu deklamieren, all diese »rennen«, »wilder Sprung«, »erschauen«, »brüllen«, »furchtbar«, das Zungerecken, Schweifschlagen, der »grimmig« schnurrende Leu, das »Murren«, die »grimmigen Tatzen« der »greulichen Katzen«. Die ganze Geschichte ist für Georg übrigens nur bis dahin interessant, wo der Ritter Delorges den Handschuh aus dieser Hölle heraufholt. Dort breche ich dann auch immer ab, das unhöfische und unhöfliche Ende, die Grobheit gegen die Dame Kunigund, der er den Handschuh ins Gesicht wirft, erspare ich mir, sie erscheint mir pädagogisch problematisch und schwer zu erklären. Denn eigentlich tut man das nicht. Sicher tut man auch nicht mutwillig einen Handschuh in den Zwinger hinunterwerfen, wie es Kunigund tun tut, aber das, was Delorges tut, schickt sich trotzdem nicht und gehört sich nicht. Ich bleibe somit beim Happy-End, mit dem Applaus der Hofgesellschaft des Königs endet bei mir die Ballade, und der Applaus meines Sohnes ist mir allemal sicher.

Meine Frau Ginover freilich spottet über mich wie Kunigund über Delorges. Sie findet meine Vorsicht und mein Zurechtrücken und Frisieren, mein Kindertümlichmachen und Didaktisieren der »alten Geschichten« übertrieben und »kindisch«. Gerade das ungalante Ende versöhne sie als Frau mit dieser schwer erträglichen Schillerschen Ballade. Sie hat im Laufe der Zeit eine gewisse Aversion gegen die Frauenverehrung der ritterlichen und höfischen Kultur entwickelt, nennt sie gern »unnatürlich« oder auch schon einmal »verlogen«, und lieber als Lieder der sogenannten »hohen« Minne

liest sie die späteren Lieder der »niederen« Minne und der sogenannten »dörperlichen« Kunst. Sie verehrt Neidhart, mit Reimar dem Alten könne man sie jagen, sagt sie. Bei Walther von der Vogelweide wieder schätzt sie den natürlichen Ton der »Mädchenlieder«, aber auch die Drastik etwa des sogenannten »Sommerlattenliedes«, wo dem Liebhaber der Rat gegeben wird, die schlaff gewordene Haut der spröden Alten mit Ruten zu bearbeiten.
Wenn ich den »Handschuh« Friedrich Schillers um sein Ende bringe, sagt sie gern, ich hätte aus dem »Handschuh« sogenannte »Handstützel« gemacht, also jene fingerkuppenlosen Handschuhe, wie man sie oft etwa bei Marktfrauen sieht, die die Finger freihaben wollen, um gefühlvoll hantieren zu können, etwa mit dem Wechselgeld, und so nur den Handteller und die Fingeransätze mit jenen Rudimenthandschuhen verhüllen und erwärmen. Und wenn ich aus dem reichen Fundus der Ritterballaden nicht nur die »kindertümlichsten« auswähle, etwa Adelbert von Chamissos »Die Weiber von Winsperg«, Schillers »Ritter Toggenburg« und ähnliche, sondern auch die ausgewählten oft noch verändere, wie den »Handschuh«, »adaptiere« und im Hinblick auf die Zuhörerschaft, nämlich Georg, um Strophen verkürze, ja manchmal auch ein wenig umdichte, so packt mich Ginover gern bei meiner Philologenehre und moniert »Werktreue«. Wo bleibt die Textkritik, fragt sie »spottenderweis«. Sie hört genau, wenn ich wieder eine eigene »Variante« bringe. Das sei aber eine merkwürdige »Lesart«, wirft sie etwa aus der Küche heraus ein, wenn sie mich im Wohnzimmer lektorieren hört, ein merkwürdiger Textzeuge sei dies, den ich da zu Gehör bringe. Das sei nicht Schillers »letzte Hand«, meint sie ätzend, sondern »Arthurs eigene Faust«. Ich verderbe die Überlieferung mit meinen vielen »Konjekturen«.
Dabei entspricht alles, was ich mache und verändere, in gewisser Weise doch nur der sogenannten »lectio facilior«, dem »Prinzip der leichteren Lesart«. Ich verändere alles zum

Einfacheren hin, ich verkompliziere nicht, sondern ich »simplifiziere«, wenn man diesen Ausdruck nicht abwertend und rein negativ sehen will. In der Textkritik gilt ja meistens umgekehrt die »lectio difficilior«, die schwerere Lesart. Die schwerere Lesart hat bei den Editoren und Herausgebern das größere Ansehen. Treten zwei Varianten in Konkurrenz, so entscheidet sich derjenige, der diese Varianten »kollationiert«, sozusagen automatisch für das Schwierigere und Umständlichere. Immer gehen die Herausgeber von sogenannten »historisch-kritischen« Ausgaben davon aus, daß spätere Abschreiber der Werke mit dem ursprünglichen Wortlaut nicht mehr zurechtgekommen sind, ihn nicht mehr verstanden und darum Veränderungen, Erleichterungen und Vereinfachungen vorgenommen hätten. Die Richtung der Veränderungen im Laufe der Überlieferung gehe also ins Einfachere und Trivialere, ins »Faciliore«, leichter zu Verstehende und zu Handhabende, der Editor aber arbeitet dem entgegen, getreu dem Grundsatz: Der Weg zur Quelle führt immer gegen den Strom. Er also nimmt quer zu den Textzeugen die »via difficilior«, die Überlieferer und Schreiber der Handschriften haben es sich leichter und leicht gemacht, der Herausgeber macht es sich schwer, er mißtraut den Schreibern der Handschriften gewissermaßen berufsmäßig, vor allem den späteren.

Ich aber verfahre »rezeptionsästhetisch«, das heißt mit Rücksicht auf meinen Liebling und Lieblingshörer Georg nach dem Grundsatz der »leichteren Lesbarkeit«. So verkürze ich etwa Friedrich Schillers »Handschuh«, wie gesagt, um die unschöne Schlußpointe. Damit geht freilich überhaupt das amouröse Element dieser Ballade verloren, mit dem Georg begreiflicherweise nichts anfangen kann. Er hat, schillerisch gesprochen, noch die »Milch der frommen Denkungsart«, und seinem Lebensalter, seinem glücklichen vorpubertären Lebensalter, ist die Valenz, ja Dominanz des Sexuellen und Erotischen noch fremd und fern. Für ihn ist das, was Delorges vollbringt, diese Mutprobe, ein absolut freier Akt. Der Minnelohn fällt in seiner Weltsicht als Motiv weg, so vollbringt Delorges einen Dienst, einen wahren Dienst ohne einen Lohn und erst recht ohne jenen Lohn, an den die erwachsenen Männer offenbar ständig denken müssen. Delorges ist in Georgs Augen ein Idealist, und ich sorge dafür, daß es so bleibt.

Mit der Frage: Papa, ist es dort Winter?, gibt er seinen praktischen Sinn zu erkennen. Er assoziiert Handschuh mit kalter Jahreszeit. Einmal fragte er mich auch, ob Fräulein Kunigund denn keine Reservehandschuhe habe? Natürlich habe ich den Irrtum aufgeklärt und Georg, so weit es nötig war, über die Rolle des Handschuhs in der Mode und im Brauchtum der damaligen Zeit unterrichtet, ich habe ihm selbstverständlich auch vom Fehdehandschuh erzählt, den ein Ritter dem anderen zum Zeichen der »Kriegserklärung« hinwirft. Schließlich ist ja auch das verheimlichte Ende von Schillers Handschuhballade eine Kampfansage und Kriegserklärung an den Hochmut und die Überheblichkeit der Frauen, für die sich die Ritter in überflüssige und sinnlose Abenteuer stürzen, Haut und Haar riskieren, Leib und Leben zu Markte tragen und ihre Gesundheit buchstäblich »aufs Spiel« setzen. Aber die Lektion über den Todestrieb und den Geschlechtstrieb kann ich mir jetzt Gottseidank noch ersparen. Kein Freund der Psychoanalyse, kann ich mir jetzt noch schenken, Georg zu erklären, daß auch ich die Psychoanalyse letztlich für jene Krankheit halte, für deren Heilung und Therapie sie sich ausgibt.

An Schillers Ballade »Der Handschuh« ist es vor allem das Mutige, ja Tollkühne am Ritter Delorges, das Georg gefällt und das er darum immer wieder hören will, an den »Weibern von Winsperg« von Adelbert von Chamisso ist es vor allem das Pfiffige, nicht die große ritterliche Tat, sondern die Schlauheit und Liebe jener lustigen Weiber, die ihm gefallen und Eindruck machen: »Der erste Hohenstaufen, der König

Konrad, lag Mit Heeresmacht vor Winsperg seit manchem langen Tag; Der Welfe war geschlagen ...« Schließlich gewährt der edelmütige Kaiser den Weibern freien Abzug und sagt: »Die Weiber mögen abziehen, und jede habe frei, Was sie vermag zu tragen und ihr das Liebste sei!« Die Weiber aber schultern bekanntlich ihre Männer: »Tief beugt die Last sie nieder, die auf dem Nacken ruht, Sie tragen ihre Eh'herrn, das ist ihr liebstes Gut ...« Der Kanzler des Königs protestiert gegen diese Auslegung der »Konzession« an die Weiber, der König aber handelt wie ein König, er lacht. Der Souverän lacht souverän: »Und war es nicht die Meinung, sie haben's gut gemacht; Gesprochen ist gesprochen, das Königswort besteht, Und zwar von keinem Kanzler zerdeutelt und zerdreht.« Und auch die Pointe und Schlußstrophe lese ich diesmal und immer wieder gern: »So ward das Gold der Krone wohl rein und unentweiht. Die Sage schallt herüber aus halbvergeßner Zeit. Im Jahr elfhundertvierzig, wie ich's verzeichnet fand, Galt Königswort noch heilig im deutschen Vaterland.«
Die einzige »Korrektur«, die ich an dieser Ballade immer anbringe, ist das Ersetzen des Wortes »Weiber« durch »Frauen«. Es ist nicht nötig, den Kleinen an ein häßlich gewordenes altes Wort zu gewöhnen. Ich will nicht, daß Georg etwa beim nächsten Arztbesuch für den Mutter-Kind-Paß die Sprechstundenhilfe des Herrn Doktors als »Weib« anspricht oder daß er, wenn die Hausmeisterin an der Wohnungstür unserer Gemeindebauwohnung klopft und der Kleine öffnet, in die Wohnung ruft: Papa, ein Weib ist bei der Tür! So sage ich »Frau« und erspare mir dadurch auch eine lange sprachgeschichtliche Erklärung über die Bedeutungsverschlechterung einiger Wörter. Eine metrische Verschlechterung des Gedichtes von Chamisso tritt durch das Ersetzen des »pejorativen« »Weib« durch das »meliorative« »Frau« übrigens nicht ein. In seiner Einsilbigkeit ist »Frau« dem »Weib« metrisch vollkommen ebenbürtig und gleichwertig,

»äquivalent«, wie die Wissenschaft sagt, und dasselbe gilt auch für die Entsprechung des zweisilbigen »Weiber« mit »Frauen«. Da indessen das Wort »Weiber«, so oft es auch in Chamissos Ballade vorkommt, nie am Versende, also in der »Kadenz«, zu stehen kommt und das Reimwort bildet, war ich auch der Notwendigkeit überhoben, einen neuen Reim zu finden, was ich mir freilich auch noch zugetraut hätte, »Frauen« und »Vertrauen« oder »bauen«, bzw. »Frau« mit »Bau«.

Mit dem Ersetzen von »Weibern« durch »Frauen« vollbringe ich übrigens genau das, was auch die deutschen Konzilsväter getan haben, die die deutschen Gebetstexte »durchforstet« und erneuert, stilistisch modernisiert und in diesem Zusammenhang das Wort »Weib« im »Ave Maria« durch »Frau« ersetzt haben. In dieser Weise »nachkonziliar«, bete ich auch mit Georg jeden Abend das »Gegrüßest seist du«, wobei dem Kleinen allenfalls das Wort »gebenedeit« nach dem lateinischen »benedicta« Verständnisschwierigkeiten bereitet. Über Synonyme, hier etwa »preisen«, »loben«, habe ich ihn freilich nach bewährter »paraphrastischer« Methode bereits ins Verständnis gesetzt.

Einmal hat Georg einem Gespräch zwischen mir und meiner Frau über Fragen der Nomenklatur, gerade auch im Zusammenhang mit dem Gebrauch konkurrierender Wörter für »mulier«, im besonderen im Werk Walthers von der Vogelweide, zugehört, und ich habe anschließend gestaunt, wie weit er doch schon folgen konnte. Und es ist mir wieder einmal aufgegangen, wie leicht man Kinder unterschätzt. Ginover nannte Georg mit Erstaunen, aber auch mildem Spott für mich, nachdem er vieles von unserem Gespräch ganz richtig und zutreffend reproduziert hatte, »Germanistenkind«. Ein anderes Mal nannte sie ihn in einer ähnlichen Situation den »Philologennachwuchs«.

Georg macht es auch keine Schwierigkeiten, den Sinn, den »tieferen Sinn«, einer Ballade wie jener der »Frauen von

Winsperg«, wie ich sie nenne, zu erfassen. Nun ist es gerade ein Vorzug der deutschen Balladen, jedenfalls jener bis in die Zeit Chamissos, daß sie keinesfalls »dunkel« oder »verrätselt« sind, sie stellen im Gegenteil ihre »Botschaft« deutlich und oft auch sehr plakativ heraus, weshalb sie sich auch so gut für die Schule eignen. Oder müßte ich sagen, weshalb sie heute von unverständigen Lehrern so gern übergangen und verschmäht werden? Die moderne Schule verachtet natürlich in ihrer Orientierungslosigkeit die idealistische Klarheit und Eindeutigkeit. Für die neumodernen Lehrer hat Schiller ein zu »undifferenziertes« Problembewußtsein. Und man kann sich leicht vorstellen und ausmalen, was eine feministische Lehrerin – was für mich einen Widerspruch in sich darstellt – was also eine in dieser unsinnigen Weise einseitige »Frau«, um das Wort »Weib« zu vermeiden, das sich in diesem Fall aufdrängen möchte – mit den »Frauen von Winsperg« in der Schule anfangen würde. Spott und Hohn würde sie natürlich über jene Weiber ausgießen, die in eigenwilliger Auslegung und Interpretation des Gebots der Konzession Kaiser Konrads ihre »Eh'männer« aus der Burg schleppen, als »ihr Liebstes«. Liegenlassen und abwerfen hätten sie nach dieser Meinung ihre »Patriarchen« und »Parasiten«, »Paschas« und »Peiniger« sollen. Ich kenne die entsprechenden Argumente deshalb einigermaßen, weil Ginover öfter, wenn auch ohne die rabiate Überzeugung und bloß im Unernst und ein wenig spielerisch, diese Rolle übernimmt, die Rolle der »advocata diaboli«. So ist mir dieser aktuelle Widerspruchsgeist, dieser Ungeist, nicht ungeläufig. Ein gutes, ruhiges und verständiges, sozusagen ein »deutsches« Wort, wie es die Balladen sprechen, hat im Augenblick wenig Chance, gehört und beherzigt zu werden. Es liegt mir nicht daran, das Problem dieses Zeitgeistes zu erörtern, ich sehe auch mit Trauer und Entsetzen, wie sich gerade eine unselige Zeit der deutschen Klassik und Romantik »bedient« und sie mißbraucht hat. Doch ist es durchaus meine feste Überzeugung, daß sich das

Menschenbild und Frauenbild des Idealismus nicht nur akademisch verteidigen ließe, sondern durchaus auch heute noch seine Vitalität im Sinne des Humanismus und einer »Zivilisation der Liebe« bewähren und beweisen könnte.
Georg ist gerührt von den Frauen von Winsperg, und er fragt seine Mutter: Mama, würdest du auch den Papa aus der Burg heraustragen? Jetzt sag bloß nicht nein!, sage ich zu Ginover. Und Ginover stellt die Spottlust zurück und sagt wie bestellt: ja. Sie sagt: ja, aber. Aber leicht wär das nicht bei seinem Gewicht, sagt sie. Und das wiederum liegt an deiner Verköstigung, erwidere ich.
Georg fragte auch schon: Und was ist mit den Kindern? Ich mußte dabei zu einer umständlichen Konstruktion und »Konjektur« meine Zuflucht nehmen. Ich sagte also, die seien damals bei jener Belagerung der Burg Winsperg durch den Hohenstaufen Konrad nicht in der Burg gewesen, sondern schon vorher zu ihren Großeltern gebracht worden, wo sie es gut hatten und in Sicherheit waren. Und ich nenne einige andere Burgen des burgenreichen Landes Württemberg.
Georg fragt, ob das immer so sei, daß die Kinder vor den Kriegen zu den Großeltern gebracht und landverschickt würden. Ich denke mit plötzlichem Entsetzen an das, was die Erwachsenen gerade den Kindern durch all die wahnsinnigen Kriege angetan haben, bringe es aber nicht über das Herz, die Wahrheit zu sagen, sondern lüge: ja, das werde Gottseidank immer so gehandhabt. Zu meiner Verwunderung beruhigt das den Kleinen nicht so, wie ich gedacht habe. Er sagt im Gegenteil: schade! Er hätte ganz gern einmal zugeschaut, wenn so richtig gekämpft wird und die Fetzen fliegen. Du dummer Bub, sage ich.
Kinder als Opfer der Kriege, Kinder als Bauernopfer der Ehekriege. Schon um der Kinder willen möchte ich niemals eine Ehekrise zulassen. Und wie bin ich froh, daß dieser Punkt zwischen Ginover und mir außer Streit steht. Keins von uns hätte jemals Lust, sich auf Kosten und zuungunsten

der unschuldigen Kinder zu »verwirklichen«. Was könnte das auch für eine »Verwirklichung« sein? Manchmal sehe ich Kinder, sogenannte Scheidungswaisen, und verstehe die Eltern nicht. Wie konntet ihr so viel Schaden auf eurer »Glückssuche« anrichten. Und wäre die Aufrechterhaltung einer Gemeinschaft auch ein Opfer, so wäre dieses Opfer doch in jedem Fall klein, verglichen mit dem Opfer und Unglück der verlassenen Kinder. Da wir schon erlebt haben, daß die Kinder selbst einen kleinen Streit zwischen den Eltern, bloß ein wenig Flachs oder Geplänkel, ein bloß turnierartiges Rittern, scheinhafte Waffengänge, oft ernst und sogar tragisch nehmen, sodaß sie sogar zu weinen beginnen, halten wir uns mit solchen »Kontroversen« vor den Kindern zurück. Manchmal sparen wir uns ein solches, tagsüber aus Rücksicht nicht ausgetragenes und ausdiskutiertes Thema für den Abend auf, wenn die Buben bereits schlafen. Also das muß ich dir schon sagen ..., beginnen solche »Kasuistiken« oder Fallbesprechungen. Wir halten eine Art Generalstab und leisten Manöverkritik, ohne daß es Kampf gegeben hat. Wir ersparen uns so jede Heftigkeit und unterdrücken etwa aufkommenden Zorn.

Unausbleiblich und sicher ist mir der Erfolg bei den Kindern auch, vor allem bei Georg, wenn ich »Das Riesenspielzeug« von Adelbert Chamisso deklamiere: »Burg Niedeck ist im Elsaß der Sage wohlbekannt ...« Das riesige Fräulein steigt von der Burg des Vaters zu den Menschen hinunter und bringt in ihrem Taschentuch eingewickelt einen Bauern samt Pferd und Pflug von einem Feld mit, etwas »Zappeliges« – im Gegensatz zum Kunststoffspielzeug unserer Kinder. »Das ist kein Spielzeug nicht«, entsetzt sich der Vater. Und noch einmal: »Der Bauer ist kein Spielzeug, da sei Gott davor«, das erste Mal mit der alten doppelten Verneinung ausgedrückt, die selbstverständlich keine starke Bejahung ist, wie unverständige Leute, die gewissermaßen mathematisch, minus mal minus gibt plus, an die Sprache herangehen, immer wieder meinen, sondern, wie die einfache Verneinung, eine Verneinung bleibt, wenn sie nicht als Figur im Sinne der Litotes angewandt wird, »nicht ungut ...« Die Leute haben in nichts, was sie meinen, keinesfalls niemals nicht recht! Chamissos Ballade ist munter zu lesen, aber sicher kein herausragendes Kunstwerk. Und so geschieht ihr sicher auch nicht unrecht, und man macht sich keines Sakrilegs schuldig, wenn man sie weiter nur als Didaktikum und Pädagogikum für jene Mahnung benützt, mit dem Lebendigen sorgfältig umzugehen und nicht zu spielen, und sei es, um den verständlichen Wunsch der Kinder nach einem lebendigen »Spielgefährten«, der sich sehr schnell einstellt, abzuweisen. Auch Georg wünschte sich öfters einen Hund. Ich aber sagte, ich wüßte, was in einem solchen Fall geschehen würde. Hätten die Kinder einen Hund, so hätten sie einen Spielkameraden – und ich die Arbeit und Sorge mit dem Füttern, die Kosten und den mangelnden Platz in unserer engen Gemeindebauwohnung in der Maximilianstraße unberücksichtigt. Und von vielem anderen auch noch abgesehen. Ich würde dadurch zum Futterknecht und Stallburschen der Kinder, zu ihrem Knappen, der sich um die Alimentierung der Kreatur zu sorgen hat, während sich die Herrschaft dann in den Sattel schwingt! Ich sagte, ich hätte über Herrenreiter bereits zu viel nachgedacht, als daß ich mir diesen Zustand wünschte, und sei es auch nur die Rolle eines Hundewärters. »Was kommt dir in den Sinn!«, weise ich solche Ansinnen mit den Worten Chamissos gern zurück. Und: »Der Vater ist kein Spielzeug.« Daß man als kinderfreundlicher Vater letztlich doch wenig Chance hat, in gewisser Weise nicht zum Spielzeug der Kinder zu werden, und daß die Kinder einen Vater wie mich mehr beherrschen, als daß ein Vater wie ich sie beherrscht, steht auf einem anderen Blatt. Kinder haben in ihrer kindlichen Art eine nahezu unwiderstehliche Waffe gegen die Erwachsenen, jedenfalls gegen die nächsten Verwandten, in der Hand, und sie handhaben diese durchschlagende und bombensicher durchdringende »Waffe« schonungslos und ohne Rücksicht. Sie treffen, namentlich auch die Großeltern, »todsicher« an der verwundbarsten Stelle. Eltern und Großeltern sind ihren Kindern in vielen Fällen fast wehrlos und hilflos ausgeliefert. Vom einschmeichelndsten Ton bis zum rasenden Trotz sind die Kleinen dabei für jeden Fall gewappnet und gerüstet. Die Kinder sind klein und spielen mit den Großen, das ist oft der Sachverhalt. Die Eltern sind das »Riesenspielzeug« ihrer Kinder. Und haben die Kleinen auch nicht die Kraft, die physische Kraft nämlich, den dicken Vater von der Stelle zu bewegen, so haben sie doch die seelische Stärke, ihn bis ins innerste Mark zu rühren.

Klassik und Romantik sind mir in jedem Fall eine Zwischenstation auf dem Weg zum Mittelalter, sie sind Vermittler, Schiller, Chamisso, Eichendorff sind Weggefährten oder eigentlicher: Führer auf dem Weg dorthin. Die jüngere Dichtung, so alt sie inzwischen auch schon sein mag, vermittelt den Jungen und Kindern die alte Literatur, und ich, der Ältere, der Vater, benutze diese spätere Dichtung, um den Kindern das Frühere vertraut zu machen, zu »gelieben«, wie es im Mittelhochdeutschen heißt, also lieb und angenehm werden zu lassen. Ich kann nicht gleich mit Heinrich von Veldeke ins Haus fallen. Auch wenn Heinrich im 12. Jahrhundert den Baum der deutschen Poesie zum Blühen brachte, wie Gottfried von Straßburg sinngemäß von ihm sagt und rühmt. Ich selbst habe bei allen »Einwänden« gegen Heinrich von Veldeke an seiner »Eneit« durchaus meine Freude. So viel er auch »übersehen« hat, dieses »Kind seiner Zeit«, mit den Augen des 12. Jahrhunderts. Er hat nicht wissen können, was uns heute so brennend interessieren würde!

Heinrich von Veldeke hat die *mittelalterliche* Beschreibungskunst durchaus beherrscht, was etwa an dem Abschnitt über die häßliche Sibylle, die den Äneas in die Unterwelt führt, oder auch an der Beschreibung des Pfortenhundes Cerberus abzulesen ist. Einen solchen Hund kann er in natura freilich auch nicht auf der thüringischen Wartburg, wo er in den achtziger Jahren des 12. Jahrhunderts bei Pfalzgraf Hermann auftaucht, gesehen und gefürchtet haben, obwohl es dort nach historischem Zeugnis nicht an giftigen Bluthunden beim Zwingertor gefehlt hat: »Der berühmte Äneas hatte große Angst, als er Cerberus sah, weil er wie tollwütig lechzte. Äneas wollte sich ihm nicht nähern. Er sah so schrecklich aus, daß ihr es nicht glauben werdet. Drei Köpfe hatte Cerberus, ungeschlacht und furchterregend. Er war also Herr der Pforte. Seine Augen glühten gleich Kohlen, Feuer kam aus seinem Maul, und abscheulich stank er aus Nase und Ohren. Die Zähne glühten ihm wie Eisen im Feuer ... Statt Nägeln trug er Klauen, höllisch scharf. Schaum spie er aus dem Maul, heiß, bitter wie Lauge und sauer wie Säure.«

Viel ist es nicht, was man uns über die Geschichte etwa des 12. und 13. Jahrhunderts mitgeteilt hat. Und selbst jene, die relativ viel wissen und die meisten Zeugnisse der Zeit studiert haben, würden wahrscheinlich Augen machen, wenn sie wie in einem Film das Mainzer Hoffest sehen könnten. Stellte man einen von den Fachleuten dort hinein, er würde wahrscheinlich lange nicht wissen, auf welcher Fête er sich befindet. Das kann nicht das Mainzer Hoffest sein, würde er sich womöglich denken, ich bin auf der falschen Hochzeit.

Will einer irgendeine Zeit verstehen, so muß er eine doppelte Anstrengung, eine wirklich und wahrhaftig un- und übermenschliche Anstrengung leisten. Er muß sich erstens vor allem einmal vieles wegdenken. Immer kommt uns unsere eigene Zeit dazwischen und verstellt uns den Blick auf das vergangene Fremde. In der Lebenswelt der Ritter aber gab es praktisch nichts von dem, was uns heute umgibt. Wir müssen uns also ausziehen und entkleiden, bildlich gesprochen, wenn wir uns dieser fernen Zeit nähern. Und wir müssen uns andererseits auch vieles hinzudenken, was ganz außerhalb

unserer Denkgewohnheiten liegt. Groß im Zeitenübersprin-gen und im anachronistischen Anverwandeln und »Eindeut-schen« waren aber die Ritterdichter der höfischen Literatur selbst. Sie hatten überhaupt keine Hemmungen, etwa den Makedonenkönig Alexander den Großen oder den Trojaner Äneas als Ritter ihrer Zeit darzustellen, mit ihren Idealen und ihren lebensweltlichen Umständen. Selbst vor der bibli-schen Geschichte machte man in dieser Hinsicht nicht halt. Bethlehemburg, Jerusalemburg nennt etwa der Verfasser des altsächsischen Heliand Bethlehem und Jerusalem, die Apo-stel sind ihm »Schwertdegen«. Als »Germanisierung« hat man diesen Vorgang der Anverwandlung ins heimatlich Ver-traute bezeichnet. »Adaption« und »Akkommodation« nen-nen es die anderen und verweisen uns darauf, daß doch be-reits der Evangelist Lukas das Heilandsleben im Hinblick auf seine Leser und seine Gemeinde »gräzisiert«, also vergrie-chischt habe. So wie die Menschen immer wieder ihre Bau-werke nicht nur auf, sondern auch mit den Trümmern ihrer Vergangenheit gebaut haben, so haben auch die Schriftsteller im Sinne einer lebendigen Tradition und ohne Hemmungen der Authentizität und Plausibilität das Vergangene verwen-det, auch geplündert, die alten Themen wiederaufgegriffen und ohne Rücksichten auf die Glaubwürdigkeit umgeformt und umgestaltet.
Bitte, Papa, sagt Georg, tu nicht so viel nachdenken, tun wir lieber miteinander kämpfen. Und Georg bringt mir auch meine Waffe, ein lächerliches Messer, einen »knife«, einen Taschenfeitel aus Plastik, biegsam und unverletzend, wäh-rend er sich mit Brustwehr, Schild und Helm und einem lan-gen Schwert zünftig ritterlich gerüstet und bewaffnet hat. Ich muß mit einem »Stilett« kämpfen, und Georg kommt mir mit einem Balmung, einem alten Heldenschwert! Hätte ich nur Rolands »Durindarte«, das Schwert, das sich man-chem Heidenschädel hart (durus) einprägte, oder gar König Arthurs »Escalibor«! Ich aber habe da etwas in Händen, was

schlechter ist als jenes »misericordia« genannte Messerstilett, das die Unterlegenen aus ihrer Panzerrüstung gezogen haben, um sich damit »einen ehrenhaften Abgang zu verschaffen«. Ich denke anfangs, ich könne sitzen bleiben und meinen geschichtsphilosophischen Gedanken über den Unterschied der Zeiten weiter nachhängen, weil ich ja doch nur als ein Art Hackstock für den Kleinen diene. Georg aber ist mit diesem verteidigungsunwilligen, wenn auch geduldigen Vater nicht zufrieden, er erwartet mehr Wehrwillen und Bereitschaft zum Gegenschlag, und er gibt keine Ruhe, bis ich nicht nach dieser Verwarnung wegen Passivität meinen Sessel verlasse und, um den Größenunterschied auszugleichen, auf den Knien weiterkämpfe. So sind wir beide auf unsere Art *schlagfertig*, er im Geben, ich im Nehmen, Georg im Aktiv und ich im Passiv. Ich habe natürlich meine Brille abgenommen und neben die Burg auf den Schreibtisch gelegt. Ich bin tüchtig am Einstecken, und nur von Zeit zu Zeit versuche ich einen Befreiungsstich gegen den Schild oder die Brustwehr meines Gegners. Fällt meine Attacke etwas zu heftig aus, daß ich den Kleinen gar umstoße, so sagt er voller Vorwurf: Das gilt nicht. Alles, was meinem Kontrahenten und Kombattanten zuwider und gegen den Strich geht, erklärt er als regelwidrig und unerlaubt. Ich selbst aber bin vogelfrei und Freiwild, Georgs Freistilmethoden, die alles vereinigen, was es an Kampfpraktiken und Techniken vom Tjost und Buhurt bis zum Florettkampf gibt, ausgesetzt, und kann nur zusehen, wie ich meine Wunden an den harmlosesten Stellen geschlagen bekomme. Umdrehen aber wird nicht erlaubt und auch sonst kein Pardon gegeben. Der Kopf ist es, auf den Georg abzielt, und ich muß mit meinem Indianermesser, diesem kurzen und stumpfen PVC-Schwänzchen sein Nibelungenschwert, seinen martialischen Balmunc kreuzen und am Herabsausen hindern, was ein aussichtsloses Unternehmen darstellt. Georg aber drischt nach dem Komment einer Mensur auf mich nieder, daß die Schläge,

hin und wieder durch meine Gegenbewegungen gehindert und etwas abgemildert, aber zwischendurch immer wieder ungebremst auf mein Haupt prasseln. Das sind längst keine symbolischen »alapae«, keine rituellen Ritterohrfeigen und Firmungsbackenstreiche mehr, keine paumées oder colées, keine Tapperl, sondern ausgewachsene Hiebe, und ich muß Georg fragen, ob er seinen Vater ernsthaft umbringen möchte und wer dann wohl seine Burg fertigbauen und ausbessern würde. Mit diesem Hinweis und weiteren Unterwerfungs- und Mitleidheischegesten kann ich ihn schließlich vor Patrocid und Vatermord zurückhalten. Mit der Feststellung: Ich habe gewonnen, beendet er den Kampf, gibt Frieden, aber deshalb noch nicht Ruhe, weil er möchte, daß »wir«, wie er sagt, wobei er aber doch vor allem mich meint, an der Burg weiterbauen.
Georgs Eifer im Kampf, die Mitleidslosigkeit, in die er sich jedesmal hineinsteigert, sein höhnisches Lachen, wenn er einen Treffer landet, all das läßt mich an die Ödipussage denken und mich ein wenig wie Vater Laios fühlen. Als ich im Gespräch mit meiner Frau diesen »Komplex« einmal berührte, lachte mich Jokaste aus und sagte: Wo denkst du nur hin, Laios, was fällt dir nicht noch alles an Verrücktem ein. Ja, wo denke ich hin! Wo denkt die Psychoanalyse hin, die an den Kleinbürger- und Proletariersöhnen das thebanische Syndrom diagnostiziert und an den Generationskonflikten in den Gemeindebauten und Sozialwohnungen den alten Komplex: Der Sohn tötet den Vater, um mit der Mutter zu schlafen. Mir hat aber in jedem Fall, im aristokratischen und im Hochadelsfall, ja, Königsfamilienfall, im sagenhaften Fall Thebens wie auch im »Sozialfall« die verdeckte und unausgesprochene, durch kulturelle Zwänge unmöglich gemachte und »verdrängte« geheime Sehnsucht nach dem Vatermord immer eingeleuchtet. Mir schien die Ödipussage mehr Evidenz zu haben und plausibler und realistischer zu sein als etwa das »Hildebrandslied«, wo der alte Vater den jungen

Sohn tötet, ohne daß ich deshalb eine Geschichte gegen die andere ausspielen möchte. Ich lese beide und vertiefe mich gern in ihre Botschaften.
Wie wichtig der Streit um den Generationskonflikt in der Literatur genommen wurde, zeigt sich schon daran, daß buchstäblich an ihrem Anfang mit der Stabreimdichtung des Älteren Hildebrandsliedes eine starke Lektion über das Verhältnis von Vater und Sohn steht. Wie sehr Vater und Sohn »zusammenhängen« und aufeinander verwiesen sind, drückt sich im Germanischen bereits durch denselben Anlaut aus: Hiltibrant enti Hadubrant. Der Zusammenhalt und Zusammenhang der beiden wird aber nicht nur durch denselben Anlaut, sondern auch durch dasselbe Grundwort »brant« manifestiert. Der Sohn also gleicht dem Vater, es herrscht zwischen Vater und Sohn ein Verhältnis der »Similitudo«. Merkwürdig und philologisch interessant ist in diesem Zusammenhang auch die Form »sunufatarungo« im Vers: »sunufatarungo iro saro rihtun«, »Sohn und Vater ihre Rüstung ordneten«. Und weiter, in neuhochdeutscher Übersetzung: »Sie legten an ihre Kampfkleider, gürteten sich die Schwerter um, die Helden, über die Panzerringe, da sie zum Kampf ritten ...« »Sunufatarungo«, Vater und Sohn werden in einem Atem genannt, sie bilden als Zweieinigkeit, ein sogenanntes »Kompositum«, eine fest zusammengefügte Form, die auch ihre schicksalhafte Verstrickung signalisiert.
Der Ausgang jenes Streites zwischen Hildebrand und Hadubrand, so wie wir ihn aus anderer Überlieferung erschließen müssen, denn das Ältere Hildebrandslied ist ja Fragment, dieser Ausgang unterscheidet sich vom Ausgang jener Kämpfe, die mein Sohn und ich austragen. Wenn mich mein älterer Sohn um einen Generationskonflikt bittet: Papa, bitte tun wir kämpfen!, dann bittet er mich damit unausgesprochen natürlich auch um einen Sieg. Und im Unterschied zum Hildebrandslied erkennt und anerkennt mich mein Sohn von Anfang an als seinen Vater. Hadubrand aber glaubt dem al-

ten Hildebrand, als er, Hadubrand, der Führer einer Grenzschutzabteilung, ihn, den heimkehrenden Hildebrand, an der Grenze trifft, nicht, daß er sein Vater ist. Ja er beleidigt den Alten und nennt ihn ehrlos: »Du bist so alt geworden, weil du immer Betrug begangen hast ...« Und später: »Tot ist Hildebrand, Heribrands Sohn.« Mir hat ein Weltkriegsteilnehmer erzählt, daß er bei vielen Feldbegräbnissen habe hören müssen: Der Tod hat wieder einen der Besten hinweggerafft. Also bleiben in einer Art negativer Auslese nur die Feigen übrig. Altwerden ist nach diesem Weltbild gleichbedeutend mit Ehrverlust.

Hildebrand ist aber nun ein besonderer und vor allem ein besonders tragischer Held. Obwohl man sich seinen Sohn nicht wie meinen Georg oder gar Michael als ein unmündiges Kind vorstellen darf, sondern als den Anführer einer Avantgarde in den besten Mannesjahren zu denken hat, obsiegt Hildebrand, der Alte. Und da dieser Kampf im Gegensatz zu unseren Scheinkämpfen nicht als Turnier, sondern nach allen Regeln der altgermanischen Kampftradition stattfindet, Ernst auf Ernst, mit vorangehenden Reizreden und den üblichen Riten, aber auch sonst ganz nach Parität und ohne Handikap abläuft und keine Vorgaben und Zugeständnisse an den durch sein Alter doch als benachteiligt zu denkenden Hildebrand kennt – eher würde man das Gegenteil erwarten –, ist sein Ausgang für uns doppelt erstaunlich. Gerade vor kurzem hat ein alter Herr der Politik, auf eine besonders kecke und rotznasige Äußerung eines Parteijünglings hin angesprochen und um seine Meinung gefragt, zu erwidern gewußt: Die Jugend ist biologisch im Recht!

Uns geht es beim Lesen des Älteren Hildebrandsliedes ähnlich, wie es bereits dem Verfasser des Jüngeren Hildebrandsliedes, auch »Der Vater mit dem Sohne« genannt, gegangen sein mag, wir können den ganzen Ernst und die rigide Grausamkeit der alten Ordnung nicht mehr begreifen. Und so hat denn dieser Verfasser des Jüngeren Hildebrandsliedes die

Geschichte einfach auf den Kopf gestellt und zu einem guten und versöhnlichen Ende gebracht: Vater und Sohn erkennen sich, sie ziehen heim zu Gute, Hildebrands Frau und Hadubrands, oder wie er im jüngeren Lied heißt, des jungen Hildebrands Mutter, sie tragen einen Scheinkampf aus, dem Gute zusieht und bei dem sie um ihren Sohn fürchtet, den Mann erkennt sie noch nicht nach der dreißigjährigen Trennung (Meister Hildebrand der Ältere hat es besonders lang in der Fremde ausgehalten). Vater und Sohn markieren gewaltig, lassen aber schließlich vom Kampf ab, der Sohn stellt der Mutter den Vater vor, und alle feiern ein Wiedersehensfest. Auch im Jüngeren Hildebrandslied hätte es der Vater in der Hand gehabt, den Sohn zu besiegen und zu töten, er läßt es aber, nachdem er den Jungen »wohl in das grüne Gras« geworfen hat, beim Spott sein Bewenden haben: Wer sich an einem alten Kessel reibt, sagt er, der wird rußig. Dann fordert er ihn auf, sich zu erkennen zu geben: »Nun sag mir her deine Beichte, dein Priester will ich sein. Meine Mutter, sagt der Junge, heißt Gute und ist Herzogin, der alte, vielgerühmte Hildebrand ist mein Vater.« – »Und ist Frau Gute deine Mutter, die edle Herzogin, so bin ich der gute alte Hildebrand, dein lieber Vater. Und er band den goldenen Helm auf und küßte ihn auf seinen Mund. Nun müssen wir Gott danken, daß wir uns nicht umgebracht haben.« Und dann, »wie wir weiter oben gesehen haben«, der Scheinkampf und das wilde Markieren vor der Mutter, ein reines Manöver und Theater.
Hildebrand und Hadubrand, ruft die Mutter aus der Küche, kommt ihr bitte, das Essen ist fertig! Da mache ich dem Scheinkampf mit meinem Sohn ein Ende und gehe mit ihm zu Tisch. Georg geht aber nur unter Protest. Er ist ein sehr schlechter Esser, und wir haben deshalb von Anfang an mit ihm viel Ärger gehabt. Michael, der Jüngere, ist und ißt dagegen brav, und es ist eine Freude, ihn mit seinen drei Jahren dicke Butterbrote und auch sonst die für uns, die Erwachse-

nen, zubereiteten Speisen herzhaft verdrücken zu sehen. Georg dagegen ist ein Kostverächter und nippt nur an allem und auch das nicht ohneweiters, sondern stets nur nach unserem Insistieren und Drohen mit Liebesentzug. Ja, wenn du nicht ißt, dann werde ich dir beim Burgenbau aber nicht mehr helfen. Wie willst du, sagt die Mutter, zum Kämpfen noch eine Kraft haben, wenn du nichts ißt, du kannst ja kaum noch die Rüstung ertragen. Wir sind doch beim Gurt des Bauchreifens jetzt schon am letzten Loch. Bald wirst du herausfallen. Schau, wie dünn du bist, jede Rippe kann man zählen. Und du willst ein Ritter sein! Da werden wir mit dir bald zum Arzt gehen müssen, du verhungerst uns ja. Die Leute werden meinen, wir geben dem armen Buben nicht genug zu essen. Und uns werden sie für Rabeneltern ansehen, die ihr Kind unterernähren. Und zu mir sagt Gute: Arthur, ich sag dir jetzt ein für alle Male, lang schau ich dem Georg nicht mehr zu. Das laß ich mir nicht auf die Dauer gefallen. Ich koche und koche und gebe mir alle Mühe, und der Herr Sohn sitzt da und zieht einen Schnofel und ißt nicht. Es dauert nicht mehr lange, da wird er einmal eine ausfassen. Ich bin wirklich geduldig und schaue mir viel an, aber einmal ist es genug, und dann ist auch meine Geduld am Ende. Ich bin friedlich, aber das schwöre ich dir, wenn das mit dem Essen so weitergeht, kann ich für nichts garantieren. Einmal wird er seine Ohrfeige bekommen, so schnell kann er nicht schauen. Wenn gar nichts hilft, dann halten wir uns eben an das Sprichwort: Wer nicht hören will, muß fühlen. Aber Arthur, sag doch endlich auch einmal etwas, sprich doch endlich ein Machtwort. Du läßt auch nur mich reden und hilfst mir gar nicht. Und am Schluß stehe ich da als die ewige Schimpfe. Da sage auch ich etwas, obwohl es nicht viel Zweck hat. Ich werde nicht mehr mit ihm kämpfen, sage ich, denn ich kann es nicht mit meiner Ritterehre vereinbaren, gegen einen Suppenkasper anzutreten. Einen solchen Knappen wie Georg, sage ich, hätten sie auch an keinem Turnier

teilnehmen lassen, kein Ritter hätte sich von einem so dürren Knappen in die Rüstung und aufs Pferd helfen lassen. König Artus höchstpersönlich hätte einen solchen Knappen zu seiner Mutter heimgeschickt, damit er noch ein paar Knödel ißt, bevor er wiederkommt. Einen so spindeldürren Ritter hätten sie doch am Pferd festbinden müssen, den hätte doch sonst der Wind verblasen. Verglichen mit dir, sage ich zu Georg, war ja der Don Quichotte noch ein Kraftritter, vom Knappen Sancho Pansa, dem Gutgenährten, ganz zu schweigen. Der Bub aber ist raffiniert. Nachdem er schon in einigen Burgmuseen, etwa auf Hochosterwitz, Rüstkammern gesehen hatte und von mir auf die Kleinheit der Rüstungen aufmerksam gemacht worden war, in die kein durchschnittlich gewachsener Mensch der Jetztzeit passen würde, erinnert er mich dann daran und sagt: Aber Papa, die Ritter waren doch auch nicht so groß ...
Manchmal habe ich mir in solchen Situationen aber auch schon den Unmut meiner Frau zugezogen, wenn ich etwa gesagt habe: Wenn er Hunger hat, wird er schon essen! Die meisten Kinder sind heute zu dick und überernährt. Viele Eltern erziehen ihre Kinder zu Fressern und so fort. Oder ich sagte zu meiner Frau: Schau, wenn es stimmt, was der alte politische Herr gesagt hat, daß nämlich die Jugend »biologisch im Recht« ist, dann wird sie ja wohl auch biologisch in die Pflicht genommen werden. Die Natur wird ihr biologisches Recht verlangen, das ist nicht nur natürlich und biologisch, sondern auch logisch. Früher habe man gesagt: Hunger ist der beste Koch. Aber du siehst doch selbst, sagte meine Frau, der Bub muß doch Hunger haben, er hat doch schon einen ganzen Tag fast nichts gegessen, der Bub hat offenbar Hunger, aber er ißt nicht, der Bub ist ein biologisches Wunder. Der bringt mich mit seiner Esserei noch ins Grab.
Der bringt uns mit seiner Esserei noch ins Grab. So oder anderswie bringen die Kinder die Eltern ins Grab, dachte ich. Letztlich hat nämlich der alte politische Herr trotz der Bot-

schaft des Hildebrandsliedes mit dem biologischen Recht der Jungen recht. Selbst Vater geworden, ist mir unangenehm aufgefallen, daß sich in der Gegenwartsliteratur die Auseinandersetzungen mit den Vätern mehren und daß die Väter gern und mit Schadenfreude in ihrem körperlichen Verfall gezeigt werden. Söhne und Töchter beginnen sich plötzlich angesichts des sich abzeichnenden Todes des Vaters für ihn zu interessieren und über ihn zu schreiben. Ich erinnere mich an den Satz einer literarischen Tochter: »Aber dann trete ich ihm mit einem Wer von uns beiden ist stärker? gegenüber.« Dieser Vater aber liegt zu diesem Zeitpunkt tot auf der Bahre. Und ich dachte, als ich dies las, unwillkürlich an »Das Urteil« von Franz Kafka, wo – anders als bei der literarischen Tochter und ähnlich wie in dem über tausend Jahre älteren Älteren Hildebrandslied – der alte und sogar ganz und gar gebrechliche und hinfällige, wirklich moribunde Vater den Sohn zum Tod verurteilt und der Sohn keinen Augenblick zögert, sondern das Urteil annimmt und sich von der Brücke in den Fluß stürzt: »Bleib, wo du bist, ich brauche dich nicht! Du denkst, du hast noch die Kraft, hierherzukommen, und hältst dich bloß zurück, weil du so willst! Daß du dich nicht irrst! Ich bin noch immer der viel Stärkere!« sagt dort der Vater.

Habe ich erneut etwas Problematisches von den Söhnen und Töchtern der Gegenwart über die Väter gelesen und mich daraufhin an Kafkas Ernst wieder aufgerichtet, so ist der Weg zum Gipfel und zum Nonplusultra aller Lektüre, nämlich der Bibel, nicht mehr weit. Ich schlage auf das Buch Jesus Sirach, das Buch »Ekklesiastikus«, wie die Vulgata es nennt, und finde dort schnell jene Stelle, die die Kirche am Sonntag nach Weihnachten, dem sogenannten Familiensonntag, als Lesung vortragen läßt und die ich den Verfassern jener häßlichen Bücher über ihre Väter gern in ihr »*Stamm*buch« schreiben möchte: »Suche nicht deine Ehre in der Geringschätzung deines Vaters, denn in der Schande deines Vaters liegt keine Ehre für dich. Des Menschen Ehre hängt ab von der Ehre seines Vaters, und der üble Ruf der Mutter ist eine Schande für die Kinder. Mein Sohn, nimm dich deines Vaters an in seinem Alter und mach ihm keinen Kummer, solange er lebt. Wenn sein Verstand abnimmt, habe Nachsicht mit ihm und verachte ihn nicht in deiner Vollkraft. Das Mitleid mit deinem Vater wird dir nicht vergessen, es wird dir angerechnet als Sühne für deine Sünden. Am Tage der Trübsal wird deiner gedacht, und deine Sünden verschwinden wie der Reif bei der Wärme. Wer seinen Vater verläßt, ist ein Frevler. Wer seine Mutter erbittert, ist vom Herrn verflucht!«

Nach einem besonders konfliktreichen Tag, einem Tag der hartnäckigsten Verweigerung Georgs, einem Fastentag, einem Tag des Ieuniums, wie die Theologen sagen, also nicht bloß des Enthaltungsfastens, der Zurückweisung bestimmter, etwa der Fleischspeisen, sondern des Abbruchfastens, einem Tag, an dem an Georg kein Nahrungs- und Erhaltungstrieb erkennbar war, teile ich im Zusammenhang mit der Erinnerung an den Stehsatz unserer Enttäuschung: Der Bub bringt uns noch ins Grab, meiner Frau meine weiterführenden und weitreichenden Assoziationen mit, von Hildebrand bis zu Kafka und darüber hinaus bis zu jener mir unangenehm aufgefallenen Inflation von Häme und Schadenfreude an den Alten in unserer Gegenwartsliteratur, sie aber sagt: Arthur, Arthur, woran denkst du nur, wo denkst du nur hin, ich glaube, du leidest an Gedankenflucht. Konzentrieren wir uns doch auf Georg und unser Problem!

Ich bin natürlich ein ganz inkonsequenter Vater. Wer wie ich seine Kinder liebt, ist dies notwendigerweise. Früher hieß es ja, daß der, der sein Kind liebt, es züchtigt. Das hat sicher noch für die Söhne von Rittern gegolten, die von ihren Eltern zur »Erziehung« auf eine andere Burg gebracht wurden, in die Obhut der Frauen und später der Männer, um die freien und einige der »gebundenen« Künste, Theorie und

Praxis, ein wenig Schulbildung, aber vor allem viel körperliche Übung im Handhaben der Waffen zu erlernen. Wer ein Kind zum Waffenhandwerk erzieht, wird natürlich die entsprechenden Mittel, eben kriegerische und brachialische, anwenden, wie er sie in Händen und zur Hand hat ... Wer wie ich seine Kinder zur Friedfertigkeit erziehen möchte, muß auf solche Mittel verzichten, man kann keinen Menschen zum Frieden prügeln. Natürlich muß man auch über das Paradox nachdenken, das sich etwa in der altrömischen Spruchweisheit: »Si vis pacem, para bellum«, wenn du den Frieden willst, dann bereite dich zum Krieg! ausdrückt. Letztlich ist der Friedfertige immer ein Märtyrer, einer, der sich opfert, der verzichtet und sich hingibt. Dieser Grad an Heiligkeit schwebt mir nun freilich als Erziehungsziel auch nicht gerade vor. Ich möchte doch gern, daß sich meine Kinder einmal »behaupten«. Schließlich heißt es »Lebenskampf«, und sicher werden auch Georg und werden auch Michael später Menschen begegnen, die sie nicht so leicht gewinnen lassen wie ich in unseren ritterlichen Scheinkämpfen. Mancher Strauß ist auszufechten, wie ich hier immer wieder an meiner Dienststelle sehe. Und wenn die gesellschaftlichen Auseinandersetzungen heute auch nicht so rituell, ritterlich und sportlich nach gewissen Regeln verlaufen – keiner wird einem mehr die Fehde mit einem hingeworfenen Handschuh ansagen – und wenn es auch keine Duelle oder erklärten Kriege gibt, so herrscht doch ein unablässiges Gerangel. Heute ist es mehr die Kampftechnik der Intrige, die angewendet wird, und die meisten Auseinandersetzungen werden mündlich durch Gerüchte oder über das Papier ausgetragen. Es ist selten geworden, daß einer einmal eine Ohrfeige austeilt, und böse junge Zungen haben gesagt, daß es durch diese »Psychisierung« und »Entkörperlichung« des Lebenskampfes vor allem auch den Alten, also uns, ermöglicht worden sei, uns voll an diesem Kampf zu beteiligen. Wir müßten ja nicht mehr wie noch der Hüne Hildebrand

körperlich etwas leisten, um unsere Söhne zu töten. Wir könnten, die Technik macht's möglich, kämpfend im Ohrensessel sitzen bleiben oder als Schreibtischtäter »agieren«.
Ein Kollege aus dem Mittelbau hat einmal auf Besuch bei uns unsere, vor allem meine Nachgiebigkeit meinem Sohn gegenüber erlebt und sich kein Blatt vor den Mund genommen und gesagt: Wehe, wehe, wenn ich auf das Ende sehe. Natürlich hat mich das sehr getroffen und mir lange zu denken gegeben. Ich muß mich fragen lassen, ob ich aufgrund meiner psychischen Struktur vielleicht zur wohlverstandenen Vaterschaft ungeeignet und womöglich, weil zur Affenliebe neigend, nicht die Hand besitze oder die Faust oder das Herz, um auch einmal dreinzuschlagen und durchzugreifen. Was ich da als pädagogische Theorie formulierte, sagte der deutliche Kollege, klinge alles ein wenig nach Ausrede und falscher Rationalisierung. Die Söhne aber würden es mir nicht danken, daß ich sie nicht strenger und entschiedener angefaßt hätte. Und würde ich sie einmal um Vergebung bitten, daß ich es nicht über mich gebracht hätte, sie härter anzufassen, so würden sie mir nicht verzeihen. Wie sagt doch Hadubrand, sagte der Kollege: »Du bist ein alter Hunne, unmäßig schlau, du bist so alt geworden, weil du immer geschwindelt hast.« Damit war aber der Ernst der Unterhaltung überwunden, und wir haben ihn dann einfach hinweggelacht.
Wahr bleibt, daß ich meinem Georg noch so oft angedroht haben kann, an seiner Playmobilburg nicht mehr weiterzubauen, weil er nicht gegessen und uns so viel Ärger bei Tisch bereitet hat – ich spüre mein Magengeschwür –, daß ich mich aber dann doch wieder daranmache. Georg kann unendlich lieb bitten und betteln. Auch Gelübde und Versprechen werden abgegeben: Papa, am Abend esse ich den ganzen Teller leer. Schwöre!, sage ich. Schwöre, sagt Georg. Spondeo ac polliceor ... Und dann beginnt ein anderer Ärger, der Ärger mit der Burg.

Ein Hauptunterschied zwischen der mittelalterlichen Burgenrealität und der plastischen »Nachahmung« ist neben der Größe vor allem der Grundriß. Die Playmobilburg ist regelmäßig, symmetrisch und ohne Winkel, während doch in Wahrheit jede Burg eine absolut individuelle Sonderanfertigung darstellt, ganz entsprechend dem jeweils besonderen Gelände gestaltet. Und daher kommt es, daß die alten Burgen aus dem Mittelalter letztlich gar nicht wie ein Gegenstand der sogenannten »Kulturlandschaft«, also der vom Menschen umgestalteten Natur, erscheinen, sondern wie »Naturlandschaft«, zur Natur gehörend, aus ihr organisch gewachsen und jedenfalls von ihr angenommen. Ich will mich hüten, die heutige Architektur insgesamt zu beurteilen oder pauschal zu denunzieren und schlechtzumachen. Aber man sagt wohl nichts Unrechtes, wenn man meint, daß manches heute errichtete Gebäude von der Natur nicht angenommen, sondern sozusagen »abgestoßen« wird. Oft merkt man sogar den Ehrgeiz des Architekten, auf diese Natur einzugehen und ihr mit seinem Gebäude zu entsprechen, und doch kommt es zu einer Art »Organabstoßung«. Heute werden die Bauplätze vor allem radikal planiert. Die geringeren Möglichkeiten der Erdbewegung haben die mittelalterlichen Bauleute gezwungen, die Natur so zu akzeptieren, wie sie sich darstellte. Heute herrschen absolut die Wasserwaage und das Senkblei, es wäre undenkbar, daß ein Polier einfach nach dem Gefühl baut und ein Haus mit dem Gelände »mitgehen« läßt. Wehr- und Wohnburg des Mittelalters aber gehen auf und ab, es gibt an ihnen nicht die von heutigen Bauten her bekannte Tyrannis des vereinheitlichten Niveaus. Die mittelalterlichen Bauleute haben nicht nivelliert, sondern differenziert und spezifiziert. Dabei denke ich vor allem an die Wehr- und Wohnburgen im hügeligen Gelände und im Gebirge, natürlich gibt es auch Wasserburgen in der Ebene, die unter einem anderen, aber ebenfalls natürlichen Gesetz stehen.

Ist also nun die mittelalterliche Burg insgesamt und von ihrer Anlage her gesehen, reicher und geheimnisvoller, weil eben natürlicher als die Nachbildung dieses Vorbildes im Baukasten, so sind auch die einzelnen Elemente, aus denen die Burg gebaut wurde, unregelmäßiger als die exakten Würfel, Quader oder Kegel aus Plastik. Aber auch in der Steinmaurerei, die heute im Sinne der Nostalgie wieder eine gewisse Rolle spielt, werden keine so merkwürdigen Klötze verarbeitet wie an der mittelalterlichen Burg. Heute werden die Steine mit der Steinkreissäge ohne Rücksicht auf Verluste exakt zugeschnitten. Das aber gibt Verluste, nicht nur an Volumen und Material, sondern auch an Aussehen und über das »Ästhetische«, also das Erscheinungsbild, an Gefühlswert, der sich mit diesem »Äußeren« verbindet und von diesem »Oberflächlichen« und »Äußeren« wachgerufen und zum Klingen gebracht wird. Die Seele hängt am roheren Stein.

Einmal bin ich mit der Familie ins obere Mühlviertel gefahren, um dort Ruinen zu besichtigen, nein anzuschauen, andächtig anzuschauen und zu betrachten. Und bei dieser Gelegenheit sind wir einem der wohl letzten Steinbrecher begegnet. Nach der uralten und weithin schon völlig unbekannten Art hat dieser alte Mensch Steine gebrochen. Er hat uns anhand eines Beispiels, eines Findlings an einem Rain, gezeigt, wie er dabei zu Werke geht, wie er vor allem vor seiner Arbeit den Stein untersucht, sich Kenntnis und einen Überblick über schon vorhandene und durch seine Arbeit zu verstärkende Bruchlinien und Schwachstellen, über Einschlüsse oder sandigere Partien seines Granitsteines verschafft und dann erst an sein steiniges Werk geht. Wie er Keile in Spalten treibt, den Stein wälzt, um sein Eigengewicht und die Schwerkraft auszunützen, wie er einen Spaltvorgang durch Zusatzkeile, an anderen Stellen in Grübchen oder Spalten gezwängt, unterstützt, bis er schließlich an der richtigen Stelle zum entscheidenden und letzten Schlag ausholt und so dem groben Klotz ein Segment – nein, »Segment« käme von Schneiden –, besser einen Brocken abringt. Dabei geht der Steinbrecher, wie uns jener wackere Mann im oberen Mühlviertel erzählt hat, je nach Bedarf und Aufträgen gleich die geeigneten Steine an, braucht er Mauerquader oder einen Bogenteil für ein Torgewände, so weiß er aufgrund seiner intimen Kenntnis des Geländes und der vorhandenen Rohlinge und erratischen Blöcke, wo er sich hinwenden muß. Dabei sei dieses Geschäft auch nicht ohne Risiko, es sei ihm auch schon mancher Stein an einer Stelle gebrochen, wo er den Bruch gar nicht habe brauchen können. Und die Redensart: Schotter wird's immer, sei kein Trost für einen Steinbrecher. Man stecke nicht drin im Stein, sagte der Steinbrecher, und mancher Stein gebe sich von außen einen ganz anderen Anschein, als es dann wirklich um ihn bestellt sei, es sei manchmal wie die reinste Irreführung und als ob sich der Stein über den Steinbrecher lustig mache. Es sei etwa eine Arbeit bis zu einem gewissen Punkt prächtig gediehen und die endgültige Form sei bereits »handgreiflich« vor Augen, da gebe es buchstäblich mit einem Schlag, also schlagartig, eine Wendung, und der Stein mache an einer nicht vorgesehenen und für den beabsichtigten Zweck ungünstigsten Stelle auf. Er sei aber kein Bildhauer, sagte der Steinbrecher, vor allem kein moderner Bildhauer, denn dann könnte er sich damit trösten, daß er sagte, wird's kein Hase, dann wird's ein Reh, oder wird's kein Mann, dann wird's eine Frau oder umgekehrt, er brauche aber den Bogenteil eines Türgewändes und könne seinem Auftraggeber nicht mit einer Schwelle oder einem Pflasterstein kommen. Und er sei auch kein Steinmetz. Zwischen einem Steinbrecher und einem Steinmetz sei ein Unterschied, ähnlich dem Unterschied zwischen einem Holzknecht und einem Zimmermann oder einem Zimmermann und einem Tischler. Natürlich arbeiteten beide Hand in Hand, buchstäblich Hand in Hand, der Steinbrecher und der Steinmetz oder der Steinbrecher und der Steinmaurer, und er habe als Steinbrecher immer den Steinmaurer vor Augen, er orientiere sich an den Bedürfnissen der Steinmaurer, manchmal je nach Auftrag auch am Bildhauer, dem Steinhauer. Der Bildhauer seinerseits verhalte sich zum Steinhauer wie der Kunsttischler zum Holzknecht. Da seien große Abstände, es ergebe sich aber aufgrund des gleichen Materials letztlich auch eine große Nähe, und es habe bereits Leute gegeben, die alles beherrscht hätten, die Brecherei und die Maurerei und oft sogar die Hauerei, vom Steinbrechen bis zum Bildhauen. Nicht zu vergessen auch die Steinbrennerei. Er unterstütze manchmal das Brechen eines Steines durch ein Feuer und Erhitzen des Steines, betrachte sich deshalb aber noch lange nicht als einen fachkundigen Steinbrenner. Die Steinbrenner hatten früher natürlich andere Aufgaben und dementsprechend auch andere Vorgangsweisen und Methoden, als Steine bloß zu erhitzen zum Zwecke ihrer Spaltung. Das Steinbrennen spiele, sagte der Steinbrecher, in das Gebiet der Metallkunde und der Erzwissenschaften hinüber und sei schon eine chemische, früher alchemische und alchemistische Angelegenheit gewesen, und ein Steinbrenner hätte es sich früher verbeten, mit einem Steinbrecher oder Steinhauer verglichen und verwechselt zu werden.

Einmal stand ich mit meinen Studenten bei einer Exkursion vor Hochliebenfels, einer der mächtigsten und gewaltigsten Ruinen Kärntens, einer ausgedehnten Anlage mit zwei himmelragenden romanischen Bergfrieden, einem geräumigen dreieckigen Hof, so groß, daß man hier Turniere auch im Inneren abhalten konnte, vielen Resten von Wohnburg, Kapelle und mit einer die weit auseinanderliegenden Anlagen, vor allem die Bergfriede verbindenden gotischen Wehrmauer. Wir standen in einigem Abstand vor der Südmauer mit dem spitzbogigen Tor. Man sieht vor der Burg weit ins umliegende Gelände hinaus den nackten Stein des Grundes, aus dem die Burg selbst errichtet ist. Als ich jedoch meine Studenten fragte, wie sie nun meinten, daß die Menschen des 12. und 13. Jahrhunderts jene unzähligen Steine aus dem Grund gebrochen hätten, aus denen etwa allein die Bergfriede bestehen, bekam ich recht merkwürdige Antworten. Es war von Sprengen und anderen modernen Techniken die Rede. Und immer mußte ich meine Studenten an das 12. Jahrhundert erinnern, da es alles das, was sie vorbrachten, nicht gegeben hat. Schließlich resignierten sie, und Resignation, das wäre sicher auch die Reaktion, die wir erbringen würden, wenn wir vor einer solchen Aufgabe stünden, Tausende und Abertausende Steine mit den primitivsten Hilfsmitteln aus dem Fels zu brechen. Die Burg heißt Liebenfels, und sie verdient ihren lieben Namen tausendmal, die Arbeit der Bauleute aber muß wirklich alles andere als charmant gewesen sein. Zwar hatten sie kein Material, kein mürbes und verwittertes Zeug abzuräumen, um an den harten Stein zu kommen, aber mit Steinkrampen, Steinpickeln und Spitzhacken in das Felsmassiv jene in 3 bis 5 Metern Abstand befindlichen, etwa einen Meter tiefen Rillen zu ritzen, muß eine Sisyphosarbeit gewesen sein. Mit einem Steinbohrer hat man dann zwischen den Rillen Löcher gebohrt. Beim Steinbohrer handelte es sich um eine massive Eisenstange mit einem Stahlkopf mit Kanten am Ende, die von zwei Männern hochgehoben und dann wieder niedergestoßen wurde. Dabei schüttete man ständig Wasser in das Bohrloch, um das Bohrmehl in einen suppigen Schlamm zu verwandeln und so zu verhindern, daß der Bohrer hart zwängen konnte. Man hört, daß die Männer für eins der anderthalb Meter tiefen Löcher drei bis sechs Stunden benötigten. Rechnet man den Arbeitstag mit 15 Stunden, so konnten die zwei Männer am Bohrer maximal 5 Löcher am Tag zustandebringen. So lange Arbeitszeiten? wunderte sich ein Student. Ich aber sagte und erinnerte daran, daß wir uns im 12. Jahrhundert befänden. Damals waren das Schießpulver und die Gewerkschaft noch nicht erfunden, sagte ich. In die Bohrlöcher aber schlug und zwängte man dann trockenes Fichtenholz, das man mit siedendem Wasser ununterbrochen begoß. Das Holz »trieb« durch das heiße Wasser und sprengte schließlich den Block vom Felsen. Die rohen Blöcke wurden mit sogenannten »Wölferln«, kleinen Spitzkeilen, und schweren Eisenhämmern zerkleinert und zur Baustelle gebracht, wo sie dann nach Bedarf noch weiter gemeißelt und behauen und dann verarbeitet wurden. Ich forderte meine Studenten auf, einmal zur Riegersburg zu fahren, wo sie westlich der Burg in einem aufgelassenen Steinbruch an einer langen und hohen Felswand noch immer die Ritzspuren sehen könnten, während hier in Hochliebenfels aufgrund des Geländes jene Spuren durch den Regen und den Frost der Jahrhunderte verwischt worden seien. Auch nannte ich meinen Schülern den Namen jenes Mühlviertler Steinbrechers, der mich und meine Familie unterrichtet hatte, und auch den Namen Christian Schölnast und dessen Buch »Wie unsere Altvorderen lebten«, das sich als eine Einführung in alte Arbeitsmethoden sehr gut eigne.

Mir hat der damalige Unterricht durch den Steinbrecher im oberen Mühlviertel sehr viel bedeutet, weil ich so dem Verständnis der Burg als eines Steinbaus ein gutes Stück näher gekommen bin. Ich habe durch die Reden und Erklärungen des steinkundigen Mühlviertlers endlich verstehen gelernt, warum ich bei den meisten Burgen und vor allem Burgruinen gesehen hatte, daß sie die große Ringmauer mit dem Wehrgang, diese meterdicke, mehrere Meter dicke Hauptmauer, nur außen mit den gehackten und behauenen Steinen, im besonderen auch auf der Außenseite mit den Bossensteinen, den sogenannten staufischen Buckelquadern, errichtet haben, aber den Zwischenraum zwischen den beiden Mauern mit Bruchsteinen und Steinschotter, dem Abfallkies aus dem Steinbruch, vermischt mit einem Mörtel, der zum Teil über die Jahrhunderte hinweg seine Konsistenz und Festigkeit bewahrt hat, aufgefüllt haben, wenn sie auch schließlich den

Boden des Wehrganges, also die Mauerkrone, auf der die Zinnen oder eine Schartenmauer mit verschiedenen Mauerscharten oder über die Brüstung hinauskragend eine Hurde angebracht wurde, mit dicken Steinen und einer möglichst plan bearbeiteten Oberfläche gepflastert haben. Natürlich war es notwendig, daß man im Wehrgang schnell laufen konnte und nicht gestolpert ist, denn den alten Rittern hat es meist pressiert, wenn sie in diesem Teil der Burg zu tun hatten, um Pech und Schwefel, siedendes Wasser und vor allem Steine auf die Feinde hinunterzuwerfen und zu schütten. Ob aber nun Hausteine oder Steinbruch, steinig durch und durch ragen die Burgen mit ihren Mauern und Türmen, der Schildmauer, den Schalentürmen an der Ringmauer, dem Palas, dem Speicher, mit Erkern und Söllern, der Kapelle und allen übrigen Gebäudeteilen oder Gebäuden auf in den Himmel, auf dem Urgestein stehend, fundamentiert und gehalten von Stütz- und Strebepfeilern – von diesem Urgestein genommen und mit diesem Urgestein verwachsen.
Die Steinteile sind es denn auch, die die Zeit vor allem überdauert haben, wenn sie nicht weggefahren und weggekarrt und zur Errichtung anderer Mauern und Häuser in der Umgebung der Burg verwendet und wiederverwertet wurden. Die Steine sind in jedem Fall noch vorhanden, ob noch in dem architektonischen Ensemble der Burg, in diesem epochalen kastellologischen Zusammenhang, in dieser steingewordenen höfischen Ordnung, oder in gewissermaßen säkularisiertem und profaniertem Zustand, wenn sie anderswo, etwa an einem Bauernhaus, eingemauert wurden.
Mit dem Holz verhält es sich durchaus anders. Das Holz ist sehr oft in den Jahrhunderten weggefault, weggebrochen oder weggebrannt. Und so schauen viele Fensterleibungen ohne ihren hölzernen Rahmen nackt und entblößt, durch die Zeit um das hölzerne Fachwerk gebracht, blind in die Landschaft. Das Holz der Wehrgänge, die Kästen der Hurden, die Dachbalken, die Sparren und Rofen, das Holz der

Brücke und des Fallgatters, der Wellbaum und die Spindel am Brunnen, Holztreppen und Stiegen, Türen und Tore – all das hat die Zeit abgeholt und mitgenommen. Alles Holz ist mit wenigen Ausnahmen mit der Zeit gegangen und verschwunden, sofern es nicht erneuert und wiederhergestellt wurde, wie man es auf den immerhin nicht wenigen bewohnten und umgestalteten Burgen heute sieht.
Noch weniger haltbar als das Holz, namentlich wenn es ungeschützt dem Regen und Wind ausgesetzt ist, noch weniger haltbar – noch »haltloser« – ist nur der Mensch, der das alles ausgedacht und gebaut hat. Noch stehen in den Höfen oder außerhalb des Berings der Burgen viele alte Bäume, die von den Rittern der Gründer- und Stiftergeneration der Burgen gepflanzt wurden. Jahr für Jahr grünen und blühen einige der steinalten Steineichen und Linden, der Minnebäume des höfischen Zeitalters, in unserem Atomzeitalter, sie treiben im Frühling aus, blühen und verwelken im Herbst, stehen starr und gefroren im Winter und erwachen wieder im Frühling. Von den Menschen, die sie gepflanzt haben, sofern sich die Bäume nicht selbst gepflanzt haben, weil die Natur den Menschen dazu bekanntlich an und für sich nicht braucht, von den Menschen der damaligen Zeit stecken vielleicht noch irgendwo im Erdreich die Knochen, sofern nicht ein aggressiver Boden selbst diese Knochen porös gemacht und zerbröselt und so den Menschen wirklich wieder zu Erde hat werden lassen. Von der Erde gekommen und genommen, zur Erde zurückgekehrt. O Mensch, bedenke, daß du aus Staub oder, wie die Chemie gezeigt hat, zu 95 Prozent aus Wasser bist und daß du wieder zu Staub oder Wasser werden wirst. Du bist nicht aus Holz und nicht aus Stein. Die Wurzeln der Bäume haben sich der vielen vor dem Bering, außerhalb des Halsgrabens und des Sporns der Burg, verscharrten Feinde angenommen und erbarmt, die Eichen und Buchen haben die alten Ritter getrunken und auf ihre organische Weise ausgeatmet.

Ich habe mich im Rahmen meiner Vorbereitungen für das Rigorosum auch mit der Schichtenmetaphysik, auch Regionalontologie genannt, beschäftigt. Demnach bildet die Basis des Seienden die anorganische Natur, die Mineralien und die Steine, darauf ruht, am unteren teilhabend und es überhöhend, das Organische, die sogenannten Lebewesen, die Tiere und der Mensch im materiellen Sinn. Und über allem thront der Geist, der Geist des Menschen und der noch tausendmal höher zu denkende Geist Gottes, der absolute Geist, an dem der Mensch teilhat, ohne ihn ganz zu erschöpfen, sodaß mir ein Mensch, der sich selbst, sich konkret und also individuell für die Krone der Schöpfung und das Non plus ultra des Seienden hält, immer als großer Dummkopf erschienen ist, als dächte er, etwas Besseres und Größeres oder überhaupt etwas außer und über ihm könne es nicht geben. Stein, Pflanze, Tier, Mensch heißt also die Reihe des Seienden, habe ich gelernt. Das hat mir eingeleuchtet, und es ist mir erschienen, als sei das Geschaffene in den unteren Schichten weniger raffiniert und differenziert und, wie es hieß, nicht besonders »ansprechbar« oder »irritabel«, es mangle an einer höheren »Irritabilität«, die Reaktion des Baumes im Frühling sei nicht zu vergleichen mit der Dressierbarkeit von Tieren. Das Ausschlagen der Bäume sei also keine so hohe Leistung wie das Ausschlagen der Pferde, und das Höchste sei gewissermaßen das Ausschlagen des Menschen, etwa durch planvolles Kriegführen oder auch in friedlicher Organisation. Ich habe also diese Ordnung anerkennen gelernt, wenn ich auch eingesehen habe, daß oben in dieser Pyramide auch der große Schwindel beginnt, das Atemberaubende, während die Natur bei Stein und Pflanze und Tier gewissermaßen ruhig atmet. An der Basis ist Ruhe und Verläßlichkeit, je weiter man hinaufschaut, um so tödlicher wird das Seiende. Die Zeit tut ihr Werk auch an den Steinen und am Holz, aber am Menschen tut sie es besonders prompt und drastisch. Das Menschenleben ist notwendigerweise und immer eine Tra-

gödie. Dafür, daß wir etwa an der Natur eine Freude haben können, müssen wir teuer, nämlich mit dem Tod bezahlen. Die Steine haben an den Menschen keine Freude, die Menschen bedeuten den Steinen nichts, die Menschen lassen die Steine kalt. Es ist dem Stein gleichgültig, ob er tief im Gebirge steckt oder ob er von einem Steinbrecher des oberen Mühlviertels gebrochen und bearbeitet und schließlich bei den Sicherungsarbeiten zur Festigung einer alten Burgruine verwendet wird und einen besonders schönen Platz, etwa in einer Mauer der Schaunburg bekommt, mit einem schönen Ausblick über das weite, gottgesegnete und gemüsereiche Eferdinger Becken. Ja, es ist dem Stein nicht einmal gleichgültig. Und doch wäre es eine menschliche Überheblichkeit, anzunehmen, daß der Stein von Haus aus das sei, was wir alle werden, nämlich tot. Das wissen wir nicht. Und das Eingeständnis dieses Unwissens ist doch wohl das mindeste, was man vom Menschen erwarten kann, obwohl es vielen so unendlich schwerfällt.
Von den Tieren der Burgen in den Zwingern an der Schildmauer oder im Graben gilt leider nahezu dasselbe wie von den Menschen. Wir können sie gern in unser Totengedenken einbeziehen. Auch wenn stimmt, was die Regionalontologie meint, daß die Tiere, also etwa die Bluthunde und Wildschweine, keine Seele haben, jedenfalls keine unsterbliche.
Nach Stein und Holz hat neuerdings auch das Material der Playmobilburg, das Plastik, bei den Revitalisierungen in den Burgen Einzug gehalten. Ich bin kein Ablehner oder Verdammer dieses Stoffes, ganz im Gegenteil, ich schätze seine Eigenschaften in vielen Bereichen, und es würde schließlich auch den Hersteller einer Spielburg aus Plastiksteinen niemand hindern, etwas Naturgetreues, Maßstabgerechtes und historisch Stichhaltiges zu leisten. Es ist ja bloß so, daß die Kunststoffchemiker über alles Bescheid wissen, über die verschiedenen Arten von Kunststoffen und die Möglichkeiten von Spritzguß, Schäumen, Stanzen, Pressen und was nicht

noch alles, daß sie also über alle denkbaren technischen und chemischen Eigenschaften des Stoffes und den Stoff selbst Bescheid wissen, nur eben nicht über die Burgenkunde. Und sicher wird den Museologen das Diarama »Brennendes Museum« und wird den Circologen der Zirkus und den Wild-West-Kundler das Fort, den Rotkreuzmann das Rettungs- und den Feuerwerker das Feuerwehrensemble und den Nautiker die Seeschlacht unbefriedigt lassen. An dieser »Kinderei« aber sieht man die Notwendigkeit des interdisziplinären Gespräches ... Im übrigen zeigt sich, daß die modernen Arrangements, wie etwa die Ambulanzstation oder der Kiosk, einsichtiger und naturnäher und naturgetreuer sind, daß den modernen Kunststoffachleuten und Plastikern auch die modernen technischen Anlagen besser gelingen als die veralteten, sogenannten überholten und historischen. Die Autos und übrigen modernen Fahrzeuge bis hin zum Flugzeug gelingen gut, ja zum Teil frappierend echt, die Oldtimer, die Burg, sowohl die Achthundertachtunddreißiger als auch die Achthundertneununddreißiger, sind weniger gut gelungen, ja unter einem strengen historischen Maßstab betrachtet sogar mißlungen. Und am schwächsten und am unvollkommensten gelungen ist – der Mensch!
Der Mensch ist wohl das am schwersten zu imitierende. Sieht man die niedlichen Plastikmännchen, und bedenkt man das Menschenbild der Hersteller von Plastikspielzeug, dann kommt man zu dem Schluß, der Mensch mag vielleicht 30 Knochen in sich haben, er hat aber bekanntlich 240. So haben die Plastiker etwa sowohl die Armbeuge als auch die Kniebeuge unterschlagen. Steifbeinig und steifarmig hantieren die Homunculi, so steif, daß den Beugeversuchen meines Älteren schon mancher Arm zum Opfer gefallen und mancher Arm zu Bruch gegangen ist. Es ist an sich durchaus erstaunlich, wie diese Figuren von Playmobil wirklich mobil und verformbar, das heißt veränderbar, sind, sodaß ihre Scherenhändchen verschiedenes Werkzeug, die Lenkstange

eines Motorrads, eine Pferdepeitsche, eine Schaufel, eine Starterfahne oder irgendein anderes Gerät oder Werkzeug halten können, aber noch erstaunlicher ist mir oft, was Georg, mein Ältester, gern zusätzlich verlangt, wobei sich dann sehr schnell die Grenzen ihrer Mobilität zeigen, und wenn die Damen und Herren des Baukastens von meinem Georg dazu gezwungen werden, zerbrechen sie buchstäblich daran. Georg führt die Männchen und Weibchen an die Grenzen ihrer Belastbarkeit. Er sagt etwa, dieser Ritter möchte sich gern am Rücken kratzen, er schwenkt also den Arm zurück, doch nähert sich die Scherenhand der juckenden Stelle dabei noch gar nicht. Jetzt kommt der Beugeversuch. Der Arm kracht im Drehschultergelenk, die Manschette am Handgelenk springt ab, aber bevor die Hand am Rücken etwas tun könnte, bricht das Ärmchen aus der Achsel. Jetzt kann Georg dem ungewaschenen Ritter, den am Rücken offenbar die Flöhe oder gar eine Wanze gebissen haben, sehr wohl mit diesem körperfreien Ärmchen Linderung verschaffen. Auf diese Weise haben wir neben unserer Burg bereits eine ganze Schachtel voll von losen Ärmchen und Beinchen, Köpfchen und Händchen und Füßchen. So haben wir bereits eine richtige »Gliederbank« und könnten einen plastischen Chirurgen oder einen Transplantanten mit viel Material beliefern. Im Dauertest, dem Georg aber vor allem auch das Gerät und die Waffen unterzieht, ist auch schon einiges abgebrochen, Lanzen und Speere, Wappen und Fahnen, Pferdeschweife und Kuheuter, Hörner. Würde man alles wieder zusammenfügen, könnte man eine ganze weitere Burg mit Personal, Tieren und Waffen rüsten und ausrüsten. Und es wäre auch gar kein Unglück, denke ich manchmal, wenn man an den Rittermännchen und den Frauen die dann noch fehlenden Körperteile durch Tierbestandteile, je nach Vorrat, ersetzt und substituiert. Man käme auf diese Weise durch eine solche anthropologisch-zoologische Kontamination und Kombination der phantastischen Welt der Ritterdichtung sehr nahe, wo wir doch als Leser der alten höfischen Epen immer wieder von absonderlichen, »spaehe«, merkwürdig und »wunderlich«, also phantastisch bezeichneten und beschriebenen Lebewesen, halb Mensch, halb Tier, überrascht, erschreckt und erstaunt werden.

Denn welcher Spielzeugerzeuger könnte es etwa dem Wirnt von Grafenberg gleichtun, der in seinem »Wigalois«, neben der dort vorkommenden Raul, sozusagen einem Musterexemplar einer häßlichen Frau mit allen Attributen des Tierischen gleich Abstoßenden, die ich hier einmal beiseite lassen möchte, schon eine Nebenfigur wie Marrin derart ausstaffiert und deskribiert: »In dieser Finsternis rannte den Wigalois eine seltsame Kreatur an. Die attackierte ihn mit Feuer. Sie hatte einen Schädel wie ein Hund, lange Zähne und ein weites Maul, die Augen tiefliegend und flackernd, feuerfarben. Vom Gürtel abwärts hatte sie einen Pferdeleib. Ich kann wirklich nicht sagen, ob es sich bei dieser Kreatur um einen Mann oder ein Weib gehandelt hat. Denn zwischen dem Gürtel und dem Kopf war sie wie ein Mann geschaffen. So sagt es die Geschichte, und es ist schwer genug zu glauben. An ihrem Oberkörper waren aber breite Schuppen, härter als Stein. Diese Schuppen konnte das schärfste Schwert nicht ritzen. Dieses Wesen brachte Wigalois in die allergrößte Bedrängnis ...« Und eine andere allegorische Gestalt, den sogenannten »Hauptmann der Abenteuer«, erlebt Wigalois so: »Da sah er eine wahrhaft ungeheuerliche Gestalt, die gleichwohl freundlich wirkte. Er sah also aus dem Wald auf die grüne Wiese den Abenteuerhauptmann gehen. Ein Maler hätte es schwer, der ihn malen wollte. Er war schnell und tapfer, hatte ein menschliches Antlitz und auf dem Kopf eine Krone mit einem Rubin. Seine Augen waren nach Art des Straußvogels, der Hals aus Elfenbein. So jedenfalls habe ich es im Buch gelesen. An den Achseln hatte er zwei Flügel, flugtauglich und flügge. Unter den Flügeln hatte er dicke Schuppen ganz wie ein Fisch. Kein einziger

Mensch auf der Erde wurde je so wunderlich gefunden wie der Hauptmann der Abenteuer. Die Füße, mit denen er ging, waren vom Löwen genommen ...«
Die alten Epiker erfüllen so gesehen voll das im Wort Playmobil eigentlich ausgedrückte Programm, ihre Phantasie ist in der Tat »beweglich«, und alles, was wir von unseren Spielzeugerzeugern kennen, ist dagegen eher »playimmobil«. Wir haben es bei der mittelalterlichen Literatur mit kindlichen, im besten Sinne des Wortes kindlichen und naiven Autoren und einem kindlichen und naiven Publikum zu tun. Und vielleicht werden deshalb auch einige, die sich mit dieser fernen Zeit wirklich einlassen und sich ganz in sie vertiefen, ihr Leben dem Altertum und dem Mittelalter widmen und »weihen«, selbst zu Kindern, so wie Don Quichotte, der viel über die Ritter gelesen und all das Gelesene nicht nur für möglich, sondern für wirklich gehalten und dann auch in seinem eigenen Leben *verwirklicht* und *wahr gemacht* hat. Mir persönlich sind Wissenschaftler und Forscher, die über ihren abliegenden und von all dem gegenwärtig Gültigen abweichenden Gegenstand nicht auch selbst ein wenig komisch und schrullig – im Sinne und im Verständnis ihrer materialistischen, technokratischen und pragmatischen Mitwelt und Gegenwart und Umgebung komisch und schrullig und auffällig – geworden sind, eher ein wenig verdächtig. Man kann nicht die Gesellschaft einer vergangenen Zeit studieren und dann ein Gesellschaftsmensch im Sinne seiner eigenen Zeit sein. Und ich würde den alten Geheimrat und Minister Goethe nur als die rare und seltene Jahrtausendausnahme gelten lassen. Sein Mittelalterverständnis war freilich gut entwickelt, wenn ihn auch die Romantiker nicht nur an Liebe, sondern auch an Einsicht in diese Materie übertroffen haben. Im »Götz von Berlichingen« hat er freilich gezeigt, daß auch er den Ritterschlag verdient hätte. Am Ritter mit der eisernen Hand hat der Herr von Goethe eine gute Hand im Umgang mit der Mediävistik unter Beweis gestellt. Wer

sich ganz in eine andere Zeit versetzen und »verrücken« läßt, wird freilich, wenn er nicht die geistige Beweglichkeit des Olympiers hat, leicht wirklich verrückt. Es ist ein kurzer Weg vom Entzücken zum Verrücken. Manchmal bemerke ich an meinem Georg eine so intensive Faszination und Suggestion durch das Rittertum, daß ich Angst um ihn bekomme. Ich bekomme Angst, er könnte verrückt oder, so wie ich, Altgermanist werden, was in etwa identisch ist, freilich nicht in einem lächerlichen und oberflächlichen Sinn, sondern im angedeuteten Verständnis der Totalität eines Interesses. Denn natürlich kann das Belagern zu einer Art Lagerkoller und das Besetzen zur Obsession und Besessenheit führen und aus all den Kämpfen resultieren leicht auch Krämpfe, im Sinne von Fixierungen. Die feste Burg als fixe Idee.

Manchmal sehe ich auf Georgs Karton mit den ritterlichen Leichenteilen, den ausgerenkten und ausgerissenen, den abgebrochenen und ausgekegelten, den abgesprengten und herausgezwängten Köpfen, Armen und Beinen und denke mir: So ähnlich vermischt und verstreut haben wir bei verschiedenen Grabungen, etwa bei den Ausgrabungen vor dem Halsgraben der Burg Gutenbrunn, die Verhältnisse getroffen, verstreute und zerlegte Skelette, kopflose Gerippe, gerippelose Schädel, ledige Armknochen, freie Extremitäten. Bei manchem Gräberfeld hat man den Eindruck, hier habe ein großer Amputator seine Werkstatt gehabt, kaum ein vollständiges Skelett. Es müssen Massaker bei den Burgen stattgefunden haben, und der Burgherr scheint nach der Entsetzung seiner Burg und nach gelungener Verteidigung mit den auf der Walstatt zurückgebliebenen Toten nicht zimperlich und wenig christlich verfahren zu sein. Hals über Kopf mögen die Angreifer geflohen sein und Reißaus genommen haben, und »Hals über Kopf«, das ist auch der angemessene Ausdruck für die Ordnung in einigen der geöffneten Massengräber vor den Halsgräben, die durch die Bestattung der

auf der Strecke gebliebenen Eindringlinge zu wahren »Halsgräbern« geworden sind. Die bösen Feinde wirken nicht gerade christlich bestattet, sondern oft eher wie verscharrt.
Unverrottbar, heißt es, seien gewisse Kunststoffe, und bei den Erdkabeln, die heute verlegt werden, müssen diese neuen Materialien ihre wunderbaren Eigenschaften, was ihre Haltbarkeit betrifft, auch schon bewiesen haben. Den Langzeittest haben freilich die Kunststoffe noch nicht bestanden, reden wir über dieses Thema in tausend Jahren weiter! Dann wird sich zeigen, wie sie die Zeit überdauert haben. In tausend Jahren wird übrigens auch das Erdöl, aus dem der Kunststoff vor allem hergestellt ist, aufgebraucht sein. Bis dahin aber, bis das Öl endlich gar ist, werden die Plastikhersteller die Welt mit ihren Produkten angefüllt haben, und ich glaube nicht, daß der Kunststoff in der noch ausstehenden zukünftigen Zeit der Menschheitsgeschichte jemals so wertvoll werden wird, daß die Menschen nach der Art unserer Archäologen danach graben werden und daß irgend jemand eine große Freude haben wird, wenn er irgendwo in einer Erdspalte oder einem vergessenen Speicher Teile der Burg meines Georg finden und entdecken wird. Dann wenn das Öl rar und endlich »gar« ist, wie wir in Österreich, oder wenn es »alle« ist, wie unsere deutschen Freunde sagen, können wir oder vielmehr die dann lebenden Menschen mit ganzer Überzeugung das Lied singen: Aus ist's, und gar ist's, und schad ist's, weil's wahr ist. Die Erde wird dann statt ihrer ursprünglichen Atmosphäre einen Giftmantel tragen. Mag sein, daß sich die Menschen an die neuen sauerstoffarmen und dann sauerstofflosen Zeiten bereits wieder angepaßt haben, daß sie also weiter mutiert haben, möglicherweise werden sie sich auch anatomisch der neuen »biotopischen« oder »thanatotopischen« Situation adaptiert haben. Vielleicht schlägt die Natur bei Heinrich von Veldeke nach und orientiert sich an der Beschreibung der häßlichen

Sibylle, die Äneas in die Unterwelt führt, auch die Beschreibungen der Raul durch Wirnt von Grafenberg oder dessen Hauptmanns der Abenteuer könnten der Natur als prototypisches Vorbild für den neuen Menschen dienen. Und wenn die Menschen dann noch lesen können oder wollen und wissen möchten, wie es früher auf der Erde ausgesehen hat, als sie noch ein sogenannter Lustort und »locus amoenus« war, dann können sie von den Linden, Eschen, Birken, Eichen, Buchen, den Fichten, Tannen und Föhren und all den übrigen Bäumen, die es einmal gegeben haben wird, bei den Minnesängern nachlesen oder auch bei den Epikern, die von den vielen Waldabenteuern berichten. Auch Stifters Hochwald könnte den Menschen ein anschauliches Bild vom Böhmerwald und den übrigen Wäldern verschaffen.
Was phantasierst du nur alles zusammen, sagt meine Frau, du nimmst doch deinen Kindern alles Vertrauen in die Zukunft, mit deinem Pessimismus wirst du sie noch einmal ganz freudlos machen. Immer bist du am Unheilprophezeien, für einen solchen Alterspessimismus bist du doch noch gar nicht alt genug. Wenn du so düster und schwarz siehst, wenn du nichts als Kriege und Katastrophen vorhersiehst, dann hättest du allein bleiben sollen und auch keine Kinder haben dürfen. Wer Kinder hat, darf sich nicht so gehen lassen und sich nicht in eine solche Katastrophenstimmung hineinsteigern und auch noch seine Familie mit hineinreißen. Wenn die Welt wirklich ein »locus horridus« und eine Hölle ist oder demnächst wird, dann hätten wir uns an unseren Kindern ja schwer versündigt, daß wir ihnen diese Welt angetan haben. Und immer sagte ich, früher sei alles besser gewesen, wo dies doch gar nicht stimmen könne, die Lebenserwartung sei weit geringer gewesen, die Kindersterblichkeit groß, Gerechtigkeit habe es keine gegeben. Ich hätte doch selbst schon einige Male erzählt, daß die Wissenschaft das idealistische Bild, das die höfischen Dichter entwerfen, als reine Illusion und Fiktion erkannt habe und daß es keine

»Tugendritter« gegeben hat. Wer war das nur, fragt sie mich und klagt sie mich gleichzeitig an, der da geschrieben hat, daß sich in der Ritterdichtung nur ein ganz verachteter Stand ein Ansehen geben wollte, ein Ansehen und einen Anschein, daß aber der Schein trügt, ja die ganze Dichtung ein einziger Trug, Lug und Trug, sei. Und wer hat das geschrieben, fragt sie mich, daß es früher insofern anders und besser gewesen sei, als man nicht immer »früher« sagen habe müssen. Und gerade die von mir oft gerühmte Zeit des hohen Mittelalters sei doch voll von Gegenwartsschelte und Vergangenheitslob. Jene Zeit habe sich offenbar selbst gar nicht und überhaupt nicht gemocht und angenommen. Sie habe den Weltuntergang unmittelbar bevorstehen geglaubt. Alles war ihr Zeichen des Niedergangs und des Endes. Und von einer so apokalyptischen Zeit würde ich schwärmen. In Wahrheit sei aber seit damals einiges besser geworden, der Humanismus habe sogar zugenommen.
Manchmal widerspreche ich, manchmal gebe ich auch recht, einmal freilich habe ich meine Frau beleidigt, als ich ihre Ermunterungsreden, ihre Mutzuspruchsansprachen als »Stimmungsmache« abgetan habe. Meistens aber unterbrechen unsere Kinder den Disput, Georg will kämpfen oder Michael hat die Hose voll. So wird unmittelbares Handeln notwendig. Ist auf diese Weise Gefahr im Verzug und herrscht Notstand, so hat der Diskurs Pause. Michael erteilt so auf seine Weise eine Antwort, und Georg erzwingt die Rückkehr auf den Boden der Tatsachen und des Lebens als Lebenskampf. Ich bin sehr froh über die Erfordernisse dieses Familienalltags, sie lenken einen sehr von sich selbst ab, man vergißt sich, und das heißt auch seine Schmerzen und Leiden. Auch wer Mitleid hat und entsprechend handelt, kommt von sich los. Ich bedauere manchmal sogar jene Kollegen, die nur für sich selbst verantwortlich sind und keine Verantwortung für andere tragen. Ihr Glück ist sehr vordergründig und nur scheinbar, letztlich ist dieses Glück sogar

ein Unglück. Einige Kollegen sehen das natürlich selbst ganz anders. Ja, sie sagen, mein immer wieder zum Vorschein kommender Pessimismus, meine »Depressionen« seien das Ergebnis einer Überforderung. Aus der Doppelbelastung als Familienvater und Habilitand resultiere meine Schwarzmalerei. Ich machte die Welt deshalb immer madig, weil ich meine familiäre Situation und den Druck des Habilitierenmüssens, die Angst um die dauernd fälligen Verlängerungen meines Dienstvertrages als Damoklesschwert über meinem Haupte fühlte. Hieraus komme aller Verdruß und Mißmut, das fortgesetzte Gefühl der Bedrohung und der Existenzangst.

So stellen sie sich das vor. Ich mache die Welt madig? Im Gegenteil, ich preise die Welt und die Schöpfung. Konrad von Würzburg hat bekanntlich wirklich und buchstäblich die Welt madig gemacht. Sie verwechseln mich mit Konrad von Würzburg, sagte ich damals zu meinem psychoanalysierenden Kollegen. Mit jenem Konrad von Würzburg, der um die Mitte des 13. Jahrhunderts in seiner kurzen Parabel »Der Welt Lohn« Wirnt von Grafenberg einen tiefen Blick in den wahren Zustand der Welt tun läßt. Eines Tages besucht diesen Wirnt von Grafenberg, den Verfasser des »Wigalois«, eine wunderschöne Frau und bedankt sich beim Dichter, daß er ihr als Dienstmann immer gedient und sie so herrlich besungen habe. Wirnt aber wundert sich, weil er diese großartig anzuschauende Frau, die vor ihm steht, noch nie gesehen hat und gar nicht kennt. Auf die Bitte, sich zu erklären und zu nennen, sagt sie: »Ich heiße Welt. Und ich bin es, nach der du dich so lange verzehrt hast. Jetzt sollst du endlich belohnt werden, ich komme jetzt zu dir, schau mich nur an!« Mit diesen Worten dreht sie sich um und zeigt ihm ihren Rücken. »Dieser Rücken aber war auf und auf behaftet und verklebt mit Würmern und mit Schlangen, mit Kröten und Nattern. Ihr Leib war voller Blattern und Eiterbeulen, und Fliegen und Ameisen nisteten in ihrem verfaulten Rücken.

Die Maden fraßen ihr das Fleisch von den Knochen. Sie war so verwest, daß von ihrem Leib ein Gestank ausging, der nicht zu ertragen war. Ihr schönes Seidenkleid war hinten zerrissen und zu einem wertlosen Fetzen geworden. Ihr Glanz war hier verblichen, und sie war aschgrau und fahl.« So, indem sie Wirnt nach ihrem strahlenden Prospekt die Kehrseite anzuschauen gibt, entfernt sich die Frau Welt. Wirnt ist verzweifelt und niedergeschlagen und zieht seine Konsequenzen. Er ist als Dichter gewissermaßen in seinem Berufsleben gescheitert, er wurde nicht »verlängert«, seine Habilitation wurde nicht approbiert, seine Arbeit war vergebens und umsonst, ja falsch und verkehrt.

Ich werde mich, wenn es mit mir soweit ist, und ich bin, was mein Fortkommen an der Universität betrifft, wirklich nicht zuversichtlich, ganz ins Familienleben zurückziehen, zwingt man mich zum Aussteigen, so werde ich mich noch stärker als schon heute familiarisieren. Ich werde mich um eine einfache Arbeit umsehen. Vielleicht kann ich in der Pförtnerloge beim Torturm der Hochosterwitz Eintrittskarten und Burgführer verkaufen, vielleicht kann ich als Kastellan Führungen durch eine Burg halten, es wird sich etwas finden. Aber vor allem werde ich dann noch mehr und ganz mein Heil bei den Kindern und bei meiner Frau suchen. Auch die verachtete Stellung eines Hausmannes würde mich dann nicht mehr betrüben, wenn etwa meine Frau in ihren Beruf als Bibliothekarin zurückkehren möchte. In dieser Richtung jedenfalls würde ich den Ausweg sehen und suchen. Doch was tut Wirnt von Grafenberg?: »Von wîbe und von kinden schiet er sich aldâ zehant.« – »Auf der Stelle verließ er Frau und Kinder. Er nähte ein Kreuz auf sein Gewand und begab sich über die stürmische See und half den Kreuzfahrern bei ihrem Kampf gegen die Heiden. Dabei starb er zwar, rettete aber seine Seele.« So jedenfalls sagt es Konrad, ein Kind seiner Zeit.

Ich aber meine, Gott wird ihn im Gericht vor allem nach seiner Familie fragen: Wirnt, wo ist deine Frau, und wo sind deine Kinder. Frau und Kinder verlassen, um Heiden und Ungläubige zu erschlagen? Vielleicht wird ihn exkulpieren und entschuldigen, daß er »bona fide«, im guten Glauben seiner Zeit, gehandelt hat. Denn natürlich ist es etwas anderes, wenn einer seine Familie bei einer Pflichtenkollision verläßt, das Gute also unterläßt, um das noch Bessere zu tun oder doch das, was er für das Bessere ansehen muß. Heute verlassen ja Väter ihre Frauen und Kinder nicht um einer noch besseren Sache und eines noch höheren Wertes, sondern um einer anderen, jüngeren Frau willen. Die Männer, um von dieser Seite zu sprechen, verlassen Frau und Kinder, nicht um das Kreuz zu nehmen und ins Heilige Land zu ziehen, sie bürden vielmehr ihren Frauen und Kindern ein schweres Kreuz auf, indem sie zu einer anderen ziehen. Mancher hat sich durch eine solche »Umorientierung« und »Neubesinnung« freilich oft selbst ein so schweres Kreuz aufgeladen, etwa auch finanziell, daß er darunter zusammenzubrechen droht. Durch neue Verbindungen entstehen natürlich auch neue Verbindlichkeiten. Ich sehe und erlebe das aus nächster Nähe täglich an der Universität. Und ich wäre ein Heuchler, wenn ich sagen würde, daß ich mit den Familienflüchtlingen und ihrem »Flüchtlingselend« ein besonderes Mitleid hätte. Mitleid habe ich mit den Kindern und den Verlassenen.

Wenn sich »Frau Welt« in Konrads von Würzburg »Der Lohn der Welt«, oder wie es altertümlicher heißt: »Der Welt Lohn«, umdreht und ihre mit Insekten und Würmern und Reptilien gespickte Hinterseite ganz nach dem Sprichwort »vorne hui, hinten pfui« herzeigt, so erschreckt das natürlich einen Würzburger im 13. Jahrhundert, wir im 20. Jahrhundert sehen aber vor allem den vitalen Biotop, wir sehen also die Kehrseite dieser Kehrseite, ihre augenscheinliche Fruchtbarkeit. Frau Welt trägt ein Nest von pulsierendem Leben mit sich. Und uns, denen Tierarten tagtäglich wegsterben und denen der einstmalige Reichtum der »genera« unter den Händen hinwegschwindet, vielleicht gerade deshalb, weil wir gemeint haben, selbst Hand anlegen zu müssen – ich glaube, daß auch alle Schutzmaßnahmen und alle Anstrengungen zur Herstellung einer »Natur aus zweiter Hand« nicht nur nichts bringen, sondern den Prozeß des Aussterbens nur noch beschleunigen –, uns also kann ein solches Bild des intendierten Ekels nicht sehr schrecken. Und möchte Konrad etwas wirklich Furchterregendes und skandalös und sensationell Abstoßendes erdichten und erfinden, so müßte seine Frau Welt für uns mit einem plastischen Gesäß oder einem Kunststoffbusen und Glasaugen daherkommen. Und keine Made und keine Natter, ja keine Filzlaus könnte sich in einer solchen Gesäßspalte halten. Und keinem Minnesänger würde ein Ton heraufsteigen angesichts einer solchen Frau mit einem Busen aus Polyester oder mit einem Unterleib aus PVC. Denn überall dort, wo das Ungeziefer, das sogenannte Ungeziefer verschwindet, verschwindet mit dem Ungeziefer auch alsbald das Leben. Dort, wo der Mensch anfängt, sich hygienisch zu überkaprizieren, wo mit immer stärkeren Laugen und Säuren die Superweiße und die totale Reinheit und die glasklare wie unsichtbare Durchsicht angestrebt wird, geht dies einher mit einem Verlust an Leben und Lebendigkeit.

Tot wirken heute, so gesehen, auch die noch bewohnten und entsprechend dem heutigen Wohnkomfort modernisierten Burgen. Heute brauchte sich Ulrich von Hutten nicht mehr über das Leben auf der Burg seiner Väter, Steckelberg, zu beschweren, wie er es bekanntlich in einem Brief an den Kollegen Willibald Pirkheimer getan hat: »Von engen Mauern umschlossen, eingeengt durch Viehställe, Waffenschuppen, Pulverkammern und Geschützstände. Alles ist voller Pech, Schwefel und Kriegsgerät. Überall im Haus riecht es nach Pulver, Vieh und Hunden und deren Exkrementen. Ein fortwährendes Kommen und Gehen von Bewaffneten, oft

der zweifelhaftesten Sorte, von Bauern, die bei ihrem Herrn Hilfe suchen oder zur Arbeit auf den kümmerlichen Äckern am Burgberg bestellt sind, den ganzen Tag über Lärm und Geschrei. Schafe blöken, Rinder brüllen, Hunde bellen, und es ist nichts Seltenes, daß man des Nachts in den benachbarten Wäldern die Wölfe heulen hört.«
Für einen Humanisten, der nichts als seine Arbeit an den Papieren im Sinn hatte, war eine Burg nicht der richtige Aufenthaltsort. Heute ist es in den bewohnten Burgen, die von irgendwelchen Neureichen erworben und wohnbar gemacht wurden, so still, daß dort einer leicht eine Habilitationsschrift verfassen könnte. Nur haben die neuen Burgherren und Schloßherren und Herren der Welt etwas anderes im Kopf als Gelehrsamkeit. Sie sitzen an ihren elektronischen Taschenrechnern und addieren Zahlen, hin und wieder subtrahiert einer auch, denn mancher hat nicht nur einen offenen Kamin, sondern auch offene Rechnungen und Schulden. Abends erwarten die Neureichen andere Neureiche, Geschäftsfreunde, wie es heißt, Raubritter wie sie, Strauchdiebe und Wegelagerer im kapitalistischen Dschungel. Und da es sich bei den neuen Schloßherren und Burgherren oft um Kunststoffabrikanten handelt, haben sie ihre Burgen und Schlösser auch entsprechend, das heißt wie Kunststoffabrikanten, renoviert. Die revitalisierten und renovierten Burgen der Neureichen sehen aus wie eine Playmobilburg in vergrößertem Maßstab, sozusagen wie begeh- und bewohnbare Playmobilburgen. Wie bin ich schon oft etwa über Kunststoffenster erschrocken, wie ich sie an vielen instandgesetzten – sogenannten instandgesetzten – Burgen gesehen habe. Wie herrlich und schön ist oft eine Burgruine im Vergleich mit einer solchen »instandgesetzten« Burg, in der Stragula, Resopal, Teppichböden, das ist eine Art Kunstrasen fürs Schlafzimmer, Plastikfenster und jede Art von Talmi regiert – Imitationen. Da fehlen nur noch die Kunststoffblumen, die Plüschtiere und die Gartenzwerge.

Jene Unternehmer aber wie auch Großbetriebsräte und Funktionäre, die es dann doch nicht bis zur Burg bringen, können für ihre Betriebsausflüge oder für Sommerfeste Burgen, auch Burgruinen wie die Schaumburg in Oberösterreich, für ein Wochenende oder einen Abend mieten. Da zwängen sich dann viele Autos die enge Straße den Burgberg hoch, wie ja die Eingeladenen sofort nach Erhalt der Einladung fragen, ob man auch mit dem Auto hinauffahren könne. Und wenn es heißt »bis zur Burg«, nehmen sie die Einladung an. Sie beschweren sich aber dann, daß man nicht in die Burg und in den Burghof, wenigstens die Nieder- und Vorburg hineinfahren könne und daß man das Tor am Torturm nicht längst ausgebrochen und verbreitert, etwa zum Hauptdurchlaß das Mannsloch hinzugeschlagen habe, das hätte sich doch leicht machen lassen, sagen die Eingeladenen vorwurfsvoll. Der Einladende aber sagt mit Bedauern, wem sagen Sie das und daß die Burg leider nicht ihm gehöre, sonst wäre das schon geschehen, aber er habe sie nur für dieses eine Fest gemietet. Die Burg und das Personal für das Fest ist nur geleast. Wenn die Burg ihm gehörte, sähe es anders aus hier heroben, sagt der Einlader. Er hätte hier schon nach dem Rechten gesehen und einiges auf Vordermann gebracht. Dann »schreiten« sie zum Fest. Die Hauptattraktion ist ein Grill, ohne den heute kein Sommernachtsfest und keine Gartenparty mehr zu denken ist. Der zweite Programmpunkt heißt Alkohol. Schon am Torturm werden die Gäste mit einem Einstandstrunk begrüßt: Willkommen auf Burg Sowieso. Zum Gegrillten schließlich Bier, dann Wein und Sekt. Schaumwein auf der Schaumburg, sagt einer und ist sehr stolz auf sein Wortspiel. Der einladende Fabrikant hat keine Mühen und Kosten gescheut. Sogar einen »von Rundfunk und Fernsehen bekannten Conferencier« hat er eingeladen und einfliegen lassen. Der ergreift bald das Wort, ohne es so schnell wieder herzugeben. Er erzählt Witze, in denen Ritter vorkommen, vor allem aber auch Damen, dann

Keuschheitsgürtel, die von diesen Rittern, die auf Kreuzzüge gehen, verschlossen und versperrt werden. Den Schlüssel bekommt der beste daheimbleibende Freund oder der Knappe und so fort. Die Pointe ist immer ungefähr die gleiche, der Witz liegt in der Untreue, und die Eingeladenen finden den Humoristen »zum Zerkugeln« und »zum Totlachen«. Dann wird gesungen, der Conferencier intoniert Schnaderhüpferln und Gstanzeln, und die Corona, die Tafelrunde des Bierkönigs oder Baustoff- oder Kunststoffkönigs singt den Refrain: Ja, so waren sie, die alten Rittersleute, ja, so waren sie, die alten Rittersleute, aber auch die Eukalyptusbäume des Westerwalds, über die der Wind so kalt streicht, und das allerschönste Mädchen, das man in Polen find't, und noch vieles sonst wird besungen.
Gastgeber, die es billiger geben, und sich keinen eigenen Unterhalter und Conferencier leisten wollen, bedienen ihre Gäste mit einem Tonbandgerät und mit Kassetten. Der Inhalt der Sketches und Lieder ist der nämliche. Und in der Reihenfolge, wie die Weine gereicht werden – zuerst die guten und später, wenn schon viel getrunken worden ist und die Geschmacksnerven der Zunge nicht mehr so fein reagieren, weil sie bereits abgestumpft sind, die saureren und schlechteren –, in dieser Reihenfolge werden auch die Lieder gebracht, zuerst die harmloseren und schließlich die lockeren und am Schluß, wenn nichts mehr anrührt und greift, die obszönen. Zuerst läßt man noch den Falken, am Schluß aber die Sau fliegen. Von der hohen, oder wenn schon nicht hohen, so doch halbhohen Minne zur niederen Minne, am Anfang eher höfisch, zuletzt aber »dörperlich«. Am Anfang wird noch auf Etikette und Anstand gesehen, später nimmt man vom Anstand Abstand. In allem aber wird der Bezug zum Rittertum gewahrt oder doch gesucht, alle Anspielungen haben einen »ritterlichen« Hintergrund und Bezug und nicht nur bei ausgesprochenen Kostüm- oder Maskenfesten, wo die Maskierung und Vermummung die Entwicklung vom

Züchtigen zum eher Unzüchtigen erleichtert und beschleunigt.
Das Ganze entwickelt sich natürlich ganz anders als das Mainzer Hoffest, wenn wir auch trotz der zeitgenössischen Berichte, wie etwa jenem von Heinrich von Veldeke, wenn er echt sein sollte, nicht annehmen können, daß dort nur schwertgeleitet, Gott angebetet und dem Kaiser gehuldigt wurde. Und als in Mainz die Katastrophe über das Fest hereinbrach und es jäh unterbrach und abbrach, werden die Leute dies auch nicht umsonst für eine Strafe Gottes angesehen haben ... Die berühmten ioculatores und mimi, die Spielleute, die sogenannten »Loter«, »Gumpelmänner«, vom sogenannten »varnden volc«, fahrenden Volk, werden die ganze Zeit über auch nicht nur aus dem »König Rother«, dem »Herzog Ernst« oder gar aus den Spielmannslegenden »Sankt Oswald«, »Orendel« oder »Salman und Morolf«, also aus jenen Werken, die in unseren Literaturgeschichten unter Spielmannsepik angeführt sind, rezitiert haben! Der histrio, der ludarius und der mimus, wie der ioculator, wie der Spielmann, auf Lateinisch hieß, wird seinen schlechten Ruf und vor allem seine Exkommunizierung nicht umsonst gehabt haben. Besonders charakteristisch ist für die Spielmänner »die Frechheit des Auftretens in unzüchtigen Darstellungen, unverschämtem Gabenheischen und in schmähsüchtiger Rede«, schreibt einer, der es wissen muß (Paul Piper), über sie. Und wieder: »Freches, bettelhaftes, aufdringliches, boshaftes, sittenloses Wesen zeichnete sie aus.«
Sind die Conferenciers oder Tonbandeinleger auf den Gartenpartys und Sommernachtsfesten nicht eigentlich würdige Nachfahren des fahrenden Volkes? Und ließe sich über sie nicht auch etwas Gutes sagen, wie meine Frau meint? So wie die Spielleute in der heutigen Geschichtsschreibung und Literaturgeschichtsschreibung wegen ihrer Lebensbejahung, ihrer Unbefangenheit, ihrer Freude an »Gehalten«, die der

religiöse Zelotimus als »Welt«, siehe Konrad von Würzburg!, als Zeitlichkeit und Sinnlichkeit verwarf und verdammte, nicht nur gut wegkommen, sondern geradezu als revolutionäre Überwinder der alten, kirchlich dominierten Moral gerühmt und gepriesen werden. »Mönchisch verdüstert« sei die Kultur gewesen, steht in einer Literaturgeschichte, die Spielleute aber, als von der Kirche verpönt, die Pioniere einer subversiven, aufsässigen, unangepaßten und unzensurierten Kultur. Spätestens hier aber, gebe ich meiner Frau, die mit einem gewissen Widerspruchsgeist das von mir Geringgeschätzte lobt und das von mir Gelobte geringschätzt, zu bedenken, zeige sich, daß unsere Humoristen nicht unbedingt die Nachfahren der Spielmänner seien, weil diese Conferenciers ja gerade den Zeitgeist der Frechheit, der Obszönität, der Schamlosigkeit und der Dummheit hervorragend repräsentierten, sie seien so angepaßt und erfüllten so total die Erwartungen ihrer Einlader, von denen sie engagiert werden, wie sie die Spielleute enttäuscht oder, wenn nicht enttäuscht, dann übertroffen hätten. Der heutige Entertainer muß fürchten, das nächste Mal vom Burgherren nicht mehr geholt und gedungen zu werden, wenn er »es nicht bringt«. Ach du, sagt meine Frau, was wird denn der Burgherr im 13. Jahrhundert vom Spielmann anderes erwartet haben, als was dieser dann gebracht hat. Und mancher Geistliche wird auch recht andächtig zugehört und erst hinterher und vielleicht von der Kanzel der Burgkapelle herab geschimpft haben, meint meine Frau.

Aber so schlimm, sage ich, seien die Spielleute doch gar nicht gewesen, und mir erscheine vieles, was sie nicht gar an Unerhörtem und Ungehörigem gebracht haben sollen, als eine Projektion, ja als eine Extrapolation und Mystifikation der heutigen Literaturwissenschaftler. Wenn ich auch gerne zugebe, daß die Antennen der herrschenden Moral sehr empfindlich und sensibel eingestellt gewesen sein mögen, sodaß das von Spielleuten Überlieferte für sie schrill geklungen ha-

ben und es nicht ohne Risiko gewesen sein mag, dieses relativ Harmlose vorzubringen.
Die historische Wahrheit scheint sich mir ungefähr bei Sextus Amarcius Gallus Piosistratos, dem ältesten bedeutenden Satiriker des Mittelalters, in einem seiner Sermones aus der Mitte des 11. Jahrhunderts auszudrücken, wenn er schreibt und einen sagen läßt: »Ich möchte, daß sich der Gaumen über gutes Essen und das Ohr an schönen Melodien erfreut. Warum sollte ich jammern: Wehe mir!, wenn mich keine Krankheit plagt, keine ausbrechenden Blattern und kein lästiger Husten. Pfui, nein, danach steht mir der Sinn nicht. He du, Diener, schnell, weißt du keinen Harfenspieler oder vielleicht einen guten Zitherspieler oder vielleicht einen, der das Tamburin zur bauchigen Laute erklingen läßt? Mein Herz brennt in Sehnsucht nach Musik wie ein Scheit Holz am Herd und wie ein gekrümmter Kesselhaken im Feuer!« Und dann, nachdem der Spielmann endlich erschienen ist und sie den Lohn ausgehandelt haben: »Als er die Laute aus seiner ledernen Hülle hervorholt und sich anschickt zu spielen, da kommen aus allen Ecken und Enden die Leute angerannt und wundern sich, wie der Mime mit gespreizten Fingern die Saiten durchläuft, die er aus nassen Schafsdärmen angefertigt hat, und wie sie bald einen hellen und bald einen dunklen Ton hervorbringen. Immer wieder schlägt er die Quint an. Und er singt davon, wie des Hirten Steinschleuder den großen Goliath dahinstreckte und wie das pfiffige Schwäblein seine Frau mit einem ähnlichen Trick hinterging und wie der scharfsinnige Pythagoras die acht Tonarten des Gesanges entdeckte und wie die reine Stimme der Nachtigall aufjubelt.«
So also steht es bei Amarcius. Und jetzt, sage ich zu meiner Frau, kannst du dir auch ein Bild von den Ähnlichkeiten zwischen den Spielmännern und unseren Humorkanonen machen. Vom Schwaben, der seine Frau betrügt, singen vielleicht auch die Conferenciers, das ist möglicherweise ein

Thema für sie, von Pythagoras aber, dem Scharfsinnigen, der die acht Tonarten entdeckte, von David und Goliath oder der Nachtigall und ihrer reinen Stimme will der Baulöwe, der seine Geschäftsfreunde und leitenden Angestellten zu einem Sommernachtsfest auf die Schaumburg einlädt, sicher nichts hören, auch nichts von Herzog Ernst und König Rother. Selbst die dort vorkommenden Brautwerbungen, so listig und freimütig sie dargestellt sein mögen, würden ihnen, den freien und freizügigen Unternehmern, nur ein müdes Lächeln abnötigen. Sie wollen es deutlicher, sage ich zu meiner Frau und meine, nun wirklich etwas Überzeugendes zum Unterschied zwischen dem fahrenden Volk des Mittelalters und den »von Funk und Fernsehen her bekannten Conferenciers« gesagt zu haben. Meine Frau aber gibt nicht nach. Sie sagt, sie könne das nicht beurteilen, da sie noch nie einen zu einem solchen Fest Engagierten gehört habe. Wir würden ja nie zu »so etwas« eingeladen. Da ist uns sicher nichts entgangen, sage ich. Wer kann das sagen, sagt sie. Ich sage es, sage ich.
Jüngere Teilnehmer am ritterlichen Sommernachtsfest, die entweder mehr vertragen als die alten Kollegen oder von Haus aus weniger trinken, weil sie außer Wein und Gesang auch noch etwas anderes im Sinn haben, während sich das Sinnen und Trachten einiger Älterer schon ganz auf den Wein verengt hat, laden den weiblichen Anhang der inzwischen gehunfähig Gewordenen zu einem Spaziergang über den Wehrgang oder vor die Burg ein. Und sie spielen in den Hurden, in den Erkern und Söllern auf ihre bürgerliche Art einige der unkeuschen Szenen nach, die der Humorist in seinen Kreuzfahrerliedern berichtet und besungen hat. Die Nacht ist mild und sternenklar, und nur die Gelsen und Schnaken sind lästig, namentlich wenn sich jemand ein wenig frei macht und an den empfindlicheren Stellen Angriffsflächen bietet. Alles ist mit Fackeln beleuchtet, auf den Tischen stehen Kerzen. Auch sie lassen sich freilich ausblasen,

wenn es sein muß. Am Schluß aber ordnet sich wieder alles, die Verhältnisse und die Kleider. Die nüchterneren jungen Frauen fahren ihre alten betrunkeneren Ehemänner heim, um nicht den Führerschein des angegrauten Angetrauten, der sich das Fahren an sich noch durchaus zutrauen würde, aufs Spiel zu setzen. Andere haben ihren Chauffeur für diese frühmorgendliche Stunde bestellt. Es war ein rauschendes Fest, sie haben sich blendend unterhalten, so jung kommen sie nie wieder zusammen, das müßten sie öfter machen, es war eine großartige Idee des Chefs, gerade hierher einzuladen. Vielen Dank, vielen herzlichen Dank. Sie werden sich anstrengen müssen, um sich etwas zu überlegen und sich etwas Gleichwertiges für eine Gegeneinladung einfallen zu lassen. Gute Nacht.

Gute Nacht, könnte auch der Torwächter zu dieser Gesellschaft sagen, doch zweifle ich, ob der Türmer Lynkeus aus dem Faust II von Johann Wolfgang von Goethe in Erinnerung an solche Mietpartys, die im Morgengrauen über die Wolfsgrube und die Ziehbrücke zum Parkplatz ihrer Autos ziehen, auch sagen möchte: »Zum Sehen geboren, zum Schauen bestellt, dem Turme geschworen, gefällt mir die Welt. Ihr glücklichen Augen, was je ihr gesehen. Es sei wie es wolle, es war doch so schön!«

Gute Nacht, ihr Burgen und ihr Schlösser! Und so hell es durch die Elektrifizierung der bewohnten Burgen, durch die Installierung und Anbringung von Neon- und Leuchtstoffröhren dort auch geworden sein mag, so ist es, was das Wissen um die Vergangenheit und die Ehrfurcht vor der Geschichte betrifft, doch düster und finster geworden. Nicht das Mittelalter ist »finster«, sondern unser Wissen über das Mittelalter ist finster.

Man sollte jeden, der eine solche Burg, sei es zu einer Besichtigung oder zu einem Fest, betritt, eine Aufnahms- und Eintrittsprüfung ablegen lassen, so wie die Türmer und Torwächter früher die Ankommenden von der Torhalle aus nach ihrem Woher und ihrem Begehr gefragt haben. Wenigstens eine Losung oder ein Stichwort sollten die Ankommenden nennen müssen, das ihre Informiertheit anzeigt. Das wäre sozusagen die kleine Matura; für Leute aber, die sich eine Burg oder ein Schloß kaufen wollen, würde ich die große Matura verlangen, statt eines Abiturs, was ja auf Deutsch so viel wie »man geht ab« und also eine Abgangsprüfung bedeutet, ein »Initur« oder »Introitur«, eine Eingangs- und Eintrittsprüfung, ein Examen pallatinum oder Examen castellinum. Diese Prüfung müßte nach meinen Vorstellungen anders als eine Promotion oder eine Habilitation, wo es nur auf das Fachliche ankommt, neben dem Intellektuellen auch das Charakterologische betreffen, nicht nur eine Verstandesprüfung, sondern auch eine Herzensprüfung, eine Herzensmatura würde ich für angehende Burgen- und Schloßbesitzer vorschreiben und einführen. Denn nichts ist deprimierender, als auf den alten Herrensitzen irgendwelche dummen, verständnis- und geschmacklosen Neureichen sitzen zu sehen, die zu ihrem Besitz kein anderes Verhältnis haben als das des Imponierens und Angebens, des Auftrumpfens. Wer bin ich nicht, weil ich mir dieses Schloß gekauft habe! Da das meiste Geld bei den heutigen Geschäftsmethoden auf nicht gerade einwandfreie Art verdient wird, es handelt sich fast immer um schwarzes Geld, das weißgewaschen wurde, bedeutet der Kauf eines Schlosses auch meistens eine Usurpation, eine Besetzung, eine unrechtmäßige Aneignung.

Wenn jemand wie ich sich ein Leben lang mit der alten, vor allem der geistlichen und dann der Ritterdichtung befaßt, dann wird er, wenn er seinen Gegenstand liebt, alsbald nicht nur religiös und fromm werden oder jedenfalls ein sozusagen intimes und freundschaftliches Verhältnis zu den vergangenen Frommen, mit denen er zu tun hat, entwickeln, er wird konsequenterweise auch ein Anhänger der Monarchie werden. Das ist eine Folgerung, die sich für mich aus der Liebe zum Gegenstand ergibt, die freilich von den Kollegen nicht nur an meiner Universität heftig bestritten wird. Für die meisten geht der persönliche Weg gerade in die entgegengesetzte Richtung. Das, was sie so genau kennen oder genau zu kennen vermeinen, können sie am Schluß nicht mehr schätzen, sie haben all das über und satt bekommen. Sie verstehen ja ihr wissenschaftliches Geschäft als ein »Durchschauen« und also auch »Entlarven«, ein »Aufdecken« und »Aufklären«. Sie wollen, sagen sie, die Ideologie, die hinter den Werken und in den Werken verborgen steckt, nicht studieren, um sie anzunehmen, sondern um sie zu analysieren, zu kritisieren und zurückzuweisen. So kommt es auch, daß sie in allem den verhaßten Feudalismus sehen und selbst die Frömmigkeitsdichtungen politisieren. In diesem Sinne habe ich etwa einmal in einer Literaturgeschichte gelesen, daß sich in der Formulierung »manno miltisto«, »der Gütigste der Männer«, für »Gott« im Wessobrunner Gebet ein »protofeudales Verhältnis« Gottes zu seinen Geschöpfen ausdrücke. Hier wird also dem lieben Gott gewissermaßen seine »Überheblichkeit«, die sich in Herablassung und Barmherzigkeit zum Ausdruck bringt, angekreidet und übelgenommen. Geistliche hätten Gott so bezeichnet, als »manno miltisto«, um auch ihren eigenen Feudalismus, ihre Herren- und Herrscherrolle zu legitimieren und Ansprüche auch für das Irdische aus dem Himmlischen abzuleiten. Den Widerspruch zu meiner affirmativen Literaturbetrachtung und zur »Identifikation«, die ich praktiziere, finde ich im übrigen nicht nur bei Kollegen und in Literaturgeschichten vor allem einer gewissen Provenienz, sondern auch bei mir daheim. Der Unfriede beginnt nicht erst dort, sondern im eigenen Haus. Meine Frau ergreift gerne die Gegenpartei, manchmal wohl ein wenig aus Oppositionsgeist und um das häusliche Leben über die Ritterkämpfe mit Georg und die Destruktionen Michaels hinaus nicht zu langweilig werden zu lassen, wobei sie oft freilich auch schlüssig argumentiert und mit guten Gründen, die sie aus dem Stand entwickelt oder auch aus der Lite-

ratur bezieht, wie ich vermute. Sie muß ganz offenbar schon öfters während meiner Abwesenheit in den einschlägigen Büchern unserer, meiner Bibliothek nachgesehen haben, um sich zu wappnen und zu rüsten und für neue Auseinandersetzungen und Diskussionen zu munitionieren, wenn sie später auch gern die Spuren verwischt und mit großem Geschick die Laiin und den Anwalt und Vertreter des gesunden Volksempfindens und des Hausverstandes, nicht den advocatus diaboli, spielen will.
Ich selbst jedenfalls habe keine Schwierigkeiten, einen Burgherren des alten Adels, der zu seinem Besitz ein historisch gewachsenes und damit für mich auch gerechtfertigtes Verhältnis hat, ehrerbietig zu grüßen, während mir die neuen Glücksritter, die sich die alten Güter unter den Nagel reißen, sehr suspekt und zuwider sind. Letztlich müßten meiner Meinung nach diejenigen, die das größte Wissen über einen Gegenstand haben, diesen auch besitzen, das ist sokratisch gedacht. Wir sind aber davon weiter entfernt denn je. Als wir vor drei Semestern mit unseren Studenten eine Lehrfahrt durch Süddeutschland machten, erlebten und sahen wir viele Führer. Und ich machte die Feststellung, je kundiger diese Schloß- und Burgführer waren und je begeisterter sie erklärten und über »ihre« Burg oder »ihr« Schloß berichteten, um so »besitzloser« waren sie. Schon an der Kleidung, dem sauberen, aber doch schon lange nicht mehr neuen Anzug des Führers, erkannte man, daß er mit materiellen Gütern nicht gerade gesegnet war. Und während er seine ideellen und geistigen Schätze über Burgkapellen und Palasse, über Tortürme und Schildmauern vor uns ausbreitete, erkannte man an ihm selbst nur zu deutlich, daß er arm wie eine Kirchenmaus war und wahrscheinlich als kleiner Ausgleichs- und Zuschußrentner sein kümmerliches und kärgliches Dasein fristete. Wer viel studiert und sich mit den sogenannten »uneinbringlichen« und »uneinträglichen«, etwa historischen Gegenständen befaßt und beschäftigt, wird in diesem tech-

nisch und materialistisch ausgerichteten Staat leicht zum Sozialfall. Wie diskret verschämt, gerade eben wie die verschämte Armut, haben unsere Führer immer auf die Möglichkeit einer kleinen Spende hingewiesen, die man in einen unauffällig auf eine Mauer gelegten umgedrehten Hut werfen könnte. Die Sachkundigen waren immer unaufdringlich, die Schwadronierer, die nichtssagenden Vielredner, die es auch gegeben hat, waren ungeniert bis schamlos im Hinhalten von Hüten und Schachteln und im »Eintreiben« von Trinkgeldern. In jedem Fall galt: je besser, umso ärmer. Man hätte einen von diesen an Wissen reichen Armen neben einen dieser neureichen Besitzer der Schlösser, die wir besuchten, stellen können sollen, und man hätte den Unterschied und die wahre Wertordnung in dieser »perversen«, das heißt auf Deutsch verdrehten, Welt- und Wertordnung nicht drastischer demonstrieren können. Hier der reiche Arme und dort der arme Reiche. Hier der Führer mit dem vollen Herzen und Hirn und der leeren Tasche und dort der Besitzer mit dem leeren Herzen und dem mit Zahlen angefüllten Hirn und der vollen Tasche. Auf das Konto des einen das Wissen, auf das Konto des anderen das Geld.
Eine Grundforderung, die ich als Leiter mancher Exkursionen an einen Führer stellen würde, betrifft das rein Fachliche, das ich von ihm zu erfahren hoffe. Wie oft aber haben wir Führer gesehen und gehört, hören müssen, die weiter nichts leisteten, als daß sie das Gebäude beim Namen nannten und dann einige mehr oder weniger nichtssagende Übertreibungen über den ästhetischen Eindruck anfügten. Oft sagte einer: Zur Rechten sehen Sie einen Turm, er ist der schönste seiner Art in Württemberg. Eine solche Aussage aber kann sich ein Führer ersparen. Daß es sich um einen Turm, etwa einen Bergfried, handelt, sehe ich auch, und ob es der schönste in Württemberg ist, das zu beurteilen muß man dem einzelnen, vor allem dem Württembergkenner, überlassen. Vielleicht *gilt* er als der schönste in Württem-

berg, aber *sein* tut er es nicht. Wenn eine Frau eine Schönheitskonkurrenz gewinnt, dann hat sie eine Schönheitskonkurrenz gewonnen. Die schönste im ganzen Land ist sie deshalb aber nicht. Sie hat bloß den meisten Juroren gefallen. Das ist der Sachverhalt. Ein Turm kann der höchste oder niedrigste sein, er kann auch der einzige achteckige oder siebengeschossige sein, aber der schönste *ist* er nicht. Ärgerlich an der Rede der Führer ist denn meistens die Poesie. Wenn der Führer erst einmal poetisch wird und ins Schwärmen statt ins exakte Referieren gerät, dann ist alles zu spät. Der Führer soll nicht sich begeistern, sondern seine Zuhörer, und zwar durch realienkundliche und sachkundige Information. Freuen kann sich der einzelne selbst über etwas, dazu braucht er nicht einen Führer. Wenn einer sagt: Schauen Sie sich bitte diesen großartigen Altar an, dann kann er gleich auch sagen: Sich bitte hier über den Hochaltar zu freuen! Nicht nur Führer machen diesen Fehler, statt Unterricht Poesie und Unterhaltung zu bieten, auch viele Burgbücher und Schloßbücher, von denen es ja nun eine Fülle gibt, verfahren nach diesem unguten Schimmel. Immer ragt etwas hoch in das Blau des Äthers, die Burgen sind immer »stattlich«, die Mauern künden von einer »versunkenen« Zeit, das Bild dieses Schlosses ist »stimmungsvoll«, die Erker sind »hübsch«, der Rundblick von den Türmen »herrlich« und »großartig«. Nicht zu vergessen das Wort »romantisch«. Immer ist etwas »romantisch«, oft auch »pittoresk« und »malerisch«. Die Romantiker haben das Wort »romantisch« nicht so oft gebraucht wie unsere heutigen Burgführer. Die Romantiker mußten nämlich nichts »romantisch« nennen, was einen abstrakten Benennungsvorgang darstellt, sie hatten die sinnlich-künstlerische Begabung, etwas sinnlich erfahrbar und einen unmittelbaren und tief gehenden Eindruck zu machen und so einen »romantischen« Schatten auf die Seele zu werfen. »Romantisch« ist also der Inbegriff einer Stimmung und eines Gefühls, um aber zu diesem Gefühl zu

kommen, reicht es nicht, einfach »malerisch« oder »romantisch«, also das Wissenschaftswort, zu sagen, so wie »klassisch« eine bestimmte Bedeutung des intellektuell Klaren und Transparenten hat. Goethes »Der Sänger« ist klassisch, seine Botschaft idealistisch, Ludwig Uhlands »Des Sängers Fluch« ist dagegen romantisch. Aber weder verwendet Goethe das Wort »klassisch« noch Uhland das Wort »romantisch«. Eichendorffs Landschaften sind »romantisch«, aber sie sind nicht dadurch romantisch, daß er sie romantisch nennt, sondern indem er sie romantisch beschreibt und *zeigt*. Wir haben auf unseren Exkursionen freilich nicht nur Führer getroffen, die einen exzessiven Gebrauch vom Wort »romantisch« gemacht haben, sondern auch solche, die Romanik und Romantik verwechselt haben ... Auch das Wort »romanisch« ist ein gern gebrauchtes. Wo immer ein Laie etwas Rundbogiges sieht, sagt er wie mechanisch »romanisch«, sieht er einen Spitzbogen, sagt er automatisch »gotisch«. Weiter reicht aber oft die Kenntnis nicht, vielleicht noch bis »spätromanisch« und »spätgotisch« ...
Der Führer aber mochte sein, wie er wollte, gut oder auch schlecht, er mochte sein Geschäft mehr schlecht als recht verstehen und sich in »romantisch« und »malerisch« oder sonst welchen wenig aussagekräftigen Formeln ergehen, er wußte meistens immer noch weit mehr als die neureichen Schloßbesitzer. Von den alteingesessenen Adeligen abgesehen, von denen einige sehr wohl auf das genaueste Bescheid wußten und unter denen es einige sogar durch Publikationen ausgewiesene Kastellologen gab, erlebt man als Burgen- und Schloßbesitzer heute viele Ignoranten, neben den wenigen Historikern und Chronisten vor allem »Ahistoriker« und »Anachronisten«, wie ich sie nennen möchte. Die Zeit hat viele solche »Unzeitgemäße« reich und zu Schloßherren und Burgherren gemacht. Für alles wird heute ein Zeugnis verlangt, alles ist genehmigungspflichtig, nur das Besitzen kennt keine solchen »Zulassungen«. Wenn sich jemand wie ich ha-

bilitieren will, so muß er viele Voraussetzungen erfüllen, um der sogenannten »Venia legendi«, der »Leseerlaubnis«, also der Lehrbefähigung, teilhaftig zu werden. Würde mein erwähntes »Examen pallatinum«, die Schloßherrenprüfung, und würde mein »Examen castellinum«, die Burgherrenprüfung, bildungs- und gesellschaftspolitisch durchgesetzt, so müßte sich der Besitzwillige auch als lernwillig beweisen. Und er müßte etwas Intellektuelles, *auch etwas* Intellektuelles neben den Zahlungen leisten, um der »Venia habitandi«, der Wohnerlaubnis, der Gnade und Gunst des Wohnens in den alten Mauern, teilhaftig zu werden. Und für eine Gnade, eine große Gnade halte ich es, wenn jemand einen solchen Ort bewohnen darf. Immer habe ich die alten Burgen wie heilige Ortschaften empfunden, nicht nur die Kapellen. Und der Lebensstil und der Lebenswandel der neuen Schloß- und Burgherren ist mir immer oder sehr oft als sehr unangepaßt, unangemessen und unpassend erschienen. Die meisten Schloß- und Burgherren entweihen in meinen Augen ihren altehrwürdigen Besitz durch ihre oberflächliche Lebens- und Denkungsart. Sie setzen durch ihre niedrige und tiefstehende Gesinnung ihre hohen und erhabenen Häuser herab. Und es spricht gar nicht für die gesellschaftliche Ordnung, in der wir leben, daß sich die eigentlichen Fachleute, die Historiker und Vergangenheitswissenschaftler, nie oder kaum jemals ein solches historisches Objekt kaufen können.

Meine Frau kann mir hierin wieder einmal nicht folgen. Sie versteht nicht, wie ich einen Ort, an dem so viel gekämpft und Blut vergossen wurde und an dem manche häßliche Untat geschehen sei, durch den Lebenswandel eines heutigen Fabrikanten oder Industriellen als »entweiht« ansehen könne. Schließlich hätte ich ihr selbst die Geschichte von jenem Ritter erzählt, der den Junker Jörg, also Martin Luther, während seiner Festungshaft auf der Wartburg zum Büchertausch einigemale nach Wittenberg begleiten mußte und dem schon damals der Herr Doktor, der sich auf seiner Burg so

viel mit Büchern und mit dem Schreiben beschäftigte, höchst verdächtig gewesen sei, sodaß er einmal gesagt habe, die Schreiberei und die Reiterei paßten nicht zusammen. Die Ritter seien, laut meiner Frau, noch wirkliche Täter und keine Schreibtischtäter gewesen. Und Gottfried von Berlichingen, der von der Fehde zur Feder gekommen sei, sei die große Ausnahme. Eine Bibliothek auf einer Ritterburg passe dorthin wie die Rüstung in die Kirche. In ihren Augen glichen die heutigen Unternehmer den damaligen Rittern gar nicht so schlecht. Das Geschäftsleben sei ähnlich abenteuerlich wie das Ritterleben, voller Tücken und Gefahren. Und eine Kontrolle durch das Finanzamt lasse sich durchaus einer Belagerung und Besetzung vergleichen, überfallsartig fielen die Kontrollore über den Unternehmer her. Sie jedenfalls beneide die Unternehmer nicht, und wenn es einmal einer zu etwas wie einer Burg oder einem Schloß bringe, so sei er einer der Glücklichen, der eine gute Hand bewiesen habe, dem aber viele gegenüberstünden, die Schiffbruch erlitten und – vom Finanzamt überwältigt – Konkurs gemacht hätten. Und immer wieder lese man von Unternehmern, die, von den Raubzügen der Finanzbehörde in die Enge getrieben, sich im letzten Raum der Fluchtburg verschanzten, um sich schließlich selbst mit der »Misericordia« umzubringen. Das Geschäftsleben ist nach der Meinung meiner Frau sehr hart und rauh, und man dürfe sich nicht wie ich durch das Wohlleben einiger weniger über diesen Umstand hinwegtäuschen. Der Unternehmer, der es zu etwas bringt, etwa zu einem Schloß, sei die Ausnahme, ich hätte doch selbst die Erfahrung gemacht, daß über kurz oder lang alles an den Staat falle oder an eine Großbank. Die Raubritter aber säßen heute in den Finanzämtern, sagt meine Frau. Was bekommst du eigentlich dafür, frage ich, daß du die Partei der Unternehmer ergreifst?
Die Schreiberei und die Reiterei vertragen sich schlecht miteinander. Wem sagt meine Frau das, wen erinnert sie an die Wartburggeschichte! Das ist genau auch meine Situation und

mein Dilemma, freilich in einem anderen als dem lutherischen Sinne. In meinem Fall verhält es sich so, daß die Burg 839 der Firma Playmobil auf meinem Schreibtisch das Schreiben unmöglich macht. Und die Inkompatibilität zwischen Schreiberei und Reiterei ist auch so zu verstehen, daß der Schreibende, etwa der sich über die Ritterdichtung Habilitierende, kaum zu Besitz und einigem Wohlstand kommt. Wer viel »schreibt«, das heißt studiert und geistig arbeitet, der wird dadurch auch lebensfremd, und gerade der Burgen- und Ritterforscher wird dem Athletischen und Militärischen, mit dem er sich letztendlich beschäftigt, mehr und mehr entfremdet.
Bekannt und noch allgemein in Erinnerung ist etwa der Fall jenes deutschen Altgermanisten, der den Widerspruch zwischen Studierstubenbeschäftigung und dem Objekt seiner Forschung, dem Rittertum, plötzlich als gravierend zu empfinden begann und um des tieferen, auch theoretischen Verständnisses der Reiterei und des Rittertums willen ein gewisses körperliches Training auf sich geladen und Reitunterricht und Reitstunden genommen. Immer, sagte sich der deutsche Ordinarius, ist in meinen Seminaren von den Rittern die Rede, die Ritter reiten oder »erbeitzen«, das heißt sitzen ab und kämpfen, kämpfen zu Pferd oder später zu Fuß, ich aber könnte nicht einmal wie der letzte und jüngste Knappe ein Pferd satteln. So fehlen mir, der ich Seminare und Privatissima, ja Doktorandenkolloquien, also die anspruchsvollsten Lehrveranstaltungen und Kurse über die Ritterdichtung abhalte, die elementarsten und fundamentalsten praktischen Fähigkeiten und Geschicklichkeiten. Ich befinde mich, was die lebenspraktische Seite der höfischen Angelegenheit betrifft, auf der Stufe eines Proseminaristen, es fehlt mir an der Einführung. Da »erbeitzte« der Professor, saß ab von seinem wissenschaftlichen Roß beziehungsweise seiner elektrischen Schreibmaschine und meldete sich bei einem Reitlehrer für Privatstunden an. Und er sah, wie schwer es in natura ist, auf

ein Pferd überhaupt nur hinaufzukommen, und wie leicht es ist, herunterzufallen. Und dabei wußte er, wie körpergerecht die heutigen Sättel im Vergleich zu jenen Sätteln sind, mit denen er literarisch zu tun hatte. Eine flache Satteldecke hatten die Ritter, ohne den den Hüften des Reiters einen Halt verleihenden Sattelbogen und ohne den Frontknauf vor dem Sattel, die Steigbügel unserer heutigen Sättel aber sind Trittbretter im Vergleich mit dem alten Riemenzeug. Ja, die »Entwicklung beginnt bekanntlich ohne den Steigbügel, und erst als der Steigbügel erfunden war, konnte der Ritter die schwere Stoßlanze gebrauchen«. Und obwohl er es also viel besser und bequemer hatte als die Ritter der Tafelrunde, die ihn vornehmlich beschäftigten, machte er, nachdem ihm der Reitlehrer den Steigbügelhalter dargeboten, das Pferd beruhigt und dann dem das Pferd erklimmenden Ordinarius auch noch mit dem Arm nachgeholfen hatte, keine sehr gute Figur. Schwindel erfaßte ihn. Der alte Altgermanist glich keineswegs dem Bamberger Reiter, wie er dort oben nach dem Gleichgewicht rang, der Herr Professor mit seiner Brille, die er wegen seiner Kurzsichtigkeit nicht abnehmen konnte. Und er glich auch nicht dem Gattamelata Donatellos oder dem Colleoni Verocchios. Dabei hatte ihm der Reitlehrer das frömmste Pferd in seinem Stall zugeteilt, ein Pferd mit einer Eselsgeduld, das wirklich alles ertrug, ohne auch nur zu wiehern. Der Reitlehrer ließ dann das Pferd an der langen Leine im Kreise traben, und obwohl der Altgermanist allmählich sicherer wurde und sich besser auf die wogenden Bewegungen des Pferdes einstellte, kam in ihm doch eine große Müdigkeit auf, durch die immer noch nicht überwundene Verkrampfung stellten sich alsbald wirklich Krämpfe, vor allem in den Waden, ein, was einen plötzlichen Schmerz verursachte und ihn an die große Monographie »Leid« seines Kollegen F. Maurer erinnerte. Und er dachte mit Entsetzen und großem Respekt an die Ritter, die, in Eisen starrend, mit Harnisch, Kettenhemd, im Waffenrock, mit Arm- und Beinschienen, mit Brust- und Rückenplatten, einem Halsberg aus Kettengeflecht oder Leder, ledernen Handschuhen mit Eisenplatten und unter dem Helm, einer konischen Blechhülle mit einem Sehschlitz und einem beweglichen Visier, in der einen Hand aber die Schutzwaffe, den Schild, und in der anderen die Angriffs- und Trutzwaffe, vor allem das Schwert, beziehungsweise die Lanze oder den Kolben, nicht auf einem eingezäunten Carré oder in einer überdachten Halle, sondern im freien und unwirtlichen Gelände unterwegs und zugange waren, nicht nur im Trab, sondern auch im Galopp, dem gestreckten. Die Angelegenheit endete insofern für den deutschen Professor unangenehm und für das ganze Fach sehr bedauerlich, als es dann doch kam, wie es kommen mußte, der Professor vom Pferd stürzte und sich durch diesen Sturz, den er von jenem lammfrommen Pferd mit der Eselsgeduld tat, eine innere Verletzung, eine Prellung der Milz zuzog, an der er lange laborierte, wodurch er an der Universität ein ganzes Semester ausfiel und seine Veranstaltungen ein Knappe, also ein Assistent, in Vertretung wahrnehmen mußte ...

Obwohl mir nie etwas Ähnliches vorgeschwebt hat, daß ich mich nämlich einer solchen praktischen Einführung, einem solchen Anschauungsunterricht mit praktischen Übungen, unterwerfen wollte, habe ich vor der Tat jenes Professors, auch wenn es vielleicht nicht so aussieht, einen großen Respekt. Er hat sich auf die Herkunft seiner Berufsbezeichnung »Professor« besonnen und wirklich Farbe bekannt und etwas riskiert. Und ich finde es eine unkollegiale Maliziosität, wenn die Kollegen des gestürzten Altgermanisten sich immer wieder an Don Quichotte erinnert fühlten, der auch zur Unzeit die Ritterdichtung wörtlich genommen und als Opfer eines Realitätsverlustes losgeritten war und Abenteuer bestehen wollte. Der Herr Professor war für sie keine heroische oder tragische, sondern bloß eine tragikomische, für einige sogar überhaupt nur komische Figur.

Ich sehe die intriganten und letzmauligen Kollegen noch beim vorletzten Germanistentag beisammenstehen und sich die Reitergeschichte des Kollegen genüßlich und schadenfroh erzählen. Wer den Schaden hat, braucht für den Spott nicht zu sorgen, heißt eins der unwiderleglichen Sprichwörter. Und gerade jene Kollegen, die auch gerade keinen durchtrainierten Eindruck machten, sondern eher den des ausgeprägten Stubenhockers und von der falben Gesichtsfarbe des Schreibpapiers waren, mußten am meisten lachen und taten sich im Spotten am schlimmsten hervor. Einer sagte, nun sei dadurch, daß ein Pferd sich seines Reiters entledigt habe, nicht nur ein Sattel, sondern fast auch ein Lehrstuhl vakant geworden. Das Pferd, die unvernünftige Kreatur, habe beinahe ein Ordinariat erledigt. Zuerst eine Sedis- oder Sattelvakanz und dann eine Kathedervakanz ...

Und jeder der Altgermanisten verglich den gestürzten Professor mit einem anderen Ritter aus der Tafelrunde und wußte aus diesem Vergleich viel Spaßiges und Lachhaftes abzuleiten. Einer kam mit Gottfried von Straßburg daher und meinte, der Herr Kollege habe sich unseligerweise an Gottfrieds Tristan ein Beispiel genommen, er hätte sich aber dabei übernommen. Er sei ausgeritten wie ein stolzer Ritter, wie Gottfrieds Tristan, zurückgekommen aber sei er wie Keie, zu Fuß oder, wie Heinrich von Freiberg, der Fortsetzer und Vollender der von Gottfried als Fragment hinterlassenen Tristandichtung, in Vers 2195 sagt: »er rîtet der zwelfboten pfert!« – »Er reitet das Pferd der zwölf Apostel«, er kommt, um ein anderes geflügeltes Wort zu zitieren: per pedes apostolorum. Natürlich hinkte der Vergleich, denn der Herr Kollege mit dem Milzriß kam nicht zu Fuß, sondern mit der Rettung mit Blaulicht und Folgetonhorn von der Walstatt, dem Voltigierplatz, zurück. Aber ganz so, dachte ich damals am Mannheimer Germanistentag, als ich die Professoren zusammenstehen und über den verunfallten Kollegen tuscheln und sprechen, das heißt spotten hörte, geradeso

ging es auch Keie bei den Tafelrundern, als er, wie es Heinrich von Freiberg beschreibt, nach einem Kampf mit Tristan zurückkehrt, oder anders und entsprechend der historischen Reihenfolge und richtiger gesagt, dem Herrenreiter oder Professorenreiter ging es wie Keie und Dalkors, dem zweiten unterlegenen Ritter in Freibergs Epos. Mir war, als würden die alten und mittelalterlichen Herren richtiggehend den Heinrich nachspielen.
Bei Heinrich heißt es, daß Tristan nach Karidol an den Artushof zurückreitet, und obwohl er unterwegs wie gesagt Dalkors und Keie besiegt hat und die Pferde der beiden allein und ohne Reiter zurückgekommen sind, sagt Tristan, mit Fragen bestürmt: »Ich habe weder dies noch das oder irgend etwas von den beiden gesehen oder gehört. Mir begegnete an diesem ganzen langen Tag kein einziges Abenteuer.« Und Heinrich lobt Tristan, daß er »verschwiegen« und »niht ruomræze«, also nicht ruhmsüchtig oder publicitygeil sei. Denn dort, sagt Heinrich, wo sich zur Tüchtigkeit der Adel gesellt, da verhindert dieser das angeberische Herausstreichen der Heldentat. »Er hielt bi dem gesinde uf sinem rosse kosende. Manch stolzer degen im losende was siner hovelichen mer«, Tristrant saß auf dem Pferd und unterhielt sich mit dem Gesinde. Auch mancher Ritter hörte ihm aufmerksam zu. Dann heißt es: »Inredes trof Keie her, zu fuozze alsam ein nazzer vilz.« Während dieser Rede traf, nein »troff« Keie ein oder daher, zu Fuß, wie ein nasser Filz! Die Ritter empfangen ihn, dem auch der Schwertgriff bei jenem Kampf weggesprungen war, mit Hallo. Und dann beginnt der Spott. Ein alter Ritter sagt, so alt er auch schon sei, habe er ihn, Keie, doch noch nie so stattlich einreiten gesehen. »Ihr und euer Pferdchen seid wahrhaftig wie miteinander verwachsen!« Der Spottlärm war so groß, daß Heinrich von Freiberg sagt, leichter hätte man eine Harfe im Mühlenlärm als hier etwas vernehmen und hören können. Einer sagt: »Keie sitzt auf seiner Mutter Fohlen«, ein anderer: »Er reitet

das Apostelpferd.« Beide Redensarten aber bedeuten: zu Fuß gehen. Ein dritter fragt ihn, was denn mit seinem Schwert los sei, da fehle ja etwas ... Keie, zeigt sich dann wieder, ist zwar vom Pferd, aber bekanntlich nicht auf den Kopf gefallen, und er sagt schlichtweg, er habe es bei jenem Kampf nicht mit einem gewöhnlichen Ritter, sondern mit dem Teufel zu tun gehabt. Es sei also mit dem Teufel zugegangen: »Mich bestuont dort in dem tan: zwar der tiuvel, nicht ein man.« Wahrhaftig der Teufel, nicht ein gewöhnlicher Ritter ... Und er sagt: »Und swaz ich ie gevallen han, daz überviel ich hiute zwar.« Prägnant und idiomatisch unübertrefflich mittelhochdeutsch läßt Heinrich hier Keie sich ausdrücken. Wörtlich übersetzt hieße es: Und was ich auch bisher gefallen sein mag, alles das überfiel ich wahrhaftig heute. Doch wäre das nicht übersetzt, jedenfalls nicht übertragen. Denn Keie sagt: Alle meine bisherigen Stürze sind nichts im Vergleich mit meinem heutigen. Diesmal also hat er sich »überstürzt«, einen Sturz über alle Stürze getan! Zwar keinen Todessturz, aber einen Krankheitssturz. Keie sagt: »die zeswe huf, die rippe gar, die tuont mir von dem valle we!« Die rechte Hüfte und auch die Rippen tun mir weh. Keies »ser«, also Verwundung, ist, verglichen mit der inneren Verletzung eines Milzrisses, immerhin noch gelimpflich. Der Altgermanist hatte sich bei seinem Reitabenteuer schwer verletzt, Keie bei jenem Kampf mit dem »Teufel« Tristan nur leicht, allenfalls unbestimmten Grades ...

Die Kollegen spotteten über den Sturz des Professors Keie auf ihre akademische Weise. Einer sagte, Professor Keie sei ein »Erratum«, also ein Fehler, im Apparat unterlaufen, er müsse im Bereich der Fußnoten, also vom Steigbügel gerutscht sein. Das sei der Grund für den Fehler gewesen. Ein anderer vermutete, daß Professor Keie gleich beim ersten Mal zu kursiv statt recte geritten sei. Jeder Altgermanist wisse, daß die Reiterei kein leichtes Gewerbe, ja schwerer, jedenfalls körperlich anspruchsvoller sei als die Schreiberei.

Nun, nach Keies Sturz, könne man sagen, der Beweis ist erbracht. Quod erat demonstrandum. Jetzt sei es evident und augenscheinlich. Ein Schreiber sei geritten und gestürzt. Schließlich kenne man freilich auch den umgekehrten Fall: Ein Reiter habe geschrieben und sei gestürzt. Nur daß die Stürze und Abstürze beim Schreiben nicht so weh täten wie eine wirkliche Bauchlandung im freien Gelände und im freien Fall.

Ein österreichischer Kollege, zugleich ein Fachmann und sogenannter »intimer Kenner« des späthöfischen »Wilhelm von Österreich«, meinte, man höre in den mittelhochdeutschen Epen öfter davon, daß die Ritter die Pferde »abe riten«, was soviel wie zu Tode oder zu Schanden reiten heiße, nun habe man freilich nicht erst einmal und im Zusammenhang mit dem bedauernswerten deutschen Kollegen gehört, daß es umgekehrt komme, daß die Pferde die Reiter »abe riten« oder daß sich vielmehr die Reiter selbst zu Tode oder, wo nicht zu Tode, zu Schanden und Schaden ritten.

Ein Kollege aus der Schweiz legte seinen Spott ganz philologisch und grammatikalisch an. Er vermutete, daß der zu Pferde gestiegene Professor sich sozusagen nur in den Fällen geirrt und »verstiegen« habe, daß er den 4. Fall mit dem 3. Fall verwechselt und intransitiv statt transitiv verfahren sei. Er wollte sich »erriten«, wie es etwa in »Loher und Maller« reflexiv: »ich wil uf min ros sitzen und wil mich ein wenig erriten« für »ich will mich auf mein Pferd setzen und ein wenig herumreiten« heiße. Die Sache sei aber passiv ausgegangen, wie die Reitpassion eben nicht zum ersten Mal von einer Leidenschaft zu einer wirklichen Passion, einem »passional«, wie der Schwyzer akademisierte, also zu einer Leidensgeschichte, geworden sei.

Jeder neue Einfall wurde mit Gelächter von den Lehrstuhlinhabern begrüßt und bedankt, und sie führten sich auf wie die Kinder. Übermütige Lausbuben, die von einem Spiel nicht Abschied nehmen können. Die Kollegen ritten auf ihre

Weise ihr Thema zu Tode. Nur das dichtgedrängte Programm des Kongresses verhinderte, daß sie noch mehr in die Breite gehen konnten. Die Poetik nennt die übertriebene Ausführlichkeit, die maßlose und ziellose »Amplifikation« ein »vitium«, das heißt einen Fehler. Hier war die Fehlergrenze sicher erreicht, und da die Klatscherei auch eine moralische Seite hatte, stellte sich bei mir auch so etwas wie »taedium«, das heißt Ekel, die von den Poetikern beschriebene Wirkung alles Übermäßigen, ein. Zum Schluß sagte einer, das Unglück habe vielleicht gar nicht mit der Ungeschicklichkeit des Herrn Kollegen zu tun, sondern nur damit, daß man dem Ärmsten in der Reitschule statt eines »phert« ein »ors« oder »ros«, also ein Streitroß gegeben habe, und zwar offenbar eines, wie es in Heinrichs von Türlin »Die Krone« beschrieben werde. Der Heinrich-von-Türlin-Spezialist machte freilich von sich aus aller Amplifikation ein Ende, indem er mit einem Heinrich-Zitat, einem Zweizeiler aus dem Umkreis der unseligen Klepper- und Gaul-Beschreibung, mit einer Verkürzungsformel oder Abbreviatio, wie die Poetiker sagen, die Kollegenschaft zum Verstummen brachte: »Die rede ich hie laze, Wan ich schiuhe die unmaze«, Ich höre hiermit auf, denn ich will nicht übertreiben. Die Kollegen verstanden den Wink mit dem Zaunpfahl dieser Abbreviatio und ließen lachend von ihrer Spötterei und begaben sich zu ihren Plätzen, um den nächsten Vortrag über das ritterliche Tugendsystem zu hören.
Ich stand damals als kleiner Assistent in einem gehörigen Respektabstand von jener Corona der hochkarätigen Lehrkanzelinhaber und wunderte mich über ihre Lockerheit. Ich kann nicht sagen, daß ich enttäuscht worden sei, irgendwie beruhigte es mich, diese mir von vielen Büchern und Aufsätzen her als solide Philologen bekannten Herren so menschlich und humorvoll zu sehen, wenn hier auch nicht die reine Freude, sondern ihre unanständige Schwester, die Schadenfreude, den Ton angab und die Musik bestimmte. Besser

noch hätte es mir gefallen, wenn sie nicht über einen in absentia, sondern über einen adsentem, also einen Anwesenden, gefrotzelt hätten, der sich dann in dieser launigen Weise verteidigt und zurückgeschlagen hätte. Im übrigen können nur Beamte auf Lebenszeit so lustig sein, dachte ich mir, ein Assistent, der alle vier Jahre bangen muß, ob sein Vertrag verlängert wird, lacht sich natürlich wesentlich schwerer. So dachte ich mit Shakespeare: Die Fürsten haben seltsame Humore!
Ich dachte mir, wie die Herren wohl sprechen würden, wenn ihr Thema nicht das Mißgeschick eines Kollegen, sondern die mißglückte Habilitation eines Assistenten wäre! Vielleicht redeten sie dann vom Hornberger Schießen. Sehen Sie, Herr Kollege, wird dann einer sagen, ich hatte einen Assistenten, der lange an seiner Mange gebastelt hat, und während er noch an seiner Ballista und seinem Bogengeschütz laborierte, haben andere inzwischen das Schießpulver erfunden, so ging der Schuß leider ins Leere. Ein anderer wird sagen, auch ich hatte einen Assistenten, von dem ich wohl wußte, daß er das Schießpulver nicht erfinden würde, doch lieferte er zuletzt eine ganz passable Habilitationsschrift, sicher nicht atemberaubend, aber doch ganz brav, wohl im Gedanken etwas bieder, aber soweit solide gemacht. Aber fragen Sie mich nicht nach der Verteidigung. Ungeschützt bot der Unglücksrabe seine Stirn dar, er war von einer so entwaffnenden Arglosigkeit, daß die Nachbarphilologen, die von der Flanke her Breitseiten abfeuerten, ein leichtes Spiel hatten, ihn aufzumachen. Mein Knappe hatte nicht nur die Trutz- und Angriffswaffen, sondern leider auch die Schutzwaffen daheim vergessen. Er erklärte alles, was ihn die Fakultät fragte, für nicht zu seinem Thema und seinem Fach gehörig, und ein Kollege sagte im Anschluß an die Disputation nicht unzutreffend, daß wir eigentlich nur herausbekommen hätten, was mein Assistent alles nicht zur Kenntnis genommen habe. Seine Verteidigung habe sich darauf bezogen,

seine Ignoranz zu rationalisieren, die ganze Argumentationsstrategie sei darauf hinausgelaufen, auszuklammern, auszugrenzen und abzuweisen. So aber könne man Angriffe und Attacken nicht parieren. Man könne nicht, wenn ein Geschoß bereits fliegt und unterwegs ist, sagen, dieses Geschoß akzeptiere ich nicht, also diese Frage wird nicht zugelassen. Es wird nämlich einschlagen, so oder so. Ein kluger Habilitand veranstaltet bei der Verteidigung einen Stellungskrieg, wechselt die Positionen, kämpft einmal mit dem großen Antwerk, dann wieder Mann gegen Mann, nützt die Geländeformationen, indem er die Disziplinen der fachnahen und fachfernen Angreifer gegeneinander ausspielt. Und erst in Notfällen und gegen Schluß fahre ein in dieser Art geschickter Habilitand mit der Bombarde und dem schweren Geschütz auf. Er beantworte das eine mit Pfeilen, anderes mit Steinen. Und gehe es zum Einzelkampf, so setze er auch erst in der größten Bedrängnis die Stoßstange ein. Ein Habilitand, der nur eine Waffe, die Stoßlanze und das zweischneidige Schwert oder gar den Kolben, beherrscht, wird natürlich von dieser riesigen Meute, die eine Fakultät darstellt, zu Tode gehetzt. »Zeso und winster«, links und rechts, muß sich ein Habilitand zu verteidigen wissen, »ze bîden handen« muß er die Waffen des Geistes führen und handhaben können. Kommt er an einen romanistischen Linksausleger, muß er ihm rechts kommen, hat er einen rechten oder »östlichen« Geographen, so »umarmt« er ihn als Dengger, das heißt Linker.

Kollegen, Kollegen von mir nämlich, aus dem Mittelbau, die die Tortur und den Spießrutenlauf des mündlichen Kolloquiums, der sogenannten Verteidigung, bereits hinter sich hatten und einem Ratschläge erteilten, sagten auch, wie sie ihre »Habilitationsväter« auf das Kolloquium vorbereitet, wie sie sie regelrecht »auf den Mann« trainiert hätten. Ihre Chefs hätten sie über alle Eigenarten ihrer Professorenkollegen instruiert. »Nolite timere«, erschrecken Sie nicht, sagte

der klassische Philologe, wenn der oder jener mit seiner Standardfrage nach der politischen Relevanz kommt. Einer sagte ganz offen zu seinem Habilitanden: Lassen Sie sich nicht verblüffen, wenn der Kollege Sowieso sich dumm stellt, dann denken Sie nur, er ist es wirklich.
Als ich damals jene maliziösen Altgermanisten beisammenstehen und über das Mißgeschick des Kollegen spotten hörte, dachte ich freilich auch mit Verbitterung daran, daß sich einige der hochberühmten alten Herren, die dort standen, unlängst auch nicht gerade kämpferisch und mutig erwiesen hatten, als es galt, die sogenannte Alte Abteilung der Germanistik gegen die neuen universitäts- und bildungspolitischen Intentionen der sechziger Jahre zu verteidigen und ihren Platz im Studium der deutschen Philologie zu sichern und zu behaupten. Es standen dort nicht nur »defensores«, »defensores fidei«, um es so zu sagen, Verteidiger des rechten Glaubens, sondern auch einige Totengräber der Altgermanistik. Einige der Herren sollen damals auch ungeniert gesagt und kundgetan haben, daß sie der ganze Streit darum, ob die alte Literatur im Studium der Germanistik, namentlich bei den Lehramtskandidaten, noch weiterhin vorkommen und eine Rolle spielen sollte, ermüde und kalt lasse. Sie hätten ja ihre »schulfeste« Stelle und seien Beamte auf Lebenszeit, definitivgestellt! Ganz nach der Devise: Nach uns die Sintflut. Und einige von den gut Beschützten und Gesicherten wollten auch das Fußvolk, die sozial gesehen labile und instabile Assistentenschaft, den sogenannten Mittelbau, den Nachwuchs des altgermanistischen Faches, ins Feuer schicken. Die Ritter schämten sich nicht, die Knappen in den Kampf zu werfen. Es gehe um unsere Zukunft, sagten einige der alten Herren, sie betreffe es als vor der Pensionierung beziehungsweise Emeritierung Stehende ja nicht mehr. Uns aber müsse es eine Frage sein, warum und zu welchem Ende ich Altgermanistik studierte ...
Ja, zu welchem Ende? Damals bekam für mich der Ausdruck

»Emeritus« einen neuen und anderen, nämlich einen Gegensinn, ein Ex meritus oder Immeritus ist ein ehrlos Gewordener, aus der Ehrenhaftigkeit Hinausgetretener. Du bist ein alter Hunne, sagt der junge Hadubrand zum alten Hildebrand, unmäßig schlau, du bist so alt geworden, weil du immer Betrug begangen hast ... Und am Schluß haben einige Altgermanisten ihr altgermanistisches Fach verraten und verkauft, nicht einmal für ein Linsengericht, sondern um des lieben Friedens willen. Ohne Schutz und Trutz gaben sie auf und zeigten ihre weiße Fahne. Der Druck aber auf die Vertreter des alten Faches, die Lektoren und Lehrbeauftragten, die Assistenten und anderen »Mittelbauern«, die gotische, althochdeutsche und mittelhochdeutsche Proseminare halten sollten, war so groß, daß ihm ein sozial- und universitätspolitisches Leichtgewicht wie ein Assistent sicher nicht standhalten konnte. Der massive Druck des Studentenvolks, das nicht mehr Altgermanistik und auch sonst nichts mehr, sondern nur noch ein wenig Gesellschaftskritik lernen wollte, war so massiv und hatte die ganze Schubkraft eines perversen Zeitgeistes hinter sich, daß alles, sicher aber ein schwacher Assistent, der sich dagegengestellt und dagegengestemmt hätte, aufgerieben und zermalmt worden wäre. Wenn doch schon die Professoren die Flinte ins Korn geworfen und alle Positionen geräumt hatten, vom Latinum für die neusprachlichen Philologien bis zum Gotischen für Germanisten. Dort und da gab es freilich einen »Unbelehrbaren«, einen starrköpfigen Alten, der sich nicht mehr »umerziehen« lassen wollte, der auch bei den guten alten philologischen Ankündigungen seiner Lehrveranstaltungen blieb und nicht entsprechend den neuen Sprachregelungen auf Soziologenchinesisch umschaltete. Aber schnell waren diese Traditionalisten im gesellschaftlichen Out, während die neuen Soziologensnobs und Ideologiehuber nun in waren. Die alten Halsstarrigen wurden als Fachidioten, Vertreter von Orchideenfächern, Fossile, Dinosaurier, die wenigen charakterfesten Germanisten als Michael Kohlhaase, die sturen Romanisten als »Don Quichottes« apostrophiert und denunziert. Inzwischen hat auch diese Revolution ihre Kinder gefressen. Die kindische Lustigkeit der über den Professor Keie spottenden Kollegenschaft hatte noch den Charakter der Vorstudentenrevolution, war also noch Vorkriegslustigkeit. Wer damals, als ich Germanistik zu studieren begonnen habe, durch die philologischen Institute der Germanistik ging, spürte noch den guten Geruch des 19. Jahrhunderts. Und es war, als würden hinter den alten gefeldeten Türen des Instituts noch Karl Lachmann, Wilhelm Wackernagel, ja Jacob Grimm arbeiten. Damals wirkten auch die neugermanistischen Seminarräume und Dienstzimmer irgendwie altgermanistisch, irgendwie Wilhelm Schererisch ...

Sind große Kinder, dachte ich damals von den Altgermanisten, und sie waren es nicht nur in ihrer spielerischen Lust, sondern auch in bezug auf ihre kindliche »Grausamkeit«. Wie sie mit ihren fachlichen Gegenständen hantierten und jonglierten, zauberisch und ein wenig magisch, das erinnerte mich sehr an den Umgang meines Georg mit seinem Playmobil. Play mobil, das hätte auch über der Feixerei der Professoren stehen können. Die alten Literaturen, ja alle Literatur ist für die Wissenschaft eine Art *perpetuum playmobile.* Spielerisch nach allen möglichen, auch Moden unterworfenen Gesichtspunkten werden die alten Stoffe, so wie sie von den Dichtern immer wieder verwendet, anders komponiert, neu erzählt und akzentuiert wurden, dann auch von den Interpreten von verschiedenen Seiten betrachtet, exegetisch anders gewichtet, hermeneutisch anders erklärt. Die Erklärung aber kommt so wenig an ein Ziel, wie etwa ein Kind, das viele Playmobilritter oder Zinnsoldaten besitzt, zu einer definitiven und unumstößlichen Ordnung und Aufstellung der Figuren gelangt.

Mein Sohn Georg etwa ist von einer großen Rechthaberei. Zwar überläßt er mir die Kärrnerarbeit beim Burgenbau, die

Grob- und Dreckarbeit gewissermaßen, wenn es aber dann um das Burgenpersonal geht, mache ich ihm nichts recht. Er allein weiß, wo der König, wo die Königin und wo die Ritter postiert werden müssen, wobei sie aber natürlich nicht ortsfest sind, sondern sich in dauernder Rotation und Rochade befinden. Türme, Läufer, Pferde, Bauern, König und Königin sind, bewegt durch die kindliche Phantasie meines Georg, der sich Angriffe und Verteidigungen, aber auch Gelage und Feste ausdenkt, sozusagen immer unterwegs. Abends etwa legt er die Ritter zur Ruhe, dabei verfährt er einmal nach der in den frühhöfischen Epen – wie Eilharts Tristrantroman – geschilderten Schlafordnung, wo alle in einem Raum liegen, ein anderes Mal aber auch wieder nach dem neuen Ordo, wo König und Königin ihre eigene Schlafkemenate haben. Frage ich ihn, warum einmal so, nämlich ensemble, und diesmal separé, so sagt er, der König und die Königin möchten heute nacht allein sein, sie hätten etwas Wichtiges zu besprechen, was die Ritter nicht wissen dürften. Und obwohl er weiß, worum es sich handelt, weiht er mich nicht ein, sondern läßt mich in meiner »ignorantia«. Nachts stellt er auch das Burggespenst in eines der obersten Fenster des Donjons. Dabei handelt es sich um eine kleine, in ein Leintuch gekleidete Gestalt mit tiefliegenden schwarzen Augen und erhobenen Armen. Sie besteht aus einem für mich unerklärlichen, geheimnisvollen, nachts hell strahlenden Material. Diese phosphoreszierende, heller als das Zifferblatt einer leuchtenden Uhr strahlende Gestalt leuchtet tatsächlich gespenstisch in der Nacht. Tritt man nachts in das Playmobilzimmer, so sieht man sie von weitem und magisch erleuchtet auch noch ihre Umgebung, sodaß der Fensterrahmen wie im Mondlicht spiegelt und selbst die Mauerzinnen widerstrahlen, wobei ich an Wirnt von Grafenberg erinnert werde, der als einer der ersten den Widerschein des Mondes auf den Zinnen eindrucksvoll beschrieben hat.
Die Ritter entrüstet Georg abends, und obwohl er sonst kein

Ordnungsfanatiker ist, zum Leidwesen meiner Frau, die sich immer über die Unordnung im Spielarbeitswohneßzimmer unserer kleinen Wohnung beschwert, achtet er darauf, daß die Waffen ordentlich beisammenstehen, Lanzen und Speere, Vorderladergewehre, Hellebarden, Fahnenstangen – auch die Herolde und Fahnenträger legen ab – lagern in einer Ecke. Selbst eine Art Garderobe – oder müßte ich sagen Gardearme – besitzt Georgs Burg, einen Ständer zum Anlehnen und Einhängen von Gewehren und Lanzen. Georg scheint mit seiner ordentlichen Entrüstung zu bezwecken, daß die Ritter im Falle eines Alarmes, eines Rufs des Türmers zu den Waffen, schnell zu ihrem Gerät kommen. Auch die Brünnen und Brustwehren und Helme liegen auf einem Haufen. Und da die Playmobilritter genormte Köpfe haben, einen schwarzen oder braunen, das heißt brünetten Haarschopf mit einem ringartigen Wulst, auf den man nicht nur Helme, sondern auch Kronen und andere Kopfbedeckungen, sogar Rennfahrermützen, Bobbyhelme und Bauernkappen zwängen kann, besteht auch keine Gefahr, daß einem sein oder irgendein Helm nicht paßt. Der Waffenmeister, der hier an der Kleider- und Rüstungsausgabe steht, kann mit gutem Recht immer sein Paßt! sagen. Beschwerden könnte es nur insofern geben, als einige Helme ein Zimier und eine Helmzier tragen und andere nicht, von denen einige wohl im Laufe der Zeit durch die Abnützung in vielen Schlachten und Turnieren um diesen ornamentalen Schmuck gekommen sind. Auf allen Schilden aber sind Löwen abgebildet, sodaß jene Ritter, die die angreifenden Feinde spielen müssen, von der Burgbesatzung eigentlich nicht zu unterscheiden sind. Die Fahnen, Wimpel und Flaggen sind als erstarrtes, in Bewegung erstarrtes Segeltuch ausgeführt, gefrorener Wind gewissermaßen, und Georg korrigierte mich einmal, als ich bei der Darstellung einer Belagerung alle ausrichten wollte. Diese meine meteorologische Pedanterie gefiel ihm gar nicht, und er orientierte das Fahnen- und Flaggenzeug nach seinen eige-

nen, nicht rationalen, sondern ästhetischen und phantastischen Prinzipien neu und anders.
Der Einsatz ist im übrigen total, auch die Burghandwerker werden in den Kampf geschickt. So stellt Georg etwa den Schmied mit erhobenem Vorschlaghammer vor einen Feind. Ich erkläre meinem Sohn, daß er hierin authentisch sei, weil den Unritterlichen die Handhabung von Ritterwaffen nicht gestattet gewesen sei und etwa auch die Geistlichen, die als Burgkapläne, aber auch die Bischöfe, die sich als Ritter gefühlt haben, mit dem sogenannten Kolben, also der Keule, gekämpft hätten. Ja, Papa, sagt Georg, ohne sich für diesen Umstand weiter zu interessieren. Authentizität ist ihm nämlich überhaupt kein Problem und Ideal. Darum zieht auch eine englische Wache auf, und darum werden auch andere Personenkreise rekrutiert, etwa die drei von der Tankstelle, die Feuerwehrmänner mit ihrem Auto und der Magirusleiter, die Georg auf den Bergfried hin ausfährt, und die Rettung. Das ist gut, sage ich, daß das Rote Kreuz sich bereithält, denn es wird sicher wieder viele Verwundete geben. Und ich sage, daß ich es auch gut und richtig fände, daß wir bei aller Freizügigkeit und Heterogenität der Armierung von Fußangeln und Lähmeisen, dem bunten Antwerk, der Disparatheit des Stoßzeugs zum Mauerbrechen mit Widder, Sturmbock und Ramme, dem Schuß- und Wurfzeug und des Deckzeugs und der Türme, von Steinschleudern und Raketenwerfern, von Armbrüsten und Vorderladergewehren, daß wir uns also bei aller Unkonventionalität der Waffen und der Kampfmethoden vom Handstreich bis zur Überrumpelung, doch wenigstens an die Genfer Konvention hielten und die Verwundeten und Gefangenen human behandelten. »Human« heißt menschlich und kommt vom lateinischen »homo«, erkläre ich meinem Sohn. Dann müßte es ja »homan« heißen, sagt Georg. Nein, sage ich, »homo« kommt von »humus«. Und beginne ein etymologisches Kolleg. Ist ja gut, Papa, sagt Georg beruhigend und begütigend.

Aber gleicht nicht auch die Beschäftigung der Germanisten jener der Kinder mit ihrem Playmobil? Werden nicht auch hier, bei den Vertretern der philologischen Zunft, mit einer gewissen Anzahl von Elementen immer neue »Zusammenstellungen« versucht, wird nicht auch in der Wissenschaft das gleichbleibende Material nach immer neuen Gesichtspunkten organisiert und dann interpretiert und verglichen? Schon an meinem Jüngsten, Michael, zeigt und bewahrheitet sich: Erkennen beginnt mit dem Vergleichen. Georg gar, wenn er eine Figur für eine bestimmte Aufgabe braucht, hält Ritter neben Bauern, Bauern neben Polizisten und Polizisten neben Dompteure und so fort, bis er sich für eine der Figuren entscheidet. Er vergleicht die Figuren, wie die Forscher ihre Belege vergleichen. Auch seine Methode ist in gewisser Weise strukturalistisch. Georgs Burg ist ein Kinderspielzeug, die mittelalterliche Literatur ist für die Literaturwissenschaftler und Literarhistoriker ein Riesenspielzeug, wenn man ein wenig übertreibend und übertrieben von den Altgermanisten als einem Geschlecht von Giganten sprechen will, wie es in Chamissos Ballade vorkommt. Und es sagt über die Beschäftigung mit alter wie überhaupt mit Literatur jemand bestimmt nichts Böses und Abfälliges, wenn er sie mit einem Kinderspielzeug vergleicht und für eine »große Kinderei« hält.
Wenn ich meinen Kollegen diese Meinung vortrage, so bekomme ich zu hören, daß die Beschäftigung mit Literatur einen Zweck habe und einen Erkenntnisgewinn bringe. Ich aber glaube und halte dagegen, daß noch kein Literarhistoriker bei seiner Arbeit so viel dazugelernt hat wie ein Kind bei einem intelligenten, das heißt die Intelligenz fördernden Spielzeug. Also ist auch das Zweck- und Nutzenargument nicht ohne weiters stichhaltig, wenn man den Zweck und den Nutzen nicht so versteht, daß man durch die gesellschaftlich anerkannte Tätigkeit als Literaturwissenschaftler Geld verdienen und als Universitäts- oder Gymnasiallehrer

»definitiv gestellt« werden kann, während die Kinder nur persönlichen Nutzen und Lehre aus ihrem Spiel ziehen, aber natürlich nicht pragmatisiert und Beamte auf Lebenszeit werden können. Nun heißt es ja bekanntlich von den Orchideenfächern – und wir müssen die Philologien sicher dazuzählen, wenn wir vom Sprach- und Grammatikunterricht und vor allem vom Fremdsprachenunterricht einmal absehen –, daß sie an sich keinen Nutzen brächten, jedenfalls keinen materiellen, wieder vom Gehalt für die bestallten Universitätslehrer und Dozenten abgesehen. Dem kann man gern zustimmen, wenn man sich auch als Geisteswissenschaftler nicht in die Enge treiben lassen und gegen die Naturwissenschaftler ausspielen lassen, sondern so argumentieren sollte: Die Geisteswissenschaften bringen keinen Nutzen, aber die Naturwissenschaften bringen einen Schaden, das ist der Unterschied, darum liegt gerade den Militaristen, die das Schädigen, und den Politikern, die das Einschüchtern und Erpressen zu ihrem Beruf gemacht haben, so viel an den Naturwissenschaftlern. Keinem Geisteswissenschaftler würde es einfallen, das Schießpulver zu erfinden, Techniker und Pazifist aber, das schließt einander aus.
So ist nicht nur die Literaturwissenschaft eine »Kinderei«, im besten Sinn, sie hat es auch unbedingt mit einer »Kinderei« zu tun. Wie unschuldig ist doch so manches in der alten Literatur, nicht zuletzt auch Neidhart von Reuenthal oder der Tannhäuser, wie wundergläubig waren die Autoren und müssen ihre Hörer oder »Rezipienten« gewesen sein! Ja, alles sträubt sich in einem, die Zuhörer der Minnesänger, der Spielleute oder gar der Skalden und alten Heldenliedsänger als »Rezipienten« zu bezeichnen, wie es die heutige Literatursoziologie tut. Das muß eine *Gemeinde* gewesen sein – aus lauter staunenden, mit offenem Mund dasitzenden und andächtig lauschenden Leuten. Und es wird ihnen schauerlich zumute gewesen sein, wenn ihnen der Sänger aus Hartmanns »Iwein« vorgetragen hat, wie der Artusritter Kalo-

grenant in Karidol seinen Kollegen, den anderen Tafelrundern, erzählt, was er im Wald von Brezilian am Zauberbrunnen erlebt hat, nachdem er mit der Kelle Wasser auf den Stein gegossen hatte und das Unwetter losbrach. Die rührende Kindlichkeit vieler mittelalterlicher Autoren ist für die Literaturwissenschaftler schwerer nachzuvollziehen, als ihre nie mehr übertroffene Kunstfertigkeit und Meisterschaft im Beschreiben und Darstellen. Aber nach meiner Überzeugung gilt abgewandelt auch für die Philologen: Wenn ihr nicht werdet wie die Kinder ... Wenn man in jene Zeit zurückblickt, da die Menschheit noch jung war und nicht an all den Alterskrankheiten litt, die wir heute an ihr sehen, müssen wir uns auch selbst im Geiste verjüngen, um »mitzukommen«. Die Beschäftigung mit der Vergangenheit aber ist ein Zauberbrunnen, ein Jungbrunnen, so wie die Beschäftigung mit Kindern.

Manchmal besucht uns jemand, und dann bleibt es nicht aus, daß »der Besuch«, »der Onkel« oder »die Tante«, auch von meinen Kindern, vor allem von Georg, aber auch vom kleinen Michael, auf seine Weise, angesprochen und »behelligt« wird. Und obwohl ich Eltern, die mit ihren Kindern Gäste insultieren und inkommodieren, nie gemocht und ein wenig unhöflich empfunden habe, berührt es mich doch seltsam, wenn »der Besuch«, »der Onkel« oder »die Tante«, auf die Kleinen gar nicht ansprechen und ihnen nichts erwidern. Es gibt Erwachsene, für die sind Kinder einfach Luft, sie nehmen sie als Gesprächs- oder Spielpartner einfach nicht an und wahr. Sie reden über die Kinder, die ständig fragen, ohne gehört und erhört zu werden, einfach hinweg, als wären sie gar nicht da. Gerade die Universitätsmenschen sind groß im Kinderignorieren. Sie sind meistens so voll von ihren Problemen und so eingestellt auf ihre Themen, daß sie sich durch nichts, schon gar nicht durch unmündige Kinder, ablenken und stören lassen. Irgendwie gleichen sie in ihrer Rücksichtslosigkeit freilich selbst wieder den Kindern, die ja

auch mit großer Unbedingtheit und Ausschließlichkeit auf ihrer Sache bestehen und beharren. Sag einmal einem Kind, das mit Feuereifer spielt, das einen Feuerüberfall auf eine Burg veranstaltet, es solle essen kommen, oder einem anderen Kind, das den Vater zum Geschichtenerzählen drängt, es solle zur Abwechslung einmal selbst etwas lesen. So denke ich mir manchmal, wenn ich einen besonders inirritablen und durch nichts von seinem Kram abzubringenden »Besuch« vor mir habe und auf der anderen Seite den den »Onkel« oder die »Tante« insultierenden Georg, es seien Kinder auf Kinder getroffen, ein großes Kind auf ein kleines Kind, und sie hätten beide ihre Interessen, von denen sie nicht abgehen und sich ablenken lassen wollen. Dem Kleinen geht es um sein Spielzeug, etwa seine Miniaturburg, die er gerne herzeigen und erklären möchte, dem Großen aber geht es um sein Riesenspielzeug, seinen letzten Aufsatz über Hartmanns Humor, den er mir erläutern will; so können sie natürlich nicht zusammenkommen, auch nicht auf halbem Weg zwischen der Playmobilburg und dem Humor, und es gelingt natürlich auch mir nicht, etwa wie König Artus einen Interessenausgleich herbeizuführen und einen kleinsten Nenner für etwas Gemeinschaftliches anzugeben.
Mein Kleinster, Michael, hat gerade eine kritische Phase, er beginnt zu fremdeln, und zwar verkennt er jeden Erwachsenen als »Herrn Doktor«. Nachdem ihn ein wirklicher und wahrer Doktor, ein Mediziner nämlich, vor kurzem geimpft und gepiekst hat, was Michael sehr übel vermerkt hat, leidet er an traumatischen Nachwehen und vermutet in jedem ernsthaften, gar weiß gekleideten Erwachsenen einen Arzt, Impfer und Piekser. Michael beherrscht mit seinen drei Jahren natürlich die alte Fakultätseinteilung noch nicht. Für ihn ist Doktor gleich Doktor, und so dauert es immer, bis wir ihn beruhigen und ihm erklären, daß dieser »Onkel Doktor« keine Spritzen in kleine Bubenfinger oder Fersen oder Popos hineinsticht, und es dauert auch, bis wir ihn von der völligen

Harmlosigkeit unseres Besuchs überzeugt haben und er glaubt, daß dieser Mensch keinem anderen Menschen ein Härchen krümmt oder das geringste zuleide tun könnte. Der »Onkel« tut nur auf das Papier schreiben, sagen wir, und schließlich akzeptiert der Kleine den Großen und Erwachsenen doch, als eine Art Kollegen, der so wie er, Michael, auch Papiere ankritzelt und Bücher »schreibt« oder »beschriftet«, wie Michael etwa mein geschändetes Faksimile-Exemplar der Millstätter Genesis. Ach, sagte einmal ein kinderfreundlicherer »Besuch«, du bist der, der die berühmte Millstätter Genesis geschrieben hat, weil ich ihm an der Universität davon erzählt hatte. Die meisten Universitätsleute reagieren aber, wie gesagt, auf Kinder kaum, halten sie wohl für so »tump« und »unvernünftig«, wie sie im kindlichen und zugleich kindfeindlichen Mittelalter beschrieben und bezeichnet werden. Und es spielt auch keine Rolle, worüber der betreffende Besuch schreibt und womit er sich fachlich beschäftigt, und sei es der Humor – er findet keinen Zugang zu den Kindern. Er läßt die Zugbrücke eingezogen, das Visier geschlossen und zeigt den Kleinen keinen Weg zu sich. Gerade mit einem Humorforscher möchte man dann als Vater schon gern einmal ein *ernstes* Wort reden. Mein lieber Kollege, möchte man sagen, Sie arbeiten schon jahrelang über den Humor bei Hartmann, aber daran, sich selbst einmal um ein wenig Humor zu bemühen, haben Sie wohl noch nie gedacht. Ein anderer laboriert an der Frage von Humor und Ironie bei Wolfram von Eschenbach, sodaß einem die Humorlosigkeit dieses Kollegen auch wie die reinste Ironie erscheinen will. Und wie humorvoll sind Hartmann und Wolfram!

Es gibt ja Humorspezialisten, wissenschaftliche Humorkanonen gewissermaßen, die über die Schalkhaftigkeit der alten Dichter nicht lachen oder schmunzeln können. Sie sagen, der Humor der Alten sei rein zeitgebunden, auf ihre Umgebung bezogen und in unserem Sinne harmlos und naiv. Diesen Experten kommt bei ihrer Arbeit wirklich nie ein Lacher

aus, und sie strafen ihr Lieblingsthema auch durch einen verbiesterten Lebenswandel Lügen. Ich für meine Person nehme gern in Kauf, kindisch und naiv gescholten zu werden, wenn ich sage, daß mich nichts mehr erheitert als die mittelalterliche Literatur, und zwar der freiwillige, nicht ein unfreiwilliger Humor. Sicher handelt es sich bei der gelegentlichen Fröhlichkeit der alten Autoren um keine laute Witzlustigkeit, aber gerade die feine Klinge, die sie führen, macht ihren Humor auch so fein, fröhlich und hintergründig.
Mich jedenfalls entzückt Hartmann von Aue, wenn er beispielsweise im Zusammenhang mit dem Empfang des Artusritters Kalogrenant auf der Burg im Wald von Brezilian schreibt, daß ihm dort ein »schoenez kint«, eine Jungfrau von unübertrefflicher Schönheit, beim Ablegen hilft. »Diu entwafente mich«, »die entwaffnete mich«. Und dann: »Und einen schaden klage ich (des enwunder niemen), daz der wafenriemen also rehte lützel ist, daz si niht langer vrist mit mir solde umbegân.« – »Etwas tat mir leid (niemand soll sich darüber wundern), daß nämlich der Waffenriemen nicht länger ist, damit sie auch länger an mir zu schaffen gehabt hätte.« Und dann sagt Hartmann: »Ez was ze schiere getân. Ichn ruochte, soldez iemer sîn.« – »Es ging zu schnell. Es machte mir nichts aus, wenn es ewig dauern möchte.«
Und erst gar Wolfram von Eschenbachs Heiterkeit. Als er den Dümmling Parzival, den wunderbaren, am Hof des Gurnemanz, des Fürsten von Graharz, in die Badewanne, das heißt in die Badekufe hat setzen lassen, kommen wunderschöne Jungfrauen und waschen ihn und streichen mit »linden henden« über seine »amesiere«, Quetschungen. Als Parzival aber schließlich aus der Kufe und dem Wasser steigen will, entfernen sich die Mädchen, »da längeres Verweilen unschicklich gewesen wäre«. Wolfram fügt aber schelmisch hinzu: »Ich glaube aber, sie hätten gerne gesehen, ob ihm nicht vielleicht auch ›dort unde‹ etwas widerfahren war.

Denn die Frau ist treu besorgt um die Nöte des lieben Freundes.« Dort unde ...
Das nenne ich Humor und an einer solchen Dezentheit könnten sich nicht nur die Forscher herzlich freuen und erbauen, an diesem Humor sollten sich vor allem auch jene Conferenciers, die heute die Neureichen auf ihren Sommernachtspartys auf den Burgen unterhalten und die gräßlich albernen und geistlosen Ritterwitze – Ja so warns die alten Rittersleut – von Kunibert dem Schrecklichen und dem Keuschheitsgürtel der Kunigunde zum besten, nein zum schlechtesten geben, ein Beispiel nehmen. Von diesem Exemplum sollten sie sich belehren lassen. Ja, so waren sie, die alten Rittersleute.
Es ist eine Fröhlichkeit in den alten Werken, die sich mir unmittelbar mitteilt, mir unmittelbar, aber selbst meinem größeren Sohn, dem Analphabeten Georg, wenn auch mittelbar über neuhochdeutsche Übersetzungen und von mir vorgelesen. Große Erfolge hatte ich etwa mit den Verserzählungen des Strickers. Natürlich achte ich bei diesen Vorträgen auf die wichtigsten literatursoziologischen Prinzipien, stelle den »Erwartungshorizont«, die möglichen »Identifizierungsangebote« und die dem Text inhärenten Glückszusagen und Verlockungen, vor allem aber auch die Lustbelohnung durch Spannung genau in meine Vorleserechnung ... Mir ist, lese ich meinem größeren Kleinen vor, selbstverständlich auch bewußt, daß wir von einer »immanenten Werkästhetik« abrücken und uns einer Rezipientenästhetik zuwenden müssen, darum biete ich meinem Söhnchen selbstverständlich »Literatur für Leser« ... Erotische Anspielungen wie jene oben erwähnte von Hartmann von Aue und dem zu kurzen Riemen des Iwein lägen selbstverständlich jenseits des vorpubertären Erwartungshorizontes. Georg antwortet auf solches für ihn Unverständliche etwa mit: Papa, das ist ein Blödsinn. Oder: Das ist aber keine Gaudi nicht, Papa.

Im übrigen erkennt Georg mit seinen sechs Jahren auch bereits meine Nebenabsichten, meine *pädagogischen* Nebenabsichten. Wenn ich moralische Exkurse anbringe und über den Text hinaus irgendeine Stelle kommentiere – das kann sich auf den »Stricker« geradeso beziehen wie auf das Comic-Heft »Prinz Eisenherz' Hunnenkämpfe« –, dann kann er ungeduldig werden und mich endlich wieder zur Geschichte zurückrufen. Er hat bereits eine ausgeprägte Aversion gegen die sogenannten »reden«, also jene Auslassungen, die das eigentliche Geschehen, die Handlung und den »plot«, ausdeuten, die Moral der Geschichte ansprechen, Nutzanweisungen für das eigene tägliche Leben ablesen und ziehen. Die Handlung ist es, die Georg vor allem interessiert, nicht der sogenannte tiefere Sinn, sein tieferer Sinn liegt in der Handlung und in action, wie die Angelsachsen, oder in actu, wie die alten klassischen und mittellateinischen Poetologen sagen. Mit diesen Erwartungen und Ansprüchen ist mein Sohn gerade in der Volksbuch- und Prosaromanzeit angekommen, also etwa im 15. Jahrhundert, wo die Prosaauflöser und Umschreiber auch die alten Geschichten nicht nur vom Vers und allem metrischen Zierat befreit, sondern sie auch um die Exkurse und »Interventionen« der Dichter gebracht haben. Natürlich verzichte ich nicht ganz auf dieses »Intervenieren«. Und wenn die Hunnen und ihr König Attila eine besonders häßliche Untat begehen, dann setzt es natürlich von mir eine Rüge. Anfangs habe ich bei solchen Scheltreden oder auch Belobigungen die Figur der Apostrophe angewendet, also direkt eine Gestalt aus der Geschichte selbst, die sich gut oder schlecht benommen hatte, adressiert und angesprochen, gelobt oder getadelt: Du böser Attila ... oder: Bravo, Eisenherz ... Ich habe etwa Partei ergriffen, wenn Prinz Eisenherz zu seinem Vater König Aguar, der ihn nicht auf Abenteuersuche ziehen lassen will, sondern auffordert, sich daheim und an Ort und Stelle auf seinen Königsdienst vorzubereiten, sagt: »Ja, Vater, aber deine Vorberei-

tung sah doch auch ganz anders aus. Noch heute erzählt man sich von deinen tollkühnen Abenteuern und Liebschaften. Und du willst, daß ich zum glattzüngigen Höfling und galanten Tänzer werde?« Ich habe dann Partei ergriffen, auch gegen die natürlichen Rollen im Generationskonflikt, also für Eisenherz und gegen Aguar. Alsbald aber entwickelte Georg, so oder so, eine Allergie gegen mein Dreinreden, meine Zwischenreden der Didaxe, und verlangte gewissermaßen mit dem Ruf »ad propositum« oder auch »ad fontes«, daß ich beim vorgegebenen Text bliebe und mir jeden Kommentar ersparte. Bitte, sagte ich dann seufzend zu mir selbst, wenn du eine so große Abneigung gegen das »genus subjectivum« hast und so versessen auf das »genus objectivum« bist, dann werde ich jetzt eben wie eine Lesemaschine meinen Lektorendienst absolvieren. Und oft lese ich dann auch als Beleidigter meinen Text leiernd und gänzlich unmelodiös und nicht akzentuierend, sondern mehr wie psalmodierend und im »tonus rectus«. Aber auch das bringt mir auf der Stelle einen Ordnungsruf ein: Papa, lies gescheit oder gar nicht, das ist ein Blödsinn, was du jetzt machst. Und dann geht es mir ein wenig wie dem Vater Aguar: »Der König lehnt am Fenster und sieht seinen starrköpfigen, tatendurstigen Sohn in die Welt hinausziehen – so wie er es vor Jahren selbst tat. Ein Lächeln huscht über seine Züge ...«
Es hat natürlich keinen Sinn, meinem Georg zu erklären, daß sich das »naive« Erzählen, also das Referieren der mehr oder minder nackten Handlung, daß sich also auch dieses einfache Erzählen durchaus mit dem »Intervenieren« verträgt, ja daß die sogenannten Prosaauflöser, also die Umschreiber der Versromane in Prosaromane, bei aller Aversion gegen die höfischen »reden« und Interventionen dann doch sogar von sich aus einige »reden« angebracht und hinzugefügt haben, die in den Vorlagen gar nicht vorgekommen sind. Gerade dort nämlich, wo die alte Geschichte gar zu unmoralisch und zu unchristlich wird, hat sich dann der

empfindliche Auflöser mit einer Schelte selbst zu Wort gemeldet. Das schönste Beispiel, das ich freilich meinem Sohn noch eine Weile vorenthalten werde müssen, nicht aus moralischen, sondern aus Intelligenzrücksichten, findet sich bekanntlich im Prosaroman von »Tristrant und Isalde«, und zwar an der Stelle, wo Morholt für den König von Irland, den Vater Isaldens, von Marke, dem König von Kornwall und Onkel Tristrants, den Zins eintreibt. Morholt will aber über den Zins hinaus Folgendes: »Vor allen dingen wolt er haben alle die da wären bey 15 jahr alt knaben und maid. wolt er im die geben wär gut. wölt er aber nit so wolt er sie mit gewalte nemen. die knaben müßten sein aigen sein. und die maid wolt er daheim in das offen frauhaus thun das sie im pfenning gewinnen sölten.« Dies also das Ansinnen Morholts. An dieser Stelle aber konnte sich der Prosaauflöser des Versepos des Eilhart von Oberge einen kräftigen Rüffel wirklich nicht versagen: »Hört wie ein schäntliche unbeschaidene botschaft das von einem küng was. und der er sich billicher geschambt het zu gedenken. denn das er es überlaut hieß ausrufen!«

Eine wirklich kindliche Entrüstung über die Kinder, die der König von Irland in sein Freudenhaus stecken wollte, der König als Zuhälter; pfui Teufel. Ähnlich rührend und kindlich ist schließlich auch Markes Reaktion, als er am Schluß der Tristrant-Dichtung in der Version des Eilhart von Oberge und der ihr folgenden Prosaauflösung, nachdem Tristan und Isolde, bzw. Tristrant und Isalde, wie sie in der älteren Dichtung heißen, tot sind, weil die zweite Isolde, die Isolde Weißhand, den kranken Tristrant belogen hat, was das Segel jenes Schiffes betraf, das die Ankunft der zauber- und heilkundigen Isalde anzeigen sollte, worauf dieser stirbt und woran schließlich auch die angekommene Isalde Blondhaar stirbt, vom wahren, ihm bis dahin verborgenen Grund der ehebrecherischen Liebe zwischen seinem Neffen und seiner Frau erfährt, nämlich dem Liebestrank, den Isoldes Mutter

Isolde für die Tochter und König Marke gebraut, aber irrtümlich Tristan und Isolde auf dem Schiff getrunken hatten. Ja, ein wenig verwickelt ist das. Marke also ist untröstlich, als er den wahren Sachverhalt erfährt, und er beklagt sehr, daß er das nicht früher erfahren hat, dann nämlich hätte er ihnen bestimmt keine Schwierigkeiten gemacht, sagt er. So dementiert Marke zum Schluß gewissermaßen die ganze Geschichte, die Geschichte von Tristrant und Isalde erweist sich in seinen Augen als ein einziges Mißverständnis, und es wäre an Marke, dem gehörnten Ehemann, gelegen, sie uns zu ersparen, ein reiner Informationsmangel ... So hätte Gottfried von Straßburg seinen hochhöfischen Tristan sicher nicht beendet. Ein Demento, eine nachträgliche Nennung des alles entschuldigenden Alibis wäre für ihn sicher nicht in Frage gekommen. Da er seine Dichtung als ein Fragment hinterlassen hat, wissen wir freilich nicht, wie er sich herausgewunden hätte. Heute neigt die Literaturwissenschaft ja dazu, anzunehmen, Gottfried hätte das Epos bewußt als Torso stehenlassen, die Widersprüche zwischen seiner Geschichte vom Ehebruch und der herrschenden Moral seien zu unüberwindlich und in keiner Weise zu harmonisieren gewesen. Die Entrüstung der Literarhistoriker aber über seine unmoralische Geschichte war auch so schon groß genug, wenn etwa ein solcher Patriarch und Gigant, wenn nicht überhaupt der Gründer und Erfinder des Riesenspielzeugs Germanistik, Karl Lachmann, im 19. Jahrhundert schreiben mußte: »Anderes als Üppigkeit oder Gotteslästerung boten die Hauptteile seiner weichlichen, unsittlichen Erzählung nicht dar ...«
Der naiven Entrüstung des Volksbuches über die Kinder, die der König von Irland in sein Freudenhaus stecken möchte, dieser kindlichen Entrüstung bin ich bei anderen Erzählungen, die ich meinem Größeren vortrage, durchaus schon öfters begegnet. Das, was die Poetik die »Intervention« nennt, die subjektive Äußerung des Autors zu seiner Geschichte,

das ereignet sich bei meinem Erzählen immer wieder, nicht als Erzähler- oder Nacherzählerintervention, sondern als Zuhörerreaktion. Meist ist diese Zuhörerreaktion ein Protest meines Georg, dem meine Geschichte nicht gefällt und der dezidiert verlangt, daß ich sie anders erzählen soll. Wie der gute alte Eilhart von Oberge in seinem Prolog zum »Tristrant« würde ich dann auch gern sagen, es sollen doch bitte jene, denen die Geschichte nicht paßt, gefälligst »entwichen«, also entweichen oder, wie man unfreundlich in Österreich sagt, »sich schleichen«, was genau dem Sinn des »entwichen« entspricht. Sie mögen sich unauffällig »hinwegheben« liest man oft in sprachlich erlesener Formulierung in Übersetzungen. Und Eilhart fährt fort, als hätte er meinen Georg bereits gekannt: »Er ist klukir sinne ein kint / wer solche rede verstoret / die man gerne horet / und die nutze ist vernomen / und guten luten wol mag vromen.« – »Er hat den Verstand eines dummen Kindes, wer eine solche Geschichte unterbricht, die gescheite Leute gern und mit Gewinn anhören.« Gerade diesen Satz habe ich einmal auf Mittelhochdeutsch dem Georg nach einer seiner narrativen Kurskorrekturen, die ich als Zumutung empfunden hatte, entgegengehalten. Da war er einen Augenblick verdutzt, sicher nicht wegen des Inhaltes meiner Selbstverteidigung, die er ja kaum verstanden hatte, sondern wegen der merkwürdigen Sprache, die ich plötzlich gesprochen hatte. Und als er sich von seiner Verblüffung wieder erholt hatte, machte er nun nach dem Änderungswunsch im Hinblick auf den Fortgang der Geschichte das Altvaterische in der Sprache seines Vaters zum Gegenstand der Beanstandung. Doch gebrauchte er nicht das Wort »altvaterisch«. Er sagte vielmehr voller Vorwurf: Papa, warum redest du denn so blöd! Aha, sagte ich, blöd also nennst du das Altdeutsche, mit dem dein Vater das Brot verdient, das du ißt – oder eben als großer Nahrungsverweigerer nicht ißt. Du hättest auch keine Ritterburg, sagte ich, wenn es das Mittelhochdeutsche nicht gäbe,

in der Meinung, mit diesem Hinweis die wirklich vitalen Interessen des Filiolus zu treffen. Aber die hat doch der Onkel Karl gebracht, sagte Georg. Ja richtig, sagte ich, aber erinnere mich jetzt bitte nicht daran!
Nachdem er mich nun aber wieder einmal überführt hat und mir auf eine Lüge draufgekommen ist, habe ich auch keine Chance mehr, seinen Vorstellungen nicht zu entsprechen, und muß nun die Geschichte in seinem Sinne weitererzählen und vollenden, gegen und quer zu jeder Überlieferung oder historischen Wahrheit der Historie, »ane der buochen stiure«, ohne historische Gewähr also.
Georg verträgt nur den guten Ausgang einer Geschichte, der Tristanstoff käme für ihn mit seinen vielen Toten am Schluß nicht in Frage. Und natürlich auch wegen seines amourösen Inhaltes! Liebesgeschichten langweilen ein Kind, und ich denke mir manchmal, wenn ich Erwachsene sehe und erlebe, die kein anderes Thema kennen und deren Bibliotheken voll sind der lächerlichsten und trivialsten sentimentalen Liebesromane, daß die Kinder, verglichen mit ihnen, auf jeden Fall den besseren Geschmack haben und daß man diesen Erwachsenen ein wenig Immunität gegenüber diesem Thema wünschen möchte. Vor allem habe ich es immer lächerlich gefunden, wenn älter gewordene Menschen bei dieser Obsession bleiben und über Herz und Schmerz nicht hinaus und von ihnen nicht loskommen. Solche Primitivleser erscheinen mir als Menschen, die in der literarischen Pubertät steckengeblieben sind. Erst wenn sich jemand von jenem Thema Nummer 1 freimacht, Abstand und Distanz gewinnt, so wie ihn ja auch die Natur selbst freier und »souveräner« macht oder machen sollte – ein lüsterner Alter, ein glatzköpfiger Faun, ein bejahrter Satyr, um von der männlichen Seite zu sprechen – nein danke! Die Alten sollten nach meiner Vorstellung nicht das Restfeuer in sich schüren, sondern einwilligen in den natürlichen Prozeß der »Neutralisation«, sie dürfen wieder unschuldig werden wie die Kinder, die wir

ja auch wegen ihrer Unschuld nicht bedauern, sondern beneiden dürfen und denen wir auch ihre integrale Welt möglichst lange unversehrt erhalten und nicht zerstören sollen, indem wir sie »sexualisieren« und den Prozeß ihrer Entwicklung akzelerieren. Die Geschlechtsreife tritt in jedem Fall früh genug ein, und ich habe die Erfahrung gemacht, daß die Spätentwickler unter den Kindern von ihrem Leben mehr hatten und letztlich glücklicher waren als jene, die schon und noch in den Kinderschuhen, auf ihren Kinderbeinen, auf Freiersfüßen gingen und bald jeden anderen Geschmack an der Welt verloren als den des Geschlechtstriebes. Nicht nur dumme, sondern vor allem schlechte Menschen haben das Wort »jungfräulich« in Mißkredit gebracht und verächtlich gemacht. Doch ist nicht die Jungfräulichkeit und die Zurückhaltung verächtlich und lächerlich, sondern deren Verächter sind verächtlich und lächerlich. Wer einem von diesen Kleinen Ärgernis, das heißt Anlaß zur Sünde, gibt, für den wäre es besser, daß ihm ein Mühlstein um den Hals gehängt und er in die Tiefe des Meeres versenkt würde. Diesem Bibelwort ist nichts hinzuzufügen.

Wir dürfen die Kleinen um ihre Sensibilität beneiden, wenn sie auch für vieles, was den Erwachsenen etwas bedeutet, noch »kein Organ« haben. Wie staune ich immer wieder über die suggestive Kraft, mit der mein Georg den Geschichten begegnet. Ja, auch seine brüsken Forderungen an mich in Hinblick auf die Handlungsführung in den Geschichten entspringen ja dieser Empfindlichkeit und Empfänglichkeit. Wir brauchen uns nichts einzubilden auf unsere erwachsene Robustheit und Grobheit!

Einmal brachte ich dem vierjährigen Sohn Georg von einer Reise ein Buch mit dem Titel »Das hungrige Reh« mit. Darin wird mit ein zwei Sätzen pro Seite und einem ansprechenden Bild erzählt und gezeigt, wie ein hungriges Reh zu anderen Waldtieren kommt und um Nahrung bittet. Doch alles, was die Tiere essen und gesammelt und vorrätig haben – der Igel

Würmer, der Dachs Fleisch, der Storch einen Frosch usw. –, mag und frißt ein Reh nicht. Dann aber kommt das Reh zur Elster, die ihm Bucheckern offeriert, an denen es dann schlußendlich seinen Hunger stillt. Ein Glühwürmchen leuchtet dem kleinen Reh schließlich voran und bringt es zu seiner Mutter zurück, wo es seinen Frieden hat und seine Nachtruhe. Kaum aber hatte ich begonnen, meinem Georg die traurige Odyssee des kleinen Rehs, das sich von seiner Mutter entfernt, um eine Tour d'horizon durch den Wald und von Tier zu Tier, von Art zu Art zu machen, einen an sich nicht nur melancholisch bitteren, sondern auch sehr lehrreichen Pfad zu gehen, weil das Reh und der kindliche Hörer der Rehgeschichte manches über die Ernährungsgewohnheiten der übrigen Tiere erfahren, da begann mein Sohn auch schon bitterlich zu weinen, so sehr rührte ihm die Geschichte an sein kleines großes Herz. Ich war ganz verblüfft über diese Regung, hatte also seine Widerstandskraft gegen das Dunkle offenbar weit überschätzt, und es half auch kein Hinweis auf das glückliche Ende und den versöhnlichen Ausgang der Geschichte, Georg wollte nichts mehr davon wissen und war nur schwer wieder zu beruhigen. Nach der Trauer und dem Weinen über die traurige Geschichte stellte sich aber gleich auch das Schämen wegen dieser Gemütsschwäche ein, und Georg nannte einen ganz anderen, geradezu abenteuerlichen Grund für sein Weinen. Auch später, als ich das »Das hungrige Reh« bereits versteckt und mit den ausgelagerten, vor den Kindern in Sicherheit gebrachten wertvollen Büchern, den Faksimileausgaben und übrigen Pretiosen, verräumt hatte, kam er noch auf sein Weinen zurück und nannte als Grund dafür etwas ganz Kurioses: Nein, Papa, ich habe nicht wegen der Geschichte geweint, sondern weil auch der Michael zugehört hat. Nun hatte zwar der zweijährige Michael zeitweise wirklich zugehört, aber natürlich ohne eine Spur von Regung oder Interesse, seinetwegen hätte Georg sicher nicht weinen müssen.

Einige Zeit nach unserem ersten Versuch mit dem hungrigen Reh verlangte Georg von sich aus nach dieser Geschichte. Ich war überrascht, dachte aber, wenn er das Buch verlangt, wird er es auch schon ertragen. Kaum aber hatte ich angefangen zu lesen und einmal vom Hasen zum Igel umgeblättert, merkte ich auch schon wieder die bekannten Symptome, das Stillwerden, das ernster werdende Gesicht – und doch dachte ich, als ich das Buch jäh schloß, der Trauer noch zuvorzukommen. Es war aber bereits zu spät, Georg begann bereits wieder zu weinen. Als Grund aber gab er später an: weil ich das Buch geschlossen und wieder versteckt hätte. So zeigte er wieder jene mir schon bekannte Verwechslung von Ursache und Wirkung. Du hast nicht geweint, weil ich das Buch weggegeben habe. Ich habe vielmehr das Buch weggetan, weil du geweint hast, sagte ich. Georg aber war hartnäkkig und starrköpfig und stellte sich gegenüber meiner logischen Lektion taub. Ja, meine rechthaberischen Subtilitäten im Richtigstellen der logischen Reihenfolge brachten ihn jetzt erneut zum Weinen. Gut, sagte ich da, du hast geweint, weil ich das Buch *weggegeben* habe. Und jetzt weinst du, weil ich gesagt habe, ich hätte das Buch weggegeben, weil du geweint hast, während du geweint hast, weil ich das Buch weggegeben habe. Kurze Zeit später verlangte Georg übrigens wieder nach der Geschichte vom hungrigen Reh. Da verweigerte aber der gewitzigte Vater seinem Sohn den Gehorsam. Das Ergebnis war freilich wiederum Geschrei und Weinen. Diesmal also weinte Georg, weil ich ihn *nicht* zum Weinen bringen wollte. Warum weinst du denn jetzt wieder, fragte ich rein rhetorisch. Georg aber sagte: Weil du mir die lustige Geschichte vom hungrigen Reh nicht vorlesen willst. Lustig?, sagte ich, aber du weinst doch immer, wenn ich dir die lustige Geschichte vom Reh vorlese, sagte ich. Ich weine gar nicht, schluchzte Georg, du weinst, Papa, *du* weinst immer! Das war nun der Gipfel! Da hätte ich wirklich weinen können.

»Er weinde unde roufte sich«, heißt es schon im Parzival Wolframs von Eschenbach, und zwar im dritten Buch, der Kindheitsgeschichte Parzivals, in der »waste in Soltane«, der Wüste in Soltane. Ja, wer versteht die Kinder! Kinderpsychologie, du schwere Wissenschaft! Parzival, heißt es dort, schießt mit »bogen und bölzelin«, die er selbst von Stauden schneidet, auf Vögel. »Wenn er aber den Vogel erschossen hatte, der vorher prächtig gesungen hatte, begann er zu weinen und sich verzweifelt die Haare zu raufen ...« Wie mein Georg mit dem hungrigen Reh hält es auch Parzival mit seinen Vögeln in der Einöde. Er schaut unentwegt in die Bäume (die Mutter sieht ihn in die Bäume »kaphen«, gaffen) und hört auf den Vogelsang, der ihn jedesmal traurig macht, sein »brüstelin« »erstreckt«, »dessen Süße ihm seltsam tief ins Gemüt drang, sodaß sich seine kleine Brust vor Sehnsucht weitet«. Und jedesmal läuft er im Anschluß daran weinend zu seiner Mutter. Ich versteckte das Buch vom hungrigen Reh, Parzivals Mutter Herzeloyde aber beschließt, nachdem sie ihrem Sohn hinter das bittersüße Geheimnis gekommen ist, das kinderpsychologische Problem radikal, buchstäblich an der Wurzel zu packen und zu lösen, indem sie den Auftrag zu einem Vogelmord gibt. Sie befiehlt ihren Leuten »die vogele würgen unde vâhen«. »Vâhen unde würgen« müßte es wohl in der richtigen und logisch konsequenten Reihenfolge lauten, zuerst fangen, dann würgen. Aber nachdem Wolframs erster Vers hieß: »die hiez si vaste gâhen«, muß es, um dem Reim Genüge zu tun, eben heißen: würgen unde vâhen.
Parzival geht wegen des Vogelfrevels mit seiner Mutter scharf ins Gericht, und Herzeloyde sieht ihren Fehler ein und bereut ihn. Ihr Fehler liegt aber in der Güte und im Gutmeinen, auch in der übertriebenen Fürsorglichkeit. So wie in Wolframs Versroman die Mutter erzieherisch versagt, so scheine ich als Vater zu versagen, wenn ich den Vorwürfen meiner Frau Glauben schenken soll. Sie sagt, ich ließe mich von den Kindern rein zum Narren machen. Herze-

loyde macht bekanntlich Parzival zum Narren, indem sie ihn beim Abschied in Narrenkleider steckt, in der Hoffnung, daß er Spott und Prügel in der Fremde bekommen und enttäuscht zu seiner Mutter zurückkehren werde. »Die Menschen sind mit Spott schnell bei der Hand. Mein Kind soll seine herrliche Gestalt in Narrenkleider hüllen. Wird er dann gezaust und verprügelt, findet er sicher zu mir zurück.« Sie will, modern gesprochen, ihren Sohn in Unmündigkeit und Abhängigkeit halten, um über ihn Macht zu *be*halten. Vor allem will sie ihn vor dem Rittertum bewahren, aus dem, wie sie, die Ritterwitwe, in ihrem Leben leidvoll erfahren hat, alles Unglück erwächst. Doch Parzival, der Sohn eines Ritters, wird auch ein Ritter, keiner strebt so ungestüm wie er zum König Artus, von dem er erfahren hat, daß er derjenige ist, der den Ritternamen verleiht. Herzeloyde aber bricht nach dem »Urlaub« des Sohnes tot zusammen, Parzival jedoch wendet sich nicht mehr um ...

Wieder einmal als zu nachgiebig und zu mild und zu zahm gescholten, konnte ich mir nicht versagen, Wolframs Klage über den Verlust der guten Mütter, anläßlich und angesichts der tot zusammengebrochenen Herzeloyde zu zitieren: »Owe, daß wir heute keine solchen Mütter mehr haben, auch nicht im elften Verwandtschaftsgrad!« Heute sind die Frauen völlig verdreht (»des wirt gevelschet manec wip!«). Bitte, das sagt Wolfram, sage ich zur protestierenden Gattin, nicht ich. Im Mittelalter. Heute ist es natürlich viel besser ...

In einem Punkt freilich, sage ich zu meiner Frau, gleichst du sicher der Herzeloyde, in der Aversion gegen die Ritterei. Ich werfe noch einmal das ganze Playmobilzeug in die Mülltonne, sagt Ginover nämlich oft mit bitterem Vorwurf. Überall liegen die Bausteine und die Figuren herum, und keiner bückt sich außer mir. Hundertmal am Tag kann ich die dummen Ritter und die Waffen vom Boden aufheben und in die Schachtel tun.

Wir hatten für die kleinen und losen Teile der Anlagen und für die mobilen und ambulanten Gestalten, Möbel und Personen eine große leere Waschmitteltrommel bereitgestellt, in die alles geworfen wird, ein riesiges Arsenal gewissermaßen, eine Rüstkammer und ein Fundus für Lego und Playmobil. So viel wir aber die Söhne auffordern und anhalten, nach Gebrauch, nach den Schlachten und Aufmärschen, den Gelagen und den Turnieren, den Katastropheneinsätzen verschiedenster Art, immer alles wieder in diese Trommel zu werfen – es nützt leider wenig. Ordnung ist einem Kind kaum beizubringen. Und auch die vielen Suchereien und das Unglück nach dem Verlust dieser oder jener Figur – sie nehmen keine Lehre an! Der Schaden macht sie nicht klug, höchstens ungeduldig, trotzig und zornig. Immer wieder bettelt der Größere seine Mutter oder seinen Vater an, ihm beim Suchen dieses oder jenes zu helfen, das er nicht finden kann, aber jetzt unbedingt braucht. Und während ich meistens seufzend, aber dann doch helfe, sagt meine resolute Ginover: Warum hältst du keine Ordnung, das hast du jetzt davon. Wenn du schön auf deine Sachen aufpassen würdest, dann hättest du immer alles gleich bei der Hand und müßtest nicht immer lang danach suchen. Wenn ich nicht wäre und nicht von Zeit zu Zeit alles aufheben und in die Trommel geben würde, hättest du nur noch die Hälfte von deinen Spielsachen. Das andere hätte es in den Staubsauger hineingerissen, und es läge jetzt auf der Mülldeponie. So verkommt alles. Ginover bezeichnet den Zustand des Kinderzimmers und des als Spielzimmer umfunktionierten Wohnzimmers gern als »Hölle«, sie spricht von einer »höllischen Unordnung«. Sie ist über das Chaos, das dort herrscht, aber meist so verärgert, daß sie meine wissenschaftlichen Hintergrundinformationen und meine etymologischen Anmerkungen zu Hölle und vor allem zu »Teufel«, dessen Name von »diabolos« kommt, was wiederum auf »diaballein« zurückzuführen ist, was »durcheinanderwerfen« bedeutet, also »Un-

ordnung machen«, gar nicht mehr wissen will. Sie empfindet das alles als »nicht mehr zum Lachen«, als eine Bosheit vor allem ihr gegenüber, auch, ja vor allem das, was ich zu diesem Saustall immer an germanistischem »Apparat« und »Fußnoten« anbringe und beistelle. Sie sagt, es wäre ihr mehr geholfen, wenn ich statt meiner wissenschaftlichen Belehrungen und Exkurse in die Geschichte und in die Tradition Hand anlegen und ihr beim Aufräumen helfen oder noch besser, die Kinder durch größere Strenge zur Ordnung erziehen würde. Ich sagte immer, einmal würden sie schon gescheiter werden, sagt Ginover, sie fürchte aber, daß sie das nicht mehr erleben werde, weil Georg und Michael sie bis dahin durch ihre Unordnung schon ins Grab gebracht hätten.
Eines Morgens suchte Georg, als er nach dem Frühstück, bei dem er »nach seiner alten Gewohnheit« wenig bis nichts gegessen hatte, mit seiner Burg und den Rittern zu spielen anfing, die Königin. Er sagte, er habe sie am Abend zuvor im Palas selbst zu Bett gebracht, und nun sei sie verschwunden und nicht mehr hier. Mama, wo ist denn die Königin?, rief er aus dem Wohnzimmer zu uns in die Wohnküche hinüber. Und bald stand er auch schon wieder in der Tür und fragte voller Vorwurf, als hätten *wir* seine Königin entführt oder versteckt, nach der Königin. Ich sagte, vielleicht habe es nachts eine Meuterei oder einen Staatsstreich gegeben, einen Putsch, und man habe die Monarchie beseitigt, es gebe immer wieder Revolutionen. Aber auch Georg hat jetzt keinen Sinn für meine Vermutungen und politischen Konjekturen.
Ginover nützt die Situation anders, nämlich pädagogisch, und sagt: Siehst du, wohin du kommst, weil du keine Ordnung hältst. Die Königin wird fortgegangen sein, weil sie keine Lust mehr hatte, in einem solchen Saustall zu regieren. Sie hat sich sicher geschämt, als sie das Tohuwabohu und das Chaos in ihrem Reich und auf der Burg gesehen hat, daß sie als Regentin und Hausfrau für diese Unordnung verantwort-

lich ist. Die Untertanen, selbst die Bäuerinnen, werden sicher in den Burghof und in die Wohnburg hineingeschaut und gesagt haben: Schaut euch diese Rumpelkammer an, die Königin will eine hohe Frau sein und hat eine solche Schlamperei. Die Königin wird den einfachen Leuten sicher auch leid getan haben, daß sie im Georg einen so unordentlichen und unhöfischen Knappen und Leibburschen hat, der auf nichts achtet und sie gar nicht unterstützt. Und die Handwerker werden auch gewußt haben, wie es mit der Königsburg bestellt ist, sie werden auch um die hygienischen und verwahrlosten Verhältnisse in Halle und Saal gewußt und gesagt haben: Wie der Herr so das Gescherr. Da wird sie eben bei Nacht und Nebel, wie die heilige Elisabeth von Thüringen die Wartburg, deine Burg fluchtartig verlassen haben, um ihrem Kummer und der Schande ein Ende zu machen. Das mache ich nicht mehr länger mit, hat sie sich gedacht, sagte meine Frau und Georgs Mutter. Das halte ich nicht mehr aus. Und sie, Ginover, könne Elisabeth und die Playmobilkönigin sehr gut verstehen. Sie habe eben resigniert, sie habe sich nicht mehr hinausgesehen, es sei ihr alles über den Kopf gewachsen. Lieber gehe sie ins Ausland und in die Emigration, wird sie sich gedacht haben, als noch länger in diesem wüsten Krämerladen zu residieren und diesem Gerümpel als Burgfrau zu präsidieren. Der Georg hat mich sehr enttäuscht. Ich habe immer gemeint, in ihm hätte ich einen guten Jungen, der mir hilft, in meinem Reich Ordnung zu halten. Ich muß aber jetzt einsehen, daß ich im Georg den Bock zum Gärtner gemacht habe.
Es reicht, es reicht, sagte ich. Georg hatte nämlich schon die längste Zeit ein weinerliches Gesicht gemacht, und nun war die Grenze vom Greinen zum Weinen überschritten, und die Reue war bereits groß. Auch in Ginover regte sich das Mitleid, und sie versprach gleich nachzuschauen, ob sie die Frau Königin nicht finde und vielleicht zur Rückkehr bewegen könne. Sie wird sicher zurückkommen, sagte ich.

Ginover hatte auch eine genaue Vorstellung vom Verbleib der Königin, sie ging also »gericht«, wie in den höfischen Epen die Direttissima heißt, ins Exil ihrer Majestät und überredete sie zur Rückkehr. Als Morgengabe für die zweite Inthronisation überbrachte sie ihr Georgs Versprechen, in Zukunft in Spiel- und Kinderzimmer auf Ordnung zu sehen und ihr so die Regentschaft zu erleichtern.
Georg ist genau wie du, sagt meine Frau, und spricht meine tatsächlich etwas liberalere Auffassung von Ordnung an. Ich sage gern, ich sei nicht ohne Ordnungsliebe, halte aber die Ordnung für ein Ideal, dem man sich nicht mit humorloser Grimmigkeit annähern soll. Die Ordnung ist für mich wie ein Traum, das Lebendige aber ist ein wenig unübersichtlich. Noch sehen wir nur verschwommen und wie im Nebel, einmal aber wird der Schleier von unseren Augen genommen werden ... Auch die Wissenschaft ist in meinen Augen ein einziger, schon Jahrhunderte dauernder Versuch, Ordnung in die Welt, vor allem in die Welt der Gedanken zu bringen. Ein Ende, nämlich eine Ordnung, ist aber noch nicht abzusehen. Manchmal kommt es mir sogar vor, als würde die Wissenschaft gar nicht eine Ordnung als ihr Ziel vor Augen haben, sondern bloß eine Umordnung des von der vorigen Generation Zusammengestellten und »Geordneten«.
Wie übersichtlich etwa war die Sprachwissenschaft bereits bei den Positivisten der Junggrammatischen Schule. Damals konnte man wirklich meinen, man stünde vor einem Ziel, einer endgültigen, unumstößlichen, exakt nachprüfbaren und definitiven Erklärung aller Phänomene. Man hatte sich zwar im Erkenntnisinteresse beschränkt, sich sozusagen nicht zu viel, etwa Metaphysik, vorgenommen, konnte aber nun aufgrund des klaren Vorhabens und der naturwissenschaftlichen Methodik hoffen, endlich wirklich an ein Ende zu gelangen. Und wo stehen wir heute? Alle Sicherheiten sind uns aus den Händen geschlagen. So geht es dem Forscher nicht anders wie dem Artusritter, er ist *auf der Suche*. Nicht das Ziel ist

das primäre, sondern die Suche! Und mancher hat etwas gefunden, ohne genau gewußt zu haben, was er suchen sollte. Nicht nur über der Artusepik, auch über der Geisteswissenschaft könnte als Motto stehen, was Hartmann von Aue seinen Erec über seinen Lebensweg sagen läßt: »Ich wußte wohl, daß der Weg zum Höheren irgendwo in der Welt liegen mußte, aber ich wußte nicht genau wo, und so bin ich auf die Suche geritten, ohne zu wissen wohin, bis ich nun tatsächlich einen Weg gefunden habe. Gott hat an mir gut gehandelt, daß er mich geführt hat hierher, wo ich zu meiner größten Freude etwas finde, das mich voll befriedigt, wo ich mit einem unerheblichen Einsatz unendlich viel gewinne. Bis heute habe ich nach so etwas gesucht. Dank Gott, daß ich es nun gefunden habe. Ich setze einen Pfennig ein und gewinne tausend Pfund.« So steht es bei Hartmann. Suchen kann sozusagen jeder, aber finden ist Glück, und nur die Kinder des Glücks haben Glück, es muß jemand »saelde« haben oder »saelic« sein, wie es auch in Hartmanns »Iwein« immer wieder heißt, dann gelingt ihm alles, traumwandlerisch, auch blind und mit geschlossenen Augen. Die Anstrengung garantiert die Gnade nicht. Und wieviel Verbissene und Verbohrte sieht man in die Irre gehen, nicht gehen, »gâhen«, das heißt hasten, hetzen, als ob es ihnen nicht schnell genug gehen könnte.

Mein Sohn Georg sucht seine Ritter, und ich suche die meinen auch. Ich helfe ihm bei seiner Suche. Und es ist leichter, seine im Kinderzimmer in der Diaspora verstreuten Ritter zu finden als die Ritter des 12. und 13. Jahrhunderts. Meist hilft mir dabei die aus der Jägersprache bekannte »hohe Suche«, das ist die Suche mit erhobenem Kopf, im Gegensatz zur sogenannten »tiefen Suche«, bei der der Spürhund die Nase tief am Boden hat. Die »Suche« bezeichnet in der Jägersprache den guten Riecher. Und den braucht es freilich oft, wenn man etwa dem Visierhelm eines Ritters bis in die Blumenvase oder in den Sack des Staubsaugers nachgehen muß. Doch

gibt die Enge einer Gemeindebauwohnung einer solchen Suche einen festen Rahmen und ein vorgegebenes Terrain, es sei denn, etwas ist über die Brüstung des Balkons gefallen oder es hat uns durch den Spülgang des Klosetts, eine der wichtigsten Verbindungen zur Außenwelt, der Innenwelt der Außenwelt gewissermaßen, verlassen. Das Mittelalter, wo ich »dienstlich« herumsuche, ist leider nicht so übersichtlich wie eine Sozialwohnung ... Manchmal ist etwas so hartnäckig verloren und so unauffindbar, daß ich den Kleinen verdächtige, er habe das Teilchen verschluckt. Und da Plastik biologisch absolut unverdaulich ist – einige sagen, es sei auch psychisch und pädagogisch schwer zu verkraften –, hat sicher nicht erst ein Kügelchen der Balliste oder der Steinschleuder, verwechselt mit einem Bonbon, den Gang alles Natürlichen, nämlich den Abgang als Stuhlgang genommen.
Der Mühlviertler Steinmetz, den wir auf einer unserer Burgtouren getroffen haben und der uns über die Kunst der Steinbrecher instruierte, erzählte uns, daß das Wort »Suche« auch in der Steinkunst vorkomme und dort jene Spuren benenne, nach denen der Stein sich öffnen und brechen lasse. Der Steinbrecher braucht so wie der Wissenschaftler ebenfalls Glück auf der Suche nach der Suche. Und wie dem Steinmetz ist auch schon manchem Forscher sein Forschungsgegenstand zerbrochen, er wähnte sich unterwegs zu einem großen Monument, und es entstand ihm »unter der Hand« Bruch und Schotter. Es fehlte ihm an der Hartmannschen »saelde«, er hatte »keine glückliche Hand«, so wie es auch Steinhauer mit Fortune und »Heil« gibt und andere, die notorisch Pech haben, die das »heillose« Unglück des Untüchtigen gepachtet haben.
Wie oft aber sehnt man sich beim Forschen, also beim wissenschaftlichen Suchen nach dem mechanischen Suchen. Damit meine ich nicht die Liebesabenteuer, die viele Forscher oder angehende Forscher auch aus dem Mittelbau lie-

ber suchen als die wissenschaftlichen Abenteuer und die freilich weit leichter zu finden sind als die Abenteuer des Geistes. Ich meine für mich etwa eine manuelle Beschäftigung, eine handwerkliche Betätigung, meinetwegen auch die Errichtung der großen Playmobilburg 839. Es heißt Über*legung*, Auseinander*setzung*, Er*örterung*, Unter*suchung*, Er*fahrung*, Be*greifen*, Er*mitteln*. Alle diese kognitiven Wörter haben somit deutlich sichtbar eine physische Basis, ein *handfestes* Substrat und Fundament. Alle Theorie hat einen praktischen Grund. Und gern nehme ich die Wörter wörtlich, *überhebe* mich des *Überlegens*, verlasse das Überlegen und schreite ans Übereinanderlegen, *setze* mich nicht mit der Sekundärliteratur auseinander, sondern setze lieber einen Bergfried zusammen, suche Georgs Truchseß statt die Funktion der Hofämter im ausgehenden 12. Jahrhundert oder die Rolle Keies, des Artus' Seneschall, zu *untersuchen*. Und leichter als den mittelalterlichen Feudalismus zu *begreifen*, ist es immer noch, sich den Burgschmied zu greifen und an die Esse zu stellen.

Jene Spielzeuggroßindustrie hat sicher gewußt, was sie tat, als sie ihr Produkt »Lego« nannte! Lego, ich lese. Wer den Artikel Lego in einem großen lateinischen Wörterbuch *liest*, der findet ihn unterteilt in 1. eigentlich und 2. uneigentlich oder über*tragen*. Dabei zeigt sich, daß zwei Drittel des Artikels vom eigentlichen, 1. Gebrauch bestritten werden und nur ein Drittel vom übertragenen, 2. Gebrauch, an den *wir* wahrscheinlich zuerst denken. Es dauert aber lange, bis man vom auflesen und sammeln, pflücken und aufklauben von den Kartoffeln, Erdäpfeln, den Baumäpfeln und Birnen, den Blumen, den Blättern, den Früchten, den Haaren, Knochen und Überresten endlich zu den Büchern und Zeitungen kommt, zum Lesen als Lesen, Ablesen und Vorlesen. Lesen im ersten Sinne kann auch ein Analphabet wie mein Georg, ja fast schon Michael, das höhere Lesen, das *Überbau*lesen, steht *auf einem anderen Blatt*. Und es wäre ein Leichtes,

auch in den Wörtern *Buch* oder *Blatt* den dinglichen Kern, das »physische Substrat«, wie die latinisierte Wissenschaft lieber sagt, zu eruieren. Auch das Wort *eruieren* hat übrigens einen ursprünglich handgreiflichen Sinn. Die Römer haben Tote oder Überlebende aus eingestürzten Häusern und *Ruinen eruiert.* Wir eruieren die Ruinen der Stauferzeit, mit Spaten oder aus Büchern und Urkunden.
Der Apfel fällt nicht weit vom Stamm, oder wie Ginover sagt: Georg fällt nicht weit von Artus. Wo sie recht hat, hat sie recht. Trotz vieler Bemühungen ist es mir bislang nicht gelungen, eine übersichtliche Ordnung in meine Arbeit zu bringen. Vor allem fehlt mir jeder Sinn für den Zettelkasten, ohne den ein Wissenschaftler ja wohl nicht auskommt. Denn natürlich braucht auch ein besonders glücklicher »Sucher« und »Finder« Unterlagen, Aufzeichnungen über seine Funde und ein System, nach welchem er sie ordnet, um sie auch *wieder*finden zu können oder »abzurufen«, wie man heute manchmal sagt und hört. Fehlt es am System, so kann der Unordentliche lange rufen oder »abrufen«, er bekommt keine Antwort mehr, sein Sammelsurium ist stumm und taub geworden, sein Zettelkasten ein Friedhof von abgestorbenen, nicht mehr zum Leben zu erweckenden und revitalisierenden Belegen. Das was dem einst glücklichen Finder aus der amorphen Masse des Materials als glücklicher Fund entgegengetreten ist, ist wiederum ins Amorphe und Gestaltlose zurückgetreten, wurde wiederum verschlungen und ist untergetaucht im Orkus des Ungewußten und Unbewußten. Da war doch etwas, was war es nur, das ist das Syntagma und das dominante Denkschema des Vergeßlichen vom Vergessenen. Es bleibt dem Zugriff entzogen, und man beginnt zu suchen. Ich spreche aus eigener Erfahrung. Nicht immer aber bleibt einem das Glück treu und läßt einen wiederfinden. Es geht dem unordentlichen, das heißt unsystematischen Burgen- und Ritterforscher mit seinem Zettelkasten ähnlich, wie es im Mittelalter den unordentlichen Waffen-

meistern gegangen ist, die ihre Rüstkammer nicht in Ordnung hielten. Gab der Pförtner im Torturm Laut und ließ das »herhorn« »erdiezen«, das heißt ertönen, so hatte ein solches Chaos im Armarium des Arsenals natürlich oft chaotische und katastrophale Folgen. Der Waffenmeister mußte in einem solchen Fall erst »eruieren«, also ausgraben, die Waffen der Männer nämlich. Und oft war es dann bereits zu spät. Noch heute heißt es ja, der Mensch lerne nur beim Militär Ordnung. Ich halte es aber für einen grundlegenden Irrtum, wenn man manchmal meint, derjenige, dem beim »Barras« durch Drill Ordnung »beigebracht« wurde, würde dann auch in anderen Lebensbereichen und anderen zivilen Lebensumständen Ordnung halten.
Ich will als Pazifist und als einer, der dem Militär entgangen ist – als ich den Präsenzdienst hätte leisten müssen, hatte ein Universitätsstudium noch aufschiebende Wirkung und nach einem langen Auslandsaufenthalt im Anschluß an das Studium und der endgültigen Rückkehr und »Repatriierung« war ich zum »Dienen« zu alt –, die besondere militärische Ordnung, die in der Uniformierung ihren sinnfälligsten Ausdruck findet, nicht herabsetzen und verächtlich machen, sondern im Gegenteil ihren praktischen und lebensnotwendigen Sinn in einigen Bereichen, gerade was die Armierung betrifft, durchaus anerkennen, ich will freilich auch nicht verkennen, vielmehr anmerken, daß die Pedanterie, bei aller Ordnungsliebe, gefährlich nahe einer Perversion der Ordentlichkeit ist. Und daß es, biblisch gesprochen, der Geist ist, der lebendig macht, während der Buchstabe tötet. Wie ordentlich wirken doch immer die Militärs, etwa in südamerikanischen Militärdiktaturen, vom Schnürsenkel bis zum Scheitel sauber geschnürt und gekämmt, in Reihe ausgerichtet ... Acies, aciei, »die Schlachtreihe«, lernten wir im Lateinunterricht – und das Wort ist merkwürdigerweise auch noch ein Femininum.
Was soll denn dieser komische Hinweis auf das grammati-

sche Geschlecht, wendet Ginover ein. Ist nicht auch »pax«, der Friede, feminin, fragt sie ein wenig scheinheilig. Auf diese grammatikalische Weise, sage ich, können wir das Geschlechterproblem nicht diskutieren. Oder, sage ich zu meiner Frau, weißt du einen Reim darauf, daß es *das* Messer, *die* Gabel und *der* Löffel heißt? Jedenfalls heißt es *die* Ordnung, sagt sie. Aber es heißt *der* Geist, sage ich. Und *der* Geist ist es, der lebendig macht. Ginover erwidert: Der Geist weht, wo er will. Und in meinen wissenschaftlichen Unterlagen habe offenbar dieser Geist manches durcheinandergeblasen. In meinem Zettelkasten und meinen Schubladen sehe es ganz so aus wie in Georgs Persiltrommel mit den Legosteinen. Eine Stätte des Grauens sei dies offenbar, des biblischen Tohuwabohu, ein Platz von »Irrsal und Wirrsal«.
Ginover sagt, wenn sie in unseren Schränken und vor allem in ihrer Küche nicht mehr Ordnung hielte als die Herren der Schöpfung, Vater und Söhne, sähen wir »schön« aus. Sie sagt »schön« im Sinne, das heißt im Gegensinn, der sogenannten »mittelhochdeutschen Ironie« und treibt diese alte rhetorische Möglichkeit durch drastische Beispiele zum äußersten, weit über das Satirische hinaus zum »Sarkasmus«, wie die Griechen den »beißenden Spott« nannten. Sie verwahre im Kühlschrank die verderblichen Eßwaren und im Schrank die Wirkwaren und nicht umgekehrt. Ich und Georg, wir hielten wohl im Gefrierfach die Socken und im Schubladkasten den Käse. Ginover sagt, in ihrem Bereich sei alles an seinem Platz, während sich meine und der Herren Söhne Gegenstände immer »außer Landes« und exterritorial befänden, auf der Walz, ambulant und vazierend, unsteten Aufenthaltes, unterstandslos und heimatlos, »reisig«, wie die Ritter gesagt hätten. Sie hingegen halte alle ihre Sachen »in Evidenz«, alles befinde sich in Reich- und Sichtweite, unsere Sachen dagegen seien »aus den Augen« und oft auch »aus dem Sinn«. Ich als Wissenschaftler, sagt Ginover, manchmal sagt sie auch, ich als »sogenannter Wissenschaftler«, was mich freilich hart

trifft, ich als »sogenannter Wissenschaftler« müßte doch eigentlich um den »Stellenwert einer Registratur« beim Arbeiten wissen. Sie verwahre alle ihre Sachen sauber geordnet. Und Ginover öffnet den Kühlschrank und erklärt mir ihre ordentlichen Grundsätze beim Einräumen, die sich auf die Art der Lebensmittel beziehen, ihre Größe und Eigenschaften, ihre Verträglichkeit untereinander und so fort. Es gebe, sagt sie, ausgesprochen »soziale« Lebensmittel, absolut geschmacks- und geruchsneutrale, die man überall hin und überall dazu legen könne, weil sie keinen Nachbarn beeinträchtigten und auch selbst völlig resistent gegen Einflüsse von außen seien. Das seien die leicht lagerbaren und problemlos zu verwahrenden. Es gebe etwa harte Würste, die eine solche Härte aufwiesen, daß man sie wie einen Kieselstein in jeder Umgebung plazieren könne. Sie ruhten in sich und seien immun gegen jeden von einer anderen Viktualie kommenden Geruch, und sei dieser Geruch auch bereits ein Gestank, diese Lebensmittel nennt Ginover mit der rhetorischen Trope einer Übertragung »taubstumm«. Es gebe aber auch andere von einer großen Sensibilität und Sensivität, wobei sich diese Empfindlichkeit und Leichtverderblichkeit entweder im Produktiven, also im Abgeben und Abstrahlen, oder im Rezeptiven, im Anziehen und Aufnehmen, äußern könne. Gerade bei den Käsen, im besonderen bei den Weich- und Schmelzkäsen, gebe es viele solche irritable und auch irritierende Kandidaten, die nicht nur einen kleinen Kühlschrank, sondern eine ganze Speisekammer, ja eine ganze Wohnung, und nicht etwa nur eine so kleine wie unsere Gemeindebauwohnung, zu durchdringen und zu verpesten imstande seien – wenn man nicht eine natürliche Freude an diesem an sich natürlichen Geruch habe. Harte, im Geben und Nehmen harte Lebensmittel dagegen seien nicht nur gegenüber Gerüchen, sondern letztlich auch gegenüber Temperaturen unempfindlich. Eine Bergsteigerwurst etwa sei widerstandsfähiger als der Bergsteiger selbst. Mancher Alpinist, sagt Ginover, sei schon mit einer solchen Wurst im Rucksack abgestürzt, und obwohl er erst Wochen später gefunden und geborgen werden konnte, sei die luftgeselchte Wurst im Rucksack noch gut und genießbar gewesen. Vom Bergsteiger sollten wir weiter nicht reden ...

Neben Fragen der Qualität und der Quantität bei den Viktualien seien es aber vor allem die Fragen des Datums, die beim Lagern berücksichtigt werden müßten. Es sei mithin die Frage der Kategorienlehre, die Frage der Zeit und der Fristen und Termine, zu beachten. Sie beobachte jedenfalls bei ihrer Distribution im Kühlschrank stets ebenso den Terminus post quem, also den Zeitpunkt, *nach* dem erst etwas gegessen werden solle oder nicht mehr gegessen werden dürfe, also vorher verbraucht werden müsse, wie auch den Terminus ante quem, das heißt den Zeitpunkt, vor dem etwas genossen werden könne, dürfe oder müsse. Lebensmittel mit verfallenem Ablaufdatum hätten in ihrem Kühlschrank keine Bleibe, sie landeten im Abfallkübel. Hätte sie aber in ihrem Hauswesen nicht mehr Ordnung als ich in meinen Papieren und Georg und Michael in ihrer Persiltrommel, so landeten diese Lebensmittel sicher nicht im Mülleimer, sondern auf dem Tisch. Und eine Lebensmittelvergiftung sei dann die natürliche Folge. Ginover sagte aber, daß sie kaum jemals, wenn nicht überhaupt nie etwas wegwerfen müsse, was wir uns bei meinem Assistentengehalt auch nicht leisten könnten, sondern daß sie den Speisenplan genau abstimme und die zum Verbrauch und Verzehr anstehenden Nahrungsmittel rechtzeitig auf den Tisch bringe. Immer trachte sie danach, daß die Mahlzeit vor der Ablauffrist liege, Verzehr vor Verlust, Gedeih vor Verderb ...

Meine Frau, früher an der Bibliothek beschäftigt, sagt, sie habe das Arbeiten dort in der Bibliothek gelernt und einige der bibliothekarischen Grundsätze in ihre heutige »Hausfrauerei«, wie sie es nennt, herübergenommen. Ordnung verlerne man nicht mehr, ob man sie bei den Archivalien oder dann bei den Viktualien herstelle, ob man sie bei Gewürzen oder bei Büchern, im Zettelkasten oder im Kühlschrank, im Magazin oder in der Speisekammer beobachte. Weitaus delikater, im buchstäblichen Sinne, sei freilich das Lebensmittelgeschäft als das Büchergeschäft, denn selbst die schlechtesten Bücher verdürben nicht eben leicht. Mit Lebensmitteln sei die Angelegenheit prekärer. Alte Bücher blieben in der Regel wenigstens leserlich, wenn auch oft nur noch schwer lesbar. Doch gerade das neue literarische Futter sei nicht selten das unverdaulichste, so gesehen sei ein etwas abgelegenes Buch, etwa ein Klassiker, oft leichter genießbar und viel zuträglicher und bekömmlicher als die noch nicht abgehangenen Modernen. Meine Frau sagt, sie habe es auch bei den Büchern lieber »durch« als »medium« oder gar »englisch«, wo nach der heutigen angelsächsischen Manier des Brutalismus und der Roheit noch das Blut aus den Büchern rinne.

Ordnung zu halten, sagt Ginover, sei keine Hexerei und sie selbst sei keine Hexe. Und sie verstehe nicht, daß ich als sogenannter Wissenschaftler damit nicht zu Rande komme. Einmal aber sagte ich nach einem ähnlichen Ordnungsruf durch Ginover, ich glaube, wir haben beide den Beruf verfehlt. *Du*, sage ich, *du* solltest dich habilitieren. Meinetwegen über den Ordnungsgedanken. Und Ginover sagte, das würde sie sich ohne weiteres zutrauen. Nur möchte sie sich als Habilitandin nicht etwa bei mir als Hausmann in Kost begeben. Das erscheine ihr bei meiner Zerstreutheit und der Zerstreutheit meiner Angelegenheiten und Unterlagen nämlich lebensgefährlich. Sei eine Suppe etwa versalzen, so laute ein Sprichwort, die Köchin sei verliebt, was aber müßte ein Kostgänger in meiner Haushälterei denken, wenn er sicher nicht nur die Suppe versalzen, sondern die verwirrtesten und verrücktesten Speisen mit den unvereinbarsten Geschmacksrichtungen und den inkompatibelsten Ingredienzen und Zutaten, das Gepökelte geselcht und das Gebeizte gesurt und

das Gebratene gekocht und das Gedünstete gedörrt oder geröstet vorgesetzt bekäme!
Ginover hatte freilich schon einmal schlechte Erfahrungen mit meiner Kochkunst gemacht. Am letzten Muttertag wollten Georg und ich, oder eigentlich ich und Georg, ihr eine Freude machen und sie an diesem einen, ihrem Ehrentag von ihren Hausfrauen- und Küchenpflichten entlasten. Der Versuch mußte freilich als gescheitert betrachtet werden. Wobei der Hauptfehler unserer Aktivität darin bestand, daß wir zuviel Energie dahintersetzten und also alles ein wenig verbrannten, zerkochten und verbrieten. Wir, die zwei Ritter der Familie, haben über das Ziel hinausgeschossen und auf diese Art nach der Weise des Verbratens »ins Schwarze« getroffen. Es gelang oder vielmehr es mißlang alles »nach Mohrenart« und »à la négritude«. An diesen »schwarzen Sonntag« erinnerte sich unsere Gute freilich noch lange, es war auf diese Weise dann doch noch ein unvergeßlicher Tag geworden. Als wir »die Tafel aufhoben«, wie es seit der Zeit der Klapptische der Gotik bis heute heißt, und als wir »tabula rasa« machten und Bilanz über das Festmahl zogen, hieß es laut Ginover »außer Spesen nichts gewesen«. Was wir geleistet hätten, sei leider nicht unter Kochen oder Speisenzubereitung zu subsumieren, sondern nur unter Genuß- und Lebensmittelvertilgung und Speisenvernichtung. Sie habe einmal in der Bibliothek ein Buch in die Hand bekommen, wo »Trinken« mit »Die Zerstörung des Durstes mit Wasser« umschrieben gewesen sei. Wir hätten aber leider unseren Hunger nicht durch Essen zerstört, vielmehr habe das Motto unseres Unternehmens gelautet: »Die Zerstörung der Speisen durch Kochen.« Wir seien nicht wie ein guter Burgkoch vorgegangen, sondern wie Söldner und Landsknechte, die sengend und brennend alles verwüsten, wie »Mordbrenner«. Der Krammetsvogel aber, den wir im Römertopf behandelten, habe nicht nur im eigenen Saft geschmort, er sei vor allem später, nach der regulären Hitzebe-

handlung, durch das Permanentkochen im Dauertest zusammengebrochen, zusammengeschrumpft, ja, der Märtyrer von Krammetsvogel habe sich in sich selbst zurückgezogen und sich auf diese Art nach der Weise der Minimalisierung und Diminuierung zuletzt fast ganz empfohlen. Mathematisch und im Sinne der Infinitesimalrechnung gesprochen, habe man sagen können: Das Huhn nähert sich der Null. Das aber, was wir der Mutter zu ihrem Ehrentag auf den Teller gelegt hätten, sei nur noch eine Erinnerung an ein Huhn gewesen, ein ferner Nachhall, ein leiser Anklang, es habe sich nur noch »gewissermaßen« um ein Huhn gehandelt, man habe dies allenfalls »cum grano salis« als »Gallus gallus domesticus« ansehen können, wie die Zoologie das Haushuhn nennt. So mußte wirklich der Wille für das kaum vorhandene Werk stehen, der gute Wille für das schlechte Werk. So jedenfalls sei der Ehrentag mit dem Festessen zu einem Fastentag mit einer Nulldiät geraten. Nach dem Hühnermartyrium habe es leider dann noch eine Abwaschtortur gegeben, weil wir ja den Pfannen und Reindln durch unsere aggressive Kochart die Speisen sozusagen eingebrannt hätten, unauslöschlich, und die »Einbrennpfannen« sauber zu bekommen, sei für sie kein leichtes gewesen, auch dieses dicke Ende des dünnen Essens bleibe ihr zeit ihres Lebens in Erinnerung. Soviel Schrubberei und Gekratze auf den leeren Magen hinauf! Ihr wolltet mich »verwöhnen«, habt ihr gesagt, sagte Ginover. Dieser Vorsatz sei aber durch den Schaden, den wir nicht nur an den Speisen, sondern vor allem auch an ihrem Geschirr angerichtet hätten, ad absurdum geführt worden. Sie habe unserer Bitte, sich von uns bekochen und bedienen zu lassen, an und für sich nur mit großer Bangigkeit im Herzen und schweren Bedenken entsprochen und zugestimmt, weil sie ja »ihre Kinder« – das sind ihre zwei Söhne und ich – zur Genüge kenne und über unsere Fähigkeiten auf verschiedenen Gebieten Bescheid wisse, was wir aber schließlich geboten hätten, habe leider ihre schlimmsten

Erwartungen und Befürchtungen in den tiefsten Schatten gestellt. Und wirklich sagte sie, als sie im Anschluß an das »kärgliche Mahl« die Bescherung am Herd und in der Abwasch sah: »quod erat demonstrandum«, was zu beweisen war. Wir hätten sie jedenfalls voll bestätigt und einen eindeutigen Beweis erbracht. Im Mißlingen sei die Beweisführung voll gelungen.
Und du, sage ich manchmal zu Ginover und erinnere an alte Zeiten, bist mir damals als besonders still, in dich gekehrt und zurückhaltend aufgefallen. Das hat mich damals für dich »eingenommen«, ritterlich gesprochen. Ich war auf der Suche nach einem lieben Menschen, und wenn du auch heute ganz anders bist und sprichst als seinerzeit, als wir uns kennengelernt haben, ohne daß ich damit sagen möchte, daß du dich damals verstellt hättest, du hast dich nur weiterentwikkelt, du hast dich sozusagen »entpuppt«, so bist du mir auch so, wie du heute bist, recht und herzlich lieb.
Danke für die Blumen, sagt Ginover und fragt rhetorisch, warum sie wohl so geworden sei, wenn nicht wir, Georg, Michael, Arthur, sie dazu gemacht und gebracht hätten. Um die Familie im Lot und im Gleichgewicht zu halten, müsse sie einerseits auf Bewegung und auf Ordnung andererseits sehen. Es liege ihr aber fern, mich anzutreiben, wenn sie sich auch Sorgen um mich und damit um die Familie mache. Sie traue sich im übrigen durchaus zu, in ihren Bibliothekarsberuf zurückzukehren und so zum Lebensunterhalt der Familie etwas beizutragen oder ihn in der äußersten Not auch selbst und allein zu bestreiten, wenn ich, was sie nicht hoffe, in meiner Universitätslaufbahn und bei dem leidigen Habilitieren scheitern und Schiffbruch erleiden sollte. Leider habe sie aber nicht den Eindruck, daß ich in einem solchen Ernst- und Notfall mit den kleinen Kindern zurande käme. So schwer mir offensichtlich das Habilitieren falle, ein Hausmanndasein sei für mich, nicht nur von meinem Selbstwertgefühl und meinem Emotionshaushalt, sondern auch rein

praktisch unmöglich. Ich sehe vorerst keinen anderen Weg als den nach vorne, daß du über die Habilitation an der Universität eine feste Stelle gewinnst. Und wenn ich dich dazu »antreibe«, so tue ich es keineswegs als »Norne«, wie eine dieser drei altgermanischen weiblichen Schicksalsgöttinnen, die die Krieger, auch die müden Krieger »aufhussen«, wie jene Aufstachlerinnen und Quälgeister, die die Männer immer wieder zum Kampf antrieben, auch wenn sie schon völlig erschöpft und ausgepumpt auf der Wallstatt, also auf dem Kampfplatz lagen. Ginover sagt von sich, sie sei nun wirklich keine von jenen sattsam bekannten Assistenten- und Dozentengattinnen, die ihre Männer täglich mit dem Kriegsruf: Auf, auf, Karriere machen! weckten.
Immer müsse sie, auch von mir, die Bezeichnung »resolut« hören. Sie sei also »resolut«, heiße es. Diese Bezeichnung sei aber für sie zu viel der Ehre, denn sie bedeute ja wohl soviel wie »entschlossen«, »beherzt«, »durchgreifend«, »zupakkend« und »tatkräftig«, was sie alles im Hinblick auf sich als »energische« Übertreibung betrachte. Sie wolle nun keineswegs ein Rollen- und Geschlechtsklischee reproduzieren und damit stabilisieren, aber ihr erschienen diese Eigenschaften eher maskulin und für gewisse *Männer* charakteristisch. Ein »resolutes« »gaudium« aber habe bei den Römern eine zügellose und ausgelassene, »überschäumende« Freude bezeichnet und das ursprüngliche Wort »resoluta«, auf Frauen gemünzt, »weibisch«, »unzüchtig« und »wollüstig«. Da sei man also wieder bei der alten Ein-, das heißt Abschätzung der Frau. O Gott, wollüstig hast du das Weib erschaffen ... Als hätte den Frauen freigestanden, »ausgelassen« oder »eingezogen« zu sein! In Wahrheit aber sei die Frau auch heute nicht »resoluta«, was von »resolvere«, »loslösen«, »freimachen«, »losbinden« komme, sondern »restricta«, von »restringere«, »zurückhalten«, »festbinden«, »fesseln«. Sie empfinde sich durchaus als eingeschränkt und eingeengt, wenn sie auch an den Kindern und an der Familie (also auch

an mir? ...) eine solche Freude habe, daß ihr die »Fesseln«, die ihr dadurch angelegt seien, eigentlich nichts ausmachten, es handle sich um eine »süße Last«. Die Freiheit habe ihre Grenze in der Verantwortung, sei ihre Philosophie, und völlige Freiheit als ungehemmte Beliebigkeit habe ihr nie als ein Ideal vorgeschwebt.

Ja, wenn du es so siehst, sage ich da, dann ist ja alles in Ordnung. In gewisser Weise ja, sagt Ginover, sie werde sich aber nicht davon abhalten und abbringen lassen, mich und die Söhne in die Pflicht zu nehmen. Denn der Trampel der Familie und das Opferlamm wolle sie nicht werden, diese Rolle liege ihr nun einmal gar nicht. Nicht Muse, nicht Norne, nicht Erinnye, nicht Xanthippe, nur Ginover, aber das ordentlich. Resolut verwahrt sie sich gegen die Resolutheit.

Wie oft habe ich mir gewünscht, *ich* hätte bei meinen Agenden mehr »Resolutheit« gehabt! Bevor ich zum Thema »Kraftritter und Tugendritter, Wandlungen des Ritterbegriffs von der Saljer- zur Stauferzeit« kam, hatte ich aber bereits viele andere Themen erwogen, meist begeistert aufgegriffen und alsbald wieder verworfen. Und auch nachdem ich dieses Thema gefunden und angenommen hatte, gab es mehr oder weniger lange Phasen des Zweifels und der Unsicherheit. Anfangs war die Freude an einem neu überlegten Thema so groß, daß ich es kaum erwarten konnte – damals war ich auch noch nicht verheiratet und hatte noch keine Kinder! –, in die Bibliothek zu stürmen und mit der Arbeit zu beginnen. Ich saß etwa in der Mensa beim australischen Känguruhfleisch und überlegte mir ein Thema und war auf der Stelle Feuer und Flamme für dieses Thema. Dann würgte ich den Rest hastig hinunter und *lief* geradezu in die Universitätsbibliothek. Kaum ein Thema aber hat die ersten drei, vier Tage Beschäftigung mit seiner Problematik überlebt. Schon während des Bibliographierens der vorhandenen Literatur wurde ich meistens nachdenklicher und nachdenklicher. Oft kam mir aus einem der Zettelkästen des Sachkatalogs überhaupt ein Titel mit dem*selben*, nicht bloß mit dem *gleichen*, sondern mit buchstäblich demselben, also identischen Titel entgegen! Dann war mein ausgedachtes und mit solcher Begeisterung begrüßtes Thema auf der Stelle erledigt, und mir drehte sich das Känguruh im Magen um. Fand ich aber nicht auf der Stelle eine Monographie mit demselben Titel, sondern nur mit einem ähnlichen, so fand ich immer wieder gleich *mehrere* ähnliche, und es wurde im Umkreis meines Problems immer enger und ungemütlicher, und ich fühlte mich zum Schluß dieser ersten Bibliographierrunde eigentlich schon aus dem Ring hinausgedrängt und hinausgeworfen. Es war mir, als hätten mich die Fachleute, die all diese Bücher und Aufsätze geschrieben und verfaßt hatten, hinausgedrängt, nicht mittun und mitmachen lassen. Sie riefen mir entgegen: Wir brauchen dich nicht, wir wissen schon alles, vergreif dich nicht an diesem Thema, sondern laß gefälligst die Hände davon. Die Enttäuschung folgte mit der Zeit immer prompter auf die Themensuche und die jäh aufflakkernde täuschende Begeisterung über ein gefundenes Thema, es ging Schlag auf Schlag. Mit einem Schlag gewissermaßen war das Thema da und gefunden, dann das Nachschlagen und prompt der Schlag ins Gesicht durch die Kollegen, die schon eher dagewesen waren. Da müssen Sie früher aufstehen, spotteten die Kapazitäten auf dem jeweiligen Gebiet über mich. Oft kam ich ein Jahrhundert zu spät, und es schien mir immer mehr, als hätte bereits die erste Generation der Germanisten, Jacob Grimm und seine Zeitgenossen, ohnedies das meiste erforscht und gefunden. Natürlich hatte ich auf diese Weise eine vielleicht bereits pathologisch zu nennende Schnelligkeit und Routine im Resignieren entwikkelt, ein Rückziehsyndrom, eine Flinteinskornwerfneurose. Es war wie ein bedingter Reflex, ich brauchte mich den großen Katalogkästen nur zu nähern, um auch schon zu verzagen und aufzugeben.

Alsbald begann ich meine Themensuche ganz unter dem Gesichtspunkt der »Suche« zu sehen, die in den Ritterepen des Mittelalters eine so große Rolle spielt, daß manche Literaturwissenschaftler behaupten konnten, die Suche sei das eigentliche Thema dieser Versromane, das Suchen mehr als das Finden. Immer suchen die Herrn Ritter der Tafelrunde etwas, sie ziehen aus und suchen Abenteuer, wie sie es nennen – und hinter und nach dem Abenteuer die Ehre. Im »Iwein« des Chréstien de Troyes begegnet der Held einem wilden Waldmenschen, der sich auf eine Keule stützt, auf einem Baumstumpf hockt, nichts sagt und sich auch nicht bewegt. Diesem »Rübezahl« stellt sich Iwein vor. Er sagt: »Ich bin ein Ritter, der sucht, was er nicht finden kann. Ich habe elendlang gesucht und nichts gefunden!« In diesem Motiv *fand* ich mehr und mehr meine Situation ausgedrückt. Ich suchte ein erfolgversprechendes Thema und konnte nichts finden. Mich erschreckten die ungeheuren Berge von Sekundärliteratur, die die Primärliteratur, die alten Texte der alten Autoren, unter sich begruben und gewissermaßen unauffindbar machten. Dabei wurde das Verständnis der alten Rittergeschichten immer subtiler, die Interpretationen wurden immer raffinierter. Wenn ich meinem Georg die Geschichte Iweins erzähle, was ich natürlich schon getan habe, dann gefallen ihm an dieser Geschichte vor allem die märchenhaften und phantastischen Umstände des Brunnenabenteuers am Beginn ganz außerordentlich. Immer wieder muß ich berichten, wie Iwein hinter dem verwundeten Askalon, dem Herrn des Brunnens, zur Burg zurückreitet und hinter Askalon über die Brücke hineinstrebt. Im »Iwein« Hartmanns heißt es: »Nun war die Burgstraße für zwei Ritter zu schmal. So zwängten sich beide, sich gegenseitig behindernd, durch die enge Pforte in Richtung Palas. Davor aber hing das Fallgatter! Vor diesem Schlagtor mußte man sich vorsehen, daß es einen nicht erschlug. Wenn Mann oder Pferd einen falschen Tritt taten, so rührte das die Falle und den Schnapper, die dieses massive und schwere Schlagtor in der Höhe hielten.

Wurde die Halterung nur leicht angetippt, so sauste es zu Boden, daß es kein Entrinnen gab. Nicht erst einer war davon erschlagen worden.« Durch dieses gefährliche Tor reiten also der verwundete Askalon und Iwein. Askalon kennt sich bei sich zuhause aus und kommt durch. Iwein aber, der eben unter dem Tor noch einen Streich führt, neigt sich gerade noch rechtzeitig vor. Das ausgelöste Falltor saust hinter ihm nieder, durchtrennt ihm das Pferd mitten im Sattel, selbst Sporen und Schwertscheide werden durchhauen, »hinder der versenen«, heißt es bei Hartmann, »hinter der Ferse«. Und zum Abschluß: »er gnas als ein saelec man.« »Mit Glück kam er davon.«
Immer wieder also mußte ich meinen Söhnen diese Episode erzählen. Und der Größere konnte es auch nicht erwarten, bis endlich die Vorburg der Achthundertneununddreißiger von Playmobil fertig war, daß wir diese Szene »in natura« nachspielen konnten. Das war jedoch fast nicht zu machen, nicht so sehr die Errichtung der Burg beziehungsweise der Vorburg und des Torturms, als vielmehr das Herabfallenlassen des Fallgatters. Das Gatter des Modells war deutlich zu leichtgewichtig, das Gegengewicht schlecht austariert, seine Aufhängung aber viel zu unsensibel, um diese ungeheure sensorische Feinnervigkeit und Gefährlichkeit der »Falle« bei Hartmann simulieren zu können. Holz bei der Konstruktion von »falle« und »haft«, das mehr metallene als hölzerne, jedenfalls mit schwerem norischem Eisen beschlagene, im übrigen von eisenschwerem Eichenholz gezimmerte Schlagtor, möglicherweise aber überhaupt ein eisernes Fallgatter nach der Machart eines Rostes mit spitz geschmiedeten Stangen an der Bodenkante und dann das fleischliche Pferd und der zwar in Eisen starrende, aber doch darunter auch fleischliche, vom Blut durchpulste Ritter, der hinter einem König her ist – wie dies alles »markieren«?! Das läßt sich mit Gegenständen aus einem Stoff von so geringem spezifischem Gewicht wie Plastik, worin ja in verschiedenen

Anwendungsbereichen gerade sein unschätzbarer Vorteil liegt, nur sehr unzureichend bewerkstelligen.
Fest und leicht ist dieser neue Kunststoff, und wer jemals alte Bilder und Holzschnitte betrachtet hat, auf denen die Errichtung einer Burg oder eines Turmes, etwa des immer wieder dargestellten Turmbaus zu Babel, abgebildet war, und dabei gesehen hat und ansehen mußte, wie sich die mittelalterlichen Bauleute, die Maurer und Zureicher der Bauhütten mit ihren schweren und unhandlichen Körben, ihren großen hölzernen Mulden für den Mörtel und anderes Baumaterial, mit ihren vielgestaltigen, aber in jedem Fall schwer lastenden Tragbahren, den Truhen, namentlich der fahrbaren, der sogenannten Scheibtruhe, den Schubkarren, dem vom Mann gezogenen oder eigentlicher gestoßenen und gedrückten geschobenen Karren, der in seiner ursprünglichen Form dem Ritter Lancelot den Beinamen gegeben hat – wer dies alles gesehen und bedacht hat und wer vor allem auf diesen Illustrationen die kleinen Männchen mit ihren zentnerschweren Lasten auf gefährliche Leitern steigen und über bedenkliche Gerüste balancieren gesehen hat, der kann sich auch leicht bildlich vorstellen, wie gefährlich das Bauen gewesen sein muß und wie viele dabei umgekommen sein mögen. Und er würde diesen wackeren mittelalterlichen Bauleuten gern die modernen schwerelosen Eimer und Butten, Kübel, Fässer und Malterkästen aus Plastik, die Schubkarren mit dem Gummirad und dem günstig gelagerten Schwerpunkt und auch die modernen Aluminiumleitern und Stahlstangensteckgerüste wünschen und von Herzen vergönnen. Leicht, fest und elastisch ist das Zeug, was man ihm auch sonst nachsagen mag. Früher aber haben die Bauleute bereits an den Behältern schwer zu tragen gehabt.
Um der Sache etwas näherzukommen, um die Iwein-Illusion Chréstiens de Troyes beziehungsweise Hartmanns von Aue dichter und suggestiver zu machen, verfertigte ich meinem Iwein schließlich ein Pferd aus Plastilin. Auf dieses plastische

Pferd, das freilich zugegebenermaßen nicht ganz einem Pferd, sondern eher einer Schindmähre oder, wie meine Frau etwas maliziös meinte, einer Kuh glich, ließ ich schließlich das mit einem Briefbeschwerer zusätzlich verstärkte und beschwerte Fallgatter der Playmobilburg sausen. Dies war ein Pferd ähnlich dem »recht erbärmlichen Gaul«, den Herzeloyde ihrem Sohn Parzival gibt, damit er an der Ritterei die Lust und den Geschmack verlieren möge.
Mit dem Kunststoff, dem Plastilin, kamen wir der Wirklichkeit schon ein gutes Stück näher. Wie in Fleisch bohrte sich das Fallgatter in das arme Pferdchen, und der Anblick war gerade dadurch, daß dieser Schnitt »enmitten« das ganze Pferd verzog und veränderte, sodaß es sogar den Anschein hatte, als würde es vor Schmerz das Gesicht verziehen, ziemlich martialisch und echt. Wie beim Tod des schrecklichen Kunibert der Pradler Ritterspiele mußte auch ich mir einige, nicht wenige Da capos gefallen lassen, und ich mußte die ganze Szene immer bereits weit vorne und früher, am Brunnen im Wald von Brezilian, beginnen lassen und auch das Vorspiel mit dem Zweikampf zwischen Iwein und Askalon, den Verfolgungsritt aus dem Wald zur Burg und schließlich den denkwürdigen Eintritt in diese Burg mit der Pferdehalbierung immer wiederholen, wegen des großen Erfolges. Dabei gestaltete ich später die Wiederherstellung des Pferdes ebenfalls gleich illusionistisch, ich führte einen sowohl Christian von Troyes als auch dem von ihm abhängigen Hartmann von Aue unbekannten Pferdedoktor ein, der auf eine mantische Weise mit Hilfe von magischen Sprüchen, ähnlich den Merseburger Zaubersprüchen, die Teile wieder aneinanderfügte, worauf ich nach erfolgter Operation im Namen und Sinne des Pferdes herzhaft wieherte, was nicht nur Georg, sondern auch den kleinen Michael, der mit der Geschichte sonst nicht viel anfangen konnte und sich noch ganz im Destruktionsalter befand, unendlich belustigte. In einem der Zaubersprüche heißt es bekanntlich: »Bên zi bêna,

bluot zi bluoda«, »Bein zu Bein, Blut zu Blut.« Das sagte auch ich, und ich fügte hinzu: Den Hintern zum Vordern, Milz zu Leber, Magen zu Lunge. »Sô sî gilîmida sîn!« Meinen Söhnen, die sich für die Rittergeschichten im Zusammenhang mit der Kunstburg zu interessieren begannen, konnte ich zwar mit solchen Erzählungen, aber natürlich nicht mit der Literatur über diese Geschichten, der sogenannten Sekundärliteratur, kommen, dafür hätten sie kein, noch kein Verständnis aufgebracht. Damit hat mancher Erwachsene zu kämpfen, ja es gibt sogar Pessimisten, die behaupten, das sicherste Mittel, jemandem eine Liebe auszutreiben, sei seine berufsmäßige und zünftige Beschäftigung mit diesem Gegenstand. Das Professionelle einer Beschäftigung mit einem Gegenstand vertrage sich nicht mit der Liebe zu diesem Gegenstand. Die Ausdrücke Dilettant und Amateur kommen beide, aus dem Italienischen und dem Französischen, von den entsprechenden Wörtern für Lieben, und beide bedeuten sie synonym »Liebhaber«. Die »Liebe« eines »Amateurs« aber habe bei einem Fachmann keine Chance, die »Liebe« verschwinde mit dem Studium. In dem Maße, in dem das Wissen um einen Gegenstand wächst, nimmt die Liebe zu diesem Gegenstand ab. Einige beschönigen diesen traurigen Sachverhalt, indem sie sagen, es sei nur eine andere Liebe, die an die Stelle der alten, sozusagen unreflektierten trete, einige sprechen von einer *kalten* Liebe, auch einer kalten *Lust*, als sei dies kein Widerspruch. Andere gehen noch weiter und bezeichnen das emotionale Verhältnis des Fachmannes zu seinem Fach, des Literaturwissenschaftlers zur Literatur, des Mediziners zur Medizin, des Theologen zu Religion und Theologie, als »Haßliebe«, mit dem Oxymoron »Haßliebe«! Sprachlich ist das ein Kunststück und eine Meisterleistung, wie sie einem Liebhaber und Amateur natürlich nicht einfallen würden. Was aber soll ein Mensch mit diesem *weißen Rappen*, diesem *schwarzen Schimmel*, diesem *kaltblütigen Warmblüter*, diesem *heißblütigen Kaltblüter*

anfangen?! Die sogenannte Liebe des Fachmannes gleicht recht eigentlich dem Pferd der Enite, dem Pferd der Gattin Ereks also, wie es Hartmann von Aue in seinem anderen, ersten Artusepos, »Erek«, beschreibt.
Dieses Pferd, heißt es, sei auf der einen Seite schwarz und auf der anderen weiß, aber nicht gefleckt, sondern schön von hinten nach vorne der Länge nach geteilt, nicht so halbiert, wie es Iweins Pferd nach dem Fallen der Falle und des Fallgatters ist, sondern so, wie man an den Playmobilfiguren, namentlich den Pferden, aber auch anderen symmetrischen Gegenständen, Lebewesen oder leblosen Gegenständen oft in der Mitte noch eine Art Schweißnaht sieht, die aber sicher nicht von einem Schweißen herrühren wird, sondern vom Guß. Nennen wir sie Gußnaht. Dieser mittlere »Steg« hat bei Hartmann auch noch eine Farbe, er ist grün und hält so das Schwarze wie durch einen schmalen Grat vom Weißen ab. Natürlich hat gerade dieses bunte und merkwürdige Pferd der Enite die Interpreten auf den Plan gerufen und abenteuerlich, wie das Pferd nun einmal ist, sind oft auch die Deutungen. Diesem Pferd also möchte man die gefühls- und gemüthafte Beteiligung und das Interesse der Gelehrten an ihrem Fach vergleichen, schwer zu deuten, aber mit dem Ausdruck Liebe sicher nicht oder nicht so einfach und ohne weiteres zu belegen. Ein Liebes-Pferd wäre rot, einfach rot, denn Rot ist die Farbe der Liebe. Ja, ein Fachmann hat es schwer! Der Amateur aber ist unbekümmert und leicht zu Urteilen und Aussagen über seinen Forschungsgegenstand bereit, während der Fachmann alles im Zweifel verliert. Und der Fachmann nimmt dem Amateur natürlich auch sein Vergnügen und seine Freude übel. Ihn wundert nicht nur, ihn ärgert vor allem, daß dieser Amant so lustig ist.
Natürlich bin ich auch ein kritischer Leser und Vorleser der Ritter-Comics meines Georg, etwa der »Schweren Zeiten in Bieberstein«, wo erzählt wird, wie die Steuereintreiber des Prinzen Roderich in Abwesenheit des Königs die Bürger der

Stadt Bieberstein drangsalieren, bis sie durch die Hilfe des Grafen Trix des Trickreichen und des Königs selbst von Roderich dem Schrecklichen befreit werden. Mir widerstrebt es mächtig, allein schon die *vorgeschriebenen* Interjektionen, Flüche und Seufzer nachzusprechen, die in dieser Partitur verzeichnet sind, die vielen *Klong* und *Klang*, wenn jemandem aufs Haupt geschlagen wird, das *Schlürf Schlapp Schlapp*, mit dem ein Hund den aus dem vom Schubkarren gefallenen, leck geschlagenen Faß ausgeronnenen Wein schlürft, sein *Hick*, nachdem er einen grünen Kopf bekommen hat, was seine Betrunkenheit anzeigt, das *Gurgel Blubber*, das der Nachtwächter gurgelt und blubbert, nachdem ihm eine Frau aus ihrer Kemenate aus Ärger darüber, daß er sich in seiner Uhr verschaut und eine Stunde zu früh geweckt hat, einen Eimer Wasser auf den Kopf schüttet, mit einem begleitenden Fluch, die *Wieher*, die die Pferde ausstoßen, die *Poch Poch*, wenn ans Tor geschlagen wird, von den *Zvitch* und *Clonc* und *Boing*, *Krach Bumm Stöhn* und *Ächz*, den *Ähmmm* und *Bremm*, *Swutsch*, *Prang*, *Prell* ganz zu schweigen. Meine Söhne freut das riesig, sie finden es *irre* und *spitze*, ich würde freilich lieber die Interjektionen *ôwê* und *ôwî*, *wol* und *ach* mit dem Genitiv der Sache lesen, und wie Roland im Rolandslied stöhnt: *Ôwî mîner stangin*, das verzweifelte Stöhnen des Vaters, des Meiers Helmbrecht, als er seinem Sohn seinen schrecklichen Traum, der dem Sohn sein Unheil ankündigt, erzählt und berichtet hat: *Ôwê sun, des troumes!, ôwê sun, des boumes! Ôwê des raben! Ôwê der krân*. Baum, Rabe und Krähe! Oder die altehrwürdigen Interjektionen *we*, *leider*, *phi*, *wol*, die sich mit dem Dativ oder sogar dem Akkusativ der Person verbinden können. Waffen, Herre, Waffen!

Stöhnen und Seufzen, Jammern und Fluchen, Staunen und Wundern, Schmachten und Ächzen – all das spielt in der mittelalterlichen Dichtung, namentlich auch im Minnesang eine ganz große Rolle. Mir ist dies ein Zeichen von

Spontaneität und Frische, Ehrlichkeit und Direktheit, und ich habe mir an dieser Interjektionsfreudigkeit insofern ein Beispiel genommen, als ich mich, namentlich dann, wenn ich allein über einer Arbeit sitze, was leider nur noch in meinem kleinen Dienstzimmer an der Universität möglich ist, seit ich die Wohnung und auch mein Arbeitszimmer den Kindern abgetreten und überlassen habe, mit Seufzen und Stöhnen nicht zurückhalte. Ich stoße keine Urschreie aus, aber immer wieder brumme oder raune ich vor mich hin. Die Kultur hat uns ja leider um so viele Möglichkeiten der Entlastung gebracht. Und man muß sich vorsehen, nicht gleich für verrückt angesehen zu werden.
Die Angst vor einer solchen Denunziation mag auch der Auslöser für einen Alptraum gewesen sein, den ich vor einigen Tagen träumte. Ich saß in meinem Zimmer beim Habilitieren, und weil ich gut vorankam – meistens träume ich vom Gegenteil, von sisyphushaften und absolut vergeblichen Anstrengungen –, weil ich also diesmal ungeheuer schnell vorwärtskam, die Blätter flogen richtiggehend aus meiner elektrischen Schreibmaschine und legten sich von selbst auf einen großen Stoß, konnte ich mich nicht zurückhalten, Freudenlaute auszustoßen. Das geschah aber im Wortschatz der Interjektionen der Comicheftchen *Juch, Halleluia, Joyjoyjoy* und mit merkwürdigen, völlig vokallosen Konsonantenschwärmen *Fchgrtz Fchgrtz* und *Bssmnn Bsmnn.* Plötzlich aber wurde die Tür aufgestoßen, und eine Schar weißgekleideter Professoren drang in mein Zimmer, um mich zu untersuchen. Ich hörte den Anglisten, den ich kannte, »Vokalschwindsucht« sagen und bekam riesige Angst vor der offenbar bevorstehenden Untersuchung, wenn nicht überhaupt bereits die Diagnose feststehen sollte. Die Angst ließ mich Gottseidank erwachen.
Innerlich gestöhnt, mehr als irgendwann sonst, habe ich vor allem seinerzeit, als ich mich auf der *Suche* nach einem aussichtsreichen Thema für meine Habilitation befand und im-

mer wieder fehlging. Böse Zungen, Kollegen vom Mittelbau, sagten später, ich hätte mich auf der Suche nach einem Thema befunden, ich hätte ein Thema gesucht, gefunden aber hätte ich – meine Frau.
Meine Frau war damals noch nicht meine Frau, und sie war in den Dienst der Universität getreten und vom Bibliotheksdirektor, entsprechend ihrem früheren Beruf als gelernte Buchhändlerin, mit der Fernleihe betraut worden. Und obwohl ich bei meinen nervösen thematologischen Anstrengungen meist schon am Sachkatalog im Lesesaal gescheitert bin, hatte ich doch von Zeit zu Zeit, auch wenn das Thema über diese Anfangsschwierigkeiten hinaus standgehalten und die erste Bewährungsprobe am Sachkatalog bestanden hatte, die Fernleihe benützen und beschäftigen müssen. Meine Frau war sehr zurückhaltend, und ich war wohl auch damals nicht gerade ein Draufgänger, wie meine Frau auch heute behauptet, und ich habe keinen Grund, ihr nicht zu glauben, daß ich ihr nicht besonders aufgefallen sei und keinen überwältigenden Eindruck gemacht hätte. Von ihr kann ich mit gutem Gewissen mit dem Tannhäuser sagen: »Si was an sprüchen niht ze balt, man mehte si wol lîden.« »Sie war zurückhaltend im Sprechen, man konnte sie darum sehr sympathisch finden.« »An sprüchen niht ze balt.« »Balt« heißt bekanntlich »kühn«, »Du bist senfter sprüche und niht ze balt«, heißt es auch sonst im Minnesang. Diese vornehme Zurückhaltung ist an den Universitäten rar geworden, auch beim Personal der Universitätsbibliotheken, auch bei den weiblichen Bediensteten. »Sanfte Sprüche«, zurückhaltende Rede, überlegtes, ruhiges, besonnenes Sprechen ist aber vor allem bei den Lehrenden und den Studenten außer Mode gekommen. »Sprüche balt« und die forsche Rede, das »küene« hat jetzt Saison. Und die Mädchen und Frauen stehen den Burschen und Männern hierin in nichts nach, sie haben sich voll emanzipiert, nach meinem Dafürhalten leider nach dem (falschen) Leitbild der männlichen Draufgängerei.

Doch sag an, Arthur, spricht zu mir mein Sinn, war es nur das Leise, die »eingezogene Jungfrau«, wie man das im neunzehnten Jahrhundert nannte, was dich für das Mädchen in der Fernleihe einnahm? Und ich sage zu meinem Sinn: Dies war das eine, das Seelische, das Wichtigere. Das andere: »Blanc alsam ein hermelin / waren ir die ermelin. Ir persone diu was smal / wol geschaffen überal: Ein lützel grande was sie dâ, wol geschaffen anderswâ. An ir ist niht vergezzen lindiu diehel, slehtiu bein, ir füeze wol gemezzen schoener forme ich nie gesach, diu mîn cor hat besezzen, an ir ist elliu volle.« Gerade so, sage ich zu meinem Sinn, wie es der Tannhäuser hier beschreibt, hat es sich auch mit meiner *amîe* verhalten.
Ich habe die Beschreibungskunst der höfischen Dichter, der Minnesänger wie der Epiker, immer tief bewundert. Sie beginnen oben beim Kopf, wie es die alten Poetiken verlangen, und enden bei den Füßen, oft gehen sie den Menschen in dieser anatomischen Ordnung auch zweimal durch, kehren von den Füßen noch einmal zum Kopf zurück und tragen verschiedene Angaben nach. Beim Kopf beginnen, so macht es auch der Tannhäuser: »Ir ougen lieht und wolgestalt ... Ir munt ist rôt, ir kele blanc, ir hâr reitval, ze mâze lanc, gevar alsam di sîden.« Zwischen den Angaben über den Kopf und die »diehel, lindiu diehel«, das heißt »linde«, also weiche, sanfte, zarte Oberschenkel, der Wade und dem Fuß aber steht: »Ein lützel grande was si dâ, wol geschaffen anderswâ.« »Dâ« und anderswâ« heißt es im Gedicht, und wir dürfen dreimal raten, was mit dâ und anderswâ gemeint ist. Ich habe auch in mittelalterlicher Literatur viel Deutliches gelesen, bis hin zum berüchtigten »Lob der guten Fut«, die zwölfte und buchstäblich letzte der Zwölf Minnereden des Codex germanicus Monacensis 270 (duocentesimus septuagesimus), und ich glaube auch, daß von Zeit zu Zeit etwas deutlich gesagt werden soll, aber es sollte nicht zur Regel werden, das Anständige, und das heißt sprachlich gesehen

das Sprachtabu, der Euphemismus, die Metapher, sollte die poetische Regel bleiben und die Literatur bestimmen. Wilhelm Hȃvers hat mit seiner so bescheiden titulierten Arbeit »Neuere Literatur über den Sprachtabu« gezeigt, was man allein mit den Personalpronomina *er* und *sie* ausrichten und ausdrücken kann, und der Text wird in seinen Umschreibungen und dezenten Andeutungen mehr ästhetischen Reiz haben als das dumme Pornographische. Die Schamlosigkeit ist das Ende jeder Kultur, der Tod von allem, nicht nur des Guten, sondern vor allem des Schönen, so wie die Nacktheit das Ende jeder Mode ist. Auf die Schamlosigkeit folgt bekanntlich nach Sigmund Freud zwingend der Schwachsinn. Ich brauche gar nicht die »Wörter«, die *Für*wörter genügen. Havers hat es dargestellt. Was aber wieder nicht mit Anzüglichkeit verwechselt werden darf, mit Zweideutigkeit und Schlüpfrigkeit. Es ist ein schmaler Grat, so wie der grüne Steg zwischen der schwarzen und der weißen Hälfte des Pferdes der Enite. Die mittelalterlichen Dichter beschreiben den Leib, nicht den Unterleib. »Ein lützel grande was si dâ«, von einer Brust also ist hier die Rede, in einer widersprüchlichen Figur, einer oxymoronartigen Wendung: Ein »lützel grande«, »ein bißchen stark« war sie an dieser Stelle, vollschlank, sagen wir heute, aber wir sagen es nicht so ritterlich und elegant, »grande«, stattlich, vollbusig, aber eben »in rechter mâze«, nicht »ze lützel« und nicht »ze grande«, keine *übertriebene* Brust, kein mit Plastik aufgeschäumter sogenannter Atombusen, keine »Schaumburg« vor dem Brustkasten.
»Wol geschaffen anderswâ.« Anderswo, dort nämlich, wo weniger wohlgeschaffene Frauen die Fettdepots haben, an Bauch und Gesäß. Die Beine nennt der Tannhäuser »sleht«, also »schlecht«. Doch spricht er hier nicht von einem Fußleiden oder verunstalteten Waden und Unterschenkeln, sondern von wohlgeformten, nicht zu dicken Beinen. Das Wort »schlecht« hat bekanntlich seine Bedeutung radikal ver-

schlechtert. In »recht und schlecht«, was keinen Gegensatz anzeigt, sondern zweimal ungefähr das gleiche, nämlich etwas Positives meint, haben wir noch eine Erinnerung an die alte Bedeutung, auch im wurzelverwandten, ja mehr als verwandten, verschwisterten, zwillingsverschwisterten Wort »schlicht« klingt die alte gute Notierung noch an. Auch in »schlechtweg«.

»Sâ neic ich der schoenen dô«, schreibt der Tannhäuser in seinem Gedicht, »Gleich grüßte ich die Schöne mit einer Verbeugung.« Auch ich neigte mich vor Kunigund – Ginover, um ein unleserlich geschriebenes und schlecht lesbares Wort auf meinem Bestellzettel, nach dem sie mich fragte, zu eruieren und zu buchstabieren: KNIGHTHOOD. Ach KNIGHTHOOD, sagte sie, ich habe gelesen: KNIETOD. Und das heißt CHIVALRY. Sie hatte gelesen ... Sie konnte gar nicht sagen, was sie hier herausgelesen hatte. Manchmal ließ es sich nicht vermeiden, daß ich durch das »nîgen«, das Neigen, Sich Bücken und Beugen über die Bestellzettel, ihren hermelinweißen Arm berührte und auch ihren Atem nahe an meinem Gesicht spürte.

»Dô was niht massenîe mê wan wir zwei.« Ja, einmal waren auch wir am Schluß der Dienstzeiten allein, da war keine »massenie« mehr, keine Kundschaften und kein Bibliothekspersonal, niemand »wan wir zwei«, außer uns beiden.

So habe ich also um das Mädchen der Fernleihe wegen körperlicher und seelischer Vorzüge und Tugenden gefreit, und ich habe nicht nur um die *Hand* angehalten ... Du hast mich wegen meiner Tugenden auserwählt, spottet heute meine Frau, und ich habe dich trotz deiner Untugenden genommen. Das sei der Unterschied. Und schon daran ist jene bereits weiter oben beschriebene Metamorphose von den »sanften sprüchen« zu den »balden sprüchen« zum Ausdruck gebracht. Ich aber sage: Ja, du hast recht, so passen wir auch gut zusammen, wie der Tag und die Nacht. Es wäre schrecklich, wenn es immer hell wäre, wie wohl tut doch die Däm-

merung und wie gut die finstere Nacht, es wäre schrecklich, wenn alles hart wäre, und ebenso schrecklich, wenn alles weich wäre, schön ist der Wechsel von »balt« und »sanft« ... Es sei aber im übrigen eine bekannte Untugend, sich selbst für tugendhaft zu halten, sage ich zu Ginover. Aber du hast es mir doch so oft vorgesagt, daß ich schließlich daran geglaubt habe. Ja, damals warst du noch leichtgläubig. Und du hast das ausgenützt, sagt Ginover. Nein, sage ich, ich habe bloß den Istzustand, den damaligen Istzustand, wie er sich mir dargestellt hat, ehrlich und aufrichtig beschrieben. Was die Zukunft bringen würde und wie du dich entwickeln würdest, das konnte ich ja nicht voraussagen. Man müsse sich aber bei einem Menschen auch für seine jeweiligen Anlagen entscheiden und könne sich hinterher nicht beschweren, wenn er diese Anlagen entwickle und wenn er sich folglich ändere, sagt Ginover. Das tue ich ja, ich bin mit der Entwicklung zufrieden. Wir ergänzen uns doch gut, sage ich. Ja, repliziert Ginover: Philemon und Xanthippe. Das hast du gesagt, sage ich.
Ein unerschöpfliches Thema für freundlich-bissige familiäre Neckereien war, ähnlich dem Muttertagsfestessen, das Georg und mir mißlungen war, die sogenannte Elisabeth-Sammlung. Damit aber verhielt es sich so: Eines schönen Sonntags sprach mich nach der Kindermesse, die ich mit Georg besucht hatte, unser Pfarrer an, ob ich ihm nicht aus einer Verlegenheit helfen möchte. Ich sagte ja, wenn es mir möglich wäre, gern. Ich war freilich schon ein wenig skeptisch, weil er mich früher bereits einmal um etwas gebeten hatte, was ich nicht erfüllen konnte. Damals sagte er zu mir: Herr Doktor, Sie sind der geborene Nikolaus! Damals also suchte er einen Nikolaus, der einige Familien der Pfarre besuchen sollte. Obwohl ich aber mit dem Nikolausbrauch durchaus einverstanden bin und nun auch schon zwei Jahre jenen Nikolaus in der Pfarrkanzlei für Georg und Michael bestellte, den ich nicht spielen wollte, habe ich damals abge-

lehnt. Es ist hier im Zusammenhang mit der heiligen Elisabeth nicht der Platz, um die Gründe meiner Nikolaus-Weigerung auszubreiten. Als ehrenrührig habe ich das: Sie sind der geborene Nikolaus! keineswegs empfunden. Eher zu denken geben müßte einem, wenn ein Pfarrer, der die Passion aufführen und darstellen lassen möchte, zu einem sagte: Sie sind der geborene Judas! Aber auch darum ging es diesmal nicht. Es handelte sich bei der Bitte des Pfarrers vielmehr darum, daß ein sogenannter Apostolatshelfer, der jährlich um den 19. November, dem Fest der heiligen Elisabeth von Thüringen, der Patronin der Caritas, in unserem Gemeindebau die sogenannte Haussammlung durchgeführt hatte, verzogen war. So war seine Stelle vakant geworden, und wie es bei solchen »ehrenamtlichen« Stellen zu gehen pflegt, herrschte offenbar auch keine besondere Nachfrage nach jenem »Posten« und dem undankbaren Bittgeschäft. Ich war durch die freundlich vorgetragene Bitte sehr überrascht und überrumpelt und sagte, sozusagen spontan, ja. Dazu muß ich aber erwähnen, daß es wohl kaum etwas gibt, was nach meinem Dafürhalten schlechter zu mir paßt, als jemanden um etwas zu bitten. Es macht mir keine Schwierigkeit, selbst ordentlich zu spenden. Da es mir keinen Kummer bereitet, auch über meine Verhältnisse für ein aktuelles oder akutes karitatives Anliegen, die tägliche Not, die jährliche Hungersnot, etwas zu geben, sozusagen leicht oder auch ein wenig leichtfertig, wie meine an sich ebenfalls nicht knausrige Ginover freilich schon einmal im Hinblick auf die anstehenden Notwendigkeiten der Alimentierung der Familie und ihrer Versorgung mit Kleidung und Schuhen gemeint hat, da es also ohne Heroismus und Überwindung geschieht, freilich auch ohne die Radikalität der Gefährdung der eigenen Existenz der Familie, darf es wohl auch gesagt und verlautbart werden, ohne den Vorwurf der Selbstberühmung auszulösen und einzubringen. Bettelngehen freilich für andere, und sei ihre Not noch so brennend, ist etwas anderes. Natürlich würde es einem Intellektuellen, der der wissenschaftlichen und womöglich gar der poetischen Rede fähig ist, nichts ausmachen und nicht schwerfallen, einen Spendenaufruf zu verfassen, die Not, die es zu lindern gilt, in grellen Farben auszumalen und an das Gefühl der Leute, die man als »Mitmenschen« ansprechen könnte, zu appellieren. Bei aller ehrlichen Hochachtung für den Prälaten dachte ich: Leichter ist es, Caritasdirektor zu sein, denn als Apostolatshelfer durch einen unchristlichen Gemeindebau zu gehen und das Elisabeth-Opfer zu erbitten. Auch solche hektographierten Aufrufe zu kuvertieren und Erlagscheine in die Kuverts zu stekken, wäre kein Problem. Aber in einem zehnstöckigen Gemeindebau, in dem sicherlich keine Millionäre wohnen und außerdem auch kaum Kirchgänger oder Menschen, denen der Name der ungarischen Königstochter Elisabeth etwas sagt, von Tür zu Tür zu pilgern, pro Stockwerk vier Mieter, also insgesamt vierzig Parteien »anzugehen«, ist etwas anderes. Läuten, sich durch den Spion wie ein Hausierer oder Spion, ein Unhold oder Störenfried ansehen zu lassen, nach der Öffnung der Tür zu grüßen und seinen Elisabeth-Sammlungs-Spruch aufzusagen, das ist nun etwas ganz und gar anderes. Nun hatte ich aber damals eben dem Pfarrer erst vor kurzem die Nikolaus-Bitte, die er so wirkungsvoll mit dem »Sie sind der geborene Nikolaus!« eingeleitet und vorgetragen hatte, abgelehnt, daß ich mir diesmal schon deshalb nicht nein zu sagen traute. Hätte ich nein gesagt, hätte der hochwürdige Herr sicher gedacht, von dem kann man aber auch gar nichts bekommen.

Dabei war der Pfarrer diesmal im Gegensatz zur »Causa Nikolaus« rhetorisch nicht so geschickt vorgegangen. Er hat nicht gewußt und konnte nicht wissen, daß ich ein großer Elisabeth-Bewunderer und, da es sich bei der Frau nicht zufällig um eine Heilige handelt, darf und kann ich auch sagen: ein Elisabeth-Verehrer bin. Der geistliche Herr hätte also mit mir ein Gespräch über die Wartburg im 12. Jahrhundert,

über den Landgrafen Hermann und schließlich über die auf der Burg Sáros Patak 1207 geborene Tochter Elisabeth des Königs Andreas und der Königin Gertrud beginnen können. Wir hätten unsere Meinungen darüber ausgetauscht, daß das vierjährige Mädchen bereits 1211 als Braut des zukünftigen Landgrafen Ludwig IV. auf die Wartburg kam, mit dem sie dann 1221, also als Vierzehnjährige und also halbes Kind, verheiratet wurde. Ich hätte auf meinen Georg neben mir gezeigt und gesagt: Er ist jetzt fünf Jahre alt. Das muß man sich vorstellen, Hochwürden, was es heißt, mit vier Jahren von seinen Eltern getrennt zu werden! Für das Kind, aber auch für die Eltern! Ich würde das nicht überleben, Herr Pfarrer. Gelt, Georg, wir bleiben beieinander! Ja, Papa, immer. Und wenn es der Pfarrer gewußt hätte, hätte er sagen können, seufzend: Ja, mit vierzehn Jahren verheiratet und mit zwanzig Jahren, nachdem sie drei Kinder geboren hat, bereits Witwe. 1231, also gerade vierundzwanzigjährig, stirbt sie, 1235, nur vier Jahre nach dem Tod, wird sie von Papst Gregor IX. heiliggesprochen.
Ich würde dem Herrn Pfarrer dabei freilich auch meine kritische Meinung über den Priester Konrad von Marburg gesagt haben, der nicht nur den guten Ludwig 1227 zum Kreuzzug »gepeitscht« und so die liebe Elisabeth zur Witwe gemacht hat, daß sie auf die Todesnachricht hin mit dem Schrei: »Ach, herre got, nu ist mir alle werlt tot!« fassungslos durch die Gemächer der Wartburg geirrt ist, sondern auch Elisabeth selbst mit unvorstellbarer Konsequenz, ja schon Grausamkeit seelsorgerisch »betreut« hat, wobei von Geißelungen bei kleinen »Vergehen« die Rede ist. Auch Elisabeth hat sich – oder wurde von ihren Kindern getrennt! Schließlich nahm ihr der auf die Askese sehende Konrad auch noch ihre beiden liebsten Dienerinnen, die ihr als einzige Gefährten geblieben waren, nachdem sie auf allen Reichtum und jede Herrschaft verzichtet hatte. Gerne hätte ich freilich die Ansicht des Pfarrers darüber erfahren, ob nun Elisabeth seiner

historisch fundierten Meinung nach von Heinrich Raspe, dem Bruder Ludwigs des IV., der 1246 sogar zum deutschen König gewählt wurde und mit dessen Tod 1247 das Geschlecht der Ludowinger ausstirbt, wirklich so schlecht behandelt und aus der Wartburg verdrängt worden sei oder ob dieser Rückzug Elisabeths von Eisenach nach Marburg, wo sie dann ein Spital gegründet hat, bloß ihren frommen Absichten und der Weltentsagung entsprach. Die Lebensbeschreibungen Elisabeths sind hierin sehr uneinheitlich, einer stellt die Sache so, also eher geistlich und spirituell, dar, der andere eher machtpolitisch. Und braucht es diesen Gegensatz, kann man auch sagen: Heinrichs Politik war Elisabeths Kreuz. Da hätten wir viel Stoff für ein Gespräch gehabt, und wir hätten uns hagiographisch sehr in Eifer geredet.
Und da wäre dann vielleicht auch jener günstige Augenblick gekommen, nachdem auch die Zeugenschaft des Caesarius von Heisterbach mit seiner Elisabethvita zur Diskussion gestanden hätte, wo der Pfarrer wie absichtslos jenes Schreiben des Eiferers Konrad von Marburg auch als Gegenargument gegen meine kritische Haltung gegenüber diesem Priester hätte zitieren können, das dieser an Papst Gregor schrieb: »Sie bat unter vielen Tränen, ich solle ihr erlauben, *von Tür zu Tür betteln zu gehen.* Als ich ihr dies hartnäckig verweigerte, antwortete sie: Ich werde etwas tun, was ihr mir nicht verbieten könnt. Am Karfreitag, als der Altar entblößt war, legte sie die Hände auf den Altar in der Kapelle der Minoriten ... und entsagte ihrem eigenen Willen und aller Pracht der Welt. Als sie dann auch ihrem ganzen Besitz entsagen wollte, habe ich sie weggezogen!« Die auswendige Kenntnis des geistlichen Herren dieser eindrucksvollen, Elisabeth und Konrad gleicherweise ehrenden Stelle hätte ihre Wirkung auf mich sicherlich nicht verfehlt. Und wenn nicht gerade wieder einmal Georg ungeduldig geworden wäre und gesagt hätte, ihm sei schon so langweilig und auch so kalt, wäre sicherlich ein betroffenes Schweigen die Folge gewesen. Und jetzt,

dieses Schweigen beendend, hätte der Priester sagen können: Herr Doktor, apropos *von Tür zu Tür betteln gehen.* Sie wissen ja, daß einer Ihrer Nachbarn ausgezogen ist, der Herr XY, der als Apostolatshelfer unserer Pfarrei für das Gemeindehaus in der Maximilianstraße zuständig war ...

So hätte er das Gespräch anlegen müssen, aber so hat er es gar nicht anlegen müssen, weil ich auf die unumwundene und unvorbereitete Frage auch so, verblüfft und verdutzt wie ich war, nahezu blitzschnell Ja! geantwortet habe. Als hätte es mich wie die heilige Landgräfin von Thüringen geradezu gedrängt, unwiderstehlich, im Gemeindebau in der Maximilianstraße von Tür zu Tür betteln zu gehen und aus dem Spion gemustert zu werden und schließlich den eben vom Essen aufgestandenen oder im Bademantel unter der Tür stehenden Nachbarn den Satz von der Dritten Welt und der Not in Afrika, Amerika, Europa und Asien vorzusagen. Mein problemloses, ohne Wenn und Aber gesagtes Ja! muß geklungen haben, als könnte es ein wirklich frommer Mensch gar nicht mehr erwarten, sein »Adsum« zu sagen. Diesem Ja war der Hintergedanke wegen der dem Pfarrer bereits zugefügten Enttäuschung durch die Abweisung des Nikolausansinnens und der Wiedergutmachung in keiner Weise anzumerken gewesen. Ich sprach kein »restringiertes« und »bedingtes«, sondern ein absolut »resolutes« Ja. Ja, hier bin ich. Natürlich, Herr Pfarrer, selbstverständlich, Hochwürden.

Erst auf dem Nachhauseweg, als mir einigermaßen klar wurde, worauf ich mich da eingelassen hatte, sind mir auch einige Ausreden eingefallen, um die ich auf dem Kirchenvorplatz verlegen war. Ich hätte mich auf den heiligen Paulus berufen können, der schreibt, und zwar im ersten Brief an die Korinther: »Es gibt verschiedene Gnadengaben ... Dem einen wird durch den Geist die Gabe der Weisheit verliehen, einem anderen die Gabe der Erkenntnis nach demselben Geist ... diesem die Gabe, Wunder zu wirken, jenem die

Gabe gotterleuchteter Rede, einem anderen die Unterscheidung der Geister, diesem die Sprachengabe, jenem die Auslegung der Sprachen. Das alles wirkt ein und derselbe Geist, der jedem seine Gaben zuteilt, wie er will.« Hier, bei diesem Schriftwort, hätte ich ansetzen sollen und ausführen, daß mir nach meiner Selbsteinschätzung, die freilich mit der Einschätzung meiner Umgebung, meiner Vorgesetzten, wie mir scheint aber auch mit jener meiner Frau, nicht ganz übereinstimmt, die Gabe der Wissenschaft geschenkt wurde. Mir sei aufgegeben, über die Entwicklung vom Kraftritter zum Tugendritter zur Zeit der Salier und der Staufer zu schreiben. In der Erforschung des Burgenwesens und des Rittertums liege meine Stärke, wenn ich mich auch wegen einer gewissen Ungeduld bei der Arbeit und einer angeborenen Ungeschicklichkeit im Umgang mit größeren Materialmassen, wie sie bei einem solchen Thema leider anfielen, nicht eben einen begnadeten Ritter- und Burgenforscher nennen dürfe. Aber vielleicht doch einen leidlichen. Ich habe eine gewisse Begabung auf dem altertumskundlichen Gebiet, hätte ich sagen sollen, und dafür danke ich Gott, aber sicher keine besonderen Fähigkeiten auf dem sozialen Gebiet, wie sie ein Apostolatshelfer brauchte.

Hätte der Pfarrer etwa lachend gesagt, Paulus spreche von der »Gabe der Rede«, habe aber vergessen zu erwähnen, daß es auch Menschen mit der »Gabe der Ausrede« gebe, so hätte ich noch einmal ganz ernsthaft auf meine Stellung unter den Mietparteien hinweisen können, die keine des geselligen und vertrauten Umgangs, sondern eine solche der Unvertrautheit und des völligen Außenseitertums sei, weil wir auch die Kinder nicht auf dem Spielplatz vor dem Haus von den Kindern der anderen Mietparteien erziehen ließen, sondern selbst erzögen und so insgesamt und als Familie deutlich im Abseits und in der Isolation seien. Es gebe im Haus keine anderen Männer mit ähnlichen altertümlichen Interessen, wie es übrigens auch leider außer uns kaum Kirchgänger

gebe, wie dem Herrn Pfarrer sicher auch schon aufgefallen sei. Und ich hätte an dieser Stelle vielleicht erzählen können, wie unser Georg gerade vor einigen Sonntagen, als wir, unterwegs in die Kindermesse, aus dem Haus traten, eine Frau mit einem Kind auf dem Spielplatz vor dem Haus treuherzig gefragt hat: Tante, gehst du mit uns in die Kirche?, worauf diese Frau, völlig verblüfft über die unglaubliche Frage, als hätte unser Kleiner einen guten Witz oder eine dieser völlig und nicht ausdenkbar naiv entwaffnenden Äußerungen gemacht, wie man sie von Kindern kennt und wie man sie auch von Eltern immer wieder erzählt bekommt, lauthals herausgelacht hat. Diese Einladung muß der Frau, von ihrem Gelächter her zu schließen, so absolut abwegig erschienen sein wie nur irgend etwas.
Dann hätte ich freilich dem Pfarrer gegenüber auch erwähnen müssen, daß mich dieses dumme Gelächter so geärgert hat, daß ich mich provozieren ließ und sagte: Jetzt fangen Sie sich schon, einen unzüchtigen Antrag hat Ihnen mein Georg ja nicht gemacht! Der Satz wirkte wie eine kalte Dusche, die die gute Frau, die sich vor Lachen wie in Wehen gewunden hatte, jäh zur Räson brachte, worauf sie ein ziemlich »resolutes« Wort an mich richtete, das ich dem Pfarrer gegenüber aber besser nicht wiederholt hätte, weil es jenseits der Schamgrenze, eben bei der Unzucht, von der ich gesprochen hatte, ansetzte. Da die betreffende Frau die Sache, sozusagen entsprechend ihrer Natur, nicht bei sich behielt, sondern im Haus weiter herumerzählte, kam ich, das bis dahin unbeschriebene Blatt, unter den Mietern auf diese Weise nun doch zu einer gewissen Bekanntheit. Da es sich dabei aber leider nicht auch um eine Beliebtheit handle, sondern um das Gegenteil, und da sie mich jetzt »den Spinner von der Universität im vierten Stock« nennen – auch der Spottname »Schaumburger« für mich, aber auch meine gesamte Familie, »die Schaumburger«, ist uns zu Ohren gekommen –, fehle es mir an Voraussetzungen für das Apostolat. Und wir spürten

die Feindseligkeit jeden Tag und bei jeder Gelegenheit und Begegnung. Das alles seien keine Voraussetzungen für eine werbende Sammelaktion, und die Hungernden in allen Erdteilen sollten nicht für den Spinner im vierten Stock büßen müssen.
So fehle mir nicht nur die Gabe der Kollekte, die der heilige Paulus übrigens gar nicht erwähne, sondern auch jede soziale Voraussetzung. Und um das noch weiter zu erhärten, hätte ich auch erwähnen können, daß meine Frau heimbrachte, daß die betreffende Beleidigte im Geschäft gesagt haben solle, mir möge der Bürgermeister einen Hunderter geben, mit der Auflage, daß ich nicht sagte, daß ich in einem seiner Gemeindebauten wohnte. Das alles sei keine Basis zum Geldsammeln für den guten Zweck.
Tausend Hindernisse, »impedimenta«, wie die Kirche etwa die Ehehindernisse nennt, fielen mir auf diesem Nachhauseweg noch ein, und es muß auch meinem lieben Georg aufgefallen sein, daß ich nachdenklich und bekümmert war, weil er mich fragte, warum ich so traurig sei, und ich solle nicht traurig sein, wir würden jetzt daheim mit der Burg und den Rittern spielen, und dann würde es bestimmt wieder recht lustig werden. Aber so viele »impedimenta« und Hindernisse für die Übernahme des kirchlichen Amtes des »Collectors« mir auch einfielen, so viele Gegenargumente hörte ich in meiner Phantasie den hartnäckigen Pfarrer vorbringen.
Ganz und gar entwaffnend, wie ich mir eingestand, waren die Zitate aus dem Paulinischen »Hohelied der Liebe«, die ich vor meinem geistigen Ohr den Geistlichen vorbringen hörte: »Wenn ich mit Engel- und Menschenzungen redete, hätte aber die Liebe nicht, so wäre ich wie eine klingende Schelle. Und wenn ich die Gabe gotterleuchteter Rede hätte und alle Geheimnisse wüßte und alle Erkenntnis besäße und wenn ich allen Glauben hätte, sodaß ich Berge versetzen könnte, hätte aber die Liebe nicht, so wäre ich nichts ...«
Und gerade an der Stelle, wo ich im Geiste die häßliche un-

christliche Nachbarin denunzierte, hörte ich »spiritualiter« den Religiosus begütigen: »Die Liebe ist langmütig, ist gütig. Die Liebe ist nicht eifersüchtig, nicht prahlerisch, nicht aufgeblasen, sie handelt nicht unschicklich. Sie sucht nicht das Ihre, läßt sich nicht erbittern, trägt das Böse nicht nach. Sie hat keine Freude am Unrecht, hat vielmehr Freude an der Wahrheit. Sie erträgt alles, sie glaubt alles, sie hofft alles, sie duldet alles. Die Liebe vergeht nie, gotterleuchtete Reden dagegen hören auf, Sprachen nehmen ein Ende ...«
Ja, ja, Herr Pfarrer, wollte ich sagen, aber jetzt sagen Sie das alles auch den Mietern der Gemeindehäuser in der Maximilianstraße. Ich höre ja den großartigen Paulus dies jährlich einmal an die Korinther predigen und entnehme dabei auch für mich etwas. Wer aber sagt es den Neuheiden in der Maximilianstraße, die keine Episteln hören und sicher auch keine Bibel daheim haben, um sie zu lesen. Aber es half alles nichts und nichts etwas. Immer hörte ich den Pfarrer, der mir wie ein Richter in meinem Tagtraum, in meinem Sonntagtraum wie ein römischer Richter der Rota, des Gerichtshofes der Kurie und des Heiligen Stuhls, erschien, sein: Nihil obstat, nihil obstat! sagen. Es steht nichts entgegen! Impedimenta non obstant. Es existieren keine Hindernisse. Die Rota blieb also streng und wollte mich nicht laisieren, die Bürde des Kollektors nicht von mir nehmen, meine Berufung nicht zurückziehen und annullieren. Ich hatte sozusagen die »missio canonica«, und wenn ich auch wie Jeremia aufschrie: »O Gott, tu mir das nicht an, ich bin noch zu jung«, oder: ich bin doch zu schwach, oder: ich bin doch viel zu unbeliebt, oder: ich bin zu schüchtern, ich bin ein Außenseiter, ein Versager, ein Asozialer, ich habe zu wenig mitmenschliche Bindungen, es fehlt mir ganz an Beziehungen – so hörte ich doch immer nur das klare, dominikanisch rigorose, wie von einem Inquisitor gesprochene: Nihil obstat, nihil obstat.
Auch die Notleidenden aller Weltgegenden kamen mir un-

ter, wobei mich der Blick auf dieses Elend noch am ehesten ermutigte und couragierte, der gute Zweck, ja, die Not und die Gefahr im Verzug gewissermaßen ließen mir alle Demütigungen, denen mich ein solches Apostolat aussetzen mußte, doch sinnvoll erscheinen. In Gottes Namen und um Christi willen geschah es schließlich, wenn ich geschmäht und von den Türen getrieben würde. Erleichterten mir im Augenblick einige dieser christlichen Motive mein Los und minderten sie meine Verzagtheit, so meldete sich aber alsbald wieder die Gegenseite in mir und sprach anders.

Diese »Gegenseite« nahm, je mehr wir uns unserem Gemeindebau näherten, bald auch immer konkretere Gestalt an, und zwar in meiner Frau, die sich in mir, noch bevor wir sie in der Wohnung antrafen, recht eindeutig und resolut vernehmen ließ, eine advocata diaboli: Einmal läßt man euch allein ausgehen, dachte ich, wird sie sagen, und schon geschieht ein Unglück. Schon übernimmt der Herr Gemahl Missionen und Delegate, Demarchen und Bittgänge, Sondierungen und Touren, als hätte er nicht mit jenem schon weiß Gott genug um den Hals, was ihm als Assistent und Vater aufgegeben ist. Als stöhnte er nicht schon unter seinen familiären und dienstlichen Obliegenheiten und Pflichten! Nein, er braucht noch ein »Officium«. Vergißt alles übrige und sagt zum Herrn Pfarrer: Suscipiat dominus sacrificium de manibus tuis ... O Herr, *ich* nehme das Opfer an aus deiner Hand ... Schon vorweg wußte ich auch, daß mir meine Frau sicher wieder und diesmal ganz besonders mit dem heiligen Paulus kommen würde, den sie wegen seiner bekannten, nicht gerade frauenfreundlichen Stellen in seinen Briefen, gerade auch im ersten Korintherbrief, nicht gerade als ihren Lieblingsheiligen ins Herz geschlossen hatte! Vor allem wußte ich im voraus, daß wieder 1. Korinther 14, Vers 34 ff. fällig wird: »Wie in allen Versammlungen der Heiligen sollen sich die Frauen auch bei euch still verhalten. Es steht ihnen nicht zu zu reden, wohl aber sich unterzuordnen, wie es auch das Gesetz verlangt. Wollen sie sich aber unterrichten, so mögen sie zu Hause ihre Männer fragen: denn es schickt sich nicht für eine Frau, in der Versammlung zu sprechen ...«

Als wir schließlich in unserer Wohnung anlangten, hatte ich mir als Plan zurechtgelegt, nicht gleich mit der Tür in die Gemeindebauwohnung zu fallen, sondern auf einen günstigen Augenblick zu warten, wo ich meine Zusage für den guten Zweck wirkungsvoll, am besten über einen Umweg, mich von Thema zu Thema vortastend, das außer Streit Stehende und mit freundlichen Erinnerungen Verbundene an den Anfang stellend, um schließlich deutlich und deutlicher zu werden und nach dem Heiteren und Angenehmen das weniger Heitere und das Unangenehmere »nachzureichen«, beichten und eingestehen könnte, bis ich schließlich die volle Enthüllung zustande brächte. Zwei Hauptpunkte legte ich mir zurecht: einmal Erinnerungen an einen erfreulich verlaufenen gemeinsamen Besuch auf der Wartburg vor Jahren und vor den Buben und im Zusammenhang damit Appelle an Ginovers Sympathie für die Landgräfin Elisabeth, die zwar keine Begine gewesen und mit Mechthild von Magdeburg, die meine Frau besonders schätzte und las, nicht unbedingt vergleichbar ist, aber doch eine Frau und schon wegen ihrer skeptischen und kritischen Haltung gegenüber dem Rittertum und die übertriebene höfische Mode gewissermaßen eine Parteigängerin und Sympathisantin, von ihrem Kranken- und Friedensdienst einmal ganz abgesehen – und zweitens wollte ich an das Mitleid appellieren und an eben in den Zeitungen erschienene Schreckensberichte über Hungerkatastrophen erinnern. Dann, dachte ich, könnte es kaum noch ein Problem sein, zu erklären und »einzugestehen«, daß ich mich zur Haussammlung für das jährliche Elisabeth-Opfer Misereor bereiterklärt hatte.

Ich war freilich immer noch am Pläneschmieden und am Nachdenken über die Disposition des Stoffes, ja noch nicht

einmal über die Disposition, sondern die der Disposition vorausgehende »Invention« der Themen und Stoffe, und damit hätte ich die eigentliche Verlautbarung meines rhetorisch-poetischen Kunststückes sicher noch lange und über das Mittagessen am Sonntag hinausgeschoben, als mir Georg in die Quere kam und alle rhetorischen Überlegungen und die »Chrie« meiner »Persuasion« und »Überredung« »Überlegung zur Überredung« über den Haufen warf und seiner Mutter über das lange Gespräch so viele unzusammenhängende, aber auf eine Art vielsagende, weil verwirrende, also im Sinne der Rhetorik vor Fehlern (vitia) strotzende, es an jeder Übersichtlichkeit und Perspicuität fehlen lassende, wirklich »obskure«, also dunkle Andeutungen machte, daß Ginover stutzig und neugierig wurde und schließlich zu mir ins Arbeits-Kinderzimmer kam, wo ich an der weiteren Errichtung der großen Playmobilburg laborierte, und fragte: Was hast du eigentlich heute auf dem Kirchenplatz mit dem Pfarrer gesprochen? Ich werde nicht ganz klug aus dem, was mir der Georg da ständig in der Küche erzählt. Er sagt etwas von einer Elisabeth, die in der Maximilianstraße einziehen wird und daß du die Angelegenheit hier besorgen willst. So habe ich es verstanden, du willst jemandem helfen, hier eine Gemeindewohnung zu bekommen, soll es um Protektion gehen?
Jetzt war natürlich alles verpatzt. In der Frage war bereits soviel Vorwurf – ein Vorwurf, der jedoch bloß gegenüber der kindischen Konfusion von Georgs Erlebnisbericht angebracht gewesen wäre, sich nun aber von Haus aus gegen mich richtete –, daß meine Strategie für dieses Gespräch hinfällig war. Es hatte keinen Sinn mehr, jene unbeschwerten Tage im Mai vor Jahren zu beschwören, als wir uns am Anblick der Wartburg begeisterten, als wir die wunderbaren romantischen Bilder des Malers Moritz von Schwind über die Elisabethvita und vor allem den sagenhaften Sängerkrieg auf der Wartburg, der 1206 oder 1207 stattgefunden haben

soll, betrachteten und bewunderten, all das Freundliche, mit dem ich einleiten und das Unfreundlichere vorbereiten wollte, all das Lustbetonte, mit dem ich für das Unlustbetontere werben, all das Heitere und Leichte, mit dem ich für das Schwerere versöhnen wollte, gewissermaßen im Vorhinein, um im Nachhinein ernst werden zu können – all das wäre nun rhetorisch deplaziert gewesen.
Die Stimmung war von Georg bereits »vorbereitet«, das heißt verdorben worden, und ich konnte mir nun wirklich alle freundlichen Umschweife ersparen und konnte sofort »medias in res«, »medias in res horridas et horrendas« gehen. So sprach ich auch gleich »zur Sache« und legte, kurz und bündig, die causa und den Sachverhalt dar. Und ich war sehr überrascht, daß mein Bericht mit solcher Nüchternheit und ohne viel Wenn und Aber, bloß mit einem: Ach, so ist das! zur Kenntnis genommen wurde. Meine Frau ging im Anschluß an die »Enthüllung« auch gleich wieder zurück in die Küche, und ich ging wieder ans Kunstwerk der Kunststoffburg. Die Ruhe, die nun folgte, war aber wohl eher darauf zurückzuführen, daß Ginover erst ihr Mißverständnis verarbeiten mußte, daß sie vorerst ganz damit beschäftigt war, ihre Vermutungen und Annahmen, die sie auf Georgs Referat hin angestellt hatte, zu verarbeiten, zu revidieren und zu korrigieren, und daß ihr so der eigentliche Inhalt und die Tragweite meiner korrekten und authentischen Mitteilung noch gar nicht so richtig zu Bewußtsein gekommen waren. Die Konsequenzen meines »Schrittes« zum Apostolatshelfer aber dämmerten ihr erst allmählich.
Die Hauptkonsequenz erblickte sie freilich alsbald darin, daß nicht ich, sondern sie hier etwas aufgetragen und aufgebürdet bekommen hatte. Da hast du für mich Ja gesagt, sagte sie später. Das sehe ich schon klar vor mir, daß diese unangenehme Geschichte an mir hängen bleibt, hieß es dann.
Ginovers Reaktionen kamen in der Folge gewissermaßen häppchenweise. Immer wieder trat sie aus ihrer Küche in das

»Burgenzimmer«, also das Wohnarbeitsspielzimmer mit der Kunststoffburg auf dem Schreibtisch, wo ich arbeitete, und bemerkte etwas. Das erste war, daß sie sagte: Also ich verstehe das nicht. Als man dich bat, den Nikolaus zu machen, hast du abgelehnt, und jetzt hast du zugesagt! Als Nikolaus hättest du etwas bringen und dich beliebt machen können, jetzt aber sollst du etwas holen, und das mögen die Leute bekanntlich gar nicht.
Ein anderes Mal kam sie an die Tür des Wohnzimmers und sagte: Du bist der geborene Nikolaus, hat der Pfarrer gesagt. Und jetzt bin ich die geborene Elisabeth von Thüringen. Und der Pfarrer ist der Konrad von Marburg! Ein drittes Mal sagte sie: Arthur, wir werden am besten zu zweit gehen, du machst den Schriftführer, und ich werde reden. Gegen das Kirchenputzen und gegen das Betteln von Frauen für den christlichen guten Zweck würde sicher auch Paulus nichts einwenden ... Du hältst dich am besten im Hintergrund, und nur wenn die Präliminarien erledigt sind, trittst du als Rent- und Zahlmeister und als Zechprobst mit deinem Klingelbeutel, der diesmal natürlich kein Beutel sein und keine Klingel haben, sondern eine Schuhschachtel sein wird, vor und nimmst die Spende »in Empfang«. Wir werden schon irgendwie zurande kommen. Jedenfalls werden wir den Herrn Pfarrer nicht enttäuschen. Am besten wir gehen gleich morgen am Abend, wenn die Leute von der Arbeit zurück und in den Wohnungen sind.
Ich war sehr erleichtert und befriedigt, daß Ginover nicht nur meine »Entscheidung«, das heißt mein vorschnelles Ja dem Pfarrer gegenüber akzeptiert hatte, sondern auch gleich praktisch wurde und an die Ausführung dachte und schritt, an der sie sich »kollegial« beteiligen wollte. Ganz entsprechend der Lehre von den jeweiligen Fähigkeiten des Menschen, den Charismen, theologisch gesprochen. Ja, dachte ich, Paulus hat recht: »Die Liebe ist langmütig, ist gütig ...«
Am nächsten Abend, als die Kinder bereits schliefen, mach-

ten wir uns auf den Bittgang: Komm, du geborener Nikolaus, sagte Ginover. Ich folge dir, Elisabeth, sagte Artus. So war die Stimmung durchaus gut, wir hatten das Gefühl, etwas nicht besonders Angenehmes, aber doch Sinnvolles zu tun. Was wir dann bei unserem vierzigmaligen Anklopfen und Betteln erlebten, war nicht besonders dramatisch. Selbst die Frau, die Georg zum Kirchgang eingeladen und die ich beleidigt hatte, gab ihr Scherflein. »Scherflein« und »sein Scherflein beitragen«, das war überhaupt der angemessene Ausdruck für die »milden Gaben«. Die Gaben waren in jedem Fall »mild«. Es hielt sich alles im Rahmen eines Gemeindebaus und der Möglichkeiten seiner Bewohner. Einer erwiderte auf unseren Spruch vom Bruder in Not: Ach so, Sie sammeln für mich. Und er schien in der Selbsteinschätzung als »Bruder in Not« gar nicht so weit danebenzuliegen. Einige waren sehr skeptisch und meinten, dort wo das Geld gebraucht würde, käme ja nie etwas an. Das dächten wir doch, sagte eins von uns. Im übrigen machten wir uns nicht müde durch werbendes Reden und »persuasive«, das heißt überzeugende Rhetorik. Wir nahmen bloß zur Kenntnis, versuchten auch im Fall von Ablehnung höflich zu bleiben, entzogen uns aber durch einen schonenden Rückzug den einsetzenden Attacken gegen die Kirche und die Caritas. Einer wollte die ganze Kirchengeschichte aufrollen und begann tief unten in der Renaissance. Er hatte gerade einen Roman über Papst Alexander VI. gelesen ...
Ein anderer stammte aus einem anderen Bundesland, und zwar aus einer Ortschaft nahe dem und jenem Kloster und rechnete uns den gesamten Besitz jenes Klosters an Immobilien und Mobilien vor. Verkaufts die Sixtinische Madonna, sagte er dann und redete uns damit direkt an und noch dazu im vertrauten Du. Solche Leute kann man nur ihrzen, mochte er denken. Darauf hätten wir leider keinen Einfluß, sagte Ginover. Wir gingen zwar gern zur Kirche, aber den Papst träfen wir nur selten. Ich gab meiner Frau einen leich-

ten Stoß. Um Gottes willen nicht ironisch werden, das hatten wir uns doch fest vorgenommen. Lieber wollten wir, ein wenig übertrieben und biblisch gesprochen, auch die linke Backe hinhalten, wenn wir die rechte schon »behandelt« bekommen hatten. Mancher oder manche sprach uns auch auf die entsetzlichen Bilder von verhungernden Kindern an, die gerade täglich vom Fernsehen in die guten Stuben geliefert wurden. Und sie spendeten. Andere äußerten aber politische Bedenken, suchten ein Gespräch über Entwicklungshilfe, Rüstungs- und Friedenspolitik. Darüber müßte man reden, sagte ich, doch fehle es uns im Augenblick an der Zeit. Ich bin freilich auch der Meinung, daß es einmal zu wenig sein kann, immer nur zum Spenden aufzurufen und zu spenden, und nicht auch einmal jenen, die einige dieser Nöte zynisch und systematisch planen, indem sie sich mit teuren Waffen versorgen, statt den Hungernden in ihren Ländern etwas zu essen zu geben, auf die Finger zu sehen und auch auf die Finger zu schlagen. Man könnte wirklich nicht so viel essen, als man erbrechen möchte, wenn man sieht, was sich in der Welt abspielt. Wir freilich mußten diesmal weiter und unseren Misereorgang zu Ende gehen.
Als wir die Scherflein am Schluß zusammenlegten, sahen wir, daß doch eine erkleckliche Summe zusammengekommen war. Die Menge mußte es machen ... Bedachte ich freilich mein anfängliches Bauchweh mit meiner Zusage und der Erklärung dieser Zusage bei Ginover und setzte ich diesen meinen sozialen Kummer in ein Verhältnis zum Ergebnis der Haussammlung, so erschien mir eben dieses Verhältnis insofern als diskrepant, als ich ohne Schwierigkeit und Hemmung diesen Betrag gern aus der eigenen Tasche und allein gespendet hätte, wenn ich mich damit vom Betteln loskaufen hätte können. Doch hätte ich zum Pfarrer, als er mir die kirchliche Sendung erteilte, gesagt: Da sind tausend Schilling, Herr Pfarrer, vergessen wir's!, so wäre er sicher damit nicht einverstanden gewesen. Die Menschen sollten die

Möglichkeit bekommen, sich zu bewähren oder auch abzulehnen, sie sollten nicht »freigekauft« werden. Daß schließlich meine Frau gegen meine Erwartungen und Befürchtungen so brav mitgemacht hatte, ohne jene Einwendungen vor allem, die ich mir auf dem Nachhauseweg von jener Kindermesse schon so lebhaft ausgedacht und ausgemalt hatte, das hinderte sie freilich später nicht daran, ähnlich wie vom Muttertagsfestessen auch von der Haussammlung in jenem gewissen Sinne zu reden.
Es genügte das Wort »Misereor« oder auch »Apostolatshelfer«! Diese Worte wurden wie das Wort »Festessen« zu wirklichen und wahren Stichwörtern, zu *Stich*- und Reizwörtern. Erec, sagte ich zu Ginover, trägt seiner Frau Enite, die ihn auf dem sogenannten Läuterungsweg, das ist das Ausreiten nach dem »Verliegen«, mit dem er sühnen und wiedergutmachen will, begleitet, streng auf, zu schweigen. Das würde dir sicher sehr schwer fallen, liebe Ginover! Und ich erlaubte mir einmal, Ginover die Stelle vom Schweigegebot für die Frau (Mulier tacet in militia – die Frau schweigt im Rittertum) in Hartmanns »Erec« vielleicht ein wenig zu genüßlich vorzulesen: »So ritt Erec fort und befahl bei Todesstrafe seiner Frau, der schönen Enite, vorauszureiten und verbot ihr zugleich, sie dürfe auf der Fahrt ihren Mund unter keinen Umständen zum Sprechen aufmachen, was immer sie dann hören oder sehen würde. Dieses bekümmernde seltsame Gelübde mußte sie tun.« So stehe es im »Erec«, sagte ich und hatte meine Freude daran, daß ich diese Stelle gefunden und nun wirkungsvoll zur Kenntnis gebracht hatte. Ich genoß meinen Vortrag wie einen Triumph, wenn ich mir auch keinen »Triumphalismus« anmerken ließ, sondern mit großer Anstrengung meine Contenance bewahrte und mein Biedermannsgesicht aufsetzte. Indessen dauerte mein Triumph nicht lang. Ginover fischte sich einige Zeit später Hartmanns Versepos aus meinem Regal, las im Umkreis der von mir zitierten Stelle nach und fand auch prompt die mit

meiner Hinkutsche korrespondierende Retourkutsche. Und nun war es an mir, mir Hartmann wie folgt, betont und Wort für Wort, Widerwort für Widerwort, anzuhören: »Enite sah, da sie ja vorausritt, entgegenkommende Räuber natürlich als erste. Das war ihr größter Kummer, der ihr auf dieser Fahrt zustieß, denn sie sah deutlich an ihrem Verhalten, daß es sich um Bösewichter handelte. Sie wollte es Erec gern durch Zeichen zu verstehen geben. Er aber verstand nichts, er hatte die Entgegenkommenden ja selbst noch nicht erblickt. So wäre er fast zu Schaden gekommen. Enite wurde bekümmert und betrübt, denn sie sah die Gefahr, sodaß sie fürchtete, den lieben Mann zu verlieren. Denn es stand gefährlich um ihn. Was könnte sich einem so erschütternden Schmerz vergleichen, den sie ihrer treuen Liebe wegen um ihres Mannes willen litt. Als sie in solchen Zweifeln dahinritt, ob sie wagen sollte, es ihm zu sagen, oder lieber stillschweigen, sprach sie bei sich: Mächtiger, gnädiger Gott, von deiner Gnade erhoffe ich Hilfe, du allein weißt, in welcher Lage ich bin. Meine Sorgen sind groß, weil mir ein grausames Spiel plötzlich zu spielen auferlegt worden ist ... Wie ich es mache, mache ich es verkehrt: Warne ich meinen geliebten Mann, so nehme ich dadurch Schaden, denn es bedeutet meinen Tod. Unterbleibt aber die Warnung, so bedeutet das den Tod meines Geliebten. Wahrlich, einem solchen Konflikt ist das Herz einer Frau nicht gewachsen.«
Darin, sagte Ginover, fände sie nahezu vollständig ihre eigene Situation »präfiguriert«. Sie liebe Mann und Kinder und müsse um dieser Liebe willen »sprechen«, was auch bedeute »handeln«. Sie fühle sich »verantwortlich«, was ja das Wort »Antwort« enthalte. Sie fühle sich »aufgerufen« und »berufen«, und es handle sich bei dem, was sie an »familiärer Interaktion« und zur »Sozialisation« vor allem der heranwachsenden Familienmitglieder leiste, um ein verantwortliches und verantwortetes »Sprachhandeln«. Mit »Schimpfen«, »Tschentschen«, »Keppeln«, »Raunzen«, aber auch

mit »Herrschen« sei ihr Beitrag zur Familiarisierung und Kommunisierung nicht nur ungenau, sondern schlecht und ungerecht beschrieben. Denn natürlich habe sie ein anderes Selbstwertgefühl als Enite, hierin unterscheide sie sich von ihr, die sie entsprechend der Rolle der Frau im 12. Jahrhundert in Vers 3172 sage: »Er ist edel und riche: wir wegen ungeliche«, was heiße: »Der Mann ist adelig und reich. Wir Frauen sind natürlich weniger wert.« Hier bete Enite sinngemäß den heiligen Paulus nach. Und wenn sich an diesem Zustand mancherorts und in manchen Ländern auch wenig, nämlich de facto, nicht de jure, in einigen Ländern de jure *und* de facto, geändert habe, so entspreche es doch kaum noch der »idealen Norm«. Noch sei freilich, was nicht sein solle, es sollte aber sein, was nicht oder noch nicht sein könne. Bei Todesstrafe sei es den Frauen heute nicht mehr verboten, den Mund aufzumachen, aber ohne Sanktionen gehe es noch immer nicht ab, die Strafen seien nur differenzierter geworden, das Pönale subtiler. So jedenfalls sei es, wie es Hartmann beschreibe: Die schweigende Frau reitet voraus! Sogar im Orient ließen neuerdings die Araber ihre Frau oder ihre Frauen, wenn sie mit dem ganzen Harem unterwegs seien, vorneweggehen oder -reiten. Die Araber reagierten mit der Änderung der alten Sitte auf den Umstand, daß seit den jüngsten Kriegen praktisch der gesamte Mittlere Osten vermint sei, kolportierte Ginover vermutlich einen frauenfeindlichen Witz, den sie unlängst gehört haben mochte.
Oft aber sei es leider so, sagte sie, daß der Mann die Frau vorausschicke, und während die Frau als Pfadfinder und als Avantgarde und Vorhut für die Familie den Weg bahnt und Kundschaft leistet, bleibt der Mann zurück und schlägt sich hinten bei der Arrieregarde in die Büsche. Von immer mehr Männern höre man – und ich erzählte ja fast täglich selbst aus der Universität Exempla für diesen traurigen Trend –, daß sie »türmen«. »Türmen« klinge dabei so »ritterisch«, als käme es vom Turm, belehrte mich Ginover, es habe aber mit

diesem anständigen Wort Turm, man denke an den »elfenbeinernen Turm« als Bezeichnung für Maria in der Lauretanischen Litanei, gar nichts zu tun, es komme vielmehr aus dem Gaunersprachlichen und bezeichne auch eine unritterliche und unhöfliche Gaunerei. Es komme aus dem Neuhebräischen thārám und bedeute »weglaufen«, »ausreißen«, »abhauen«. Die Männer reißen aus, hauen ab und laufen weg. Während Enite noch brav vornewegreitet, schlägt sich Erec heute in die Büsche. Enite meint, der Herr der Familie müsse nur eben einmal austreten, dabei tritt er ganz und gar und aus Ehe und Familie aus. Man kenne die Berichte von jenen Männern, die abends zu ihrer Frau sagten, sie möchten sich nur eben noch ein wenig die Beine vertreten, sie würden gerade nur eben noch eine Packung Zigaretten am Automaten ziehen oder in der Kneipe um die Ecke ein kleines Bierchen zum Brüstchen nehmen ... Viele Frauen hätten schlimme Illusionen und dächten, sie hätten die Zügel fest in der Hand, und sie seien ihnen inzwischen doch, ohne daß sie viel gemerkt hätten, entglitten. Es seien zuviele Dummköpfe und Schwachköpfe um die Wege, die die Ehe und die Familie denunzierten und schlechtmachten und die den Ehebruch und den Treuebruch verharmlosten und anpriesen, als sei nun etwas Besseres als die Familie erfunden worden.
Auch unter den Germanisten und unter den Altgermanisten gebe es viele, die die Lehren des Gurnemanz für den Parzival entweder nicht mehr kennten oder nur noch theoretisch erörterten, ohne etwas für ihre eigene Lebenspraxis zu entnehmen und zu beherzigen. Heiße es dort nicht, fragt Ginover: »Und schließt die Frauen in Euer Herz, das veredelt den Menschen. Ein rechter Mann verrät die Frau nie! Legt Ihr es darauf an, sie zu betrügen, werdet Ihr viele hinters Licht führen können, doch Falschheit in der Liebe läßt Euer Ansehen bald schwinden ... Die Liebe hat ein feines Gespür für Hinterlist und Falschheit, und seid Ihr erst einmal bei der Frau in Ungnade gefallen, so kommt Schande über Euch,

und Ihr quält Euch Euer Lebtag lang mit bitteren Selbstvorwürfen. Nehmt Euch diese Lehren zu Herzen! Noch eins sei Euch über das Wesen der Frau gesagt: Mann und Frau sind untrennbar eins wie Sonne und Tag. Aus einem Samenkorn blühen sie und sind nicht voneinander zu trennen. Haltet Euch das stets vor Augen!« Ja, so steht bei Wolfram von Eschenbach geschrieben, sage ich.
Man könne bei Wolfram von Eschenbach, der kein weltfremder Idealist war, sondern das Leben in seiner Fülle, aber auch dessen dunkle Seiten kannte und beschrieb, freilich auch das Scheiden lernen, sagte ich zu Ginover und erinnerte sie an jenen gut beschriebenen, aber inhaltlich traurigen Passus im Leben des Gahmuret, des Vaters Parzivals, da jener seine erste Frau Belakane, die Königin von Zazamanc, die schwarze Heidin, verläßt, bei Nacht und Nebel. Auch sonst geschieht alles nach dem üblichen »Ritus«: Die Frau ist im dritten Monat schwanger, und der Vater und Gatte segelt heimlich, ohne Vorwarnung und Ankündigung, übers Meer nach Sevilla ...
Und der Abschiedsbrief enthält ebenfalls das rhetorische Standardinventar an Ausreden: »Hiermit versichert der Liebende der Geliebten seine ungeschmälerte Liebe. Heimlich wie ein Dieb habe ich die Fahrt angetreten, da ich uns den Schmerz des Abschiednehmens ersparen möchte. O Gebieterin, ich kann es nicht verschweigen: Hättest du den gleichen Glauben wie ich, so würde ich mich in Sehnsucht nach dir verzehren, wird mir doch der Abschied auch so schon schwer. Solltest du einen Sohn gebären, so wird er gewiß Löwenstärke zeigen, denn er entstammt dem Geschlecht derer von Anjou ...«
Es sei somit eher diese Stelle aus dem Parzival, an der sich viele Universitätsleute und auch Altgermanisten orientierten, als die oben zitierte. Und obwohl die Frauen jene Eigenschaften, den »falschen Glauben« etwa, bereits besaßen, als heftig um sie geworben wurde, werden sie doch erst nun

zum Problem und »Scheidungsgrund«. Und wie Belakane wird den Frauen kaum die Möglichkeit und Zeit gegeben, sich mit jenem Grund zu beschäftigen oder auch sich zu ändern. Belakane sagt ausdrücklich, daß sie sich natürlich hätte taufen lassen. Da aber ist Gahmuret schon in Spanien ... Hinaus aus dem Hafen der Ehe ... Ginover ist in einer mir übertrieben scheinenden Anwandlung von Objektivität freilich auch Belakane nicht unverdächtig. Sie ist ihr vor allem deshalb suspekt, weil sie in jeder Weise auf Gahmuret eingehen und sich selbst bis zur Preisgabe ihres Glaubens und ihrer Identität auf das »Männchen«, den Anschewin, einstellen möchte. Eine solche Konversion sei zu mißbilligen, wenn jemand, bloß um in den Hafen der Ehe zu kommen, mit fliegenden Fahnen und vollen Segeln den Kurs wechsle. Das sei zwar verständlich, sagt Ginover, aber kein Zeichen von hohem Verstand.
Auch viele »Beginen«, sagte Ginover, vor allem aber manche Suffragetten und Feministinnen suchten den Ausweg in der falschen Richtung. »Gewalt fährt auf der Straße, Verrat und Untreue sitzen im Hinterhalt«, habe Walther von der Vogelweide in seinem Spruch »Ich saß auf einem Stein ...« geschrieben. Das Wegenetz und die Straßenverhältnisse hätten sich seit Walthers Zeiten freilich gründlich verändert, die Menschen aber seien bestimmt nicht besser geworden, nur daß sie jetzt und heute auf dem Asphalt ihren Untaten nachgehen und fahren. Und war man früher, wie man aus meinen Ritterepen ersehe, mit dem Erschlagen schnell zur Hand, Enite selbst scheint sich ja auf ihre Art daran beteiligt zu haben, wenn es bei Hartmann heiße: »Wahrlich, wer immer ihnen damals in die Quere kam, dem sie gewachsen waren, dem lauerten sie auf, sodaß sie ihm seines Besitzes wegen Ehre und Leben nahmen«, so hätten wir freilich das Mittelalter auch an »Verkehrstoten« weit überflügelt. Ich gebe Ginover recht und sage: Die Straßen werden an den Wochenenden zu Schlachtfeldern. Es tobt ein erbarmungsloser

Kampf, kein Buhurt oder Turnier, kein Scheinkampf, sondern eine blutige Schlacht, wie sie im Rolandslied des Pfaffen Konrad beschrieben ist. Der Mensch ist eine Katastrophe! So war im Anschluß an unseren gemeinsamen Auftritt bei der Elisabeth-Haussammlung zwischen Ginover und mir oft von Ehe und Familie die Rede. Wir hatten uns bei jenem Bittgang als Ensemble bewährt, wenn auch über die Rollen bei jener Interaktion und den Beitrag der einzelnen Teilnehmer im Team bei uns keine absolute Einhelligkeit herrschte. Einverständnis aber gab es zwischen uns grundsätzlich über das Wesen von Ehe und Familie. Wir stimmten beide darin überein, daß die Ehe die einzige menschenwürdige Form des Zusammenlebens darstelle und daß allein die Familie einer »Zivilisation der Liebe« entsprechen könne. Und bei allem Verständnis für einzelne Bekannte, die hierin scheiterten, »deren Ehen zerbrachen«, wie es ein wenig unpersönlich oft hieß, als seien dabei übermenschliche Kräfte und schicksalshafte Mächte und nicht auch Ehepartner am Werk gewesen, hatten wir doch beide in seelischem Einklang für jene, die die Zerstörung von Ehe und Familie nicht nur erlebten und »erlitten«, sondern systematisch predigten und die Treue für obsolet und absolut überholt ausgaben und auf diese Weise aus der Not eine Tugend machten, nur Widerwillen und Ablehnung, Abneigung und Verachtung. Ich übertraf Ginover freilich bei dieser »laus matrimonii«, dem Lob der Ehe und der Apotheose der christlichen Familie, noch erheblich. Ich sprach zeitweise wohl übertrieben idealistisch, sodaß Ginover manchmal spottete, ich spräche bereits wie ein Pfarrer! Ginover meinte auch einmal, ihr gebe sehr zu denken, daß gerade die Priester immer die höchsten Töne für die Ehe gefunden und von der Institution Familie am meisten geschwärmt hätten, wo sie doch selbst immer schon zölibatär lebten und nach wie vor auf die Ehelosigkeit verpflichtet seien. Heute seien die Geistlichen freilich in ihren Reden deutlich zurückhaltender und »defensiver« geworden, sagte Ginover, sie sagte auch: keuscher, ein andermal: scheuer. Sie führe das darauf zurück, daß sich bei manchen wohl ein schlechtes Gewissen melde, daß den keuscheren Reden und Predigten somit ein unkeuscherer Lebenswandel, der Zurückhaltung beim Sprechen ein »offensiveres« und »unasketischeres« Leben entspreche. Und auch ich, ein Befürworter des Zölibats der Priester, entging der psychologischen Analyse Ginovers nicht: Es werfe ein eigenartiges Licht auf unsere Ehe, sagte sie, daß ich mich öfter und immer wieder für das Eheverbot für Priester starkmachte. Wer die Ehe als ein Glück empfinde und erfahre, könne doch nicht mit solcher Überzeugung für die Ehelosigkeit eintreten. Es sei ein Paradox, sagte Ginover, wenn die Ehelosen für die Ehe und die Verheirateten für den Zölibat schwärmten. Ginover sagte, sie finde dies ähnlich widersprüchlich wie die Ernennung eines Junggesellen zum Familienminister, was an Paradoxie und Widersprüchlichkeit, ja »Widernatürlichkeit« nur noch von einem Gesundheitsminister überboten werde, der stets um Argumente für die Legalisierung der Abtreibung, also den Mord an kleinen Kindern, ringe. Damit habe man aber wirklich den Bock zum Gärtner gemacht. Eine ärgere Perversion könne sie sich nicht ausdenken, sagte Ginover. Pervers heiße auf deutsch verkehrt und verdreht und eben darum handle es sich: verkehrte Welt! Du redest dich leicht, sagte ich zu Ginover, wenn du von den unschuldigen, wenn vielleicht auch überanstrengten idealistischen Gedanken über Ehe und Ehelosigkeit im Handumdrehen bei der politischen Schwerkriminalität landest. Und mir wirfst du vor, ich leide an Gedankenflucht?! Wer galoppiert hier wirklich, fragte ich, Erec oder Enite, Artus oder Ginover?

Das Leben eines Assistenten der Universität, möchte man es in einer romanhaften Biographie darstellen und erzählen, könnte und sollte man nicht in »Kapitel«, was auf deutsch »Hauptstück« heißt, oder wie die höfischen Romane, vor allem die Heldenepen, in »Abenteuer« oder noch altertümlicher wie den altsächsischen Heliand in »Bücher« oder in »Fitten« oder in »Gesänge« wie die Odyssee oder allgemein in »Abschnitte« unterteilen, sondern in sogenannte »Verlängerungen«. Die »Verlängerung« ist die Maßeinheit im Assistentenleben, sein Metrum schlechthin. Die Uhr der Assistenten zeigt nicht Stunden an, sondern »Verlängerungen«. Im Gegensatz zum bestallten Professor, der Beamter auf Lebenszeit wird, unkündbar der Emeritierung entgegenschreitend und seinen Weg gehend, unangefochten und unbehelligt seine Bahn ziehend, muß der Assistent, also der Universitätslehrling oder -geselle, stets um »seine Verlängerung« bangen. In einer metonymischen Redefigur heißt es: »Er wurde verlängert«, was aber nicht eigentlich und proprie verstanden werden darf, als hätte man ihn langgezogen, etwa an den Ohren, sondern im Sinne der »Verlängerung« seines befristeten Vertrages. Die Assistenten sind die Befristeten, die Universitätsangehörigen auf Widerruf, zur Bewährung, auf Probe. Ihr Dasein hat etwas Provisorisches und Problematisches. Und das Interimistische bestimmt auch ihr Selbstbewußtsein. Die Frage nach dem Status des Assistenten ist immer die Frage nach der Verlängerung. Vier Viertel bilden ein Ganzes, vier Perioden machen ein Assistentenleben aus. Nach dem vierten Viertel, das heißt während des vierten Viertels und *im* vierten Viertel, nach der dritten Verlängerung also, die Einstellung kann man ja noch nicht als »Verlängerung« zählen, »muß *es* geschehen«. »Es« ist die Habilitation. Aus dem Habilitablen, also einem Menschen, dem die Habilitation, die Erringung der »Venia legendi«, die Fähigkeit (und damit Erlaubnis) zum »Lesen«, zuzutrauen ist, muß ein Habilitand werden, also einer, der an der Arbeit ist und im Partizip »Habilitand« am Habilitieren »partizipiert«, »Anteil nimmt«, und aus dem Habilitanden schließlich ein Habilitierter, ein »habilitatus«, einer der »fähig« gemacht wurde oder sich selbst fähig gemacht, das heißt befähigt, hat, zu lesen. So wurde aus dem Kandidaten, einem

Adepten, ein Dozent, ein Privatdozent. Zwischen der Einstellung und der ersten Verlängerung und zwischen den weiteren einzelnen Verlängerungen aber liegen jeweils vier Jahre.
So wie aber die Griechen als »Olympiade« nicht nur das jeweilige große Sport- und Kulturereignis alle vier Jahre bezeichnet haben, sondern auch die dazwischenliegende Zeit, also in »Olympiaden« gerechnet und gezählt haben, so rechnen auch die Universitätsassistenten »ihre Zeit« an der Universität nach »Verlängerungen«. Einer ist am Beginn, in der Mitte, am Ende der zweiten Verlängerung. Es beginnt die erste Verlängerung, es endet die dritte Verlängerung. Von einem heißt es, er werde die drei Verlängerungen ausschöpfen und brauchen, von einem anderen, er werde die dritte Verlängerung nicht mehr brauchen.
Ein viertes Mal kann niemand mehr verlängert werden. Auch bei einem »Unentschieden« nach der regulären »Spielzeit« kann nicht mehr verlängert werden. »Unentschieden« bedeutet »ausgeschieden«. So wie in den Gremien die Stimmenthaltung als Neinstimme gezählt wird. So hat der Assistent in sich eine innere Uhr, die ihm die Verlängerungen anzeigt, einen Chronometer, ein Metronom mit Verlängerungsskala. Diese Uhr zeigt die biologische Zeit, die Lebenszeit. Schließlich geht es nicht nur darum, daß er am Schluß seiner maximal sechzehn Jahre habilitiert, er muß auch zwischendurch bei den drei Verlängerungen beweisen oder doch erwartbar machen, daß er unterwegs zu dieser Habilitation und Erringung der Lehrbefähigung ist. In einem sogenannten Karrieregespräch muß er seinen Vorgesetzten, seinen »Habilitationsvater«, davon überzeugen, daß er voran- und weiterkommt mit seiner Arbeit, daß er etwas getan hat und dieses Tun mittlerweile auch zu etwas geführt hat, damit sein nun überzeugter Habilitationsvater im Universitätsgremium die Sache seines Habilitanden überzeugend vertritt. Der Habilitationsvater macht sich ein Bild von sei-

nem Schützling, und er vermittelt den Mitgliedern der Personalkommission des Universitätskollegiums ein Bild von seinem Schützling.
Im Idealfall befinden sich Habilitationsvater und Habilitand in einem immerwährenden wissenschaftlichen Gespräch, tauschen sich aus, zeigen sich ihre Arbeiten bereits vor dem Erscheinen, bestärken und korrigieren einander, wobei der Schüler allmählich zum gleichberechtigten Partner und zum Kollegen heranwächst und von seinem vorgesetzten Professor nicht im Zustand der Unmündigkeit gehalten wird. Tafellöschen, Kaffeekochen, Fensteröffnen und Fensterschließen, Bücherausleihen und Bücherschleppen, aber auch zu den Büchern des Professors die Personen- und Sachregister erstellen, sind nicht eigentlich die Aufgaben des Assistenten, wobei ihm sicher aber auch kein Stein aus jener Krone fällt, die er noch nicht auf dem Kopf hat, wenn er dies alles dann und wann einmal erledigt. Der Herr Ordinarius sollte es nur nicht selbstverständlich erwarten. Ein Diener und Ministrant, ein Akolyth, der dem großen Meister beim Zelebrieren bloß behilflich ist und nur die einfachen Handreichungen und Zubringerdienste vollbringt, ist der Assistent eigentlich nicht. Der ideale Professor ist eine Kapazität und Koryphäe seines Faches, der ideale Assistent ist ein lernwilliger Hochbegabter, der sich an seinem Professor ein Beispiel nimmt. Der Assistent sollte seinem Lehrer und Meister nacheifern (können). So sollte es sein.
Und so ähnlich dürfte es auch einmal in einer fernen Vergangenheit gewesen sein. Meine Studien als Altgermanist und Literaturwissenschaftler haben mich »im Verlauf der Geschichte« auf viele großartige Lehrer-Schüler-Verhältnisse stoßen lassen. Ich greife ein wenig weit zurück, weit vor die Zeit unserer Universitäten, ja vor die Ritterzeit in das ausgehende 9. und in den Beginn des 10. Jahrhunderts und erwähne als ein strahlendes Beispiel den guten Lehrer Notker »Balbulus«, Notker den »Stammler«, über den Ekkehard

IV. in seinen St. Galler Klostergeschichten, den »Casus Sancti Galli«, schreibt, daß ihm die Schüler mit einer solchen Anhänglichkeit nachgegangen seien und daß sie, stets ein Buch in Händen, bei Tag und bei Nacht, wenn er sich nicht gerade dem Gebet hingegeben habe, auf der Lauer gelegen seien, um mit ihm in ein Gespräch über das Gelesene einzutreten und sich in ihrem Verständnis der Schriften fördern zu lassen. Und es ist von Zischen und Scharren die Rede, womit Notker sie zeitweise von sich scheuchte, um Zeit zu anderem, vor allem zum Beten zu finden. »Wie honigfließend er aber in seinen Antwortreden gewesen ist, bezeugen die Tränen derer, die ihn erlebt haben.« »Mellifluus«, heißt es im Originaltext, »honigfließend«. Schmächtig und ein Stotterer, lateinisch »balbulus«, war dieser Notker, den sie auch den Dichter nannten, weil er »sequentias composuit«, das heißt die herrlichsten Hymnen und Sequenzen dichtete, ein strahlendes Beispiel eines guten Lehrers, aber sicher kein strahlender und schöner Mann wie sein Zeitgenosse und Freund Tuotilo, der wie Notker Balbulus Magister und Künstler in St. Gallen war.

Ein Lehrer kann so oder so sein, schwächlich und kränklich wie Notker oder kräftig wie Tuotilo, wenngleich man öfters, auch an unseren heutigen Lehrern, inbesondere den Universitätslehrern, sieht und erlebt, daß die schmächtigeren, körperlich weniger Eindrucksvollen die geistig Interessierteren und pädagogisch Bemühteren sind, während die sportlichen Herren, die drahtigen und athletischen Figuren, häufiger gesellschaftliche, auch politische Ambitionen haben und als Universitätslehrer, wo sie ein wenig fremd und deplaziert wirken, gern und lieber in der Selbstverwaltung der Universitäten, etwa als Dekane, Rektoren, Senatoren denn als eigentliche Lehrer und Forscher wirken. Auch ausgesprochene Schönlinge habe ich schon als Rektoren erlebt, die fast einzig dazu geschaffen schienen, die Rektorskette zu tragen. Puppen und Mannequins, Dressmen für die Staat machen-

den alten Roben und Talare. Aber auch manchen Balbulus sah ich in Amt und Würden, dessen Würde dann freilich mehr im Geistigen und »im Auge« lag als in der Kleidung; hier machte es nicht die »Investitur«, sondern die wissenschaftliche Reputation, die honigfließende Rede.
Wie unnachahmlich beschreibt doch Ekkehard IV. in seinem St. Galler Klosterbuch den Unterschied zwischen dem stattlichen und dem unansehnlichen Lehrer, zwischen Tuotilo und Notker, was in seinem Fall aber nicht heißt zwischen dem guten und dem schlechten oder dem schlechten und dem guten Lehrer, weil auch Tuotilo ein Lehrer ist, wie er im Buche steht. Bei Ekkehard heißt es: »Notker, dürr an Leib, aber nicht an Seele, stammelnd in der Rede, aber nicht im Geist, hochragend in göttlichen Dingen ... Im Beten, im Lesen und im Dichten war er unermüdlich. Und um all die Gaben seiner heiligen Persönlichkeit bündig zusammenzufassen: Er war ein Gefäß des Heiligen Geistes, so überquellend reich, wie es zu seiner Zeit kein anderes gab.« »Dagegen war Tuotilo auf gänzlich andere Art tüchtig und trefflich, athletisch und muskulös, gerade so, wie Quintilian lehrt, daß Ringkämpfer sein und beschrieben werden sollen. Er war beredt, von heller Stimme und wissenschaftlich vielseitig begabt ...« Dann spricht Ekkehard von Tuotilos Musikbegabung und Könnerschaft auf verschiedenen Instrumenten, seinem diplomatischen Geschick bei »Botengängen«, seiner Sprachkenntnis und der Fähigkeit, in beiden Sprachen zu dichten. »Auch verstand er im Scherz und im Ernst unterhaltlich zu sein, und zwar so, daß einmal unser Karl den verwünschte, der einen Mann von solchem Schlage zum Mönch gemacht.« – »Unser Karl« meint Karl III. ...
Verfolgt man Ekkehards Hinweis auf Quintilian, so findet man im achten der zwölf Bücher der »Ausbildung des Redners« jene Belegstelle. Quintilian spricht dort davon, daß der Anblick eines Athleten, der seine Muskeln durch Körpertraining zur Geltung bringt, schön sei, daß aber der Zweck

einer Körperbau-Übung nicht eigentlich im Anblick (in aspectu), sondern darin liege, daß der Ringkämpfer so zum Wettkampf besser gerüstet sei (certamini paratior).
Mit dieser Lehreranthropologie, den beiden Phänotypen, dem Balbulus und dem Tuotilo, habe ich bei Betrachtung meiner Vorgesetzten an der Universität im wesentlichen das Auslangen gefunden, vermehrt allenfalls um den schlechten Lehrer, von dem bei Ekkehard nicht die Rede ist ... Und oft habe ich erlebt, daß der Tuotilo versucht war, seine gesellschaftlichen Talente in einer Weise einzusetzen, daß darüber seine wissenschaftlichen verkümmerten und abstarben. Zu schweigen von jenen Universitätslehrern, die vor Lehre und Forschung in die sogenannte Selbstverwaltung flüchten und fliehen. Auch an meinem eigenen Lehrer habe ich etwas Ähnliches erlebt, eine Flucht in das Rektorat. Und wenn ich auch zu meinem Herrn vorerst ein sehr gutes und auch später ein gutes bis leidliches Verhältnis hatte, so habe ich den Klagen über die Bürde des Amtes und dem Bedauern, nun zu nichts Fachlichem mehr zu kommen, und dem Ausdruck der Sehnsucht nach der stillen philologischen Schreibtischarbeit allmählich doch zu mißtrauen begonnen. Als ich namentlich die Anstrengungen meines Herrn um eine zweite Kandidatur und Wiederwahl, also um eine vom Gesetz vorgesehene oder jedenfalls ermöglichte »Verlängerung« sah und erlebte, war mein Mitleid für den »Selbstverwaltungsherrn« natürlich dahin und mein Glaube an sein charismatisches und intimes Verhältnis zur Philologie gründlich erschüttert. Was aber blieb, war in jedem Fall die Dankbarkeit, daß mich der Herr Professor »genommen« und eingestellt und dann auch »verlängert« hatte. Über die alte Dichtung und namentlich über meine Ritter konnte man mit ihm aber nun kaum noch sprechen. Nun war die Universitäts- und Bildungspolitik das Thema. Ihn interessierten meine Ritter nicht und mich interessierte seine Politik nicht. Und das ist insofern gar keine schlechte Basis für eine Zusammen-

arbeit, da sie die Gefahr der Kollision durch einen radikalen und totalen Mangel an Berührungspunkten jedenfalls ausschließt ... Unsere Wege kreuzten sich selten, er strebte ins Rektorat, ich ins Institut und in die Bibliothek. Und auch im Geistigen begegneten und trafen wir uns jetzt kaum. Da ich darüber hinaus, anders als Tuotilo, von dem es bei Ekkehard heißt, daß er sehr mobil und viel unterwegs war, und ähnlicher dem Ratbert, einem dritten St. Galler, von dem geschrieben steht, daß er die Mitte zwischen Notker und Tuotilo gehalten habe, sehr ortsfest und beständig gewesen sei, im Jahr bloß zwei Paar Schuhe gehabt, das Ausgehen den Tod genannt (excursus mortem nominans) und auch den reisefrohen Tuotilo unter Umarmungen oft beschworen habe, sich unterwegs vorzusehen, ähnlicher also diesem die »stabilitas loci«, die Ortsfestigkeit beobachtenden Ratbert, kaum an gesellschaftlichen Veranstaltungen der Universität teilnahm, auch keinen Universitätsball besuchte, obwohl ich damals noch nicht verheiratet war und von meinem Lehrer, Doktor- und Habilitationsvater, anders als es Ratbert mit Tuotilo tat, zu »Mobilität« geradezu aufgefordert und ermuntert wurde (Sie werden mir doch kein Sonderling werden!), trafen wir uns auch außerhalb von Lehre, Forschung und Selbstverwaltung so gut wie nie.
Einmal bat ich meinen Herrn um einen Termin, da ich ein Problem im Zusammenhang mit meiner Arbeit über die höfische Literatur besprechen wollte, worauf er aber sagte, das gehe im Augenblick schlecht, weil er »zu viel um die Ohren« habe und sein Terminkalender »randvoll« sei, er bitte mich um ein wenig Geduld, sobald er »etwas mehr Luft« habe, werde er sich aber melden und mich zum Gespräch bitten. Im Augenblick also keine Audienz. Später erfuhr ich, warum er gerade eben so beschäftigt war. Er hatte für einige Tage einen Maler, einen Porträtisten bestellt, um sich malen zu lassen. Er saß also in einem Nebenraum des Rektorates, voll gerüstet, mit Kette und Ring und allen Insignien seiner

Macht und Herrlichkeit, auf einem thronartigen Podest, und der Maler hantierte vor ihm stundenlang mit seinen Farben und seiner Leinwand an der Staffelei. Und wenn ihm auch, was ich glaube, um die viele Zeit bei diesen Sitzungen leid gewesen sein mag, zwar weniger wegen der so entgangenen Arbeit in der Philologie als der Universitätspolitik, so entsprach er damit doch nicht ganz ohne Eitelkeit einer Tradition der Universität, deren kleinen Festsaal eine lange Galerie von Rektorenporträts schmückte.
Oft schon habe ich diese Ahnengalerie mit Aufmerksamkeit angesehen. Es ließe sich anhand dieser Bilder eine ganze Geschichte des Stils schreiben, des Malstils – und des Repräsentationsstils der Universität. Es sind starke Persönlichkeiten unter diesen Rektoren, im Sinne Tuotilos, nicht bloß im Sinne der Korpulenz, wenn es auch den Anschein hat, als hätten vor allem die Rektoren der Neuzeit immer genug zu essen gehabt, aber auch Balbuli sind darunter, an denen der Ornat ein wenig verloren hängt. Ein Geograph aus dem ausgehenden 19. Jahrhundert wirkt besonders kümmerlich. Ich schaue manchmal auf diesen Morphologen und werde dabei immer an das erinnert, was Gurnemanz, der Burgherr von Graharz, zum jungen Parzival im dritten Buch des »Parzival« von Wolfram von Eschenbach sagt: »Wie schaut Ihr nur aus! Ich kenne viele Wände, wo der Schild besser hing als an Eurem Halse!« Es sind Kunstwerke unter diesen Bildern, aber auch Machwerke, die Universität hat gute Maler beschäftigt, aber auch schlechte. Und auch unter den Rektoren mögen solche und solche sein. Manche haben einen Namen, auch heute noch, andere haben keinen mehr oder hatten auch damals keinen besonderen.
Erstaunlicher als die Rektorengalerie wäre auf jeden Fall die Liste jener namhaften Ordinarien, die nicht Rektoren geworden sind. Jene Maler, denen das Physiognomische Schwierigkeiten gemacht hat, haben sich besonders bei der Robe und dem Schmuck hervorgetan und ihre Unfähigkeit

beim Charakterisieren der Gesichter der betreffenden Rektoren im Bereich der Kleidung, des Ornaments und des Stoffes kompensiert. Andere wieder, und das sind sicherlich die fähigeren Maler, haben das textile und metallische Beiwerk nur angedeutet und stark vereinfacht, bloß stilisiert, um sich ganz auf die Landschaft des Gesichtes zu konzentrieren, die sie plastisch herausmodelliert und oft auch mit realistischer Akkuratesse ausgeführt haben. Eine der Repräsentation besonders ungünstige und abholde Zeit haben natürlich die Rektoren der expressionistischen Kunstepoche erwischt, wenn auch einige Maler jener Zeit und auch unserer Gegenwart die Kunstgeschichte einfach ignorierten und ignorieren und so tun, als ob nichts gewesen sei und Impressionismus und Expressionismus nie stattgefunden hätten. Bloß ein Rektor hatte den Mut, sich einem Expressionisten hinzusetzen und auszusetzen. Und er sieht auf dem Bild auch besonders häßlich aus, aber eben wie ein Mensch. Hier hat ein Künstler einmal ausnahmsweise wirklich das »Mandl« und nicht das »Gwandl« porträtiert. Es ist ein merkwürdiger Zufall, daß es sich bei dem vom Künstler buchstäblich Sezierten um einen Rektor aus der Medizinischen Fakultät und gerade um einen Anatomen handelt. Der Maler ist freilich eher wie ein Dermatologe verfahren, interessiert an jedem Muttermal, den Pusteln und Pickeln, der roten Nase ...
Enttäuschend ist gerade der Geschmack der Rektoren aus der Philosophischen Fakultät. Kunsthistoriker und Ästhetiker haben den schlechtesten Geschmack bei der Beauftragung von Künstlern bewiesen. Daran hat sich gezeigt, daß diese Kunsthistoriker doch vor allem Theoretiker und eben auch »Historiker« gewesen sind, vertraut allenfalls mit der Vergangenheit, aber hilflos, wenn es um die gegenwärtige und zeitgenössische Kunst ging. Ich selbst rede keineswegs der Aktualitätssucht und der Betonung des Augenblicklichen und Gegenwärtigen das Wort, ich lasse etwa die Literaturgeschichte nicht erst mit Goethe oder überhaupt erst in

diesem 20. Jahrhundert beginnen, die Universität hat nicht nur das Recht, sondern die Pflicht, die Vergangenheit, auch die ferne Vergangenheit, zu erforschen, die oft aber schon groteske Zeitfremdheit und Unvertrautheit mit der Gegenwart, auch ihrer Kunst, wie man sie bei manchen Universitätsleuten beobachtet, hat mich immer befremdet. Das Vergangene und das Aktuelle schließen einander eigentlich nicht aus, ja der Historiker weiß, daß alles Vergangene einmal hochaktuell war, auch wieder werden kann, und daß vor allem auch das Aktuelle einmal vergangen sein wird ...

Mein hoher Herr *hatte* ein Verhältnis zur Gegenwartskunst, wenn er auch nicht gerade meinen Geschmack teilte. Doch die Gegenwart ist künstlerisch bekanntlich pluralistisch, und keine Stilrichtung ist dominant oder prävalent. Das finde ich gut und richtig, wenn ich auch gerade bei einfacheren Gemütern immer wieder sehe, daß sie diese Vielfalt nicht froh macht, sondern daß sie im Gegenteil gern gesagt bekämen, was man nun eben als große Kunst anzuerkennen habe. Auch die Künstler selbst, einige der Künstler jedenfalls, hätten gerne dieses Diktat. Um gute Preise zu bekommen, die anderen zu übertrumpfen und auszustechen. Doch hätte gerade die akademische Kunstwissenschaft die Chance, sich von Geschäftserwägungen bei der Erörterung des Künstlerischen und des »Wertes« weitgehend freizumachen. Der Kunstwissenschaftler ist ja nicht der Angestellte einer Galerie, sondern des Staates.

Was nun den künstlerischen Geschmack meines Lehrers betrifft, so favorisierte er schon als »einfacher« Vorstand des Germanistischen Instituts und dann auch als Rektor einen ihm befreundeten Hobbymaler, den er für den bedeutendsten Künstler der Gegenwart, Österreichs und der weiteren Umgebung zu halten schien und dessen Bilder er überall im Institut und später auch in der ganzen Universität aufhängen ließ. Als ich zu Beginn meiner Assistententätigkeit, »ge-

führt« von meinem Doktorvater und nunmehrigen Vorgesetzten und Habilitationsvater, mein neues Dienstzimmer betrat, war es vollgehängt mit den Bildern des betreffenden Malers, und mein neuer Herr fragte mich, ob ich mit dem Bilderschmuck einverstanden sei. Mein erster Eindruck war in der Weise »überwältigend«, als ich nie für möglich gehalten hätte, daß jemand in einer kleinen Kammer nach der Art barocker Galerien so viele Bilder aufhängen kann. Und obwohl ich schon die Dichtheit und die Art der Hängung für ein Unding ansah, von den Bildern selbst einmal ganz zu schweigen, wagte ich natürlich nicht, gleich bei dieser ersten Einführung etwas Kritisches zu sagen und meinen Vorgesetzten zu enttäuschen und durch Widerspruch zu ärgern. So sagte ich, obwohl sich alles in mir sträubte: Sehr schön!
Die Bilder selbst aber waren Landschaftsaquarelle, Allerweltslandschaften ohne reale, natürliche Basis und auch malerisch in einem trivialen Verstand des Malerischen gemacht, wolkig und verwaschen, das Unkonturierte zum Prinzip gemacht. Es gab viel dargestelltes Wasser in dieser Wasserfarbenmalerei. Sie war jedenfalls meinem Verständnis und meinem Geschmack so diametral entgegengesetzt und mir in der Seele so zuwider, daß ich schon bald nach meiner ersten Lüge an der Universität, der freilich noch andere folgten, wußte, daß ich in dieser Folterkammer, in diesem Verlies, ritterisch gesprochen, unmöglich arbeiten konnte. Das philologische Geschäft ist ein genaues und präzises, ein exaktes, belegbares und nachprüfbares, diese Malerei aber war von der wäßrigsten Beliebigkeit, ungenau im schlechtesten Sinn, ungreifbar, Konfusion und Diffusion als Absicht, mit einem Wort »verschwommen« und »zerronnen«, das diametrale Gegenteil des Akribischen und Deskriptiven, das der Philologie Halt und Grenze, Kontur und Profil verleiht. Dieses Bildermeer mit den Meerbildern tat mir in der Tiefe meiner Seele weh, und da es sich eben um so viele Bilder handelte, konnte man auch nicht von ihnen absehen, an ihnen vorbei-

sehen, diese Bilderwelt war gewissermaßen totalitär, man konnte ihr nicht entkommen. Sah man aber zum Fenster hinaus, so hatte man sie immer noch am Rande in seinem Gesichtsfeld. Geholfen hätte nur ein befreiender Sprung in den Schrank hinein oder eben die Flucht ins Freie. Bilder aber sollten anregen, den Geist erfrischen, der Geist sollte im Anschauen der Bilder erhoben werden. Diese Bilder hatten die entgegengesetzte Wirkung, jedenfalls auf mich, sie machten mich tieftraurig, aber nicht in der süßen Weise der Melancholie, die das Betrachten romantischer Bilder bewirkt, sondern in jener unguten des Ekels, des Überdrusses und der Depression.

So faßte ich mir kaum vierzehn Tage nach meinem Dienstantritt ein Herz, ging zu meinem Professor und sagte, daß die Bilder seines Freundes in meinem Zimmer an und für sich schön seien, daß ich mich aber doch an einigen schon ein wenig sattgesehen hätte und daß ich darum gern einige abhängen und durch andere von anderen Malern ersetzen möchte. Vor allem würde ich gern, sagte ich, Bilder mit inhaltlichem Bezug zu unserem Fach, vielleicht Abbildungen der Miniaturen der Minnesänger der Manessischen Handschrift, der Großen Heidelberger Liederhandschrift, aufhängen. Ich hatte außerdem einen mir bekannten Maler gebeten, mir ein Bild einer meiner Lieblingsburgen, der Ruine Schaunberg bei Eferding, zu malen. Vor allem dieses größere Bild der »Schaunburg« wollte ich mir vor den Schreibtisch hängen, um bei meinen Forschungen zur Ritterdichtung die passende »Anschauung« vor mir zu haben. Denn das sei gerade unsere Situation als Altgermanisten: Was auf uns überkommen sei, sei meistens auch nur noch Ruine, Bruchstück. Und wir müßten aus diesen Torsi und Fragmenten, aus Indizien und Bruchstücken auf das große verlorene Ganze schließen, über den Ruinen müßten wir unsere Denkgebäude errichten, die vorhandenen Reste im Geiste komplettieren und vervollständigen, die vorhandenen Restbestände

sichern und dann »zu Ende denken«, das Ruinierte »eruieren« und »konzeptuell konstruieren« oder »konstruktiv konzipieren«, wie man wolle. Was täten wir anderes, als über den wirklichen Trümmern, Überbleibseln und Reliquien Denkgebäude aufzuführen, Spuren zu verfolgen und das verlorene Ganze über diesen Spuren »aufzuspüren«.
Meine Wissenschaftsmetaphern hatten in diesem Augenblick freilich keinen anderen Sinn als den, meinen Lehrer über meine Enttäuschung an den Bildern seines Freundes und über seinen Ärger über meine Enttäuschung so gut es ging hinwegzubringen und einen einsichtigen Grund für das Ersetzen der Wasserbilder durch ein altgermanistisches Bild, sozusagen ein Lehr- oder Forschungsmittel, anzugeben. Es sollte so weniger meine Unzufriedenheit mit dem vorhandenen Bildmaterial als vielmehr meine Begeisterung, mein sachlich und fachlich begründetes Interesse an den zukünftigen Bildern oder namentlich an dem zukünftigen Bild der Ruine Schaunberg zum Ausdruck kommen.
Heinrich von Schroll, genannt Grainfeld, mein Professor, fragte mich, wer denn dieser Maler sei, dem ich den Schaunberg-Auftrag erteilt habe. Ich nannte ihm den Namen. Noch nie gehört, sagte er darauf mit Verachtung. Und dann: Bitte, wenn Sie die Bilder Pragers – das war der Name seines Favoriten – durch Bilder Ihres Freundes, wie heißt er, sagten Sie? – er hatte den Namen also in Sekunden, sozusagen blitzschnell vergessen – also ihres Schaunbergmalers, sagte er dann, ohne den Namen, den ich ihm wiederholte, zu wiederholen, auswechseln wollen, dann tun Sie es. Ich bitte Sie aber, die Bilder Pragers – er sprach den Namen ehrfürchtig wie den Rembrandts aus, sozusagen schonend – schonend abzuhängen und mir in mein Zimmer zu bringen. Der Rektor hätte ihn ohnedies vor einiger Zeit schon um Pragerbilder für das Sitzungszimmer gebeten, dort werde man die Bilder dann aufhängen, sagte Heinrich von Schroll, genannt Grainfeld. Bei mir dachte ich, was machen Sie nur mit dem Prager

für ein Theater! Und da Prager unendlich »produktiv« war, mein Lehrer hätte sicher gesagt »kreativ«, da er also das ganze Haus, das ihm wie ausgeliefert war, mit Aquarellen »überschwemmte«, dachte ich bei mir: Dieser Mensch ist eine Katastrophe, das ist ein Hochwassermaler, und wegen seiner Überproduktion: Prager ist doch kein Maler, der ist eine Waschmaschine! Und mir taten diejenigen, die in jenem Sitzungszimmer sitzen müßten, schon im vorhinein leid. »Sitzen« mit Strafverschärfung, dachte ich.
Für das Rektorsporträt aber, das lange nach dieser Zeit von meinem Herrn für die Rektorengalerie angefertigt wurde, kam Prager nicht in Frage. Das lag aber nicht etwa daran, daß er in der Zwischenzeit in Ungnade gefallen wäre, sondern ganz einfach an seiner nun wirklich als erwiesen geltenden Unfähigkeit für das Porträt. Er war nur imstande, das Meer »kennbar« zu malen, bei Landschaften war die Kennbarkeit aber schon dahin und gewissermaßen »ertrunken«. Und auch bei den Blumenstilleben war von Botanik keine Rede. Es waren immer irgendwelche Phantasieblumen zwischen Rosentulpennelken. Denn auch diese Rosentulpennelken, diese Kunstblumen, bekamen viel zu viel Wasser in Pragers hypertropher Hydrokultur oder Unkultur. Das Gefäß unter den Schnittblumen war stets glasig und transparent, und der eine weiße Spiegelfleck als immer wiederkehrender Effekt und Klacks auf der Vase machte das Aquarell auch nicht mehr fett. Selbst mein Herr, der auf Prager solche Stücke, solche Kunststücke hielt, sah ein, daß er für diese Repräsentationsaufgabe nicht in Frage kam. Er selbst wollte, was ihm bei den Blumen nichts ausmachte, nicht von Prager »gewaschen« werden, sich einer Kopfwäsche aussetzen ... Prager aber schien im Unnatürlichen und im Naturfernen seiner Malerei »die Kunst« zu erblicken. Inzwischen war die Kunst im Abstrahieren und im Absehen von jeglicher natürlichen Natur »natürlich« längst weiter, wesentlich weiter, wenn nicht an ihrem Ende angelangt, in Pragers »Ungenau-

igkeit« lag somit wenig ästhetischer Mut, Prager aber und sein Promotor an der Universität, mein Professor, schienen diese Bilder auch in dieser Hinsicht als »kühn« und innovativ anzusehen. Ein einfacheres Gemüt und ein Hobbymaler hat nur eine Richtung, in die er sich »entwickeln« kann, nämlich weg vom Gegenstand, ein wenig aber nur, indem er als Aquarellist ein Quentchen Tachismus mitspielen läßt. Ich habe Prager selbst an unserem Institut über seine Bilder sprechen gehört, einfältige Kunstreden über eine einfältige Malerei. Mein Freund aber malte mir ein sozusagen rauschendes, ein virtuoses Bild der Ruine Schaunberg. Sein Bild ist architektonisch, botanisch, atmosphärisch von einer so atemberaubenden Vitalität und »Lebensnähe«, einer solchen realistischen und natürlichen Suggestivität, daß man meint, durch die Wand aus einem Fenster auf die wirkliche Schaunburg hinauszuschauen. Dabei hat mein Freund auf meine Anweisung hin in einem Kunstgriff des Vervollständigens nicht nur die heutige Ruine gemalt, sondern die Burg rekonstruiert und gestaltmäßig vervollständigt, ohne aber illusionistisch über das bloß noch Vorhandene gänzlich hinwegzugehen, er hat vielmehr den hinzugedachten, im Laufe der Jahrhunderte verlorenen Teil farblich differenziert, die faktische Ruine als Fundament hervorgehoben. Er hat eine Art »Mauernaht« ausgeführt zwischen dem Vorhandenen und dem Verlorenen, im Geiste der Kunst nun Wiedergewonnenen. Er hat somit künstlerisch und malerisch genau das nachvollzogen, was Historiker und Literaturhistoriker auf ihre Weise betreiben, wie ich es meinem Lehrer zu erklären versucht hatte, um ihn auf den Bilderwechsel vorzubereiten. Die Komplettierung der Schaunburg vollzog mein Freund aber nicht »âne der buochen stiure«, wie es in der mittelhochdeutschen Literatur heißt, also »ohne die Leitung (das Steuer) einer geschriebenen Vorlage«, ohne Autorität. Ich gab meinem Freund nicht nur eine Kopie des Bildes der Schaunburg, die Georg Matthäus Vischer in seiner »Topographia Austriae

superioris modernae« im Jahr 1674 radierte, sondern auch jene aussagekräftigeren Tuschpinselzeichnungen, die der Pfleger Hans Kaspar Köck im 19. Jahrhundert einer Eingabe an den Lambacher Abt Placidus Hieber als dem Vormund des minderjährigen Burgherren Graf Maximilian Reichard Starhemberg mit der Bitte um Fortsetzung begonnener Restaurierungsarbeiten beigelegt hat.
Als gebürtigem Oberösterreicher hat dieses Bild der Schaunburg für mich, der ich schon in der Volksschule fast jährlich bei Schulausflügen die Schaunburg oder Ruine Schaunberg, oder wie wir sagten: die Schaumburg besuchten – abwechselnd die »Schaumburg« oder die in der Nähe liegende Ruine Stauff, deren Bergfried heute zu einer Aussichtswarte ausgebaut ist –, eine besondere Erinnerung und wehmütige Bedeutung.
Sehe ich heute, zeitlich und räumlich weit vom Donauland entfernt, auf das Bild meines Freundes von der Schaunburg, so kann ich sehr gut verstehen, daß ein Ortsfremder, ja ein Landfremder wie Äneas Silvius Piccolomini aus Corsignano bei Siena, der Sekretär Kaiser Friedrichs III. und später, von 1458 bis 1464, römischer Papst, den Ortsnamen Schaunberg mit seinen vielen urkundlichen Schreibvarianten Scovenberg, Scowenberg, Schownberc, Scawenberch, Schaunberch, und bei der sicher nicht besonders deutlich artikulierten mundartlichen Aussprache als »Schönberg« verhörte und später wiedergab und verschrieb, was in seiner Humanistenübersetzung im Lateinischen denn auch als »mons pulcher«, also als »schöner Berg« erscheint. Piccolomini hat ganz recht, schön ist dieser Berg, von einer großartigen Schönheit muß auch die Burg gewesen sein, die das Volk wahrscheinlich schon damals im Ergebnis einer phonetischen Assimilation als »Schaumburg« auf dem »Schaumberg« aussprach. Sicher, Äneas hat sich geirrt, ist einer Volksetymologie aufgesessen, aber als Beweis gegen die damals noch längst nicht formulierte Unfehlbarkeit der Päpste kann dieser Irrtum nicht be-

nutzt werden, weil sich jenes Dogma von der Infallibilität bekanntlich auf Glaubens- und Sittenfragen bezieht, worin Gott nach der Glaubensüberzeugung der katholischen Christen, die hinter jenem Dogma steht, den Papst nicht fehlgehen läßt. Und ex cathedra hat Äneas damals schließlich nicht gesprochen und geschrieben, er hatte bloß eine »cathedra«, einen Lehrstuhl, an der Wiener Universität, aber noch nicht den Stuhl Petri ... Die Namen und ihre Schreibungen »moussieren« gewissermaßen in den historischen Quellen, sie »schäumen« und gären.

Als mein Vorgesetzter das Schaumburg-Bild meines Freundes zum erstenmal in meinem Zimmer sah, war er offenbar sehr verblüfft, ohne aber dieser seiner Verblüffung Ausdruck zu verleihen. Er trat vielmehr einige Schritte zurück, soweit es das kleine Dienstzimmer eines Assistenten erlaubt, und betrachtete das Bild. Das sei also das Bild, sagte er, dem die Pragers hätten weichen müssen. Und: Gar nicht übel, meinte er. Ein Prager sei es freilich nicht. Daran erkannte ich, daß er mir Pragers Beseitigung noch nicht ganz verziehen hatte. Da ich aber fachlich argumentiert und das Bild meines Freundes sozusagen als eine Schautafel und als ein »Lehrmittel« angekündigt hätte, könne er nicht umhin, abgesehen von der Frage des künstlerischen Wertes, doch einige sachliche und burgenkundliche Einwendungen anzubringen. Und er monierte dies und jenes, eine falsche Proportion zwischen Vor- und Oberburg, Schwalbenschwanzzinnen statt Schlüsselzinnen, zu viele Stirnmauern ... Was sind denn das hier, Einschläge einer Steinbüchse vielleicht? Die Fülle an Kragsteinen, die der Maler gemalt, zu denen er sich habe »hinreißen« lassen, reihten leider auch dieses Bild in die neoromantische Tradition ein. Der Hof sei zu groß, die Schaumburg habe keinen »Turnierhof« besessen, wie die wenigsten Burgen. Die Wohnburg sei zu komfortabel und mache den Eindruck einer Schloßburg, wenn nicht eines Burgschlosses. Es fehle nicht an Indizien für eine »überschäumende« Phantasie

beim Maler dieses Schaumburgbildes. Er habe leider vergessen, daß es sich bei der Schaumburg um keine Sandburg und um keine Schaum-Burg handle, sondern um eine *Veste*, also eine feste Burg, die Feste Schaumburg eben. So fehle es am staufischen Element, am hochmittelalterlichen. Bald redete mein Herr, als habe nicht mein Freund, der sich um Authentizität und um Konturen bemüht hatte, sondern der große Verunklarer, der verwaschene Prager, das Bild gemalt. Ich ließ ihn reden, weil ich dachte: wenn es ihn erleichtert ...
Dies war der erste Rauhreif, der auf die Frühlingswiese unserer Beziehungen gefallen war, noch bevor sie hätte aufblühen können. Und der Schaden an den Kulturen war beträchtlich. Frostig war denn das Klima unserer Beziehung, und es brauchte viele Erweise meiner Dienstfertigkeit, Anstelligkeit und Subordination, bis sich zögernd wieder die ersten Schneeglöckchen zeigten. Einige Zeit später, als ich die Vorkorrektur vieler Seminar- und Diplomarbeiten übernahm und den Prärektor auch sonst von sehr vielen Institutsagenden entlastete und am Institut vertrat, kamen auch schon Krokusse. Nicht lange dauerte es, und ich mußte manchen Lehrveranstaltungstermin für meinen Lehrer in Stellvertretung wahrnehmen. Da erblühten bereits hin und wieder Schneerosen und Primeln, »primulae veris«, erste Frühlingsvorboten. Manches schluckte ich in dieser Zeit hinunter und würgte auch an einigem, nur um unsere Beziehungswiese in Flor zu halten. Doch sah ich auch auf eine gewisse Zurückhaltung, um jene Wiese nicht zu überdüngen und ins Kraut und ins Unkraut zu großer Nähe und Vertrautheit schießen zu lassen, wo die Biologie bekanntlich leicht umkippt. Ich hatte freilich bei all meinen Diensten nicht nur das Gefühl der Belastung, sondern wurde auch durch ein Hochgefühl der Wichtigkeit und den Besitz einer Vertrauens- und Verantwortungsstellung entschädigt und belohnt. Ich übertraf so in kurzer Zeit manchen längergedienten, ja auch einige in Ehren ergraute Mittelbaumenschen.

Meine Dienste wurden dabei immer persönlicher. Mein Herr scheute sich nicht und hatte keine falsche Scham, mich etwa vor einem wichtigen Auftritt zu fragen, ob er »in Ordnung« sei. Und einmal, als er in Eile war und sich in seinem Zimmer für eine Ehrenpromotion einkleidete, bat er mich sogar, ihm beim Anlegen der Robe, des Talars, der Kette und des Biretts ein wenig behilflich zu sein. Ich fühlte mich wie ein Knappe, der seinen Ritter »in Harnisch bringt« und seinem Herrn den Steigbügel hält. So wie der Knappe Helm, Kinnreff, Kehlstück, Halsberge, Stoßkragen, Bruststück, Armberge, Armkachel, Bauchreifen, Panzerhandschuhe, Panzerschurz, Diechling, Kniebuckel, Beinröhre und Bärlapp und schließlich Schild, Schwert oder Lanze reichte, so armierte auch ich den Altgermanisten und Prärektor, um ihn für seinen festlichen Termin auszurüsten und zu wappnen. Und wie der Knappe schließlich das Pferd am Zügel führte, so ergriff ich die Türschnalle, um meinem tüchtigen Herrn zuletzt durch Öffnen der Tür freie Bahn zu geben und ihn in das große Abenteuer zu entlassen. Stattlich schritt der hohe Herr nun dem Rektorat zu ... Und irgendwie war auch ich Nutznießer des guten Eindrucks, den er in dieser »Aufmachung« nicht nur bei der Damenwelt hinterließ. Man brauchte sich für ihn nicht zu schämen, er machte dem Institut Ehre. Und was er sagte, hatte Hand und Fuß ... Heinrich von Schroll, genannt Grainfeld!
Alles hätte so bleiben können. Wäre nicht plötzlich doch wiederum eine Erwartung aufgetaucht, eine Erwartung mir gegenüber nämlich, die ich nicht oder nicht so prompt erfüllen konnte und wollte, sodaß die Vegetation, um im Naturbild zu bleiben, wieder stark zurückgeworfen wurde. Ein Eismann, ja eigentlicher eine Eismännin, die »kalte Sophie«, retardierte und bremste das Frühlingserwachen.
Es begann damit, daß ich eines Tages und einige Zeit nach meiner Einstellung von meinem Professor eine Einladung in sein Haus erhielt. Es sollte sich um ein Abendessen handeln.

Mir war vor dieser »Intimität« gleich von allem Anfang an bang, und mir kam ein solches Abendessen eher als ein Pflichttermin vor, den es wahrzunehmen und den es auch zu bestehen und zu überstehen galt. Ich fühlte mich aufgerufen und geprüft, eine gute Figur zu machen, Manieren und Umgangsformen zu zeigen, mich auch als Gesellschafter, angenehmer Mensch, Konversationeur, geistreicher Plauderer womöglich, darzustellen und hervorzutun. Zwar erschien mir eine solche Einladung nicht gerade als Kampf und »schwere« Prüfung, also als »Rigorosum«, aber doch auch nicht als reines Spiel, in gewisser Weise als Verbindung und Mischung von beidem, als »Kampfspiel«. Und ich wurde an jenes Kampfspiel erinnert, das der »anmutige, bartlose Jüngling« Parzival vor seinem Lehrer und Meister Gurnemanz absolviert, bei welchem er belehrt und korrigiert wird. »Gurnemanz lehrte Parzival, sein Pferd mit Schenkelhilfe und mit Sporen aus dem Galopp in den Angriff zu werfen, die Lanze richtig einzulegen und sich mit dem Schild vor dem Gegenstoß zu decken.« Ich war mir aber leider sicher, daß mir dieser erste gesellschaftliche »Auftritt« in einem großbürgerlichen Haus nicht »auf Anhieb«, wie es ritterlich heißt, und so gut gelingen würde wie Parzival sein erstes Turnier: »Parzival jagte zum ersten Mal eine Lanze durch einen Schild, daß alle nur so staunten.« Und: »Parzival erwies sich als würdiger Sohn seines Vaters. Er warf sein Pferd in voller Karriere in den Angriff und zielte genau zwischen die vier Schildnägel.« Parzival besteht übrigens diesen praktischen Teil des Programmes auch besser als den eigentlich gesellschaftlichen. Wegen seines Bärenhungers vergißt er bekanntlich bei dem dem Turnier vorangegangenen Mahl so ziemlich auf jede Etikette und langt zu wie ein heißhungriger Landsknecht. Ich aber sagte mir immer wieder vor: Wenn du dann bei jenem Abendessen, das sicher kein normales Abendessen, sondern ein »Nachtmahl« ja ein »Abendmahl« sein wird, zu Tische, nein, an der Tafel sitzest, dann bediene dich des Bestecks, der Gabel in der linken und des Messers in der rechten Hand, die Suppe löffelst du aufrecht sitzend aus deinem Teller, den Kopf senkst du nicht zum Tellerrand hinunter, und schöpfst du den Rest heraus, dann neige diesen Teller von dir weg und nicht zu dir hin. Du mußt speisen und nicht bloß essen, von den Praktiken und Unsitten, die du all die Jahre im Studentenheim angenommen hast, verabschiede dich. Das war kein Essen, sondern, mittelalterlich gesprochen, ein »Veressen« (neuhochdeutsch Fressen).

Gewaschen, geschneuzt und gekämmt »trat ich an« an jenem festgesetzten Tage. Ich hatte sorgfältiger als sonst Toilette gemacht, hierin hatte ich es nicht so gut wie Parzival, der von »wunderschönen prachtvollen Jungfrauen« gewaschen und gebadet wird. Für die Frau, nein, Gattin meines Herrn, die »vrouwe«, trug ich wie ein rechter Minnediener Blumen in der Hand, die ich nach Anweisung und auf den Rat einer mir bekannten wohlmeinenden Dame genau zum richtigen Zeitpunkt aus dem Papier wickelte. Doch schon bei diesen Präliminarien unterliefen mir so viele Ungeschicklichkeiten, daß ich für den weiteren Verlauf des Abends die schlimmsten Befürchtungen hegte. Vor allem gelang mir nicht, das Handeln und das Sprechen zu koordinieren und zu synchronisieren. Es wäre darauf angekommen, die Umständlichkeit des Blumen-Entfaltens und -Auswickelns durch einige launige Worte zu überspielen, doch ich stand entweder steif und starr und redete, nein »hielt eine Rede«, oder ich war stumm und handelte und hantierte, sodaß ich die heimliche Frage meiner Gastgeber direkt schon hörte: Ja, was macht denn dieser Mensch da? Oder, wenn ich redete: Warum nur steht er so Habtacht? Es hätte mich gar nicht mehr überrascht, wenn mein Professor, der als hoher Offizier beim Militär gedient hatte, plötzlich zu mir gesagt hätte: Rührt euch!

Die Zeit vor dem eigentlichen Mahl wurde im Salon zugebracht. Schon hier wurde einiges gereicht, sogenannte Apéritifs, sogenannte »Magenöffner« und »Appetitanreger«. Ich konsumierte und absolvierte alles nach dem Vorbild meines Gurnemanz, ohne leiblichen Drang. Das eigentliche körperliche Bedürfnis stand für mich an diesem ganzen Abend völlig im Hintergrund, hier hatten nicht mein Gusto oder mein Hunger oder mein Durst zu entscheiden, hier dominierte nicht der Appetit, sondern der Komment, also Brauch, Sitte und Regel. In Schwierigkeiten kam ich bloß, wenn ich mich zwischen zwei Dingen, Zuspeisen etwa, zu entscheiden hatte. Dann wußte ich nicht, ob es die Höflichkeit gebot, von allem etwas zu nehmen, also nichts zu verschmähen, oder ob das nicht andererseits in diesen Kreisen als unfeine Gefräßigkeit angesehen wurde. So fragte ich mich nicht nach »gut« oder »besser«, sondern nahm entweder von allem etwas oder einfach das Nächstbeste. Die Frage, ob es mir schmeckte, stellte ich mir nicht. Das, was hier aufgetischt wurde, war etwas Besonderes, mir weitgehend Unbekanntes, mir von meiner Herkunft her Ungewohntes, und es galt als *exquisit*, ausgesucht, erlesen hohe Küche, haute cuisine, und es entzog sich eo ipso meinem niedrigen unfachlichen Urteil. Über ein solches Essen zu urteilen wäre mir als Barbaren geradeso erschienen, als hätte ich mir ein Urteil über eine mir völlig unbekannte Wissenschaft, meinetwegen die Astrophysik, erlaubt. Ich hätte auch Angst gehabt zu beurteilen, jedes »populäre« Wort hätte mich als einen mit Delikatessen und in der Delikatessologie absolut Unbewanderten, *blutigen* Laien verraten. Nur aristokratische Feinschmecker, nicht proletarische Grobschmecker wie ich konnten hier mitreden. So beschränkte ich mein Lob auf den einfachsten, einem Kulinarier sicher lächerlich und albern vorkommenden Wortschatz. Ich sagte einfach von Zeit zu Zeit: sehr gut. Ich sprach im wahrsten Sinne der niederen Künste »trivial«, nicht »quadrivial« im Sinne der hohen Kunst.

Das Essen war das eine, doch nicht das einzige und auch nicht die Hauptsache, wie mir später aufging. Da gab es vielmehr noch etwas, was den Vergleich mit dem ersten Auf-

treten Parzivals in der »großen Welt« beim Burgherren Gurnemanz von Graharz nahelegte. Ich habe jenen Vergleich keineswegs unüberlegt angestellt und durchaus nicht aus der kindlichen Lust am Verbinden von Unzusammenhängendem, einer maßlosen Vorliebe für das typologische Verfremden und das Aufspüren von Typus und Antitypus, Vor- und Nachbild gebracht! Es gab da vielmehr noch ein »tertium comparationis«, einen Vergleichsgrund, und ein »fundamentum in re«, also ein sachliches Argument, für mein »komparatistisches« Vorgehen. Ich nenne jenes Phänomen einmal in Anlehnung an andere Komplexe, etwa den Ödipus-Komplex, den »Liaze-Komplex«. Ich sagte weiter oben, ein Eismann habe die Beziehung zwischen meinem Lehrer und mir abgekühlt, und sprach von der im Volksmund »kalte Sophie« genannten Heiligen. Nun möchte ich den Namen Sophia durch jenen der Liaze ersetzen, um einen noch moderneren, um jenen der einen der beiden Töchter meines Lehrers zu vermeiden, zwischen die ich bei jenem Abendessen gesetzt wurde, wobei freilich deutlich wurde, welche mir »bemeint« war, nicht nur als Tischdame. Wolfram schreibt, daß Gurnemanz, nachdem er Parzival »erzogen« und »gezähmt« und auch Parzivals Trefflichkeit im Kampf gesehen hat, wiederum ein Mahl ausrichtet: »Als der Fürst am Abend in die Burg zurückkehrte, war der Tisch bereits gedeckt. Er bat seine Tochter, an der Mahlzeit teilzunehmen. Nun hört, was der Burgherr zur schönen Liaze beim Eintritt sagte: ›Ehre diesen Ritter durch deinen Willkommenskuß, denn das Glück ist ihm hold ...‹ Er gebot der Tochter, Parzival mit ihren zarten, weißen Händen vorzuschneiden, was er essen wollte. Niemand sollte sie daran hindern, miteinander vertraut zu werden. Das Mädchen tat folgsam alles, was der Vater wollte ...«
Doch Parzival verschmäht das Land und die Tochter des Gurnemanz: »Herr, ich bin noch völlig unerfahren. Erst wenn ich ein rechter Ritter geworden bin und mit einiger Be-

rechtigung um Liebe werben darf, sollt Ihr mir Eure schöne Liaze zur Frau geben.«
Ich weiß nicht, ob mein Lehrer von mir und meinem »Glück«, meinem »Heil«, altgermanisch ausgedrückt, so überzeugt gewesen ist, wie Gurnemanz von Parzivals »Karriere«. Ich hatte einigermaßen gut, das heißt genaugenommen »summa cum laude«, also außerordentlich gut, ja ausgezeichnet mein Doktorat bestanden und aus der Hand des Bundespräsidenten selbst meine »Promotion«, den Ritterschlag, erhalten, doch wissen die Lehrer solcher ausgezeichneten Schüler selbst am besten um die Relativität auch derartiger Beurteilungen. Der Bundespräsident »rotiert« jährlich durch sämtliche österreichischen Universitäten, um jene Musterschüler zu ehren und mit einem Ring der Republik zu beschenken, einem »Fingerlein«, wie es im Mittelhochdeutschen heißt, zu beringen. Wären alle Sub-auspiciis-Doktoren Genies, so hätte dieses Land keine Probleme mehr. Wir aber haben eine Unmenge an Sub-auspiciis-Promovierten und eine Unmenge an schier unlösbaren Problemen. Und von einigen dieser dekorierten Doktorierten hat man auch nach ihrer akademischen Dekoration nichts mehr gehört. Einmal sind sie zur Ehrenpromotion vor- und hervorgetreten, um dann alsbald wieder zurückzutreten und sich in die graue Masse des akademischen Proletariats einzureihen und bis an ihr Lebensende nicht mehr weiter aufzufallen. Es ist »auffällig«, wie viele von jenen, denen die Honoration übertriebene Hoffnungen gemacht hat, später lebenslang an Enttäuschungen laborieren, sodaß sie die »laus« jener Laudation fernerhin weniger wie eine Auszeichnung, denn als Wunde mit sich herumtragen. So hat man ihnen buchstäblich eine deutsche Laus in den Pelz gesetzt.
In der Monarchie, als die Promotionen »sub auspiciis imperatoris« sehr selten waren, war diese Promotion auch gleichbedeutend mit einer hohen Stellung im Staat. Heute, im Zeitalter der Massenuniversität und auch der Massenpromo-

tionen unter dem Ehrenschutz des Präsidenten, die den Bundespräsidenten praktisch zu einem freien Mitarbeiter der Rektorate und Rektoratsdirektoren der vielen zu »Universitäten« aufgewerteten Fachhochschulen mit Promotionsrecht machen, verträgt sich eine solche Ehrenpromotion durchaus bereits mit anschließender Arbeitslosigkeit! Es gibt gar nicht wenige hochdekorierte Arbeitslose und Arbeitssuchende. So empfand auch ich die Promotion, auch jene »sub auspiciis«, gar nicht wie einen Ritterschlag, den das Wort ursprünglich bedeutet hat, sondern allenfalls als »Knappenschlag«, ich fühlte mich zum Knappen geschlagen, allenfalls zum »klugen Meisterknappen«, wie es im 59. Dreißiger des Parzival heißt. Und die Anstellung zum Assistenten, für die ich sehr dankbar war, zeigte auch alsbald, daß ich noch keineswegs für »fertig« und »ausgelernt« angesehen und geachtet, sondern weiterhin als »Habilitabler« und somit als »unterwegs«, als Schüler und auch als ein »Examinandus«, also einer, der noch öfters geprüft werden mußte, angesehen und betrachtet wurde. Die Herrenjahre hatten noch keineswegs begonnen, ich stand wieder einmal am Anfang der Lehrjahre. Und ich war damals fest entschlossen, diesen Weg unbeirrt und unbeeindruckt zu Ende zu gehen. Auch wollte ich mir nichts ersparen und mir nichts erleichtern, etwa durch eine Heirat, durch »Einheiraten«! Wie Parzival wollte ich zuvor ins Leben hinaus, mir den Wind der Schlachten oder doch der akademischen Stürme im Wasserglas um die Ohren wehen lassen, Abenteuer bestehen und Heldentaten vollbringen, und sei es im Elfenbeinturm. Und wenn der Heroismus und der ungestüme Optimismus, man sei allein und selbst seines Glückes Schmied, sehr bald nachließ und bescheidener wurde, weil ich plötzlich überall Grenzen spürte, wo ich früher gar keine vermutet hatte, nicht nur Grenzen der eigenen Person und Persönlichkeitsstruktur, des Charakters, des Gedächtnisses, des Verstandes, sondern auch solche der Gesellschaft, der Umgebung, der Vorgesetzten und der Kollegenschaft, Empfindlichkeiten, Aversionen, Allergien, Tabus – so wollte ich doch auch jetzt keine Abkürzungen gehen und als Mann etwas Vergleichbares tun wie jene Studentinnen, von denen es in einem frauenfeindlichen und hämischen Männerwitz heißt, sie müßten ihren Doktor entweder selbst machen oder einen Doktor heiraten.

Protektion auf Grund von Nepotismus, Vettern- und Freunderlwirtschaft, kommt im übrigen häufiger vor als vielleicht einer meint. Mancher hat schon »mage unde friunde«, Verwandte also, protegiert, und es sind gar nicht wenige Söhne und auch Schwiegersöhne, die nicht nur die Bibliotheken ihrer Väter oder Schwiegerväter, sondern auch deren Lehrstühle geerbt haben. Nicht immer galt somit der »Heimfall«, wie man im mittelalterlichen Recht die Zurücknahme des Lehens durch den Lehensherren nannte, wenn das Lehen »erledigt« war. Oft haben die Professoren mit Hilfe ihres Einflusses die Sache anders geregelt und »erledigt«. Mancher Erblasser aber hat seinem Nachkommen leider nur den Lehrstuhl vererbt, nicht aber auch seine Fähigkeiten und seinen Verstand. Daß freilich auch schon Söhne ihre Väter übertroffen haben, soll nicht verschwiegen werden. Und ebenso muß hier gesagt werden, daß auch Söhne, in gänzlicher Umkehrung des Gesagten, für ihre Väter bestraft wurden und gebüßt haben, sodaß sie es gerade wegen ihrer Herkunft nur zum Marschall, zum Truchseß, zum Kämmerer oder zu einem anderen Hofamt, nicht aber zum Burgherrn gebracht haben.

Doch erlebt man auch heute immer noch öfter, daß die Inhaber von Lehrkanzeln ihre Stellung für ein »Allod« halten, also ein Eigengut, das keinem, außer dem Inhaber, untertan ist und niemanden etwas angeht, als hätte schon Friedrich Barbarossa ihre Vorfahren auf dem Mainzer Reichstag, wie die sogenannten »Hochfreien«, »Dynasten« oder »Grafen«, königlich »beschenkt«, nicht bloß belehnt. Wer die Stammtafeln der Universitäten, wer die alten Vorlesungsverzeichnisse und wer Nekrologe studiert, begegnet immer wieder den gleichen Namen, gewissermaßen »Apostelgeschlechtern«, wie man die von den Babenbergern her landsässigen alten Adelsfamilien nennt. Ich selbst fühlte mich als »homo novus« oder akademischer »newcomer« in der Universitätshierarchie, allenfalls als »Ministerialer«, niedriger Dienstadel, ja unedler Ministrant, und ich begriff bald, daß hier sehr viele über mir waren, die, vergleichbar der Ordnung im Reichsheer, wichtigere Heerschilder hoben, der König, die Fürsten, die Hochfreien, die Gemeinfreien usw. Es gab auch hier Primogenitur und Sekundogenitur. Die Assistenten aber sind »Tertiogarnitur«, dritte Garnitur, sie stehen im letzten Glied, sie bilden die Nachhut, der es, wie man im »Rolandslied« des Pfaffen Konrad nachlesen kann, wie in der Schlacht von Ronçeval in den Pyrenäen übel ergehen kann. Den letzten, heißt ein deutsches Sprichwort, beißen die Hunde.

So dachte ich bei mir, daß die dezent verschleierten, mir aber doch deutlichen heiratspolitischen Absichten an und für sich einen mich ehrenden Kern enthielten, ohne daß ich, wie gesagt, meinen und annehmen durfte und mußte, daß mein Lehrer von meinen Berufsaussichten und meiner Karriere übertriebene Erwartungen und Vorstellungen hegte. Das Bäurische und »Unhöfische« in meinem Benehmen, der Mangel an Umgangsformen jedenfalls schien in den Augen meines präsumtiven Schwiegervaters und seiner Gattin, der Frau Schwiegermutter in spe, kein Ehehindernis zu bilden. Sie mögen sich gedacht haben, das Essen mit Messer und Gabel wird diesem Simplicius Simplicissimus schon noch beizubringen sein. Vielleicht hatten sie auch Beispiele von Menschen vor Augen, die von tief unten gekommen und zuletzt nicht nur hoch oben gelandet sind, sondern auch alles Ungehobelte und Unfeine so vollständig abstreifen konnten, daß sie zuletzt jeden Stallgeruch verloren haben und nicht mehr als Aufsteiger erkennbar sind. Freilich weiß man, daß diejenigen, denen die feine Lebensart nicht von Kindesbeinen an geläufig ist, später darin übertreiben. Und eben an dieser Übertreibung zu erkennen sind. Sie erfüllen das Plansoll an Repräsentation und Etikette zu vollständig, sie erscheinen überkomplett und hyperkorrekt, während man den alteingesessenen Adeligen etwa gerade daran erkennt, daß er mit der Tradition einen auch einmal etwas lockereren und freieren Umgang hat. Den souveränsten Umgang mit dem Zeremoniell hat immer der Kaiser. Er kann es sich leisten, weil er schwerlich in den Verdacht geraten kann, unedel zu sein. Der Aufsteiger aber darf sich keine Blöße geben und sich nur nicht gehen lassen, weil sonst jeder, der ihn bei einem solchen gesellschaftlichen Stilbruch ertappt, sofort meinen wird, der Bauer habe ihn hinaufgeschlagen, wie ein altes Sprichwort lautet. Jeder wird sofort die Wurzel einer und auch der kleinsten Roh- und Grobheit im Umgang in der niedrigen Herkunft suchen. Am Land liegt der Hund begraben. Und ein anderes altdeutsches Sprichwort lautet: Wenn der Bettelmann aufs Pferd kommt, ist er nicht mehr zu erreiten!

Auch Mädchen vom Land, oft abfällig als »Landpomeranzen« bezeichnet, haben sich in der gesellschaftlichen Hinsicht oft schon als sehr lernfähig gezeigt. Ein starker Charakter freilich setzt sich durch und behauptet *seine* Art. Es ist etwa rührend zu lesen, wie die heilige Elisabeth aus Ungarn, nachdem sie als Kind auf die Wartburg gekommen ist, die dort den Ton angebende Landgrafenfamilie durch ihre Natürlichkeit und Spontaneität nicht nur erfreut, sondern vor allem erschreckt hat! Sie war freilich die Tochter eines Königs und konnte sich deshalb schon etwas leisten und »mehr herausnehmen«, da werden auch Hermann von Thüringen, der präsumtive Schwiegervater, und seine landgräfliche Gattin darüber hinweggesehen haben, seufzend. Ungarisch!, mögen sie gestöhnt haben. Und Elisabeth hat sich ihre Lebendigkeit auch bis zum Schluß ihres freilich kurzen Lebens

bewahrt. Es ist erfrischend, sie etwa später ganz gegen den Brauch der Zeit ihre Freude an der ehelichen Lust zum Ausdruck bringen zu sehen. Sie benahm sich auch hierin nicht mittelalterlich, sondern sozusagen anachronistisch. Die benimmt sich ja neuzeitlich, mag die strenge Schwiegermutter gedacht haben. Ich bin mir auch sicher, daß Elisabeth an dem berühmten Sängerkrieg auf der Wartburg, der ungefähr fünf Jahre vor ihrem Eintreffen dort stattgefunden hat, keinen großen Gefallen gefunden hätte. Wahrscheinlich wäre ihr das Abgezirkelte und überhaupt die »hohe« Minne auf die Nerven gegangen. Rührt euch, würde sie dem Heinrich von Ofterdingen, dem Walther von der Vogelweide, dem Klingsor und dem Wolfram von Eschenbach, falls er damals dort auch zugegen war, was immerhin sein könnte, zugerufen haben. Und gerade das, was Walther von der Vogelweide, dem alten Mann, am Leben auf der Wartburg so mißfällt, mag für sie, das junge Mädchen aus Ungarn, besonders anziehend gewesen sein. Walther schreibt: »Wer ein empfindliches Trommelfell hat, der mache, bitte, einen Bogen um den Hof in Thüringen. Denn kommt er dorthin, dann wird er bestimmt taub werden. Ich habe das gesellschaftliche Treiben dort mitgemacht, bis ich nicht mehr konnte. Die einen ziehen aus, die anderen ein, Tag und Nacht. Ein Wunder, daß da nicht wirklich jeder sein Gehör verliert. Der Landgraf hält es so, daß er mit solchen Recken und Helden sein Hab und Gut durchbringt, von denen jeder ein Raufbold sein könnte. Ich kenne seinen Aufwand: Und kostete ein Fuder guten Weines tausend Pfund, so stünde doch niemals eines Ritters Becher leer.«
Mich selbst erfrischt nicht nur die Vitalität Elisabeths, mich rührt geradeso die Müdigkeit des alten Walther, dessen Überdruß und Resignation, wie sie sich in solchen Sprüchen, aber etwa auch in der berühmten Alterselegie: O weh, wohin sind meine Jahre entschwunden ...« ausdrückt, ich gut verstehen, nicht nur verstehen, sondern auch »nach-« das heißt

eigentlich vorausempfinden kann. Man wird auch an der Universität müde! Und was muß man sich nicht auch hier alles gefallen lassen. Wie Walther jubelt man auch als Assistent anfangs, wenn man eingestellt wird: »Ich habe mein Lehen, in alle Welt ruf ich's hinein, ich habe mein Lehen! Nun fürchte ich nicht mehr den Februarfrost an den Füßen und werde künftig die geizigen Herren nicht mehr anflehen. Der edelmütige König, der großmütige König hat mich versorgt, sodaß ich im Sommer kühlende Luft und im Winter Wärme habe. Meiner Umwelt komme ich jetzt viel feiner vor: Sie sehen mich nicht mehr an als ein Hausgespenst, wie sie bisher taten. Ich bin zu lange arm gewesen, ohne dafür zu können. Ich war so voller Scheltworte, daß mein Atem stank. All dies hat der König rein gemacht und mein Singen dazu.« Ähnlich also, denke ich, jubelt auch der Universitätsmensch, nicht nur bei seiner Einstellung, sondern auch bei jeder »Verlängerung«: Ich habe mein Lehen, in alle Welt ruf ich's hinein: Ich habe mein Lehen! Vielleicht ist bei einer »Verlängerung« das Jubilieren weniger exaltiert, weniger emphatisch und nachdrücklich, bei der Habilitation aber, dachte ich, wird es sich sicher noch einmal steigern und wirklich Grund zu Freudensprüngen besteht meines Erachtens bei einer Berufung, das Ordinariat ist das eigentliche Lehen. Freudige Ereignisse sind dann allenfalls noch das Dekanat oder das Rektorat, mindestens für jene, die wie mein Lehrer dies anstreben und ersehnen. Und dann ist es auch schon nicht mehr weit bis zur Emeritierung. Jetzt darf der Universitätsmensch singen: Ich hatte ein Lehen, ich hatte ein Lehen, und die Alterselegie anstimmen: O weh, wohin sind alle meine Jahre entschwunden! Immer aber, wenn in dieser Karriere etwas erreicht ist, stellt sich alsbald der Kater ein.
Bloß ein »Gespenst«, ein Hausgespenst, ein »butze«, wie Walther schreibt, zu sein, dieses Gefühl hatte ich gerade bei jenem Abendessen bei meinem Gurnemanz-Hermann von Thüringen besonders stark und drastisch. Wie unbehaglich

fühlte ich mich in diesem »Familienverband«! Und wie kurz war es her, daß ich mich so gut und stark gefühlt hatte, daß ich gern mit Walther gesagt hätte: Meiner Umwelt komme ich jetzt viel feiner vor ... Und jetzt als designierter Eidam und Tochtermann zwischen Bestervater, Bestemutter, Schwägerin und der mir zugedachten Söhnin, ich, der »Bauernschwager« dieser Wahl-, Prahl- und Qualverwandtschaft, hätte ich auch viele »Scheltworte« »auf Lager« gehabt, die ich aber unterdrücken und wie das exquisite Essen hinunterschlucken mußte. Die »Annäherungsversuche«, womit jene Versuche des präskriptiven Bestervaters, meines Doktorvaters und Habilitationsvaters, meines Dreifachvaters somit, gemeint sind, uns, Liaze und Parzival also, zusammenzuführen und zusammenzubringen, waren durchaus dezent, mein Bestervater in spe fiel durchaus nicht mit seiner Tochter in mein Haus, sondern ging propädeutisch vor, und von einem »Verkuppeln« konnte jedenfalls in diesem Anfangsstadium wirklich keine Rede sein, der Herr Professor mag gedacht haben, der Appetit komme mit dem Essen. Und wie Liaze sprach auch die ältere der beiden Töchter, die mir »bemeinte«, die der Vater ganz offensichtlich gern unter der Haube gesehen hätte, bei diesem ersten »Termin« wenig. Laß das einmal mich in die Hand nehmen, mag der Vater vor meinem Kommen als Direktive ausgegeben haben, möglicherweise aus einer oder auch mehreren bereits gemachten Erfahrungen heraus.
Liaze nämlich war deutlich älter als ich, und es war, bürgerlich gedacht, gewissermaßen schon höchste Zeit für eine Hochzeit. Sie war im übrigen, von dem wenigen her zu schließen, was sie an diesem Abend sagte, ein sehr gewinnender Mensch, ein liebes »Mädchen« oder eine Frau vielmehr, mit der ein Mann »nicht verspielt« gewesen wäre, wie meine Mutter gesagt haben würde. Und ohne daß ich meine Abwehr und meine fehlende Bereitschaft, den Willen meines Herrn an seiner Tochter zu erfüllen, hier im einzelnen darle-

gen möchte – Liebesgeschichten finde ich wie mein sechsjähriger Sohn Georg langweilig, schon gar solche, die sich nicht entwickeln und in Gang kommen –, kann ich doch soviel sagen, daß es der Altersunterschied, oder der Altersunterschied allein, sicher nicht war, der mich Liaze und den Plänen ihres Vaters nicht nähertreten ließ. Im Gegenteil, ich habe für Männer, die ältere Frauen geheiratet haben, immer eine gewisse Hochachtung empfunden, weil sie damit auf ihre Weise bewiesen haben, daß es ihnen vor allem um den Menschen ging, wie ich gerade für jene Universitätsleute, die sich alle paar Jahre mit einer Regelmäßigkeit wie beim Einkleiden mit einer neuen und jüngeren versorgen, eine Verachtung empfinde, weil sie damit beweisen, daß es ihnen vor allem um das Weibchen im Weib geht.
Die leichtsinnigsten und liederlichsten, die lüsternsten und treulosesten Männer kaprizieren sich häufig auf die jüngsten Mädchen. Daß sie mit diesen Kindern und Kindfrauen kaum etwas reden können oder höchstens in der Babysprache, spielt für sie meistens keine Rolle, weil sie sie ja auch nicht wegen des Gesprächs gesucht und genommen haben.
Mit dem weiter oben verwendeten Wort »kaprizieren« sind wir dem Sachverhalt des »iterativen«, das heißt auf deutsch »wiederkehrenden« Frauenwechsels übrigens genau auf der Spur, kommt doch dieses Wort von »caper« (bzw. »capra«), der Bock (bzw. die Geiß) – und was tun solche Männer anderes, als »nach dem Geruch« zu gehen, um dann Bockssprünge zu vollführen? Das Althochdeutsche hat freilich auch für jene Väter, die ihre Heiratspolitik sehr weit treiben und ihrerseits Bockssprünge machen, ein eindrucksvolles Sprichwort, wenn es ihnen zuruft: »tune maht nieht mit einero dohder zwena eidima machon«, Du kannst nicht mit einer einzigen Tochter zwei Schwiegersöhne machen!
War es also bestimmt nicht das Alter an sich, das mich stutzig und kopfscheu machte, so war es doch das Alter insofern, als dieser »Mangel« der »Braut« offensichtlich für mei-

nen Bestervater auf meiner Seite durch einen Mangel an »Herkunft« kompensiert schien, nach der Vorstellung: Eine ältere Adelige und ein jüngerer Bürgerlicher passen zusammen, was der einen an Jugend fehlt, ersetzt sie durch ihre gesellschaftliche Stellung, was dem anderen an Stand und Geburt abgeht, macht er durch Jugend wett. Unter diesen Umständen der Disparität und Ungleichheit werden Gegensätze auf einer anderen – höheren – Ebene egalisiert und versöhnt, bekommt auch eine »morganatische« Ehe, eine »Ehe zur linken Hand« einen Sinn. Eine ältere Rechtshänderin nimmt einen jüngeren Linkshänder. Bei wem nämlich das Gesetz des Handelns liegt und wer in einem solchen Fall um wen wirbt, wie also die Rollen verteilt sind, darüber herrschte im alten Feudalismus kein Zweifel. Wer die meisten Zacken hat, bei dem ist auch das Gesetz des Handelns. So bemühen sich Grafenväter für ihre weiblichen Grafenkinder, die Comtessen, um eine Liaison mit Edlen, Rittern, Freiherren oder Baronen, von den Hocharistokraten mit neun und mehr Zacken, vor allem den Purpurträgern, den Herzögen, Königen und Kaisern, einmal ganz zu schweigen. Und vor allem, und auch das wurde mir bei jenem Abendessen bei meinem Lehrer Heinrich von Schroll, genannt Grainfeld, bewußt, handeln bei den Aristokraten die Eltern für die Kinder. So hatte ich es auch schon auf einer Heiratsanzeige gesehen: Die Eltern, Graf und Gräfin Sowieso, geben die Hochzeit ihrer Tochter, der Comtesse Sowieso, mit dem Grafen Sowieso bekannt. Und damit auch die Symmetrie bei der sich anbahnenden Zweisamkeit berücksichtigt wird, verlautbaren die Eltern des Bräutigams die Hochzeit ihres Sprößlings.
Ich muß an jenem Abend auch gegen mir nicht bekannte Trinksitten verstoßen haben. In meinem Elternhaus wurde absolut formlos getrunken, an und für sich sehr wenig, aber wenn, dann ausschließlich gegen den Durst. Als Student hatte ich wohl bei einigen Geburtstagsfeiern im Studentenheim oder bei einigen wenigen festlichen Anlässen die Zele-

bration des Trinkens erlebt und gesehen, auch Trinksprüche und Toasts ausbringen gehört, ohne aber jemals in die Verlegenheit gekommen zu sein, dabei selbst eine Rolle zu spielen, etwas sagen oder das Kommando zum Erheben des Glases geben zu müssen. Und obwohl ich ein historisches Interesse an derartigen Gepflogenheiten habe, mich gerne lesend und studierend gerade über das Alltagsleben und das Feiertagsleben, das Leben der gewöhnlichen und der ungewöhnlichen Leute, zu informieren trachtete und trachte, fehlt es mir nicht nur an Übung, sondern auch an Verständnis für übertriebene Umständlichkeit beim Essen und Trinken heutzutage. Es sollte doch der primäre Zweck der Essensaufnahme und des Durstlöschens im Vordergrund stehen und nicht durch Riten und Zeremonien gänzlich überlagert und verdeckt werden. So habe ich schon immer das gleichzeitige Trinken nach Trinksprüchen und Zuprosten problematisch gefunden. Weil doch nicht alle zur gleichen Zeit durstig sein können. Und mit spitzbübischem Vergnügen habe ich manchmal beobachtet, wie einfache Leute bei Festtafeln, etwa bei Hochzeitsmahlen, gegen die Anstandsregeln verstoßen, wenn etwa ein durstiger Brautvater schon vor der Suppe zum Bierglas greift und gleich einmal den Durst, der sich während der Trauung bei ihm angesammelt hat, »vernichtet«, woraufhin er dann prompt von der Brautmutter, also seiner Frau, auf den Fauxpas aufmerksam gemacht wird. Und gerade einen ähnlichen Fehler beging ich diesmal selbst ... Zwar wartete ich mit dem erhobenen Glas, bis die Begrüßungsrede des Genannten, meines Doktor- und Bestervaters, vorüber war, nickte auch allen artig zu, doch nach dem Trinken hielt ich die Zeremonie für beendet und stellte deshalb mein Glas ohne weitere Umstände auf den Tisch. Da hatte ich freilich die Rechnung ohne den Wirt gemacht. In diesem feinen Haus hatte das Trinken nämlich einen ebenso feinen, zum Einleitungsteil symmetrischen Schlußteil. Die Trinker also nahmen das Glas vom Mund,

hielten es geradeso wie vor dem Trinken vor sich hin und versicherten einander noch einmal, wie beim Präludium nun auch beim Postludium, durch Zunicken des Wohlwollens. Bloß der Redeteil, also das »Prosit«, hatte in der Kadenz der Tränke kein Äquivalent und keine Entsprechung. Heißt nun »Prosit« auf Deutsch: Es möge schmecken, es möge nützen, zum Wohle, so könnte man im Anschluß vielleicht, um dem Mangel der Trinkzeremonie abzuhelfen, »profuit« sagen, was mit »es hat gutgetan« zu übersetzen wäre. Immer wieder hört man freilich nach dem Trinken unartikuliertere Laute, die das Einverständnis mit der Qualität des Getränkes zum Ausdruck bringen sollen. Hmh oder oh oder ah. Mit »profuit« können sich diese animalischen und vegetativen Urlaute aber nicht messen. Auch der Wechsel von Konjunktiv beziehungsweise Optativ (prosit) am Anfang und Indikativ (profuit) am Schluß hätte einen faktischen und realen Sinn. Doch ist es nicht meine Aufgabe, mir Gedanken über die Komplettierung und Verfeinerung des spanischen Hofzeremoniells zu machen. Die Umständlichkeit bereits des alten, im Hause meines Lehrers, des Genannten, überforderte mich so sehr, daß ich Fehler auf Fehler beging und mir deshalb unbehaglicher und unbehaglicher wurde, bis es mir, dem »gener designatus«, buchstäblich zu viel wurde und ich darauf sann, meine Leiden in diesem feinen Hause abzukürzen und die Burg mit Anstand zu verlassen.
Ich überlegte bereits manche Ausrede, war aber gerade durch dieses Nachdenken in der aktuellen Konversation sehr behindert und schien der Familie des Genannten öfters sicher recht abwesend. Ich mag einen ähnlichen Eindruck gemacht haben wie der im 6. Buch des Parzival beschriebene Held, als er plötzlich die drei Blutstropfen im Schnee sieht. Ihn, der Gurnemanz und seiner Tochter Liaze »entkommen« ist, um später Condwiramurs zur Frau zu nehmen, erinnern die Blutstropfen an das liebe Gesicht der Gattin, und er vergißt darüber alles um sich her und verfällt in eine tran-

ceähnliche Absenz. Parzival ist, wie wir heute sagen, »geistig weggetreten«, und nur die Routine und eine blitzartig wiedereinsetzende Präsenz helfen ihm schließlich gegen die ihn angreifenden Ritter, vor allem Segramors und dann Keie ... Und erst der Beste der Artusritter, Gawan, befreit Parzival aus seiner Versunkenheit, indem er ein Tuch über die Blutstropfen breitet. So ähnlich mag auch ich gewirkt haben, als ich auf den Rückzug, einen geordneten nämlich, sann. Und so wie das Tuch, mit dem Gawan die Blutstropfen zudeckt, waren es in meinem Fall die Servietten, aus Stoff, wie sich versteht, und nicht aus Papier, mit denen die Hausleute zu hantieren begannen, die mir das Ende meiner Leiden anzeigten. Diese Leiden setzten sich aber, nachdem wir aus dem Speisezimmer in den Salon hinüber- und zurückgewechselt waren, dort fort, sodaß ich schließlich den grimmigen Entschluß faßte, das Haus der Gastgeber, der »socrus« und des »socer«, koste es, was es wolle, zu verlassen. Da mir aber alle regulären und anständigen Abgangsmöglichkeiten verbaut und vermauert schienen, alle denkbaren Ausflüchte als nicht stichhaltig und die Ausreden fadenscheinig, die mir der Reihe nach einfielen, schützte ich einen Weg zum »Ende des langen Ganges« vor, jene Reise somit, die bekanntlich auch der Kaiser zu Fuß antritt. Statt aber zur Tür in den Aborterker hineinzutreten, nahm ich die Tür daneben, die vom Salon aus nicht einzusehen war und ins Freie, jedenfalls in die Freiheit des Flures führte. Ich nahm den sogenannten heimlichen Ausgang und empfahl mich englisch, grußlos, in die Nacht hinaus. So groß aber nun und im Nachhinein die Lust sein mag, diesen Abschied ohne den Reisesegen des Wirtes ironisch oder satirisch zu beschreiben und zu kommentieren, so war mir doch schon damals »schlagartig« klar, daß ich mich feige gedrückt hatte und »getürmt« war und daß dieser eklatante Exodus, dieses Davonlaufen, einen Eklat bedeutete und ein Nachspiel haben mußte.

Es zeugt nicht nur von Adel, sondern von echter edler Gesinnung, daß mir mein Lehrer nicht nur die Tür nicht gewiesen, sondern mir meine »Unhöflichkeit« nachgesehen und schließlich jenen Schwamm, mit dem der Lehrer eigentlich und uneigentlich, in der Wirklichkeit des Unterrichts und im metaphorischen Sinn umgeht und umgehen soll, benützte und meine Schuld »tilgte«. Reden wir nicht mehr davon, vergessen wir es, sagen wir, es war nichts, Schwamm drüber, mit solchen und ähnlichen Wendungen zeigte er mir die Lossprechung an. Ego te absolvo a peccatis tuis. Ich hatte aber seit jenem Skandal immer die Befürchtung, daß es mir noch einmal heimgezahlt werden würde. Ich sah den Genannten manchmal an und dachte, was mag er in seinem Kopf insgeheim ausgeheckt haben. Bestimmt hat er die Vorkommnisse gespeichert. Und vielleicht hat er auch gedacht: Warte nur, bis du auf meinen Hof bellen kommst! Bei Philippi sehen wir uns wieder. Lang ist es nicht mehr bis zur nächsten »Verlängerung«. Und es kommt auch noch die Habilitation ...

Er erwähnte lange auch mit keinem Wort mehr seine Töchter und namentlich seine »mittelalterliche« Liaze, die er mir, dem Mittelalterphilologen, zugedacht hatte. Ein Annäherungsversuch war gewissermaßen gescheitert, und beide verhielten wir uns in der Folgezeit, als hätte auch keiner stattgefunden, es herrschte eine gewisse Distanz ohne übertriebene Distanziertheit oder auffällige Reserviertheit. Und obwohl ich dem Bild meines Universitätslehrers von einem Universitätslehrer sicher kaum entsprach und er mich auch nicht in jene Richtung mich entwickeln sah, die er mir »in dieser Hinsicht« zugedacht hatte, da ich also kaum »Lehre annahm«, auch wissenschaftlich anders und, ich gebe zu: nicht sehr erfolgreich verfuhr, nicht sehr erfolgreich vor allem später, als ich Condwiramurs getroffen und gefunden und »erkannt« hatte und mich durch meine häuslichen Verpflichtungen meinen wissenschaftlichen Verpflichtungen weitgehend entzogen sah, hat er mich doch toleriert, wenn auch jenem Gewährenlassen ein Quantum Gleichgültigkeit beigemischt gewesen sein mag. Er lobte mich nicht, und ich lobte ihn nicht. Er kam im übrigen bei anderen diesbezüglich durchaus auf seine Rechnung. Denn wenn er auch nicht ruhmsüchtiger und eitler als andere Professoren war, so war er gegenüber Schmeichelei doch nicht ganz immun, wenn diese »Schmeichelei« nur ein gewisses Niveau erreichte, nicht plump vorgetragen wurde, sondern subtil, nicht zu frontal, sondern ein wenig umständlich und indirekt, gewissermaßen »durch die Blume«, aber auch wieder nicht zu undeutlich, nicht unverblümt und nicht verblümt.

Wie schwer es aber ist, einem Menschen von einigem intellektuellem Format zu genügen, das erlebte ich schließlich selbst, als es galt, uns für den sechzigsten Geburtstag des Ordinarius zu rüsten und eine größere Ehrung, namentlich eine Festschrift vorzubereiten. Ich nahm die Sache in die Hand, und obwohl es sich bei der Festschrift entsprechend ihrer »Definition« um eine Ehrung und damit auch um eine womöglich reine Freude für den zu Ehrenden handeln sollte, ging auch mit diesem Vorhaben nicht alles so glatt, und es gab die bei solchen Gelegenheiten auch schon üblichen Mißhelligkeiten, sodaß das, was absolut gut gemeint war, nicht völlig gut ausgefallen ist, sondern im Gegenteil Mißverständnisse erzeugt hat. Ich verbuche die Festschrift in meiner Universitätslaufbahn als den »dritten Streich«, nach der Entfernung der Pragerbilder und dem Eidamabendmahl eine dritte »Verstimmung«.

Die erste Frage, die sich für jemanden, der eine Festschrift herausgeben will, unmittelbar stellt, ist jene nach der Mitwisserschaft des Honoranden oder der Verschwiegenheit des Herausgebers. Ich hatte mich für das erstere entschieden, wollte also nichts hinter dem Rücken des Genannten und klammheimlich veranstalten. Ich wollte ihn einweihen. Vor der Wahl zwischen »offenliche unde tougen«, also offen oder heimlich, publik oder exklusiv, entschied ich mich für das erstere. Als ich den Herrn an den bevorstehenden runden Geburtstag in zwei Jahren erinnerte, verzog er ein wenig im Scherz und auch ein wenig wie im Schmerz sein Gesicht. Ja, sechzig, sagte er, so alt werde kein Pferd. Ich fragte ihn, ob es ihm recht sei, wenn ich aus diesem Anlaß dem akademischen Brauch einer Huldigung für das Geburtstagskind durch eine Festschrift huldigte. Ach, sagte er, warum wollen Sie sich das antun! Festschriften seien »eine Pest«, vor allem für die »Festschreibenden«, aber auch für die Bibliotheken und die Bekannten, die nicht umhin könnten, sie zu kaufen. Es wurde freilich auch deutlich, daß er sich dadurch, daß auf ihn und sein Jubiläum nicht vergessen wurde, zugleich freute, und schließlich sagte er: Tun Sie, was Sie nicht lassen können! Da war mir klar, daß ich die Festschrift nicht lassen durfte. Und auch wenn er sagte, er halte sich nicht für bedeutend genug und nehme sich nicht so wichtig, so erkannte ich natürlich als ein mit der Rhetorik vertrauter Germanist, daß es sich dabei nicht um eine wirkliche Abneigung gegen eine Ehrung handelte, sondern um Demutsformeln und Bescheidenheitstopoi, wie man sie von einem »bescheidenen« Menschen erwartet.

Das ganze Arsenal der rhetorischen Möglichkeiten, angefangen von der »humilitas«, also der Bescheidenheit, über die »clausula salvatoria«, die Schadloshaltung, mit der sich der Mensch gegen üble Auslegungen – in diesem Fall etwa derart, als hätte sich der Jubilar womöglich darum bemüht oder gar gerissen – im vorhinein schützt und »salviert«, bis hin zur »reservatio mentalis«, dem »Vorbehalt« alter, erst künftig auszudenkender »Prätentionen«, wie Immanuel Kant diese »Figur« in seiner Schrift mit dem ironischen Titel »Zum ewigen Frieden« definiert, weil ja schließlich erst später, etwa nach Abschluß einer Festschrift, wenn sie nicht nach dem Geschmack des Jubilierenden ausfällt, Einwände entstehen können – alle diese Tropen und Figuren der Rede, wie sie seit altersher formuliert sind, schmückten jenes erste

Gespräch, das ich mit dem Genannten über mein honoriges Vorhaben führte. Auch ich hielt mich entsprechend, zog alle Register der »Epideiktik«, der Kunst des lobenden Beschreibens. Natürlich kommen in einer solchen Rede wirklich nur die absolut positiven und makellos laudativen Topoi in Betracht. Jede partielle Einschränkung macht eine Laudation zu ihrem Gegenteil. Wenn einer in einem solchen Fall nur anklingen ließe, daß es sich trotz aller Meriten des Jubilars letztlich auch bei ihm nur um einen Menschen handle, so neutralisierte dies nicht nur das Lob, sondern verkehrte es in sein Gegenteil, läge doch darin bereits der unüberhörbare Hinweis, daß über den Jubilar in dieser Hinsicht noch etwas ganz anderes zu sagen wäre, was aber leider der Termin und der eigentliche Anlaß der »Feier« verbiete. Eine solche Einschränkung ließe aufhorchen, sodaß jeder Zuhörende dächte, da muß noch einiges im Busch sein, was man heute nicht vorzeigen und vorbringen kann, und schon in der nächsten Pause würden die Zuhörer von Mann zu Mann nach dem Dahinterliegenden fragen, nachfassen, nachbohren.

Von einem literarischen Kunstwerk wird im Mittelalter ein Wechsel von Lob und Tadel verlangt, die »Parteilichkeit« des Autors wird sich darin zeigen, daß er hauptsächlich lobt, aber auch ein wenig tadelt, um nicht unglaubwürdig und langweilig zu werden, es ist von ihm eine »Alternation« von »laus« und »reprehensio« oder »vituperatio« verlangt, alles andere führte zu »taedium«, Ekel, Langeweile und Überdruß bei den Hörern. Doch wußten auch schon die alten Poetiker, daß es Gelegenheiten und Angelegenheiten gibt, die das eine oder das andere favorisieren und das jeweilige Gegenteil ausschließen und radikal zurückdrängen. Und da wir die »damnatio memoriae« der Römer nicht mehr kennen, da wir also von dem Brauch abgekommen sind, das Gedächtnis an einen Menschen zu löschen, den Betreffenden »expressis verbis« zu verdammen, wenn wir einmal von einigen Exemplaren von politischen Schurken absehen, so haben

wir es jedenfalls an der Universität vor allem mit Ehrungen zu tun, Ehrenpromotionen, Promotionen »sub auspiciis praesidentis«, Emeritierungen, Sponsionen und so weiter. Dabei genügt bei diesen Feiern meist nicht das bloße Genus »Lob«, ja nicht einmal »großes Lob«, sondern nur »höchstes Lob«. Nur die höchsten Töne entsprechen diesen Anlässen. Die Hyperbel, lateinisch »superlatio«, auf deutsch also die Über-treibung wird verlangt, so wie etwa auch in Empfehlungsschreiben ein bloßes »empfohlen« von jedem als »nicht empfohlen« gelesen wird, »sehr empfohlen« bedeutet, daß nichts Besonderes gegen den Bewerber spricht. Will einer jemanden wirklich empfehlen, weiterempfehlen, so muß er selbstverständlich andere sprachliche Register ziehen. Kippt freilich das Lob um, überschlägt sich das Lob, so bedeutet dieser Überschlag auch soviel wie ein Kippen etwa von Lebensmitteln, sie sind plötzlich ungenießbar.
Ginover, die Kochkünstlerin, sagt etwa, Weichkäse, eine in meiner Familie beliebte Speise, müsse außerhalb des Kühlschrankes gehalten werden, um ihn an jene äußerste Grenze von Schmelz und Mundigkeit heranzuführen, die gewissermaßen kalkulierte »Fäulnis« darf aber nicht in eine unkalkulierte, galoppierende Fäulnis ohne Anführungszeichen übergehen, was Verderben und Verlust bedeutete.
So ähnlich ist es auch mit dem Lob in Empfehlungsschreiben. Wird es exaltiert, so wird es auch unglaubwürdig. Lobt etwa ein Unternehmer oder Vorgesetzter einen Mitarbeiter in dieser Weise, »über den grünen Klee« gewissermaßen, so fragt sich jeder, warum er ihn denn dann gehen und ziehen läßt. Übertriebenes Lob wird als »Wegloben« empfunden. Wie schrecklich muß der frühere Chef unter diesem Mitarbeiter gelitten haben, daß er ihn derart hochjubelt. Sicher will er ihn einem anderen unterjubeln.
Das Abschiednehmen, das in den Jubiläen von Universitätsprofessoren, etwa dem sechzigsten und dann gar dem fünfundsechzigsten Geburtstag liegt und wofür eine Festschrift

eine Art »Festschreibung« bedeutet – daß du es nur nicht vergißt, du bist jetzt sechzig und sollst bald an deinen Abschied denken, oder du bist jetzt fünfundsechzig, »tempus adest«, es ist Zeit, bitte den Lehrstuhl und den Platz für Jüngere räumen! – dieses Ade- und Valemäßige wirkt auf alle Teilnehmenden, den Jubilar ausgenommen, versöhnlich. Der Betagte, wenn auch noch nicht Hochbetagte erhält bereits den Bonus der Pietät, des Demortuisnihilnisibene. Er schickt sich ja an, aus dem Weg zu treten, niemandem mehr im Weg zu stehen. Und diejenigen, die ihn feiern, wissen, was sie an ihm *gehabt* haben, während sie nicht wissen, was sie an seinem Nachfolger, der noch »in den Sternen« steht, *haben* werden. Und mag er auch im Laufe seiner Universitätskarriere mit einigen zusammengestoßen sein, die freilich jetzt nicht hier und anwesend sind – die Anwesenden haben ihn ausgehalten, haben ihn überstanden, überdauert. Sie haben Grund zur Dankbarkeit. Diese Dankbarkeit machen sie an jenem älteren Herrn fest. In ihm »verkörpert« sich nicht nur ihre Tüchtigkeit, sondern auch ihr Glück.
Mir ist im übrigen bei »epideiktischen« Anlässen eine einzige Möglichkeit aufgefallen und bekannt geworden, etwas zu monieren und einzufordern. Wer etwa einmal in ein Wunschkonzert des Rundfunks hineinhört, wird immer wieder hören, daß die Gratulanten die Jubilierenden anhalten, sich endlich Muße zu gönnen. Arbeite nicht mehr so viel, heißt es immer wieder. Schone dich mehr! Und so fort. Das ist der einzige Fehler, der übertriebene Fleiß, der unermüdliche Einsatz für andere, vor allem die Familie, ohne Rücksicht auf die eigene Person, auf die eigene Gesundheit, diese Rücksichtslosigkeit ist der einzige Fehler, das einzige »vitium«, das in der epideiktischen Rede Platz hat. Darin zeigt sich eine »coincidentia oppositorum«, ein Zusammenfall von Gegensätzen. Und wirklich setzt eine Mutter, die sich völlig für ihre Familie einsetzt, diese Familie gewissermaßen ins Unrecht. Die Mutter bietet zuviel, gibt sich selbst

hin und auf, ein Opfer, das die Kinder und der Mann eigentlich nicht nur nicht verlangen, sondern auch gar nicht annehmen können. Bereitet aber in den meisten Fällen dieses »Opfer« den Opfernden keine Qual und keine Schmerzen, sondern letztlich das Gegenteil, so kann das Akzeptieren dieses Opfers zwar lästig – aber damit auch zu einer guten Tat werden! Gut ist es, die Güte für gut anzunehmen, heißt es in manchem Prolog eines mittelalterlichen Werkes. So ist jener Tadel ein indirektes, ein kunstvoll ausgedrücktes Lob, dieser altruistische Tadel des Altruisten, der beiden, dem Tadler und dem Getadelten, »ein gutes Zeugnis ausstellt«. Vornehmheit, Höflichkeit und Aufmerksamkeit auf beiden Seiten!

Bei der Verabschiedung eines Professors wird freilich wieder anders gesprochen. Da die Emeritierung keine Pensionierung bedeutet und der »in den Ruhestand Tretende« auch fernerhin am Schreiben nicht gehindert ist, stecken ihm die Festredner viele Ziele, geben ein Pensum für die Pension auf, formulieren Erwartungen in noch zu schreibende Bücher über dieses und jenes Thema, das nur der Jubilar zu schreiben imstande sei, wünschen ungeminderte Schaffenskraft, wünschen für sich, daß der Jubilar seinen reichen Schatz an Erfahrungen seinem Nachfolger und dem Institut zur Verfügung stellt, geben sich also in dieser Weise egoistisch, um den Ausscheidenden zu neuen Taten zu animieren und stimulieren. Es wäre eine grobe Unhöflichkeit, dem alten Professor zu empfehlen, die wohlverdiente Ruhe zu genießen, endlich Ruhe zu geben, wie es im Wunschkonzert heißt. So sagen die Epideiktiker: Wir warten darauf, daß Sie, sehr verehrter Herr Kollege, bald den vierten Band Ihrer Literaturgeschichte abschließen können und damit eine schmerzliche Lücke in der Literarhistoriographie schließen, denn keiner außer Ihnen ...

Es soll vom Alter möglichst wenig die Rede sein, das Alter soll geradezu »übergangen« werden, der Jubilar strafe seinen

Paß Lügen, wird gesagt, Müdigkeit und Resignation sind verpönt, die »geistige Frische« wird so oft zitiert, daß man plötzlich meint, man hätte eine Witterung von Zitrone in der Nase. Und doch schmeckt bei aller rhetorischen Anstrengung manches nicht natürlich und frisch, sondern wie aufgewärmt, ein wenig abgestanden, nach Surrogat und Künstlichkeit. Wir wünschen Ihnen das Vitamin A wie Arbeit, sagt der Festredner.

Als ich an die Festschrift »schritt«, ließ ich mir aus der Bibliothek viele Festschriften der vergangenen Jahre kommen, um mir an ihnen ein Beispiel zu nehmen oder auch, um dort deutlich gewordene Fehler zu vermeiden. Dabei sah ich vor allem, daß die Vorwörter und Einleitungen dieser Bücher alle gleich aussehen und praktisch austauschbar sind. In diesen Prologen stehen immer die gleichen Floskeln und Wendungen. Da ist vor allem einmal davon die Rede, daß mit dieser Festschrift nicht den vielfältigen Interessen des Jubilars Rechnung getragen werden kann. Die Jubilare werden durch die Bank der Vorwörter als »homines universales«, als »polyhistores« und Universalgenies bezeichnet. So reichen die wissenschaftlichen Interessen des Jubilars weiter als die Beiträge zu diesem Band erkennen lassen, sie umfassen außer Mediävistik auch synchrone und diachrone Sprachwissenschaft, Volkskunde und vieles mehr. Von der ungeheuren Vielfalt der wissenschaftlichen Interessen, auch auf den Grenzgebieten, ist die Rede. So läßt der Jubilar die Herausgeber der Festschriften stöhnen und seufzen, weil sie doch eine umfassende Würdigung im Sinn haben, diesem Vorsatz jedoch auf Grund der Breite der Interessen des Jubilars nicht nachkommen und nur sehr unvollkommen genügen können. Das zweite Dilemma aber läßt nicht lange auf sich warten. Es liegt in der Auswahl der Beiträger. Den Herausgebern schneidet es in die Seele, daß sie hier Grenzen ziehen mußten und daß sie sich auf den engeren Kreis der Fachkollegen und der profiliertesten Schüler beschränken mußten. Und die Herausgeber wissen und geben ihr Wissen auch zu und kund, daß ihnen durch diese Beschränkung viele klingende Namen von renommierten Fachkollegen aus aller Welt leider entgehen müssen. Zwar können die Herausgeber mit großer Freude beobachten, daß eine stattliche Anzahl von Philologen aus aller Welt dem Jubilar durch einen Beitrag zur Festschrift ihre Verbundenheit und ihren Dank zum Ausdruck gebracht hat, doch bedauern sie, daß es noch mehr hätten sein können, wenn nicht die Begrenzung der Thematik, die sich der Raumnot verdankt, aber leider dem Spektrum der Interessen des Jubilars nicht gerecht wird, gutem Willen Einhalt geboten hätte.

Auf das Vorwort, das eine Art Adresse an den Honoratioren darstellt, folgt oft noch eine Einleitung, die nun näher auf das Thema und die einzelnen Beiträge eingeht, nach dem »unsachlichen« Vorwort also die sachliche Einleitung. Was aber das Thema betrifft, so stellen sich viele Themen als sehr ungenau und nichtssagend heraus. Die diversen und divergierenden Beiträge sind kaum unter einen Hut und unter ein Thema zu bringen. Wenn es die Autoren doch versuchen und sofern sie nicht ein sehr unspezifisches Thema und ein Allerweltsthema von der Art »Sprache und Literatur« wählen oder »Text und Interpretation«, so lugt unter dem enger gefaßten Thema an allen Ecken und Enden wie unter einem zu kleinen Schirm oder Dach etwas hervor.

Die vielen thematologisch abweichenden Aufsätze verdanken sich aber bekanntlich jener Sitte oder akademischen Unsitte, den Festschriftherausgebern Ladenhüter anzubieten, alte, lange liegengelassene und ad hoc vervollständigte und »zusammengeschriebene«, inhaltlich und formal nicht selten mißglückte Aufsätze dem Herausgeber der Jubelschrift unterzujubeln. Man kann auch davon ausgehen – und meine eigenen Erfahrungen mit der Festschrift für meinen Herrn bestätigen mich darin –, daß man von den berühmtesten Professoren nicht immer die berühmtesten Aufsätze bekommt.

Wenn jemand an sich schon berühmt ist, braucht er nicht auch noch eine gute Arbeit zu liefern, das wäre sozusagen eine Tautologie. Die Assistenten aber, sofern sie von der Mitarbeit nicht überhaupt ausgeschlossen sind, liefern die profundesten Untersuchungen, sie strengen sich an, halten sich an das Thema und an den Umfang, die sogenannten Koryphäen des Faches halten sich nicht an das Thema oder formulieren im Nachhinein das Thema des Aufsatzes im Hinblick auf das Gesamtthema der Festschrift um und zurecht, sie halten sich nicht an die Auflagen des Umfangs, liefern entweder Miszellen und Miniaturen oder oft auch eine ganze Monographie, für die sie auf diese bequeme Art der Verlegersuche überhoben werden, und sie halten sich auch nicht selten nicht an die Vorschriften für die Einrichtung, die Zitierweise und die äußere Aufmachung der Manuskripte. Sie betrachten den Herausgebersassistenten sofort als ihren Einrichter und Lektor, der sich hüten wird, ihnen, den gestandenen Fachvertretern und Germanisten, etwas zurückzugeben und vorzuschreiben. Viele Aufsätze in Festschriften sind so durchaus keine Ehrungen, manche ist im Gegenteil eigentlich eine Beleidigung des Jubilars. Mein Lehrer machte, nicht sofort nach der Überreichung, aber einige Zeit später, manche Anmerkung in dieser Hinsicht. Der oder jener hätte sich auch etwas mehr anstrengen können. Oder: Dem wäre auch kein Stein aus der Krone gefallen, wenn er sich ein wenig mehr Mühe gegeben hätte.
Um mich nun schon im Vorwort von den eingesehenen Festschriften abzuheben, wählte ich einen ganz eigenen Stil. Ich versuchte, quasi poetisch zu schreiben, wobei ich mich der intimsten »tropischen« Möglichkeit, nämlich jener des Vergleiches, des Bildes und der Allegorie bediente. Ich verglich also meinen Herrn und Lehrer mit großen Lehrern der deutschen Literatur und begann bei jenem schon erwähnten Notker, Balbulus nämlich. Ich hielt das für originell und dachte mit diesem Vergleich selbst ein wenig Lob zu ernten.

Originell erschien ich mir dabei insofern, als ich Notker, das große Schulhaupt, und nicht Tuotilo wählte, der wegen der bei Ekkehard, dem Historiker des Klosters in St. Gallen, beschriebenen schönen Statur und Weltläufigkeit der gewissermaßen Naheliegendere oder Näherliegende gewesen wäre und den der Genannte wahrscheinlich auch eher als ihn präfigurierend anerkannt und in dem er sich möglicherweise lieber wiedererkannt hätte. Und wirklich nahm der Genannte meine »Translatio«, diese Übertragung also, für übel auf. Wie sind Sie denn auf diesen Vergleich verfallen, fragte er am Tag nach der Überreichung der Festschrift in einer Universitätsfeier, und nachdem er mein Vorwort »studiert« hatte, mit einigem Vorwurf. Der Vergleich hinke so sehr wie Notker bekanntlich stottere und stammle. Notker sei bekannt dafür, daß er im 9. Jahrhundert lateinische Sequenzen gedichtet habe, er aber schreibe im 20. Jahrhundert wissenschaftliche Prosa, da lägen ja wohl Welten dazwischen. Notker sei ein Mönch gewesen und physisch gesehen nach allem, was wir wissen, eher das, was man einen Kümmerer nenne, ein Krispindel. Mir fiel auf, daß er, der Genannte, alles Negative oder äußerlich Negative aus der Biographie nannte und zitierte und so den Vergleich, den ich sicher nicht maliziös, sondern gut gemeint hatte, abwertete und in ein grelles und schiefes Licht brachte.
Ähnlich ging es mir auch mit allen anderen Größen, historischen Männern der Geistesgeschichte oder bedeutenden Sagengestalten. Vor allem der Vergleich mit Artus, von dem ich sagte, daß der Genannte wie er, Artus, »nach lobe kunde strîten«, Lobwürdiges erreicht habe, wie es im Prolog des »Iwein« von Hartmann von Aue heißt: »Wer seinen Sinn auf das wahre Gute richtet, der erwirbt Glück und Ehre. Darüber belehrt uns Artus, der gute, zuverlässig.« Der Genannte aber fragte, ob ich auch daran gedacht habe, daß Artus in den Artusepen immer auch ein wenig behäbig dargestellt wird, als jener König nämlich, der die anderen, seine

Tafelrunder, »arbeiten«, das heißt Abenteuer bestehen läßt und immer bloß am Schluß seine Zensuren austeilt, der also selbst der Mühsal enthoben ist. Mich machte ein so weitgehendes Mißtrauen buchstäblich hilf- und wehrlos. Wie tief, dachte ich, muß dieses Mißtrauen sein, wenn man selbst in dem vergleichsweise angezogenen Artus bereits eine üble Anspielung erblicken möchte, als hätte ich einen Wink mit dem Zaunpfahl gegeben und auf mein schweres Los als Gemeinfreier oder Leibeigener kryptisch angespielt! Ich hob in meinen Vergleichen auf die Ähnlichkeit, also die »similitudo«, zwischen den literarischen und historischen Gestalten und dem Genannten ab, der Genannte aber entdeckte in allem die »dissimilitudo«, die Unähnlichkeit, den Gegensatz, die »oppositio« und das »contrarium«. Ich meinte es freundlich, er nahm es unfreundlich, ich epideiktisch und laudativ, er denunziatorisch, ich meliorativ, er pejorativ, ich sympathisch, er aversiv und antipathisch, ich hielt mich für höflich, er mich für unhöflich und ungehörig.
Nicht nur mit der Einleitung und einigen Aufsätzen war er unzufrieden, auch mit der »Tabula gratulatoria«, also jener Liste mit den Namen der Kollegen, die ihm auf diesem Weg gratulierten, war er nicht einverstanden, es fehlten einige, von denen er meinte, man hätte sie nur einladen müssen, dann hätten sie sich sicher aufnehmen lassen. Doch hatte ich, was der Genannte nicht wußte, einige von jenen »Freunden« sehr wohl eingeladen und sie hatten sich auch vorerst eintragen lassen, baten jedoch, als sie erfuhren, daß diese Eintragung gleichbedeutend mit einer Subskription der Festschrift sei, ihren Namen wieder auszutragen. Der Geiz hat diese besonderen »Freunde« und Kollegen gehindert, in der Tabula aufzuscheinen, es war somit nicht meine Nachlässigkeit, die der Genannte im Fehlen dieser Namen vermutete. Ich ließ ihn auch gern in diesem Glauben, weil ich ihn nicht mit der Mitteilung betrüben wollte, daß er diesen Herren die paar Schilling oder Mark der Buchbestellung nicht wert gewesen

war. Wenn ich die Namen dieser Herren dennoch nicht preisgab, sondern mich loyal verhielt, so in Rücksicht darauf, daß sie zwar nicht als höflich oder freundlich, nicht aber als ausgesprochen unhöflich und unfreundlich hatten erscheinen wollen, die Mitteilung dieser Abmeldungen und Streichungen aber hätte vom Genannten geradezu als Affront empfunden werden müssen, als der sie nicht unbedingt intendiert waren. Es ist ein himmelweiter Unterschied zwischen einem, der bloß das Gute unterläßt, und einem, der bewußt das Böse tut. Die »Abstinenten« aber waren keine Bösewichter, sondern nur geizig und überhaupt einfach sparsam, was an und für sich keine Untugend sein muß.
Um noch einmal zu meiner Einleitung zurückzukommen: Gingen die Vergleiche mit Notker und Artus bloß daneben, so wurde mir ein anderer, nämlich jener mit Gurnemanz, ganz besonders übel ausgelegt. Schließlich ist Gurnemanz nicht nur der verständige Lehrer des Parzival, sondern auch der Vater Liazes und Parzivals verhinderter Schwiegervater. Hatte er nicht seinerzeit »Schwamm drüber« gesagt? Nun wurde mir dieser Rückfall besonders schwer angekreidet. Und mußte ich wegen Artus und dem Notker mit den Sequenzen allenfalls keine Konsequenzen fürchten, Gurnemanz war das Reizwort, das den Genannten zum Amokläufer werden und offensichtlich annehmen ließ, dies, was ihm da bei jenem Festakt überreicht worden war, sei keine Festschrift, sondern eine Schmähschrift!
Für mich war diese mißlungene Festschrift wegen der daraus entstandenen Verstimmung ein leider letztlich schwerwiegender Anlaß, über das Wesen und den Sinn der Höflichkeit nachzudenken. Indem ich in meinem Vorwort also nicht jene sattsam bekannten Floskeln der Höflichkeit wiederholte, sondern mir etwas Eigenes, Originelleres – wenn auch im Rückgriff auf eine alte Tradition – einfallen ließ, benahm ich mich auch schon daneben. Mein Vorsatz, den Jubilar mit dieser kreativen Anstrengung besonders zu ästimieren und

zu ehren, wurde nicht nur nicht ästimiert und anerkannt, sondern vielleicht nicht einmal *er*kannt, ja, er wurde recht eigentlich *ver*kannt und mißverstanden. Hätte ich das Usuelle und Übliche reproduziert und redupliziert, so wäre niemandem etwas aufgefallen – und auch ich wäre nicht unangenehm aufgefallen. Da es mir aber widerstrebte, den Standard an Höflichkeitsgesten geistlos und einfallslos zu benutzen, wurde mir dies als Verstiegenheit und Originalitätssucht, und dies auf Kosten des zu Ehrenden, der sich eine solche Ehrung wie viele andere, ja mehr als viele andere verdient hätte, verübelt. Ich war davon ausgegangen, daß eine Ehrung mehr sein sollte als ein akademischer Brauch, nämlich eine wirkliche »Aufmerksamkeit«. Dabei ist es leider meiner Aufmerksamkeit entgangen, daß sich der Honorand das Gewöhnliche wünschte. Auf diesen nun eingetretenen Ernstfall mögen sich die »clausula salvatoria«, die Schadloshaltung, und der geistige Vorbehalt, die »reservatio mentalis«, die der Genannte bei meiner ersten Ankündigung des Festschriftunternehmens geäußert hatte, also bezogen haben – nun wurden sie erfüllt und eingelöst. Die Befürchtungen, ich könnte die Sache womöglich nicht zu einem guten Ende bringen, waren eingetroffen. Hatte der Genannte nicht gleich gesagt: Warum wollen Sie sich das antun, ach, lassen Sie die Hände davon, Festschriften sind eine Pest!? Nun also hieß es, mindestens im geistigen Sinne: Annahme verweigert.

Die Höflichkeit ist kulturell reguliert und normiert. Hier gab es kein Entrinnen. Das wurde mir nun deutlich, und dies ist die Lehre, die ich jetzt erhielt, fürs Leben. Ich fand bestätigt und hatte am eigenen Leib erfahren, was ich beim Studium von Zeremonialen und Benimmbüchern beschrieben gefunden hatte: daß die Höflichkeit sich im Einhalten ganz bestimmter fester Regeln erweist. Und daß derjenige, der, wenn auch »bona fide« und mit dem besten Willen, von diesem Reglement an Gesten und Worten bei bestimmten Situationen abweicht, damit rechnen muß, mißdeutet zu werden. So bringt man bei einem Besuch, wie meinem seinerzeitigen zum Abendessen bei der Familie des Genannten, der Hausfrau Blumen, auch gewisse Blumen, eine bestimmte Anzahl, eine ungerade vor allem, nicht übertrieben viel, aber auch nicht kümmerlich wenige. Jede Abweichung hätte dabei etwas zu bedeuten. Vor allem setzte jedes andere Gastgeschenk Spekulationen in Gang. Bringt einer etwa ein Getränk, so kann es sein, daß sich eine sensible Gastgeberin schon denkt: Aha, der hält mich wohl für eine heimliche Alkoholikerin, bringt er ein Buch, so enthält dieses Gastgeschenk den Wink: Sie könnten etwas mehr lesen. Auch habe ich bei meinen Höflichkeitsstudien erfahren, daß in der Einhaltung von Höflichkeitsregeln eine Selbsteinschätzung und Selbstbestätigung der Gesellschaft liegt. Bei Mohammed Rassem, dem kenntnisreichen Soziologen, habe ich den Satz gefunden: »Indem man reglementierten Respekt entgegenbringt, vermeidet man die radikale Frage, ob der Respekt auch gerechtfertigt sei. Man gibt damit ein gewisses Vertrauen kund. Die Konventionen, die von fast allen Beteiligten als solche durchschaut werden, schützen die Gesellschaft vor heftigen inneren Bewegungen.« Bei Lünig aber, der 1719 in Leipzig sein »Theatrum ceremoniale«, zwei Bände umständlichsten Anstands, veröffentlichte, steht in der Einleitung der denkwürdige Passus: »Es ist also, Teutsch von der Sache zu reden, das Cereminiel- und Solennitäten-Wesen eine Brut der verderbten menschlichen Natur und sündlichen Affekten; jedoch man muß das Kind nicht zugleich mit dem Bade wegwerfen; denn es hat doch allezeit, mitten unter den verderbtesten, auch weise und tugendhafte Menschen gegeben, welche den elenden Zustand derer an äußerlichen Ceremonien klebenden Leute gar wohl erkannt, aber auch gar deutlich begriffen, daß zu Erhaltung einer gewissen Ordnung, ohne welche die menschliche Gesellschaft nicht bestehen kann, gewisse Ritus und Ceremonien von noethen waeren.«

Es war damals die Zeit einer heftigen Bewegung und eines Aufbruchs unter den Studenten, und es zeigte sich, daß mich mein Lehrer im Verdacht hatte, ich sympathisiere mit jener Bewegung. Die vermeintlichen »Illoyalitäten« schienen ihm in diese Richtung zu weisen. Und obwohl ich die revolutionären Ideen der »Basis« sehr ernst nahm und genau beobachtete, so war doch von einem aktiven Sympathisantentum bei mir nicht die Rede. Mochte es mir an akademischen Umgangsformen fehlen, so lagen aber Keckheiten und Frechheiten, wie sie nun gang und gäbe wurden, sodaß etwa alte verdienstvolle Professoren von Erstsemestrigen angepöbelt, geduzt, als »Fachidioten« usw. bezeichnet wurden, meilenweit jenseits dessen, was ich mir wünschte. Ich war und bin ein Anhänger der alten akademischen Universität, nicht der neuen Massenuniversität, und im Proletarischen sehe ich für diese Institution nicht die Lösung. Ich glaube, daß sich die Mitglieder der »Universitas literarum« durchaus auch heute noch am Ritterlichen orientieren könnten, wie es etwa die englischen Universitäten mit ihren Konvikten und gemeinschaftlichen Lebensformen in gewisser Weise immer noch tun. Die deutschen Studenten haben sich freilich jahrhundertelang an einem sehr bedenklichen Bild der Ritter orientiert. Ihr wahres Leitbild war nicht der ritterliche Ritter, sondern der Landsknecht. Wie das etwa im 19. Jahrhundert ausgesehen hat, das läßt sich im Tagebuch des Freiherrn Joseph von Eichendorff zum 30. April 1805 nachlesen, als der Landadelige die Universität Halle an der Saale bezog: »Der seltsame Eindruck, den die Furchtsamkeit der Bürger und Offiziere, die schon von weitem vom breiten Steine weichen, die Höflichkeit der Professoren und das Prosit und überhaubtige Betragen der Studenten, die bald, die Beine auf die Gasse heraushängend, in den Fenstern saßen und brüllten, bald in Stürmern, Canonen, Helmen, Uniformen, Pumphosen usw. bei mir vorbeidonnerten, ferner das Geklirre der Rappiere auf den Straßen und dergleichen auf mich machten,

läßt sich nicht beschreiben. Auch konnten wir uns lange nicht gewöhnen, vor Bekannten nicht den Hut abzunehmen.«
Anmaßung, Bizarrerie, Tumult, Enthusiasmus und Ekstase haben schon damals das Leben der Studenten bestimmt, die gemeint haben, »ritterlich« zu handeln. Es dröhnten Vivatrufe auf die akademische Freiheit durch die alten Universitätsstädte und ein herzhaftes »Pereat« auf die Philister. Solchen Burschen begegnet auch der »Taugenichts« im neunten Buch, und er erkennt in den wandernden und singenden Studenten, die »so ganz verlassen sind auf der Welt«, sich selbst ... Traurigkeit kommt ihn an, doch dann wird ihm »so lustig in seinem Sinne, daß er gleich auch hätte mitstudieren mögen«, studieren nämlich »in dem großen Bilderbuche« der Welt, nicht in den Kompendien der Bibliotheken. Und mit Mohammed Rassem, dem Soziologen, möchte ich auch an die folgende Stelle aus dem Fragment einer Selbstbiographie erinnern, wo Eichendorff sagt, daß neben »der verschlafenen Wissenschaft halbinvalider Kantianer« noch ein anderer »geharnischter Geist« durch die Universitäten ging. »Sie hatten vom Mittelalter noch ein gut Stück Romantik ererbt, was freilich in der veränderten Welt wunderlich und seltsam genug, fast wie Don Quixote, sich ausnahm. Der durchgreifende Grundgedanke war dennoch ein kerngesunder: der Gegensatz von Ritter und Philister. Stets schlagfertige Tapferkeit war die Kardinaltugend der Studenten, die Muse, die er oft gar nicht kannte, war seine Dame, der Philister der tausendköpfige Drache, der sie schmählich gebunden hielt und gegen den er daher wie der Malteser gegen die Ungläubigen, mit Faust, List und Spott beständig zu Felde lag; denn die Jugend kapituliert nicht und kennt noch keine Konzessionen.«
Die Jugend kapituliert nicht und kennt noch keine Konzession! Im Wort »Kapitulation« steckt aber bekanntlich das mittellateinische Wort »capitulare«, über einen Vertrag ver-

handeln, und in »capitulare« steckt seinerseits wieder das alte Wort »caput«, sodaß Kapitulation auch bedeutet, »das Haupt, den Kopf senken«, jenes Haupt nämlich, das man bereits vorher zum Denken benützt hat. Und Eichendorff, der Ritterbürtige und Erbe eines Rittergutes in Schlesien, hat natürlich gewußt, daß er nicht nur mit »Kapitulation«, sondern auch mit »Konzession« ein altes Ritterwort benützt, denn »Konzession« enthält schließlich das lateinische Verbum »concedere«, beiseite treten, das Feld räumen. Wer konzediert, räumt ein. Es ist aber, und auch das war Eichendorff bewußt, das Vorrecht der Jugend, wie der junge Parzival »tump« zu sein, Illusionen zu haben, was den Zustand der Welt und ihre Veränderbarkeit betrifft. Die Geschichte der Universitäten ist jetzt bald tausend Jahre alt, wenn wir von unseren jungen Universitäten im deutschen Sprachraum absehen, wir haben nämlich die Universität entgegen der hier offenbar herrschenden Meinung nicht erfunden!, und es ist auch die tausendjährige Geschichte der Illusionen oder Utopien. Wer sie studiert, bekommt den Eindruck, daß Professoren und Studenten seit tausend Jahren ungefähr dieselben Fehler machen. Sie lernen nicht *aus den* Fehlern der Vergangenheit, nein, sie lernen *die* Fehler der Vergangenheit. Der Jugend sollte man, wie gesagt, konzedieren, noch nicht ganz »kapitelfest« zu sein, bei den Professoren wirkt es dann schon eher peinlich.

Der Sittenprediger Franz von Retz hat im 15. Jahrhundert das Treiben der Studenten an der Wiener Universität beschrieben, die sich kaum für die Wissenschaft, dafür aber um so mehr um ihre ausgelassenen und leichtfertigen Lieder, Tänze, weibische Haartracht, auffallende Kleidung, Saufgelage, Händel und Unzucht interessierten. Auf dem Weg in die Kirche und in die Vorlesungen blicken sie lüstern auf Frauen, Jungfrauen und Dienstmädchen. Und gerade so beschreibt bekanntlich auch Enea Silvio Piccolomini, der spätere Papst Pius II., der die oberösterreichische Schaumburg

als »Schönburg« bezeichnete, die Studenten zu Wien. Und wieviel anders könnte man sie heute beschreiben? Sicher hat sich die Tracht geändert, »auffallend« aber, nämlich auffallend häßlich, will auch das Kleid der heutigen Studenten sein. Diesen Eindruck zu erzeugen, kommen ihnen etwa die aus Amerika kommenden Blauleinenhosen entgegen, die sie freilich gleich vorweg »bearbeiten«, indem sie ihnen Löcher zufügen oder Flicken aufnähen, sie abschneiden, anmalen, und ausfransen und was der Praktiken mehr sind. Im Wort »Jean« für Baumwolle soll sich übrigens der Name der Stadt Genua, des wichtigsten Ausfuhrhafens für Baumwolle, verbergen. Die Studenten schreiten somit in blauen Genuesern einher. Diese Etymologie kennen freilich die wenigsten Bluejeansbehosten ... Dann die weibische Haartracht. In die Kirche gehen sie freilich nicht mehr, insofern hat sich etwas grundlegend geändert, wenn auch zum Schlechteren und Dümmeren. Einige gehen auch kaum in die Vorlesungen, sie sind in ihrer »auffallenden« Kleidung mit ihrer »weibischen« Haartracht vielmehr gleich zu »Trinkgelagen«, »Raufereien«, zu »Demonstrationen« und zu »Unzucht« unterwegs ... Und auch das mit den »leichtfertigen« Gesängen stimmt, worunter man gern auch nach all den Erfahrungen mit dem »realen« Sozialismus die Internationale rechnen kann.
Wenn ich heute meiner Frau von meinen Jugendstreichen, etwa der Festschrift und den häufigen Schwierigkeiten im Verhältnis zu meinem Lehrer, dem Genannten, erzähle, dann sagt sie gern, in Kenntnis meiner Meinungen und Ansichten, es sei schon von meinem Herrn ein Kunststück gewesen, mich, einen nicht nur Konservativen, sondern Reaktionären reinsten Wassers, für einen Revolutionär oder auch nur einen »Sympathisanten« zu halten. Ich unternehme dann gern einige Versuche, mich doch als Revolutionär zu beweisen oder doch mindestens als »Liberalen« oder einen, der Verständnis für »linksliberales« Gedankengut besitzt, darzustellen. Natürlich mißlingt dies sehr leicht. Ginover erkennt

auf Meilen den Wolf im Schafspelz, oder eigentlich und genauer: das Schaf im Wolfspelz.
Schafe im Wolfspelz wollten nun damals wirklich viele auch der Etablierten sein. Sie zeigten so lange Verständnis für die Umtriebe, bis sie selbst Opfer dieser Umtriebe waren. Mit der Höflichkeit, der Tugend der Könige und der Ordinarien, begegneten sie den jungen Unruhigen, erzählten auch gern ihre eigenen Jugendstreiche und ihre eigenen Zusammenstöße mit der Gesellschaft und der Autorität in den Universitäten, bis ihnen dann aber ein ungebärdiger und wirklich wilder Junger ihr Wolfspelzchen von der akademischen Scham zog und sie einsahen, daß es nichts gebracht hatte, mit den Wölfen zu heulen. Die wahren Wölfe haben den falschen Wolf in ihrer Population alsbald entdeckt und aus dem Rudel verbissen und vertrieben. Ein Philister bleibt ein Philister, ein Lehrer muß ein Lehrer bleiben. Wenn er den Anspruch der Autorität nicht aushält, dann muß er sich von diesem Beruf verabschieden. Wenn er es nicht mehr über sein Herz bringt, wie Gurnemanz dem Parzival Ratschläge und auch Zensuren zu erteilen, dann ist er »untragbar« geworden, weil er die Last des Lehrerseins nicht mehr erträgt und verkraftet. Auch König Artus hat nicht lauter »sehr gut« verschenkt. Man könnte wie Iwein wahnsinnig werden ...
Ein Lehrer soll das Dilemma des Lehrerseins nicht dadurch lösen, daß er jeden Anspruch fallenläßt, sich selbst als Dümmling einbekennt und seine Umgebung mit seinen Schuldgefühlen und Selbstbezichtigungen langweilt und aufhält, sondern dadurch, daß er sich dem mit Herz und Verstand gewappneten, fachlich gut gerüsteten idealen Lehrer annähert und so seine Stellung durch Leistung legitimiert und nicht auch noch die zu Narren stempelt, die ihn in diese Position gebracht haben. Diejenigen, die Artus zum Ritter geschlagen hat, haben sich ihr Lebtag bemüht, dieser Auszeichnung bis ins hohe Alter gerecht zu werden, und keine Gicht hat sie daran gehindert. Das sollten auch die

Gichtbrüchigen unserer heutigen Universitäten einmal bedenken. Oder sich krank schreiben lassen und die Lehrstühle räumen. Es besteht übrigens keine Gefahr, daß man sie nicht wieder besetzen könnte! Schon Johann Wolfgang von Goethe seufzt in seinem Gedicht »Programmatisch«: »Trüge gern noch länger des Lehrers Bürden, wenn Schüler nur nicht gleich Lehrer würden.« Für Kontinuität und Tradition ist somit gesorgt, in jeder Hinsicht.
Ginover aber verspottet mich gern wie Gottfried von Straßburg den Wolfram von Eschenbach als den »Schöpfer wilder Mären«, den Propagandisten »wilder«, das heißt unsystematischer und gewalttätiger Geschichten, als verhinderten Revolutionär, »rechten« Revolutionär, auch »Restaurator« nennt sie mich im Sinne der »Restauration«, der Wiederherstellung der alten (feudalen) Ordnung. Ich aber bestehe darauf, als »Wilder« anerkannt zu werden, als akademischer »Fauve«. Mit mir, sage ich zu Ginover, verhalte es sich gerade so wie mit dem »Huronen«, den Johann Gottfried Seume in seinem Gedicht »Der Wilde« besingt: »Ein Canadier, der noch Europens übertünchte Höflichkeit nicht kannte und ein Herz, wie Gott es ihm gegeben, Von Kultur noch frei, im Busen fühlte ...« Und ich könne auch zu meinem Herrn, dem Genannten, mit Seume sagen, »ruhig lächelnd« wie der Hurone: »Seht, Ihr fremden, klugen, weißen Leute, seht, wir Wilden sind doch bess're Menschen!« Ginover aber sagt, Gottseidank spiele sich dies alles nur in meinem Kopf ab, ich hätte im übrigen schon genug Porzellan zerschlagen, durch die Pragergeschichte, das Abendessen und die Festschrift. Und sie hoffe nicht nur für mich, sondern vor allem auch für unsere Familie, daß ich nicht zu jenem gezwungen werde, was der wilde Hurone freiwillig in der letzten Zeile, die ich immer unterdrücke, die sie aber auch kenne, tue: »Und er schlug sich seitwärts in die Büsche.« Hoffentlich werde ich nicht in die Büsche geschlagen. Sie habe immer den Eindruck und die Befürchtung, daß der

Genannte keineswegs vergessen habe, was ich ihm angetan hätte, und daß er sich denke: Einmal wird der noch auf meinen Hof bellen kommen, dann werde ich ihm zeigen, wer der Herr ist. Ich werde ihn mit dem flammenden Schwert wie der Engel Adam und Eva aus dem Paradies hinausjagen. Heinrich von Schroll, genannt Grainfeld, werde mir zeigen, wo der Zimmermann das Burgtor gemacht hat. Der Genannte werde meine »Schaumburg«, wie sie meine Habilitationsschrift inzwischen nennt, zusammenklatschen und zur Ruine machen. Die Sandburg meiner Habilitationsschrift werde abrieseln und zerbröseln, wie eine Seifenblase platzen. Sie haben keine Konzessionen gemacht, werde der Genannte sagen, also kommt es jetzt zur Kapitulation, und zwar zur bedingungslosen. Ich aber unterlasse lieber zu erwähnen, daß mich gerade ein solcher Traum jede zweite Nacht in Unruhe versetzt und schweißgebadet aufwachen läßt. Einmal und heute der Schaumburgtraum und ein andermal, morgen, der Sandburgtraum. Ich will aber meine Angst nicht eingestehen und markiere noch weiter den »Wilden« und Starken. Ginover sagt, ich sei ein Einzelkämpfer, überworfen und unversöhnt mit den Oberen, mich in den Verdacht der Illoyalität gebracht habend, unkollegial gegen die »Mittelbauern« von der Assistentenschaft, ohne Rückhalt in der eigenen Kurie, von den Studenten zu schweigen, an die ich den Druck, den ich von oben spürte, weitergebe und bei denen ich mir mit meinem Elitarismus und meinem Leistungswahn sicher auch keine Freunde gemacht und geschaffen hätte. Wehe, wehe, wenn sie auf das Ende sehe. Du brauchst keine Angst zu haben, sage ich mit wenig Überzeugungskraft: Der Genannte läßt mich nicht verkommen. Der Herr läßt mich weiden auf üppiger Aue. Was wird mir fehlen? Die »üppige« Au, sagt Ginover dagegen, sei eine durch Reif, Frost und Hitze zerstörte und verdorrte Wiese.

Immer wieder weist mich Ginover auf einen Widerspruch in meiner Persönlichkeitsstruktur und in meinem Charakter hin, der mir freilich auch selbst bereits lange bewußt geworden ist. Selbst mein Genannter, der sonst nicht besonders aufmerksam, wenn auch recht höflich ist und der im übrigen noch immer mehr mit sich und seiner zu Ende gehenden Karriere beschäftigt ist als mit der Beobachtung anderer und der Beobachtung seiner Pflichten als Vorgesetzter, scheint diesen Sprung in mir erkannt zu haben. Er hat schon öfter, regelmäßig aber nach einer Enttäuschung, wie der Bilderbeseitigung, gesagt, ich sei »im Grunde« ein dienstbereiter und dienstfertiger Mensch, dem man freilich letztlich nicht ganz trauen dürfe, weil er von Zeit zu Zeit das Bedürfnis habe, sich durch abrupte und urplötzliche Illoyalitäten seine Unabhängigkeit und Selbständigkeit zu beweisen. So könnte es sein. Ohne lange zu überlegen und meinen Widerspruch zu planen, steigt in mir hin und wieder das Verlangen nach einer »Dienstverweigerung« auf, um dadurch mir und meiner Umgebung mein Bewußtsein und mein Wissen um und von meiner Ministerialität, meiner Diener- und Assistentenrolle, vorzuführen und zu beweisen. Und obwohl es mir gar nichts ausmacht, treu zu dienen, den Adlatus, den »Zurseite« zu machen, auch Steigbügelhalter zu sein, Herold, Bote, Knappe, so möchte ich doch hin und wieder durch Widerspruchsgeist meine Selbstachtung aufrechterhalten. Auch diese Selbstachtung muß durch solche Versuche von Widersetzlichkeit geübt und am Leben erhalten werden. Der frömmste Esel bockt manchmal und zeigt sich urplötzlich störrisch, das liegt in der Natur der Natur. Auch das Personal besteht oder bestand einmal aus Personen. Die meisten Hofbediensteten und die niederen Chargen und Lakaien und Diener, das Küchenpersonal und die »Damen« und »Herren« vom Service haben sich früher bekanntlich nur hinter dem Rücken der Herrschaft, etwa in den Gesindekammern, im Wäschezimmer, bei der Mangel oder in der Küche Luft gemacht und Dampf abgelassen. Sobald sie jemanden von der Herrschaft sahen, mußten sie kniefällig werden, buckeln, Respektabstand halten, im Rückwärtsgang gehen, Türen leise schließen, vor allem wenig sprechen. Soweit wollte ich es nicht kommen lassen, obwohl ich keinesfalls sagen will, daß es der Genannte als Abkömmling des Adels, wenn auch des niedrigeren, dazu kommen lassen wollte.

Über das Verhältnis von Lehrer und Schüler habe ich viel nachgedacht. Damit einer ein guter Lehrer, ein »bedeutender« Lehrer sein kann, braucht er Schüler, die mitspielen. Vielleicht ist es bereits die grundlegende, buchstäblich *grundlegende* und fundamentale Leistung des guten Lehrers, diese Schüler zu finden und anzuziehen. Man darf sich freilich ein ideales Lehrer-Schüler-Verhältnis nicht so vorstellen, daß dort droben ein perfekter Weiser, nicht nur viel oder alles Wissender sitzt und zu seinen Füßen Lernwillige, die unablässig aufnehmen, wie Schwämme alles aufsaugen, dem Lehrer an den Lippen hängen, wißbegierig alles annehmen und akzeptieren, um dem Idealbild des Lehrers gleich zu werden. Ich habe selbst an der Universität solche »Lehrer« erlebt, umgeben von unmündigen Schülern, die ihre Herren bewundert und alles mitgeschrieben haben, was der große Meister von sich gegeben, ja um nur kein Wort zu verlieren, sogar Tonbandgeräte mitlaufen ließen, um selbst das Spontane, Unvorbereitete, so Hingesagte, oft auch Dahergeplapperte, mehr als ins Unreine Gesprochene, »ungeschützt« Vorgebrachte nicht zu versäumen und zu verlieren. Diese nicht bloß eifrigen, nein übereifrigen Schüler verteidigten ihre Lehrer meist auch, wie königstreue Vasallen ihren Herrn, mit Zähnen und Klauen. Einher mit der Hochschätzung, ja Überbewertung des einen Professors ging meist eine Mißachtung und Geringschätzung aller anderen. Sie konnten nur einen Herrn anerkennen. Und wollten neben ihm keine falschen Götter dulden.

Nun bin ich freilich auch kein absoluter Gegner des »Frontalunterrichts«. Das macht meine Position schwierig. Der Schüler soll schon zuhören und auch gehorchen können, er

darf nur nicht bis zum Schluß in dieser bequemen Rolle verharren. Auch auf das Risiko hin, Fehler zu machen, muß er laut werden, sich produzieren, aus sich herausgehen, er muß Flagge zeigen. Und einmal muß der Punkt kommen, wo er keinen Lehrer mehr braucht, dann soll ihn der Lehrer auch freigeben. Wie sein Lehrer muß freilich auch der »perfekte« Schüler wissen: es gäbe keinen Fortschritt, wenn alles beim alten bliebe, wenn es nicht Rollentausch und Rollenwechsel gäbe. Ein Schüler, der den Lehrer überragt, soll sich zuletzt nicht klein machen. Es müssen Götter entthront werden, so wie auch im Politischen die grauen Eminenzen einmal zu den wahren Eminenzen werden. Das läßt sich etwa an der Geschichte der Karolinger ablesen. Sie waren einmal die Hausmeier der Merowinger, Verwalter und Untergebene, bis sie denen zu stark geworden waren und sie abgelöst haben. Ihre Zeit war gekommen, sie hatten das Recht des Stärkeren, das Gesetz des Handelns lag nun bei ihnen. Ob man einen solchen Umschwung nun eine Revolution oder bloß eine Evolution nennt, sei dahingestellt. In den Schülern aber muß nach der Eichendorffgleichung Student = Ritter etwas Ritterliches sein, also auch eine gewisse kritische Distanz zu aller Obrigkeit. Wie viele »Ritterstudenten« werden hingegen vor der Zeit und damit zur Unzeit Philister! Es laufen nicht wenige solcher philiströsen Ritter an den Universitäten herum, oder Vorausversicherer, Rückversicherer, die sich gleich einer Partei in die Arme werfen, um so für später vorzusorgen. Und in den früher einmal gegen das Bürgertum angetretenen Vereinigungen und Parteien sitzen heute die meisten Spießbürger und Philister. Wie schreibt doch Eichendorff: »Ich wollt, ich jagt gerüstet / Und legt die Lanze aus, / Und jagte all Philister / Zur schönen Welt hinaus.«
Der Genannte, mein Vorgesetzter, aber führte keinen »Krieg den Philistern«, wie Joseph Freiherr von Eichendorff ihn sich wünschte, er ging vielmehr allmählich mit fortschreitendem Alter mehr und mehr in der philiströsen »Selbstverwaltung«

und in der »Kommissionsarbeit« auf und nahm all den Bürokratiekram nun so wichtig, daß von einer Begeisterung für das Fach, einer »Logophilie« für die Philologie, nicht mehr viel übrig blieb. Ernsthaft besorgt zeigte er sich auch darüber, daß ich keine Anstalten machte, mich in seine Richtung hin zu »entwickeln«. Steigen Sie allmählich auch in die Politik der Assistentenkurie ein, ermahnte er mich. Dahinter stand die Einsicht, die an sich richtige Einschätzung, daß nun die Politik der Standesvertretungen und auch das Hereinregieren der politischen Parteien in den Universitätsbereich immer deutlicher und massiver wurde und daß es galt, wie er sagte, sich in dieser Hinsicht ebenfalls abzusichern und vorzusehen. Sie müssen sich auch politisch wappnen! Nun gelte es, nicht bloß im Fach und auf Universitätsboden zu kämpfen, sondern auch auf dem politischen Parkett. Intervenieren wurde damals eine der Hauptbeschäftigungen der Universitären, auch Antichambrieren und Vorstelligwerden. Alle hatten sie plötzlich ihre Termine in den Ministerien, bei Sektionsräten und Ministern. Halb zog es sie, halb sanken sie hin, leb wohl, Universitätsautonomie! Das Habilitieren aber vollzog sich nicht mehr eigentlich auf dem Universitätsboden, sondern im Ministerium. Oder wenn nicht das Habilitieren, so konnte einem der Segen eines Ministers oder einer Ministerin doch über das Habilitieren sozusagen »auf dem ministeriellen Wege« hinweghelfen, die Prozedur und Tortur des Habilitierens überflüssig machen und erübrigen. Der Ritterschlag wurde nun im Ministerium ausgeteilt. Ich hielt aber diese »Ritterohrfeigen« immer für einen Schlag ins Gesicht der Universitätsautonomie. Die meisten, auch »Mittelbauern«, hatten sich jedoch bereits voll arrangiert und »den neuen Notwendigkeiten« Rechnung getragen. Wir haben heute eine andere Zeit, sagte der Genannte, den nun auch sein Adel nicht daran hinderte, die neue Zeit wahrzunehmen und zu begreifen. Er sagte mit Goethe: Haltet die Narren eben zum Narren auch, wie sich's gehört. Dann brauchte er

nicht mit Friedrich Hebbel zu sagen: Ich verstehe die Welt nicht mehr.
Eines Tages kam, um noch kurz ein weiteres Abenteuer anzudeuten, das mir auf meinem Weg begegnete, der Genannte in mein Zimmer, und nachdem wir über dies und jenes den Dienst und den Lehr- und Prüfungsbetrieb Betreffende gesprochen hatten, kam das Gespräch auch auf die damals eben bevorstehende Wahl. Ein sogenannter »Urnengang« stand also bevor, und der Genannte fragte mich, ob ich schon gesehen hätte, daß verschiedene »Universitätsangehörige« sich öffentlich bekannt und jenen Wahlaufruf unterschrieben hätten. Ich sagte ja, es sei mir nicht entgangen. Der Genannte meinte, es seien auch viele von der mittleren Ebene, also meinem Stand, unter den Unterzeichnern, und er halte es für ein gutes Zeugnis, das sich die Universität in diesen Bekundungen ausstelle. Damit werde dokumentiert, daß sich die Universität nicht mehr als ein gesellschaftliches Ghetto und akademischen Elfenbeinturm versteht und abseits verharrt, sondern daß sie sich integriert und sich nicht aus dem politischen Geschehen ausnimmt. Zwar sei jede Wahl eine Wahl »zwischen zwei Übeln«, dabei lachte er, aber er habe doch den Eindruck, daß jene Person, die von der Mehrheit der Universitätsangehörigen unterstützt werde, nicht nur das kleinere Übel sei, sondern ein ganz achtbarer Mann, der außerdem gerade für die Universität ein Herz und dies auch vielfach unter Beweis gestellt habe. Das alles lief, kurzum, darauf hinaus, daß mich der Genannte einlud, darüber nachzudenken, ob ich nicht auch in Erwägung ziehen könne, »dem Gedanken näherzutreten«, einen solchen Aufruf mit meinem »placet« und meiner Unterschrift zu versehen. Höflich und umständlich, behutsam und ein wenig verschämt, aber trotz allem doch unüberhörbar und nachdrücklich war ich so »eingeladen«, die betreffende Liste zu signieren und zu testieren. Die Universität für ... »Zufällig« handelte es sich bei demjenigen, für den sich vor allem der schwache

»Mittelbau« stark machte, um den starken Mann im Lande, der aber den Unterzeichnern offenbar noch nicht stark genug war und noch stärker gemacht werden mußte, von einem Potenten zu einem Omnipotenten. Seine Partei war angetreten, nach der absoluten nun die absoluteste Mehrheit zu erobern. Das Fernziel schien die Einheitspartei zu sein und im letzten Sinn die »Monarchie«, was ja die Herrschaft eines einzelnen – »monos« – bedeutet, die Konzentration der Macht in einer Person. So also, hatte der Genannte gemeint, müsse man »die Zeichen der Zeit« verstehen. Die Zeit habe sich gewandelt, sagte er, früher sei die Universität autonom gewesen und in einem gewissen, nicht zu engen Rahmen habe sie sich selbst genügt, sie sei ihre eigene Partei gewesen. Aber diese Zeiten der Eigenständigkeit und relativen Unabhängigkeit seien vorbei. Und so wie die Erfindung des Schießpulvers und der neuen Waffentechniken im ausgehenden Mittelalter die alte Ritterkultur hinfällig und die Burgen als Vesten und Fortifikationen und Verteidigungsstätten überflüssig gemacht hätte, was wir Altgermanisten am besten wissen müßten, so habe die elitäre Universität nun eben auch dem Ansturm und der Belagerung durch den massiven Zeitgeist der »Demokratisierung« nicht länger standhalten können. Auf die »Massenuniversität« aber müßten wir uns einstellen, wir könnten nicht wie Don Quichottes agieren. Dies alles also in der Präambel und im Pröomium zu jenem freundlichen und höflichen, leisen und anheimstellenden Rat, dem Gedanken näherzutreten, erwägen und bedenken zu wollen, ob vielleicht und so weiter.
Ich aber wollte mich an der »Fortifikation« und Stärkung des starken und muskulösen Mächtigen nicht beteiligen. Mir wollte nicht einleuchten, daß sich ein Schwacher eines Starken annehmen soll, so schön und gut ich es finde, wenn sich ein Starker des Schwachen annimmt – »ohne Ansehen der Person«. Ich fühlte mich damals dazu noch nicht schwach genug ... Ich war in Hinblick auf die Habilitationsschrift

durchaus noch guten Mutes und zuversichtlich, womit ich aber nicht sagen will, daß ich später und jetzt, wo alles schwieriger und problematischer geworden ist, zu etwas Ähnlichem für irgend jemanden bereit wäre. Noch unterschreibe ich nichts. Der Genannte aber meinte es »nur gut«, wie er sagte, was wohl auch hieß, daß er von meinen regulären fachlichen Möglichkeiten, weiterzukommen und das akademische Ziel ohne politische Nachhilfe zu erreichen, schon damals nicht allzu überzeugt war. Bitte, wie Sie meinen, sagte der Genannte, warf einen seiner abschätzigen Blicke auf mein Schaumburgbild und empfahl sich. Ich blieb bei meinem »Non placet«.

Ich hasse Rechthaberei und Selbstherrlichkeit, Besserwisserei und falsches Moralaposteltum. Darum will ich auch mich selbst nicht so wichtig nehmen und meinen eigenen Standpunkt gerne bedingt und relativ sehen. Es ist, worauf ich auch durch Ginover in gutem ehelichem Einvernehmen und in freundschaftlicher, wenn auch kritischer Partnerschaft immer wieder aufmerksam gemacht werde, durchaus nicht immer der Heroismus, sondern manchmal auch der Bestemm und die Sturheit, das Partout und das Jetzterstrechtnicht, die mich so oft »dissentieren« und »anticord« sein lassen. So wie es einen alten Rechtsgrundsatz gibt: in dubio pro reo, so handle ich laut Ginover oft nach der Praxis: in dubio anti. Ginover meint freilich, ich entscheide mich auch bei Alternativen und wenn es heiße: tertium non datur, etwas Drittes gibt es nicht, für dieses (nicht vorhandene) Dritte, was eigentlich schon wieder der alten »Epoche« gleichkäme, wie die Philosophie die Urteilsenthaltung nenne.

Ich gestehe also durchaus Irrationalismus und Unvernünftigkeit zu und ein, ich kann aber doch nicht umhin, aus ehrlicher Überzeugung anzumerken und festzustellen, daß ich mir sicher bin, daß einen die engagierte und leidenschaftliche Befassung mit geisteswissenschaftlichen Gegenständen, vor allem auch der Philologie und der Literatur, gegen die Korruption und Anmaßung der Macht immun machen kann. Jemand, der an diesen Gegenständen eine wirkliche und wahre Freude hat, wird auch viel an Anfeindungen und Widrigkeiten aushalten und überstehen. Hat jemand, eingeschlossen und belagert, umzingelt und besetzt durch die Politik, hat ein solcher Bedrängter und Bedrohter nur seinen Hölderlin oder Eichendorff oder Wolfram von Eschenbach bei sich, so kann er es lange aushalten in seiner Burgbibliothek. Einen, der die Poesie liebt, kann so schnell nichts erschüttern und umwerfen. Er braucht keinen Politiker, der ihn mit seinen trivialen und schalen Vorstellungen von Lebensqualität und Lebensstandard zwangsbeglücken will. Von der Religion ganz zu schweigen, die für den Glaubenden freilich ein noch größerer Kraftspender ist. Wer sich hier anschließt, hört bekanntlich auf, den Tod zu fürchten, was ja nicht wenige Märtyrer im Laufe der Geschichte bewiesen haben.

Ich aber sage euch: Eine feste Burg ist meine Bibliothek. Und durchaus keine Schaumburg! Beim Lesen guter Bücher wird einem ja auch Mut gemacht und Humor beigebracht. Baron Eichendorff stand bekanntlich als Beamter mit beiden Beinen auf der Erde und lange im öffentlichen Leben, wie auch andere sogenannte Romantiker. Er kannte die »Sachzwänge«, die wirklichen und die vermeintlichen. Und obwohl er seinen Dienst ernst genommen und viele Initiativen gesetzt hat, etwa zur Erhaltung der Marienburg in Westpreußen, hat er doch um die »Relativität« aller Administration gewußt und sie im Lichte der Poesie und der Kunst mit Humor und mildem Spott liebevoll zurechtgerückt und auf dem ihr zukommenden Platz gesehen. Das unterscheidet Eichendorff von meinem Genannten, der die »Selbstverwaltung« und das »Amt« ohne Einschränkung ernstnimmt. In einem Gedicht »Der Isegrimm« schreibt Eichendorff: »Aktenstöße nachts verschlingen, / Schwatzen nach der Welt Gebrauch / Und das große Tretrad schwingen / Wie ein Ochs, das kann

ich auch. / Aber glauben, daß der Plunder / Eben nicht der Plunder wär, / Sondern ein hochwichtig Wunder, / Das gelang mir nimmermehr. / Aber andre überwitzen, / Daß ich mit dem Federkiel / Könnt den morschen Weltbau stützen, / Schien mir immer Narrenspiel. / Und so, weil ich in dem Drehen / Da steh oft wie ein Pasquill, / Läßt die Welt mich eben stehen – / Mag sie's halten, wie sie will!« Als »ein verdrüszlicher mensch« wird in einem alten Wörterbuch der »Isegrimm« definiert. In allen Amtsstuben, auch in denen der Universitäten, wimmelt es heute von solchen »verdrüszlichen menschen«, die den Plunder nicht mehr als Plunder erkennen, sondern für »ein hochwichtig Wunder« halten.
Immer aber, wenn ich auf meinem akademischen Abenteuerweg eine Niederlage erlitten hatte und Hiebe einstecken mußte, dann ging ich, anfangs allein, später mit meiner Frau und heute mit der ganzen Familie, wandern. Wandern und Lesen waren und sind jene beiden Quellen, aus denen ich Kraft schöpfe. Das Ziel vieler Wanderungen waren vor allem Burgen und Kirchen, auch Kirchen in Burgen. Welcher Kummer und welcher Schmerz und welche Enttäuschung aber hielte stand und wäre nicht vergessen, wenn man an einem schönen Sommernachmittag oder -abend auf dem warmen Stein einer Burgruine sitzt und andächtig Eichendorffs Gedicht »Bei Halle« liest:

Da steht eine Burg überm Tale
Und schaut in den Strom hinein,
Das ist die fröhliche Saale,
Das ist der Giebichenstein.

Da hab ich oft gestanden,
Es blühten Täler und Höhn,
Und seitdem in allen Landen
Sah ich nimmer die Welt so schön!

Durchs Grün da Gesänge schallten,
Von Rossen, zu Lust und Streit
Schauten viel schlanke Gestalten,
Gleichwie in der Ritterzeit.

Wir waren die fahrenden Ritter,
Eine Burg war noch jedes Haus,
Es schaute durchs Blumengitter
Manch schönes Fräulein heraus.

Das Fräulein ist alt geworden,
Und unter Philistern umher
Zerstreut ist der Ritterorden,
Kennt keiner den anderen mehr.

Auf dem verfallenen Schlosse,
Wie der Burggeist, halb im Traum,
Steh ich jetzt ohne Genossen
Und kenne die Gegend kaum.

Und Lieder und Lust und Schmerzen,
Wie liegen sie nun so weit –
O Jugend, wie tut im Herzen
Mir deine Schönheit so leid.

Selbst unserem Kleinen, dem ewig Bewegten, Neugierigen, der immer auf Ausschau ist nach etwas, was man anfassen und womit man umgehen könnte, hat sich etwas von jener »Burgenstille« mitgeteilt, und es gab sogar für ihn Augenblicke einer kurzen »Burgenandacht«. Wir ließen uns übrigens auch nicht hindern, als die Kinder noch Babys waren, unsere Ausflüge zu machen. Nicht nur einen Burgberg haben wir mit dem Kinderwagen erklommen! Gerade durch diese Besteigungen bekam ich von der Situierung und der Lage der Burgen einen klaren Begriff, ich konnte abends, wieder daheim, an meiner Ermüdung und an meinem darauffolgenden Muskelkater ablesen, wie es strategisch und fortifikatorisch um die tags zuvor gestürmte Veste stand, ich hatte davon einen nachhaltigen Eindruck, einen »Nachdruck«, es war meiner Physis einprogrammiert. Wer wie wir einen Kinderwagen zur Höhenburg, etwa der Hohentwiel bei Singen oder der Hochosterwitz in Kärnten, hinaufgeschoben hat, der kann den Baumeistern dieser Burgbauten bestätigen, daß ihr Werk »wahrhaft wehrhaft« sei und schwer einzunehmen. Von Tor zu Tor, vom Fähnrichtor zum Khevenhüllertor, vom Khevenhüllertor zum Manntor und vom Manntor zum Reisertor, zieht und drückt der Vater den Wagen über einen steilen, holprigen, mit Steinen »gepflasterten«, durch Rinnsteine zerfurchten und mit Wackersteinen übersäten Weg bergwärts, bis er die Bastion erreicht und vorerst verschnaufen kann. Den Georg und den Michael aber mußte ich in ihrer mobilen Wiege anschnallen und regelrecht vertäuen, damit sie mir nicht hinunterrutschten oder gar aus dem Wagen fielen.

Es zeigte sich, daß die modernen Kinderwagen, namentlich die Sitzwagen und ganz besonders die sogenannten Buggies, nicht für solche Touren ausgelegt sind, die niedrigen Räder machen diese Vehikel nur tauglich für eine Fahrt über den glatten und planen und trockenen Asphalt, bereits kleinere Steine aber sind für diese Zwergenräder unüberwindliche Hindernisse. Und nicht nur einmal waren wir kurz vor dem Resignieren und wollten die Erstürmung der Burg aufgeben, bis ich mir und dem Kinderwagen dann aber einen Stoß gab und weitermachte und stieß und zog und schob und drückte. Es gab keine andere Möglichkeit als dieses Schieben. Oder Daheimbleiben. Die Kinder »abschieben«, irgendwelchen sogenannten Babysittern überlassen und allein das Weite suchen, kam für uns nicht in Frage, es lag gänzlich jenseits unserer Vorstellungen und auch Wünsche, wir fühlten uns als ein Ensemble und wollten zusammenbleiben, auch »in der

Stunde der Not und Drangsal, in keiner Not uns trennen noch Gefahr«. Oft mußte freilich nicht nur der Wagen gedrückt, sondern auch noch der Größere, Georg, getragen werden, wenn er nicht weiter konnte oder wollte und alles Zureden und ihn an die Ritterehre Erinnern nichts mehr half. So hat auch Ginover »ihre Last getragen«. Aber nachdem nichts etwas wert ist, was nichts kostet, so erhöhten auch diese Anstrengungen des Dahingelangens den Genuß und die Freude des Dortseins, die Aussicht und der Ausblick über das Land war erarbeitet und »verdient«.

Im Schweiße deines Angesichtes sollst du dir deine Aussicht verdienen. Und welch ungeheurer Genuß ist es, nach einer anstrengenden Tour und Tortur, erhitzt und außer Atem, schließlich in das Innere einer Höhlenburg, wie etwa in die Höhlenburg Wiechenstein im Schweizer Rheintal oder in das »Puxerloch« in Kärnten, zu treten. Tausend Lebensgeister erwachen da in einem unter der heißen, mit einem Taschentuch getrockneten Haut. Selbst dort, wo es finster und modrig ist, spürt man das Leben, den nächtlichen, nachtschattigen Teil des Lebendigen mit all den mykologischen Geheimnissen und Pilzmysterien. Nicht nur Georg, auch mich zogen und ziehen jene lichtlosen Gewölbe, Kellerräume, Schächte und unterirdischen Gänge an, von denen man nicht weiß, wohin sie führen mögen und über die darum auch von den Burgführern oft die unglaublichsten Spekulationen und märchenhaftesten Vorstellungen kolportiert werden. Einmal hörten wir auf der Ruine Schaunberg einen Führer sagen, hinter jener orkushaften Öffnung im inneren Burghof, vermutlich dem Eingang zu einem unterirdischen Speicher oder Keller, führe ein Gang bis Eferding. Ein anderer Führer bei einem späteren Besuch sprach gar von Linz, wohin das unterirdische »System« reiche.

Zwar habe ich mich selbst nie besonders weit in solche Keller oder Schächte vorgewagt, auch Georg zurückgehalten, tiefer einzudringen, aber mir doch auch nie die »Sensation« und

den Sinnenreiz versagt, mich irgendwo ins Finstere zu stellen, mich als Medium zu fühlen und so dem »finsteren« Mittelalter suggestiv und meditierend näherzukommen. Die Augen leicht geschlossen, nur halb hinhörend und darüberhinhörend, können einem die schemenhaften Menschen, die man weit draußen vorüberschlendern sieht und murmeln hört, leicht wie mittelalterliche Burgleute und Ritter vorkommen. Und es sind doch nur die Angestellten einer Passauer Firma auf Betriebsausflug ...
Hatten wir also »mit Kind und Kegel«, mit dem ganzen Troß eine Burg erstiegen und »erobert«, dann war freilich immer auch eine Stärkung fällig. Unter diesen außergewöhnlichen und unhäuslichen Umständen eines Picknicks oder »Quickpicks« begann zu unserem Erstaunen und zu unserer großen elterlichen Freude selbst der Kostverächter Georg kräftig zuzulangen, nicht nur wegen des durch die frische Luft und die Bewegung des Bergbesteigens entstandenen Heißhungers, auch und vor allem wegen des Rahmens dieser Alimentation weit weg vom häuslichen Herd und dem Kühlschrank, dem Tischtuch und der Tischordnung, dem Besteck und dem guten Benehmen stellte sich bei ihm fast so etwas wie »Gaumenlust« ein, und er zeigte sich sogar besorgt, er könnte weniger bekommen als sein Bruder Michael. So entstand wie unter der Hand hier auch der geschwisterliche Brotneid, den wir – der Zweck heiligt die Mittel – in der Wohnung vergeblich zu stimulieren versucht hatten: Wenn du nichts ißt, bekommt alles der Michael. Er kann alles haben, machte dort Georg unser Bemühen zunichte. Hier nun also plötzlich auch der an sich unschöne Futterneid. Sieh an, dachte ich. Natürlich achteten wir darauf, daß wir den Platz, wo wir ausgepackt und uns »verköstigt« hatten, so zurückließen, wie wir ihn angetroffen hatten, oder vielmehr oft schöner, als wir ihn angetroffen hatten. Wir erlebten ja nicht selten von Touristen gekennzeichnete und gezeichnete Burgen und Burgruinen.

Die Menschen hatten Spuren hinterlassen, entweder in Form von Butterbrotpapier und Konservendosen oder in Form von Inschriften, Fels- und Höhlenzeichnungen. Große Reisegruppen und ganze Schulklassen haben sich mit Zeichnungen, Herzen oder anderen, auch »unritterlichen« Zeichen und Symbolen und ihren Namen, in Steine geritzt oder in Holz, noch vorhandene Balken, oder überhaupt in das lebendige Holz der Hoflinde, »verewigt«. Die Barbarei kennt dabei keine Grenze. Selbst die Lutherstube in der Wartburg ist ja bekanntlich mit solchen Kritzeleien verziert, wo sich biedere Menschen auf diese Weise in die Geschichte eintragen und einschreiben wollten. Kyselak was here. Herostratos läßt grüßen. Menschen, die nichts Großes und Ordentliches zustande bringen, leisten so einen kleinen und bescheidenen Beitrag zur Ruinierung des Großen. Gerade bei Ruinen scheinen viele einfache Gemüter zu denken, hier sei »eh schon alles kaputt«, hier könne man ohnedies nichts mehr verderben. Es braucht offenbar eine gewisse Phantasie und auch einen gewissen Verstand und Herzensbildung, um eine Ruine schön zu finden. Gerade unter den Menschen jener Gesellschaftsschicht, aus der ich stamme – ich sage einmal: der nicht adeligen, wo »Adel« weiter nichts als ein Synonym für »Jauche« ist –, fehlt es oft gänzlich an Sinn und Verständnis für Ruinen. Eine ältere Verwandte erzählte mir, daß sie mit einer Gruppe Pensionisten einen Ausflug auf die oberösterreichische Ruine der Burg Schaunberg unternommen habe und daß es daraufhin grobe Vorwürfe an den Organisator und Pensionistenführer und Reiseleiter gegeben habe, daß er ihnen diesmal nichts anderes geboten habe als diese Ruine, als gäbe es in der näheren und weiteren Umgebung nicht noch genug intakte Gebäude zu besichtigen! Sie meinten, sie hätten es noch lange nicht not, Ruinen anzuschauen! Unbewußt mögen die alten Leute diesen Ruinenbesuch auch als eine Anspielung auf ihren eigenen, mehr oder minder rüstigen und gesunden, mehr oder minder kränklichen Zustand

empfunden haben. Und eine Ruine kann einen natürlich an die eigene ruinierte Gesundheit erinnern. Er ist nur noch ein Wrack, heißt es von besonders desolaten Menschen, er ist nur noch ein Schatten von einst. Ein Ruinenbesuch scheint so eher etwas für Kinder zu sein, in paradoxer oder »chiastischer« Analogie zum Sprichwort: Denn jung und alt tut zusammen kein gut. So reden die alten Besucher einer Ruine auch gern vom »Wiederaufbau«, rufen also nach dem Ruinenbaumeister.
Ich habe immer darauf gesehen, daß wir anderen Besuchern von Burgen und Ruinen möglichst auswichen, um den Unverstand dieser Menschen mir und der Familie zu ersparen. Ich könnte buchstäblich schießen oder aus der Haut fahren, wenn ich etwa auf Burg Hochosterwitz angesichts der Steinbombarde im Burgmuseum einen deutschen Touristen zu seiner Frau sagen höre: Ei guck mal, Erna, sieh an, wie ulkig! Am meisten aber ärgert mich immer die fehlende Andacht der Besucher in den Burgkapellen. Es macht mir nichts aus, wenn einer beim Essen die Gabel in die rechte und das Messer in die linke Hand nimmt, ich habe beim Abendmahl im Hause des Genannten, meines verehrten Vorgesetzten, unter Beweis gestellt, daß ich der »Courtoisie« nicht kundig bin. Aber wenn ich unfrommes und unfeierliches Benehmen in Kirchen erlebe, dann schäme ich mich vor den Menschen des Mittelalters, die die Kirche gebaut und kirchlich »genützt« haben, als einen Ort der Andacht und der Erscheinung der Transzendenz. Und ich stehe nicht an, wenn ich einen halbnackten »Wilden« in dieser Umgebung seine sinnlosen Fragen stellen oder Erklärungen und Vermutungen von sich geben höre, von einer »Entweihung« zu sprechen. Es ist seine Sache, wenn der Mensch der Andacht und der Ehrfurcht nicht fähig ist, er ist deshalb nur zu bedauern und man muß Mitleid mit ihm haben, wenn er aber anderen durch seine dreiste Oberflächlichkeit auf die Nerven fällt und die Stimmung verdirbt, dann müßte man ihn, mittelal-

terlich gesprochen, in Acht und Bann geben, er müßte Gotteshausverbot bekommen.
Es hätte keinen Sinn, die »Kirchenschänder« an jene Stelle aus dem 1. Buch Mose zu erinnern, die man im Mittelalter als Introitus zur Einweihung der Kirchen sang: »Voll Schauer ist dieser Ort. Gottes Haus ist hier und die Pforte des Himmels. Sein Name ist: Wohnung Gottes.« Wir aber wollen uns daran erinnern, daß vom englischen König Heinrich I. im Jahr 1130, als der Chor der gotischen Kathedrale von Canterbury in einer großen Zeremonie eingeweiht wurde, gesagt wurde und überliefert ist, daß er geschworen habe »bei seinem königlichen Eide beim Tode des Herrn«, daß dieses Heiligtum »wahrhaft schauervoll« sei. Immer ist von jenem Schauer die Rede, jener Ehr*furcht*, mit der die Menschen jener Zeit die Gotteshäuser angeschaut und betreten haben. Viele deutsche Burgkirchen haben, wie auch die romanischen und vor allem gotischen Stadtkathedralen, vor dem Westchor hohe Mauern, die nach der Meinung der Zeit die Dämonen abgehalten und abgewehrt haben, Schildmauern gewissermaßen, um vom Haus Gottes alle Unruhe und allen Unfrieden fernzuhalten und abzuwehren. Heute aber erlebt man in den Domkirchen und Kathedralen viele »Halbschuhtouristen«, daß man sich zurückhalten muß, um nicht zu meinen, sie seien dem Teufel nicht zu schlecht, aber zu dumm. Und weil sie nicht still sein und das Maul halten können, spricht das Gebäude nicht mehr zu ihnen. Die Kirche »sagt ihnen nichts«. Sie gibt ihnen nichts, und doch könnten sie reich beschenkt, gemahnt, getröstet, erhoben und geheilt, gesegnet und bereichert, beglückt und »erbaut« von hier weggehen. Eine feste Burg ist unser Gott.
Einsam und verlassen wie Joseph von Eichendorff auf der Ruine Giebichenstein bei Halle, der Burg Ludwigs des Springers, kommt man sich vor, wenn man wie ich dem Mittelalter oder auch der Romantik, die das Mittelalter verstanden, weil geliebt hat, nachhängt. Wie der Burggeist. Umge-

ben von Philistern, wenn die heutigen Burgenbesucher den Ausdruck »Philister« verdienen, weil er doch auch das Bildungsbürgertum meint. Ach, wären sie wenigstens Philister im Sinne des 19. Jahrhunderts, meinetwegen Spießbürger oder Kleinbürger. Aber es sind keine »Bürger« mehr, das erlebt man nirgends so stark wie auf den Burgen.

Und weil ich schon beim Klagen bin, muß ich auch gleich die schlimmste Barbarei anführen, die mir und meiner Familie bislang in unseren Wanderjahren untergekommen und buchstäblich »widerfahren« ist. Wieder einmal unterwegs in Kärnten, aus der Steiermark, und zwar von der Frauenburg bei Unzmarkt, dem Sitz des unvergessenen Ulrich von Lichtenstein, des Verfassers des »Frauendienstes«, kommend, wollten wir am Nachmittag die Hochosterwitz besuchen. Es war ein Maientag, so schön, daß man sich gewünscht hat, Freiherr von Eichendorff möchte noch leben, um ihn zu beschreiben. Wir benützten für den Weg von Unzmarkt bis Launsdorf, dem der Hochosterwitz nächstgelegenen Ort, die Eisenbahn. Bereits im Zug merkte ich, daß viele Mitreisende dasselbe Ziel ansteuerten. Die Passagiere erörterten die Frage, ob sie in Treibach-Althofen oder in St. Veit aussteigen müßten. Erfahrenere aber, die offenbar in früheren Jahren zu eben diesem Termin, über den wir bald größere Klarheit erhalten sollten, »dort« gewesen waren, unterrichteten und belehrten die Neulinge, die einer scherzhaft »Greenhorns« nannte, über die Bundesbahn, ihren Kurs und ihre Stationen und über die Launsdorfer Geographie. Sie sagten, sie wüßten die günstigsten Plätze, von denen aus man am besten sehen könne und alles »hautnah« mitbekomme. Die Neulinge und »Greenhorns« baten die »Routinierten«, was in diesem Fall tatsächlich hieß: »die mit der Route Vertrauten«, sich ihnen anschließen zu dürfen.

Diejenigen, die »es« schon erlebt hatten, bereiteten die Neuen auf etwas Außerordentliches vor. Sie baten die Neuen, sich auf etwas gefaßt zu machen. Und sie sparten bei ih-

rer Einstimmung der Newcomer und »homines novi« nicht mit Superlativen, von der Poetik »Hyperbeln« genannten Figuren. Auch von der Gefährlichkeit des zukünftigen Abenteuers war die Rede, nicht nur für die, die als Ausübende jenes Sportes unmittelbar in die »Kämpfe« involviert und verwickelt seien, sondern auch für das Publikum, die Voyeure »am Rande der Piste«. Das Gespräch reicherte sich immer mehr mit Ausdrücken eines Rennens, eines sportlichen Wettkampfes und eines Turnieres an, sodaß mir leider bald klar wurde, worum es sich handeln mußte. Auch Georg, der zunächst angesichts der etwas lauten und lebenslustigen Schlachtenbummler recht still und ein wenig ängstlich in einer Ecke gesessen war, schien sich allmählich von der Art dieser Menschen und dem Ereignis, dem sie zustrebten, eine gewisse Vorstellung zu machen. Und nachdem er mich anfangs gefragt hatte, wo diese Menschen hinführen, und ich sagen mußte, ich wüßte es nicht, schien er, Georg, nun bereits Lust zu bekommen, auch dorthin zu gehen, wo nach den Gesprächen und Erinnerungen dieser Menschen »wirklich etwas los« sei. Papa schauen wir uns das auch an! sagte er.
Jede Attraktion hat ihr eigenes Publikum. Die wilden und lauten Veranstaltungen ziehen auch vor allem die Wilden und Lauten an, und um etwas Spektakuläres und »Auffälliges« schien es hier ganz offensichtlich zu gehen, was unsere Mitreisenden aufsuchten und sehen wollten. Die verwegensten Zuschauer jenes rauhen Spektakels erlebten wir freilich erst später auf der Landstraße, jene Besucher nämlich, die auf Motorrädern jenem Motorradrennen, um das es sich also handelte, zustrebten. Die Ungestümheit dieser Menschen drückte sich darin aus, daß sie sehr schnell unterwegs waren, schnell und rücksichtslos. Schon in der Eisenbahn war mir in den Gesprächen über die Fahrer aufgefallen, daß es immer wieder von dem und jenem hieß, er fahre ganz besonders »brutal«. Nun erlebten wir an den Zufahrenden auf

der Straße von St. Donat herüber, was mit dieser »Brutalität« gemeint war. Es war Härte und Brutalität »gegen das Material«, wie es geheißen hatte, also Schonungslosigkeit gegen »den fahrbaren Untersatz«, »die Maschine«, aber auch gegen sich selbst, die Gefahr, andere bei Unfällen zu verletzen, die Brutalität, nicht nur gegen sich, sondern auch gegen andere, miteingeschlossen. Die wunderschöne Burg, an der sie vorbeidonnerten und der wir aus Vorsicht neben der Straße auf Feldwegen zustrebten, schienen sie nicht zu bemerken. Schon in den Gesprächen der Anreisenden in der Bahn war sie nur als »Orientierungspunkt« vorgekommen. Diejenigen, die sich jenes Rennen in Launsdorf am Fuße der Hochosterwitz haben einfallen lassen, scheinen nicht gerade von der Burg und ihrer Schönheit beeindruckt gewesen zu sein, sie haben dieses Motocrossrennen nicht wegen dieser Burg, sondern trotz der Burg hierherverlegt, und nur die Steilheit der Hänge des Burgberges mag ihn davor bewahrt haben, daß man den »Rundkurs« nicht gleich über ihn geführt hat. Nahmen die Fahrer also nicht gerade den Burgberg »unter die Räder«, so befand sich der »Parcours« doch in der Nähe und in Sichtweite der Burg, und die Burg war mindestens akustisch voll in die Veranstaltung miteinbezogen. Bis ins Innerste der Burg, bis ins Allerheiligste der Burgkapelle hinein dröhnten die Motoren. Noch in der Sakristei hörte man die »brutal« behandelten Maschinen »aufheulen«. Von den Zuschauern ganz zu schweigen, die mit ihren Autos und Motorrädern das weite Gelände um den Burgberg verstellten. Die Burg sah wie belagert aus, »in Eisen starrend«, in Eisen und Gummi.

An den Zufahrenden auf den Motorrädern fiel mir freilich nicht nur die Brutalität ihrer Fahrweise auf, vor der ich meine Familie durch Fernhalten von der Straße und Abseitsgehen bewahrte, sondern auch die Martialität ihrer Aufmachung, der »Montur«, wie ich immer wieder hörte. Man spricht gern vom »Zauber der Montur« und meint damit die

Anziehungskraft der Uniform und des Lamettas nicht nur auf Rekruten und Assentierte, auf die »Freiwilligen« und »Längerdienenden« und »Berufssoldaten«, sondern auch auf die Zuschauer bei Manövern und hier wieder vor allem auf junge Mädchen unter den Zuschauern. Zauberhaft in diesem oder in irgendeinem anderen Sinn erschien mir die Montur der Raser zwischen St. Donat und Launsdorf freilich nicht, sie hatte im Gegenteil etwas Abweisendes – und hätte man keine Scheu zu übertreiben und zu dämonisieren, möchte man fast auch sagen: etwas Diabolisches an sich. Schwarzes Leder herrschte bei den Beinkleidern und dem Wams vor. Dazu trugen sie schwere Stiefel, um die Leibesmitte auch breite Nierengürtel. Auf den Köpfen sah man riesige Kunststoffhelme, im Aussehen den Polystyrolhelmen der Playmobilritter Georgs nicht unähnlich, auch mit Visier. Auf den Motorrädern saßen aber nicht nur diese häßlichen Gestalten, sondern auf dem Beifahrer-, dem sogenannten Soziussitz, auch noch Frauen, in Aufmachung und Kleidung freilich unfraulich, vielmehr den Männern an der Lenkstange ganz ähnlich, eben im »Partnerlook«. Auch die »Socia« auf dem Soziussitz trug Stiefel und Helm. Es herrschte auch sonst zwischen Fahrer und Beifahrerin ein inniges Verhältnis, ein enger sozialer Verband, was sich darin ausdrückte, daß sich die »Amie« eng an den »Ameis« anschmiegte, die Arme um seinen Leib schlang und so regelrecht an ihm hing und mit ihm eine Einheit bildete. Um Entführungen konnte es sich somit bei diesen schnellen und »brutalen« Fahrten nicht handeln, wider den Willen der Frauen nämlich, wo man doch aus Filmen weiß, daß Widerspenstige von den Kavalieren, die sie rauben, wie die Sabinerinnen *vor* die Entführer und Verführer aufs Pferd gesetzt oder gebunden werden, um sie besser »kontrollieren« zu können und in der Hand zu haben und Ausbruchsversuche im Keim zu ersticken.

Das »Material«, auf dem die »drivers« und ihre »Motorradbräute« saßen, waren teilweise wahre Ungetüme, von den

Fachleuten in der Bahn »Öfen« genannt, auch »heiße Öfen«. Auch »steiles Eisen« haben wir gehört. Dabei spielen, wie wir an diesem Tag noch öfters hörten, die Pferdestärken und, wie es auch aus dem Platzlautsprecher vom »Kurs« zu uns auf der Burg herübertönte, die Fahrzeugmarken eine große Rolle. Dort, beim eigentlichen Rennen oder den Rennen, weil es, wie wir sahen, verschiedene »Läufe« gab, wurden die »drivers« immer zusammen mit ihrem Fahrzeug genannt. Immer hörten wir Personennamen, durchaus nicht nur österreichische, das Turnier schien vielmehr von Fahrern aus aller Herren Länder »beschickt« zu sein, im Zusammenhang mit Fabrikatsbezeichnungen, ja vielen zusätzlichen Angaben technischer Natur. Es starten, hieß es etwa, auf Platz eins Gaston Rahier auf der 250er Yamaha oder Göte Liljegren aus Finnland auf Husqvarna, 250 Kubik. Dann war die Rede von Schlitz, Membran oder Schieber, Hub, Bohrung und Leistung, vier, fünf, sechs Gängen, Gewicht und Bereifung. Auch hörten wir Sätze von dieser Art: Im Sattel der Montesa der Japaner Akira Watanabe. Oft wurden die Fahrer auch reißerisch apostrophiert. Von einem hieß es immer wieder, er sei ein »Schlammspezialist«. Fiel sein Name, so kam automatisch dahinter »der Schlammspezialist«. Ich dachte daran, daß die alte Poetik die Evokation einer solchen Vokabel im unmittelbaren Zusammenhang mit einem Eigennamen »Signifikation« nennt. Der Platzsprecher konnte den Namen des betreffenden Fahrers offenbar nicht denken, ohne auch zu verlautbaren: »der Schlammspezialist«. Ähnlich wie es von Siegfried, dem Königssohn aus Xanten, immer heißt »der Drachentöter«. Auch »Weltmeister« war eine dieser signifikanten Eigenschaften, die immer hinzugesagt wurden, analog zu »Schlammspezialist« aber auch »Regenspezialist« oder »Sandspezialist«.

Gekämpft wurde von den »PS-Akrobaten« und »Matadoren« des »Feldes« um Trophäen, die »Trophäe der Nationen«, auch um Pokale. Den »Pokal des Landeshauptman-

nes« überreicht nun ..., hieß es. Ähnlich wie die Pferde bei Pferderennen kamen auch die Motocrossisten, die »Toreros«, einmal auch »Musketiere« genannt wurden, aus »Ställen«. Ich hörte mit Erstaunen »aus dem Rotax-Stall«, »aus dem BMW-Stall«. Der Platzsprecher, der das Geschehen, das doch alle oder doch die Zunächststehenden selbst sahen, beschreibend und kommentierend begleitete, schrie etwa ins Mikrophon: Der bärtige Finne überläßt Malherbe die Spitzenposition. Dann wieder: Der Sandspezialist De Coster setzt sich mit dem holländischen Zahnarzt Wolsink im Schlepptau an die Spitze. Aber es gab auch Manöverkritik im nachhinein und in den Pausen, wenn sich ein neues »Feld« für ein neues Rennen präparierte: Haben Sie das gesehen! Wie sich Weltmeister Heikki Mikkola nicht lange in das Gerangel der 28 Starter verstricken ließ, wie er loslegte, sich auf kurzer Distanz mit Brad Lackeys Honda beharkte, um dann aber loszuziehen. Auf Nimmerwiedersehen für den Pulk! Meine Damen und Herren, das war weltmeisterlich, das war weltmeisterlich!
Der Ansager verstand seinen Beruf nicht bloß als Informator, sondern auch als Stimmungsmacher und Einpeitscher, er heulte mit den Motoren um die Wette, und es tönte ein ganzes Arsenal von Reizwörtern der sogenannten Vollgasbranche herüber auf die Hochosterwitz zu uns, die wir diesmal nicht den Hauptweg, der sich spiralförmig um den Burgberg bergwärts schlängelt und dem Besucher bei vierzehn Toren vierzehnmal das Glücksgefühl des Herantretens, Eintretens und Überschreitens der Schwelle vermittelt, nahmen, sondern den sogenannten »Narrensteig« wählten, einen Zugang zur Festung, der alle Tore vermeidet. Wir nahmen nicht die Tor-Tour, sondern die Toren-Tour ... Ein Wort bekam dabei für mich eine besondere Bedeutung, weil es auch mit unserer Situation zu tun zu haben schien, die wir dem Hauptweg ausgewichen waren, weil er diesmal voller Menschen war, die aber nicht die Burg im Sinn und im Blick hatten,

sondern sich vielmehr bloß zur Einfriedungsmauer des Aufstiegweges stellten oder sich auch oben auf der Bastion an die Zinnen und zwischen den Wimpergen drängelten, die Burg im Rücken, und auf das Motorradrennen hinaussahen, »Zaungäste« nämlich im wahrsten Sinn des Wortes, die lieber das niedrigere Eintrittsgeld für einen Burgenbesuch als das exorbitant hohe des Motocrossrennens bezahlten, wenn sie auch auf diese Weise nicht in den vollen Genuß des »hautnahen« Miterlebens kamen, der, wie wir schon in der Bahn gehört hatten, gerade auch im Höllenlärm bestand, der hier offenbar nicht nur dazugehörte, sondern einen Teil der Attraktion ausmachte. »Das muß man einmal gehört haben«, hieß es. Man müsse einmal neben einem »Dreißigerpulk« gestanden sein, wenn die Startschranke fällt, und die wilde Jagd losbricht. Auch den Geruch, der dazugehörte, ein eigenartiges Gemisch von ätherischen Düften, wie sie nur das Rennbenzin hervorbringe, müsse man schmecken und in der Nase spüren. Das allerdings entging diesen blinden Passagieren. Sie erlebten alles distanziert, nicht unmittelbar. Mir aber, der ich mich mit meiner Familie, um diesen Narren auszuweichen, den sogenannten Narrensteig der Hochosterwitz hinaufplagte, klang die öfter wiederkehrende Bezeichnung »Gemse« für einen »Steigungsspezialisten«, einen Tschechoslowaken »aus der Hohen Tatra«, wie Spott in den Ohren. So wie er einen anderen immer als »Schlammspezialist« apostrophierte, sprach er von jenem Mann aus der Hohen Tatra, Karel Strnad auf einer Java, als der »Gemse«. Einmal »Gemse«, dann wieder »Kletterspezialist«. Und als wollte er dem alten rhetorischen Prinzip von der Abwechslung, die die Zuhörer erfreut, genügen, nannte er ihn plötzlich auch den »Bergsteiger unter den Motocrossfahrern«.

Meine Familie schien übrigens nicht durchaus meine Verachtung für diesen »harten Männersport« zu teilen. Ginover, die Treue, mit ihrem bekannten Widerspruchsgeist, fand zu meinem Verdruß ständig Parallelen zwischen diesem Wettkampf der »PS-Gladiatoren« und den alten Turnieren der Ritter. Für sie war das völlig das gleiche. Diese Motorradfahrer waren in ihren Augen nichts anderes als die Ritter bei ihren Tjosten, Buhurten, Puneisen und Fehden, sie erschienen ihr wie Reiter, bloß daß sie auf keinem Pferd, sondern auf »Blecheseln« ritten. Und sie sah nicht nur jede Menge Beziehungen zwischen den beiden Welten im allgemeinen, sie wurde vielmehr ganz konkret und sagte, daß für sie gerade der gute Ulrich von Lichtenstein, von dem ich ihr und den Kindern auf der Frauenburg bei Unzmarkt so viel erzählt hatte, hier fröhliche Urständ feiere, er, der bei jenem berühmten »Turnier von Friesach«, dessen Turnierplatz man ja von hier aus fast sehen konnte, die Ritterschaft des halben Reiches bekriegt und hunderte Speere verstochen habe. Ulrich von Lichtenstein sei ganz sicher auch ein »Schlammspezialist« gewesen, und der Turnierplatz in Friesach habe nach jenem Turnier sicher auch wie eine »Sautratte« ausgeschaut. Ginover nahm hier ein Wort auf, das ich in meiner Verachtung für den Motorradsport für das gepeinigte und malträtierte Gelände, das diesen technischen Schwachsinn ertragen und über sich ergehen lassen mußte, verwendete, wobei ich aber sagte, daß die umgewühlte Erde einer Sautratte eigentlich diesen Vergleich gar nicht verdiene, weil das Schwein dort im Sinne seiner Natur und auch im Einklang mit der Natur im allgemeinen handle, ein Schwein, das im Dreck wühle, sagte ich, bringe Leben in die Erde, die Geschwindigkeitsnarren und Amokläufer dort drüben aber brächten der guten Mutter Erde den Tod, den vielfachen Tod, durch die mörderische und giftige Chemie, die sie hintenhinaus pufften. Auf das, was ein Schwein »auspuffe«, sagte ich, warteten viele Tiere und begrüßten es sicher mit vitalem Hallo, weil es ihnen eine nahrhafte Freude mache, mit dem Blei aus den Motorradauspüffen könne aber keine Kreatur etwas anfangen. Das sei buchstäblich unverdaulich, sagte ich. Alle meine Argumente ließen Ginover freilich nicht vor weiteren Vergleichen zurückschrecken. Vor allem sah sie beide Veranstaltungen, das Turnier von Friesach in der ersten Hälfte des 13. Jahrhunderts und den Motocross-Weltmeisterschaftslauf in Launsdorf im letzten Drittel des 20. Jahrhunderts, von ihrer fraulichen Warte aus als durchaus verwandt. Die Männer hätten nichts dazugelernt, sagte Ginover, und die Frauen müßten sich damals wie heute ihre Dummheiten ansehen und auch noch lauthals applaudieren. Und in der Tat sah man auch aus der Entfernung von der Burg, daß dort drüben beim Motocrossrennen Frauen und Mädchen eine bedeutende Rolle spielten.

Ein Nachbar an der Brüstung, die wir zuletzt erreicht hatten und an der auch ich, vor allem durch das Drängen unseres Größeren, Georgs, eine Weile stehen bleiben mußte, erklärte uns, daß nun auch in diesen Sport Frauen eindrängen. Zwar agierten heute dort in Launsdorf nur Männer, aber es gebe bereits Rallyes und Trials und auch Auto- und Motorradrennen, wo Frauen mit- und auch ganz gute Figur machten. Warum auch nicht, meinte er. Ich aber dachte daran, daß man diesen Sport noch bis vor kurzem als eine Domäne des Mannes bezeichnet hatte, daß aber nun offenbar auch diese »Domäne« den Männern verlorengehe. Gleich setzte sich auch mein etymologischer Verstand in Gang, und ich kam zu dem Schluß, daß man dem Wort »Domäne« das Maskuline eigentlich gar nicht anmerkte, weil sich in ihm die »domina« geradeso verbergen kann wie der »dominus«. Es gibt ja durchaus auch »Domänen« der Frau, wobei freilich oft sehr untergeordnete Bereiche, beschönigend und aufwertend, also eher »servile« Bereiche, als »Domäne der Frau« bezeichnet werden. Mich hatte Ginover auch darüber nicht im unklaren gelassen, daß sie etwa den Ausdruck »Reich der Frau« für »Küche« als dumme Frotzelei und lächerlichen Spott empfinde. Nur eine dumme Gans, die an die Werbung glaube, könne einem ihre Einbauküche als ihr »Reich« vorstellen und präsentieren. Wer sich so ausdrücke, übernehme den Jargon der Männer. Eine Küche aber sei eine Küche und kein Reich. Der Bauknecht weiß nicht, was die Frauen wünschen, widersprach Ginover oft einem bekannten Werbeslogan. Und den Ausdruck »Frauenlob« für ein Waschmittel fand sie immer besonders albern. Frauen hätten auch andere Sorgen und Interessen als das Putzen, sagte sie. Den Ausdruck »Frauenlob« empfand ich auch als eine »Unhöflichkeit« gegenüber dem großen Dichter Heinrich von Meißen, genannt Frauenlob. Das hat dieser »Genannte« nicht verdient.

Was nun die Frauen dort drüben beim Motocross betraf, so sah man viele gerade im Umkreis des sogenannten Fahrerlagers und bei den Wohnwagen und Mechanikerzelten. Einige hatten Hefte in den Händen und notierten immer wieder etwas darin, machten wohl so etwas wie eine Buchführung. Auch fehlte es nicht an weiblichen Zuschauern. Ginover taten ihre Geschlechtsgenossinnen leid, jene Fußballerfrauen und jene Bräute von Motorradnarren, die sich die »Hobbys« ihrer »Verehrten« gefallen lassen mußten. Und sie schloß in ihr Mitleid durchaus auch jene Frauen ein, die bei den Kämpfen Ulrichs von Lichtenstein zuschauen mußten, als er verkleidet als »Frau Venus«, bei Meisters, das heißt Mestre, dem Meer entstiegen, über Treviso, Piave, Odorico, Gemona, Thörl, Villach, Feldkirchen, St. Veit, Friesach, Scheifling und durch die Steiermark nach Wien und bis Böhmen zog und überall Turniere ausfocht. Bei Fehden, die in seinem, Ulrichs, Verständnis gewissermaßen zur Weltmeisterschaft oder doch wenigstens zum Europacup zählten ... Und immer ist von den zusehenden Frauen die Rede.

Dort drüben in Launsdorf spielten die Frauen übrigens noch eine andere, typisch weibliche Rolle. Nicht nur daß sie zusehen und applaudieren und sich dabei, wie Ginover vermutete, langweilen und daß einige von der Gemeinde ausgewählten »Ehrenjungfrauen« die Sieger küssen mußten – Bussi,

Bussi, dröhnte es aus dem Platzlautsprecher –, einige Mädchen und Frauen hatten auch den üblichen Sanitätsdienst zu leisten. Also hatte sich auch daran nicht viel geändert. Wie Isolde im »Tristan« mußten auch dort drüben einige Krankenschwestern in Bereitschaft stehen, um die Verunfallten zu verarzten.
Gleich drei Ambulanzwagen standen in Bereitschaft, woran man sah, daß der Unfall bei diesem Sport nicht als unglücklicher Zufall, sondern als der regelmäßige Brauch betrachtet wurde. Sport ist Mord, heißt ein Sprichwort – und dieser Sport war es ganz sicher. Ständig sah man Fahrer stürzen und sich wieder aufrappeln, um die Rennstrecke und ihr Motorrad zu verlassen und nicht überfahren zu werden, was aber auch nicht nur einmal vorkam. Und obwohl an und für sich alle in eine und dieselbe Richtung fuhren, stellte es doch öfters auch einen quer, und es entstand auf diese Weise, bis er wieder wenden konnte, ein gefährlicher Gegenverkehr. Der Lärm des Zusammenkrachens verstärkte aber bloß den allgemeinen Tumult, der an sich schon einen unglaublichen Pegel erreicht hatte, wie man auch von hier aus hörte. Ich mußte nun, nicht nur von Ginover daran erinnert, wirklich an den guten Ulrich von Lichtenstein und sein »Turnier in Friesach« denken, wo immer wieder vom Krawall und auch den vielen Verwundungen die Rede ist. »Sie drangen aufeinander ein«, heißt es dort etwa, »und als sie auf Pferdelänge zusammengekommen waren, setzte es Kampf. Manchem Pferd wurden da die Sporen gegeben. Man sah die Ritter übereinander stürzen, das ging blitzschnell, und Roß und Reiter fielen zu Boden. Das Krachen der Speere war gewaltig, und dort und da wurde mancher Stoß mit dem Schild ausgeführt. Da bekam mancher ein geschwollenes Knie, und viele tapfere Ritter zogen sich Beulen und Wunden zu. Durch Kämpfen brachen sie sich manchen Knochen, und es gab genug verrenkte Glieder.« Das war nun wirklich auch so ungefähr, ja fast genau die Situation in Launsdorf, wo man

nicht mit Pferden, aber mit Pferdestärken, nicht mit Schilden, aber mit Rädern aufeinander losging oder losfuhr. Und manchen Querfeldeinfahrer »warf« auch sein Motorrad »ab«, wie es hieß. Von einem, der von der geraden, das heißt der an sich gewundenen, aber vorgeschriebenen Bahn abkam und in die Zuschauer fuhr, sagte der Mann am Mikrophon, er sei »ausgeritten«, als habe sein Pferd gescheut.
Natürlich gab das wieder Arbeit für die Krankenschwestern. Und obwohl nun Ginover mir über die Unsinnigkeit dieses derben und groben Sports gar nicht zustimmte oder immer in dem Sinne widersprach, daß sie alles das, was ich am Rittertum verehrte, als nicht viel klüger hinstellte, so regte sich angesichts des »Frauendienstes« der Krankenschwestern doch ihr »feministisches« Herz. Die Frauen sollten streiken und ihren Dienst verweigern, sagte sie. Sie sollten den Selbstmördern dort drüben klarmachen, daß sie nicht für den Mutwillen dieser Selbstverstümmelungen mißbraucht werden wollten. Wer sich in die Gefahr begebe, der komme in ihr um, er solle aber, bitte, dann nicht um Hilfe und Rettung schreien, meinte sie. Ja, willst du sie denn verbluten lassen? fragte ich.
Das war offenbar wirklich eine Sportart »im Vorhof der Medizin«, ein »Zubringersport« für das Krankenhaus, eine Arbeitsbeschaffung für die Chirurgie. Denn der Sturz war hier, wie gesagt, nicht der unglückliche Ausgang und die schlimme Ausnahme, sondern das Natürliche und Normale. Wir sahen von der Brüstung der Hochosterwitz aus, auch mit freiem Auge und »unbewaffnet« mit Fernrohren oder »Operngläsern«, wie sie einige Nachbarn bei sich hatten, wie gerade auf der steilsten Steigung einige Fahrer mitsamt ihren Maschinen rücklings stürzten, die Motorräder schienen sich wie Pferde aufzubäumen, die Fahrer aber konnten sich nicht mehr aufrichten und, indem sie sich vorgebeugt hätten, den Schwerpunkt verlagern und Gewicht auf das Vorderrad bringen, das Hinterrad aber oder die Hinterhand, um im

equestren Jargon zu bleiben, drückte weiter nach, sodaß es zum Überrollen und zu Überschlägen kam. Nicht immer aber konnten die Fahrer rechtzeitig abspringen.
Es sah manches nicht nur unfreiwillig nach einer Reitfigur, etwa einer »Capriole«, aus, mancher Schnörkel im Verhalten der Fahrer, etwa zwischen den Rennen bei den Mechanikerzelten, aber auch beim Anfahren vor dem eigentlichen Start, der durch Anschieben bewerkstelligt wurde, um dann aufzuspringen und loszurasen – oder »liegenzubleiben« –, wie überhaupt einige Aktionen im Umgang mit dem »Gerät«, wie es der Platzlautsprecher nannte, sah tatsächlich nach einer Reitfigur aus oder jedenfalls einem motorischen Ritual, einem technischen Zeremoniell. Nach einigen Bodenwellen befanden sich die Fahrer auch hoch in der Luft, was genau der Capriole beim Reiten entsprach. Aber auch »Ballotaden«, und zwar »auf der Volte rechts«, und »Crouppaden«, vor allem »tout droit«, bemerkte ich. Von der »Carrière«, sozusagen dem Galopp, dem gestreckten, der »Hauptfigur«, ganz zu schweigen. Es handelte sich hier sichtlich nicht um die hohe, etwa französische oder spanische Schule der Reiterei, sondern bloß um die niedere, die tschechische gewissermaßen oder die russische. Ein trainierter Hippologe und Pferdekundler hätte aber durch die Gesten, Manieren und Fahrweisen der verschmierten und verschmutzten Männer dort drüben hindurch ganz leicht den Nachhall anderer Reitgewohnheiten, einen Nachklang von Schritt und Trab vor dem Rennen, verschiedene Tempi des Aufsitzens, Galopp, Parade und Paß, das Zurückgehen und Traversieren, den Redop, Pesaden und Courbetten und Pirouetten ausmachen können.
Doch nahm sich das alles hier in Launsdorf nicht so sehr wie Rokoko aus, etwa im Sinne der »Vorstellung und Beschreibung derer Schul und Campagne Pferden nach ihren Lectionen« von Johann Elias Ridinger aus dem Jahre 1760, sondern viel »brutaler«, »aggressiver« und »unbarmherziger« –

alles authentische Worte des Hautparleurs auf der »Festwiese« –, also moderner – und zugleich älter und archaischer! An des braven und rechtschaffenen Rittermanns von Adel Gottfrieds von Berlichingen Umgang mit den Pferden erinnerte mich dies. Von Anmut jedenfalls keine Fahrspur!
Und »es fleischte ein wenig«, ein wenig? Nicht wenig, genaugenommen. An diese vielsagende Redewendung und Redefigur des Götz von Berlichingen mußte ich auch denken, als ich ohne jedes Vergrößerungsglas den großen Schaden dort drüben erkannte, der aus dem Geschwindigkeitsrausch resultierte. Es »fleischte« wirklich nicht wenig, lutherdeutsch gesprochen. Und es »fiel auch mancher in den Dreck«, wie Götz von Berlichingen in seiner Lebensbeschreibung »Mein Fehd und Handlungen«, einem Buch, in dem nichts wie geschlagen, gestochen und gekämpft wird, mit Zufriedenheit und Stolz von seinen Gegnern schreibt. Götz, der »Raubunternehmer«, denke ich, der sein ganzes Leben nur hinter »Abenteuern«, aber nicht mehr den Abenteuern der staufisch-höfischen Blütezeit, etwa auch solchen der Liebe, sondern ausschließlich hinter Fehden, Händeln, Kriegen, Schanzen, »Sachen«, das heißt Rechtsstreitigkeiten, »Ursachen« und »Urfehden«, also nicht bloß Turnieren wie Ulrich von Lichtenstein, her war, dieser »wackere«, »brave«, »weidliche« und »redliche«, dieser »tapfere« und »tüchtige«, »rechtschaffene«, »biedere« Rittersmann von Adel fiel mir ein, als ich dort drüben die »Haudegen«, die »Schlammspezialisten«, »Sandspezialisten« und »Regenspezialisten« einander unbarmherzig, »brutal«, »mitleidslos«, und »aggressiv«, zerfleischen sah.
An Götz von Berlichingen schien aber auch einer unserer Nachbarn an der Brüstung der Hochosterwitz zu denken, weil er von Zeit zu Zeit, sicher aber immer dann, wenn einer der Fahrer stürzte und »in den Dreck fiel«, das Götz-Zitat ausstieß. Kaum war wieder einer aus dem Sattel gefallen, so sagte der Herr Nachbar auch schon: Leck mich am Arsch!

Ganz authentisch war er bekanntlich mit diesem Wortlaut ja nicht. Denn Gottfried von Berlichingen schreibt im 11. Kapitel seiner Lebensbeschreibung: »Nun war ich des Sinnes, die Landgegend ein Weilchen unsicher zu machen und mein Heil weiter zu versuchen, um mich ein wenig zu rächen, brannte demnach in Begleitung von nicht mehr als sieben Mann drei Orte nieder, Ballenberg, Oderndorf und das Schafhaus zu Krautheim unter dem Schloßberg. Gern habe ich nicht gesengt und gebrannt, diesmal aber geschah es, weil ich wollte, daß der Amtmann herausrücken sollte und hielt deshalb wohl ein oder zwei Stunden zwischen Krautheim und Neuenstadt in einer schneehellen Nacht. Aber der Amtmann schrie, während ich unten brannte, nur von der Mauer herab, und ich rief zurück, er möchte mich unten lekken.« So also sagte Götz wirklich. Es hätte aber sicher wenig Sinn gehabt und wäre bei dem enthusiastischen Zuseher neben uns sicher auch nicht auf Interesse und Gegenliebe gestoßen, wenn ich ihn über die genaue Bewandtnis des Zitates sozusagen als Germanist und Textkritiker aufmerksam gemacht hätte. Vielleicht hätte er sich sogar auf Goethe berufen! Der Mann, der neben uns von der Brüstung der Hochosterwitz immer das ins Launsdorfer Tal hinunterrief, was Götz von Berlichingen seinerzeit aber zum Amtmann auf die Burg von Krautheim hinaufgerufen hatte, schien, von seiner mundartlichen Aussprache her zu schließen, sogar ein näherer Landsmann des Jagsthauseners zu sein, vermutlich ein Tourist aus Schwaben, möglicherweise auch ein »Kurmainzischer«. Er sprach wie ein Franke ... Ich hätte den Herrn Nachbarn auch gern darauf aufmerksam gemacht, daß Götz das Götz-Zitat im ganzen Buch nur einmal verwendet! Es handelt sich dabei keineswegs um einen Stehsatz. Götz sagte vielmehr, wenn ihm etwas Staunen abnötigte: Potz tausend! So sagte der Nachbar oft laut das Götz-Zitat und ich bei mir leise: Potz tausend!
Und als es wieder einmal ein wenig »fleischte« und der Herr

Nachbar auch prompt Gottfried zitierte, mußte ich wie meine Frau denken, daß sich auch an der Bereitschaft, sich selbst zu verletzen und Schmerzen zuzufügen, seit Ulrich von Lichtenstein im 13. Jahrhundert über den Renaissanceritter Gottfried im 16. Jahrhundert bis zu den Launsdorfer Motocrossern wenig geändert hatte. In Interviews im Anschluß an die jeweiligen Rennen schilderten die Fahrer auch ihre Glücks- und Unglücksfälle auf der Strecke. Keiner hat freilich sein Pech so ansprechend und anschaulich dargestellt wie Götz, es war immer der gleiche Primitivwortschatz, den die Fahrer verwendeten, man sprach radebrechend deutsch oder englisch, was man radebrechend und hanebüchen übersetzte. Einer der Fahrer machte stark den Eindruck eines Grenzdebilen. Was kann man von Menschen erwarten, sagte ich, die selbst bei Gefahr eisern aufdrehen müssen, ein Tollkühner ist eben nicht nur kühn, sondern auch toll, und dort unten scheint ein Tollhaus einen Betriebsausflug gemacht zu haben. Das seien Internierte im Freien, sagte ich. Wie die Ritter, sagte Ginover.

Nein, keiner von denen dort könnte sein Unglück so anschaulich beschreiben wie Götz von Berlichingen seinen Betriebsunfall, sagte ich und erinnerte Ginover an jene Stelle: »Mit meiner Verwundung hat es folgende Bewandtnis gehabt. Ich benahm mich wie ein junger Gsell, der gern und fröhlich lebt, und ich war der Meinung, als ich jung war, man müsse mich auch einen guten und braven Kerl sein lassen. Als wir nämlich am Sonntag, wie ich oben erzählt habe, vor Landshut wieder scharmützelten, da richteten die Nürnberger ihr Geschütz gegen Freund und Feind. Die Feinde hatten eine vorteilhafte Stellung an einem Graben eingenommen, da richteten die Nürnberger ihr Geschütz gegen uns, und einer schießt mir mit einer Feldschlange den Schwertknopf entzwei, daß mir die Hälfte davon in den Arm ging und drei Armschienen dazu. Der Schwertknopf lag in den Armschienen ...« Später merkt Götz, »daß die Hand nur noch lose an der Haut hing«. Und später: »Welche Schmerzen ich erlitten habe, kann sich wohl ein jeder denken.« Ein Leben ohne Kampf und Krieg kann sich Götz, der sich schon als Knappe auf den »Schweizer Krieg« freut, nachdem er den Winter über bis Fasnacht bei seiner Mutter und seinen Geschwistern verweilte und sich fragte: »was soll ich hier liegen, denn es war mir in Jagsthausen schon langweilig geworden«, einfach nicht vorstellen, weshalb er Gott bittet, »er möchte in seinem Namen mit mir hinfahren, ich wäre doch zu einem Kriegsmann verdorben«.

Doch dann macht ihm ein tüchtiger Schmied eine eiserne Hand, und Götz kann damit am Ende seiner Laufbahn als Kriegsmann stolz auf den Tisch hauen: »Und wahrlich kann ich nicht anders finden noch sagen, nachdem ich fast sechzig Jahre mit einer Faust Kriege, Fehden und Händel geführt habe, als daß der allmächtige, ewige und barmherzige Gott wunderbarlich mit großer Gnade bei und mit mir in allen meinen Kriegen, Fehden und Gefahren gewesen ist.« Ich habe die Prothese des Götz von Berlichingen im Museum in Jagsthausen selbst gesehen, diese Reliquie des braven Edelmannes, die er wie einen Hammer, aber auch wie einen Schürhaken benützte. Heute wirkt sie rein und geputzt, wie poliert. Das Blut ist abgewischt. Ich mußte aber daran denken, als ich vor der Prothese stand, daß im Buch des Amputierten geschrieben steht: »Da hieb ich ihm ein wenig über den Kopf ...« Immer ist davon die Rede, daß er und seine Leute mit anderen »handgemein« werden. Einmal schreibt Götz, daß sie sich »gegenseitig auf die Mäuler schlugen«, »daß ihnen die Nasen bluteten«. Und nur einmal ist davon die Rede, daß er zu seinem Mechaniker nach Windsheim ritt und daß er sich in derselben Nacht etwas an der eisernen Hand ausbessern ließ, »was ihm zerbrochen war«.

Mit so wenig Service und Unterstützung durch Serviceleute aus dem »Stall« käme keiner von den Trialisten dort unten aus. Sie haben ambulante Werkstätten bei sich, und für jedes

Teil an ihrer Ausrüstung ist ein eigener Mann zuständig. Auch die Motorräder, von denen es freilich manchmal im Lautsprecher hieß, sie seien »kompromißlos simpel«, brauchten sichtlich viel Wartung, sie »nahmen« natürlich »keinen normalen Brennstoff«, sondern nur »superleicht« – Flug- und Rennbenzin, also nur Hafer, hippologisch gesprochen, das machte sie spritzig. Einer lobte sein Motorrad, es steige wie eine Gemse »über Stock und Stein«, und auch er dankte den Mechanikern, die »Knochenarbeit« leisten mußten. Ein anderer lobte an seinem Motorrad die »beinharte Dämpfung«, die sich auf dem trockenen und festen Launsdorfer Kurs besonders bewährt habe, diese »Dämpfung« sei dermaßen »beinhart«, daß seine »Gemse« mitunter bereits bei niedrigem Tempo zu »bocken« beginne. Größere Wellen nehme sein Japaner »gern im Flug«.
Jetzt hör dir doch das einmal an, sagte ich zu Ginover. Verschlägt es dir nicht die beste rhetorische Rede, wenn du diese Sprache vernimmst! Einer vergleicht sein Motorrad mit einer Gemse und fährt fort und sagt im selben Atemzug auch noch, daß sie »bockt«. Ein wirklich klassisches Beispiel von Bildermischung. Ginover sagte, das schlage dem Faß den Boden ins Gesicht. Wahrhaftig, sagte ich, da wiehern wirklich die Hühner. Da gackern die Pferde, sagte Ginover. Eine solche Redefigur nenne die Poetik eine »Katachrese«, sagte ich, die Situation didaktisch nützend, zu Georg. Ginover aber lachte mich aus, obwohl ich meinen Unterricht auch selbst nicht ganz ernst gemeint hatte ...
Georg hatte mir aber ohnedies nicht zugehört, er schien völlig verzaubert und wie entrückt. Er war gefesselt und starrte gebannt hinunter und hinüber nach Launsdorf. Ich selbst drehte mich zeitweise um, wandte mich ab von jenem Ort des grausigen Geschehens und lehnte mich mit dem Rücken an die Mauer. Ich sah auf die Burg und hörte dabei auf das »Hörspiel« aus dem Tal herauf. Dabei fiel mir immer mehr auf, wie nahezu der gesamte Wortschatz, der dort unten be-

nützt wurde, ausgeliehen und ausgeborgt war. Übertragen und uneigentlich. Und gerade die Welt der Ritter und der Reiter war von den Motorradisten, jenen »Gladiatoren«, wie sie der laute Sprecher auch nannte, geplündert worden. Vom Pferd und der Pferdestärke, dem Sattel, dem Reiten, Auf- und Absitzen, Ausreiten bis zum Anspringen, dem Laufen und dem Stall, in den das Motorrad schließlich gestellt wird. Auch der ganze Bereich der Zoologie mußte für Übertragungen herhalten. So hatte ich schon in der Bahn gehört, daß der bevorstehende Weltmeisterschaftslauf mit einem sogenannten »Elephantentreffen« verbunden sei. Unter »Elephanten« hatte man aber jene schweren und überschweren Motorräder zu verstehen, mit denen Jugendliche unterwegs sind, die dieses Motorradfahren zu einer Art Religion erhoben haben, eine Satansreligion, wie mir schien. Schon von St. Donat herüber hatten wir dann jene Horde von apokalyptischen Reitern einfallen gesehen. Der Anblick war so furchterregend, daß Michael, unser Jüngster, laut zu schreien anfing. Und obwohl wir der Straße weit auswichen und meterweit abseits in der Wiese gingen, war er lange nicht zu beruhigen, er führte sich auf wie ein verhaltensgestörtes, in Panik geratenes Kind. Das sei eigentlich kein Wunder, sagte ich, wir hatten aber Mühe, ihn zu beruhigen. Nachdem er sich beruhigt hatte, sagte er immer wieder »Kack«, jenes Wort, das er für alles Häßliche, Widerwärtige und Schlechte zur Verfügung hatte, so wie er für das Gegenteil »lieb« sagte. Der Wortschatz des Größeren war freilich damals bereits wesentlich reicher, er benützte auch schon einige jener selbst in die Kindersendungen des unseligen Fernsehens und vor allem der Comics eingedrungenen Pennälerwörter. So fand er das Launsdorfer Motocrossrennen »prima« und »toll« und »Spitze«.

An metonymischen Figuren und Figuren der Synekdoche ist mir auch das Ersetzen des Gerätes durch den Namen des Herkunftslandes in Erinnerung geblieben. So »ritt« der sehbehinderte schnelle Holländer Wolsink »auf seinem Japs« im österreichischen Launsdorf einem sicheren Sieg entgegen. Ich verstand so viel, daß »Japs« eine Abkürzung für »Japaner« war und »Japaner« für Suzuki stand, was der Markenname des Motorrades war. Ich glaube aber nicht, daß der Lautsprecher aus Feingefühl und Rücksicht etwa auf anwesende Kinder das für ein Motorrad an sich übliche Femininum vermieden hat. Es hieß etwa ganz konsequent »die« BMW, im Gegensatz zu »dem«, was ein Auto bezeichnet, *die* Puch und *die* KTM. Einige Motorräder hatten jedenfalls in unseren Ohren von Haus aus Mädchennamen, sie hießen Yamaha, Husqvarna, Montesa, Java. Mit ihnen also trieben es die Crosser, und sie trieben es »toll«, wie Georg sagte. Die meisten nannten ihr Vehikel einfach »Maschine«, »die« Maschine. Für sie war das Motorrad die Maschine an sich und schlechthin, von »der« Maschine aber kommt das weibliche Geschlecht für »die« Puch, BMW, Suzuki etc. Undenkbar, daß etwa einer nach dem sächlichen, nebensächlichen Geschlecht von »das Motorrad« zu »das« BMW, KTM etc. käme. Weil also das »Reiten« im Zusammenhang mit »der Japanerin« oder »Japse« zu seinem an sich schon übertragenen noch einmal einen Doppelsinn bekommen hätte, schien der Hautparleur auf »Japs« ausgewichen zu sein ... Natürlich kam er so vom Regen der Anzüglichkeit in die Traufe der Obszönität. Es mußte einer schon wirklich die Milch der frommen Denkungsart getrunken haben, um angesichts der Launsdorfer Unternehmung nicht an Erotik und Ersatzhandlungen erinnert zu werden. Was wir vernahmen, waren »Mädchenlieder« der »niedersten Minne«. So gesehen lag auch der deutsche Tourist gar nicht so verkehrt, wenn er manche Meldung aus dem Lautsprecher mit dem Götz-Zitat quittierte!

Erstaunlich altertümlich war also der Wortschatz der Querfeldeinfahrer. Der merkwürdigste Archaismus war dabei das Wort »absterben«. Immer wieder ist einmal einem Fahrer seine Maschine »abgestorben«, selbst mitten im Wirbel, etwa auf der Steigung, sind Motorräder »abgestorben«. Ganz martialisch hieß es dann aber auch »abwürgen«. Der oder jener hatte seine Puch oder seine Yamaha abgewürgt. Armes Mädchen, dachte ich! »Verwitwet« gewissermaßen schob der trauernd Hinterbliebene seine »abgestorbene« Yamaha »aus dem Kurs«, um nicht auch selbst noch überfahren zu werden. Er wäre weißgott nicht der erste Tote oder »Abgestorbene« des Rallye- oder Trialsports. Hier also konnte man jenes Wort »absterben« noch hören, das zur Zeit des Zweiten Vatikanischen Konzils aus dem »Ave Maria« entfernt wurde, sodaß es heute heißt: »jetzt und in der Stunde unseres Todes«. Manchmal falle ich abends, wenn ich mit Georg bete, in die alte Formulierung zurück, was mir jedesmal im Anschluß eine Rüge durch den Buben einträgt! Papa, du hast schon wieder falsch gebetet. Falsch, sage ich dann gern, ist es nicht, alt ist es, alt und veraltet. Altertümlich wie ich selber, sage ich. Der liebe Gott aber, sage ich, erinnert sich sicher noch daran ... Wie auch an das Lateinische. Und auch die Muttergottes wird mich verstehen, sage ich. Ich war mir übrigens sicher, daß auch das zweite aus dem »Gegrüßet seist du Maria« entfernte Wort, das Wort »Weib«, »gebenedeit unter den Weibern«, dort unten in Launsdorf noch gebraucht würde. In jener rauhen und rohen Welt hat das heute derbe, früher einmal unverdächtige Wort noch seinen »Stellenwert«, dachte ich. Dort gehört es hin, dachte ich. Nicht aber als Bezeichnung für die vielen Rotkreuzschwestern, die sich um die »Verunfallten« kümmern mußten und schon allein um dieses Dienstes willen das Respektwort »vrouwe« verdienten, sondern für jene merkwürdigen »Bräute« aus dem Troß, die »Marketenderinnen«. So einfach sei das nicht, meinte Ginover, ich sei sehr schnell mit meinen Abqualifizierungen zur Hand, und ich machte es mir manchmal mit dem Abkanzeln und Aburteilen noch leichter als Michael mit seiner Einteilung in Kack und »lieb«.

Ein Altgermanist ist ein Gestriger, sage ich zu Georg, wenn du mich verstehst. Dein Papa ist und bleibt ein Gestriger, sage ich, in diesem Sinne sogar ein ewig Gestriger, ein Traditionsverbundener und Traditionalist.
Ein anderer Fahrer, offenbar ein Einzelgänger und Individualist, sprach in einem Pauseninterview abfällig von den »serviceverwöhnten Werksfahrern«, er schien selbst ohne Knappen auskommen zu müssen, so könne er sich nicht auf jede brutale Rempelei einlassen und dürfe sich nicht jeder »unbarmherzigen Zerreißprobe« aussetzen. Ein anderer Crosser sagte von sich, er fahre noch ein wenig »defensiv«, weil er durch seine bisherige kompromißlos offensive Fahrweise leider einen schweren Unfall gehabt habe und einen dreifachen Beckenbruch und im Anschluß daran zwei Wochen ohne Bewußtsein gewesen sei. Jetzt hör dir das an, sagte ich zu meiner Frau, der Mensch hatte einen dreifachen Beckenbruch und war zwei Wochen ohne Bewußtsein, und jetzt macht er weiter, ist denn das zu fassen, sagte ich. Da staunte wohl auch Ginover ein wenig. Denn sie sagte, der Mann sei jetzt offenbar wieder bei Bewußtsein, aber bei Verstand sei er sichtlich noch nicht. Da konnte ich ausnahmsweise Ginover recht geben, da sie mir recht gegeben hatte. Ich sagte, der Mann sei wahrlich »âne sin«, wie es im Mittelhochdeutschen heiße.
Im Pulk befand sich übrigens noch ein »Behinderter«, nämlich der »schnelle Zahnarzt«, wie ihn der Platzlautsprecher immer »signifizierte«. Der »kühne Holländer Gerrit Wolsink«, wie es auch hieß, habe einen für einen Motocrossfahrer untypischen Beruf, er sei nämlich Zahnarzt. Dieser an sich gewöhnliche Beruf war also hier das Ungewöhnliche, wie die gewöhnlichen Berufe der übrigen Fahrer vermutlich ungewöhnlich gewöhnlich waren. In einem Interview sagte der »schnelle Zahnarzt«, der »kühne Holländer«, er sei sehr froh, nun bei Suzuki Werksfahrer »ohne Teamorder« zu sein. Die entscheidende Wende in seiner sportlichen Karriere

sei eingetreten, als ihm Suzuki vor einem halben Jahr einen Werksmechaniker gesandt habe. Statt sich um das Motorrad kümmern zu müssen, könne er sich nun ganz auf das Training konzentrieren. Auch die Überwindung seines Augenproblems habe ihm geholfen. Er habe jetzt eine neue Methode für die Reinigung der Kontaktlinsen. In diesen Kontaktlinsen und seiner Kurzsichtigkeit also lag die Behinderung des »kühnen Holländers«. Der Kommentator sagte, Gerrit Wolsink liebe »als echter Holländer« Sandstrecken, da sei er fast unschlagbar. Er erzählte auch eine Anekdote aus Gerrits Leben, daß er nämlich die Universität während seines Studiums regelmäßig freitags verlassen habe und am Montag, oft ohne geschlafen zu haben, dorthin zurückkehrte. Manche Patienten seien etwas nervös geworden, wenn er bei der Arbeit an ihren Zähnen einzuschlafen gedroht habe. Als er das vom übernächtigen Dentistenstudenten erzählte, dankte ihm die große Zuschauermenge mit einem schallenden Gelächter, das auch über die Hochosterwitz hinwegpolterte. Die sind aber leicht zu unterhalten, sagte ich.
Meine Frau, die nun allmählich doch weitgehend mit mir in der Verachtung für diesen »brutalen« Sport übereinzustimmen schien, sagte, es müsse jemand wohl wirklich schlecht sehen und sehbehindert sein, wenn er diese Naturvernichtung »mitansehen« könne. Sie hätten wohl alle Schmutz in den Augen, auch jene, die keine Haftschalen trügen. Was dem Götz seine eiserne Hand, sei aber dem Gerrit, dem »Held aus Niederland«, seine Haftschale. Erst in Anbetracht dieses Handikaps könne man die Leistung dieses Herrn entsprechend würdigen. Ach, weit- und alterssichtig, sagte ich, war Gottfried noch dazu, und er wird im Alter nicht nur einmal mit seiner Eisenhand zu kurz geschlagen haben. Gerade aber, als der Kommentator die ungeheure Anekdote von der Kurzsichtigkeit des schnellen Holländers Gerrit Wolsink erzählte, ließ sich der vermutliche Schwabe neben uns wieder mit einem herzhaften, von wirklich weit unten

kommenden Götz-Zitat vernehmen, was aber nur ein allgemeiner, nichts besagender Aufschrei der Überraschung und Verblüffung war und keine ernst gemeinte Aufforderung etwa an den kurzsichtigen Gerrit.

Mir jedenfalls wurden die vielen Götz-Zitate des wackeren Nachbarn allgemach zu viel, und ich fürchtete auch um die Erziehung Georgs, unseres Älteren, der das alles mitanhören konnte und mußte und womöglich auch etwas aufschnappte und später wiedergab. Immer wieder ist man als Vater oder Mutter ja erstaunt, was die Kleinen alles nach Hause bringen, auch an verbalen »Fundsachen«, wobei mir freilich auch schon untergekommen ist, daß Eltern den häßlichen Wortschatz ihrer Kinder etwa dem Kindergarten oder der Schule zuschreiben, während sie doch selbst vor und mit ihren Kindern in der gewöhnlichsten Weise und mit den angeprangerten Skandalwörtern sprechen und schimpfen, ohne es zu merken. So bringen die Kinder oft gar nichts *nach* Hause, sondern finden alles *im* Haus und an Ort und Stelle, und der bestimmte Sprachgebrauch ist autochthon, also an Ort und Stelle entstanden, familiensprachlich und hausgemacht. Wie ich auch immer wieder Menschen, auch Kollegen, erlebe, die daheim nicht zimperlich sind, aber nach außen hin besonders empfindlich, ja krankhaft idiosynkratisch. Wehe, wenn ihren Nachwuchs jemand »anfaßt«, oder gar wirklich anfaßt. Sie gehen wohl davon aus: Meine Kinder schlage ich mir selbst.

Meine »Analogiesucht«, wie Ginover, die Teure, meinen Hang zum Vergleichen und »Ineinssehen« bezeichnet, bringt mich hier unweigerlich dazu, noch einmal an die Lebensbeschreibung des Götz von Berlichingen zu erinnern. Kurz nachdem Götz bei Landshut seine Hand verloren hatte und wieder genesen und mit einer Prothese versehen war, schildert er noch einige weitere von seinen bayrischen Abenteuern. So fängt er unter den Hauptleuten Neidhard von Thüngen und Marschalk Wilhelm von Pappenheim einmal

zwei feindliche Bauern. Wie aber die Gefangenen zu beiden Seiten Gottfrieds stehen, »kommt auch so ein Junker Gecknase, noch verdrehter als ich, der ließ den einen Bauern stillhalten und schlug ihn derb ... Da ritt ich auf ihn zu, fuhr ihn grob an und fragte ihn, was ihn der gefangene Bauer angehe und warum er ihn schlüge. Darauf erwiderte er mir noch mit höhnischen Worten, da schlug ich ihn in gleicher Weise.« Dann aber sagt Götz: »Warum schlägst du meinen Gefangenen? Weshalb fängst du dir nicht selbst einen?« Georg von Frundsberg, von dem Götz schreibt, daß er damals noch nicht zum Ritter geschlagen war, der es aber bekanntlich später bis zum General der kaiserlichen Armee brachte und gerade für die Kriegstaktik von großer Bedeutung wurde, dieser dem Götz bald ebenbürtige »Militär« dringt auf den Frieden zwischen Götz und dem, der den Bauern geschlagen hat. Doch Götz bleibt stur und sagt selbst von sich: »Ich hielt unter ihnen wie ein wildes Schwein unter den Rüden ... Ich hatte mir vorgenommen, mich durchzuschlagen, sobald sie Hand an mich gelegt hätten.« Warum fängst du dir nicht selbst einen ? ...
Um der Wahrheit die Ehre zu geben, muß ich noch erwähnen, daß ein Einheimischer in unserer Nähe den deutschen Touristen mit dem lutherdeutschen Götzzitat leider an Derbheit noch überbot, und zwar um ein beträchtliches, nicht nur eine »Radlänge«. Als etwa einem Lokalmatador, »unserem« Karl Freilinger, wie der Lautsprecher sagte, das Motorrad »abstarb« und offenbar auch nicht mehr anspringen wollte, schlug dieser Nachbar des deutschen Nachbarn im größten Ärger mit seiner fleischlichen Faust auf die Mauerkrone der Brüstung und maulte: Jetzt schau dir doch das an, stirbt das Luder ab und springt ums Verrecken nicht mehr an, so eine Hur! Mit dem Wort »Verrecken« waren wir, wie gesagt, weit jenseits des Lutherdeutschen. Beim Pferdenarren Götz von Berlichingen, der wahrlich nicht nur *ein* Pferd »verritten«, das heißt zu Tode geritten hatte,

suchst du diesen bestialischen Ausdruck jedenfalls vergeblich. Und als bei einem anderen Rennen ein Favorit des Landsmannes in einem sogenannten »Herzschlagfinale«, wie der Lautsprecher es nannte, also ganz knapp geschlagen wurde, »umschrieb« der Österreicher dieses unglückliche Besiegtwerden mit dem Ausdruck »ums Arschlecken«.
Wir aber hatten nun von der Launsdorfer Feldschlacht und den törichten Gesängen des Platzlautsprechers und vor allem vom derben und rüden Lutherdeutschen des teutonischen Nachbarn und des ihm ebenbürtigen Ostmärkers genug und bereiteten uns zum Rückzug. Retirons! Allons enfants, sagte ich, avant! Das ging aber, wie so oft auch in Schlachten und Scharmützeln, wenn man sich zu weit vorgewagt hatte, nicht ohne Schwierigkeiten, nicht aber in dem Sinne, daß der Rückzug nicht gesichert gewesen oder uns wie dem Roland im Rolandslied abgeschnitten worden wäre, der Widerstand kam vielmehr von unserem Größeren, der nun leider auf den Geschmack in dieser motorischen Abgeschmacktheit gekommen und *nicht um die Burg* zu bewegen war, sich mit uns von jenem Hochosterwitzer Aussichtsplatz zu entfernen. Das Motocrossrennen schien ihn unwiderstehlich zu fesseln, und ich merkte bald, daß es Tränen und Krieg geben müsse, um ihn fortzuschaffen. Georg hatte sichtlich etwas für sein Leben entdeckt, ein Riesenspielzeug, mit dem sich nichts vergleichen ließ. Die Burg und alle Ritterei schien vergessen und verkauft, Leib und Seele aber hatte nun das Spektakel dort drüben bei Launsdorf gefangen. Georg hatte zu meinem Entsetzen hier so etwas wie ein Erweckungs-Erlebnis. Es ging ihm auch ähnlich wie dem jungen Parzival im dritten Buch des Versepos von Wolfram von Eschenbach, als er die drei Ritter sieht und von ihnen buchstäblich um den Verstand gebracht wird. Er meint, Gott vor sich zu haben, als er Karnachkarnanz, den Grafen von Ulterlec, den Anführer der drei, auf seinem »prächtigen Kastilianer« erblickt. »Dem Parzival erschien er wie ein Gott. So viel Glanz hatte er noch

nie erblickt.« Und später heißt es: »Als Karnachkarnanz so sprach, hielt ihn der Knabe für Gott, denn Frau Herzeloyde, die Königin, hatte Gott als Lichtgestalt beschrieben. Daher rief er laut und überzeugt: Hilf mir, hilfreicher Gott! Immer wieder warf sich Parzival anbetend auf die Knie.«
Es war für mich, den Vater, schrecklich, daß ich angesichts des faszinierten, von einem von mir so verachteten Unfug geradezu in Bann geschlagenen Georgs an das »Jugendirresein« Parzivals, diese »dementia praecox«, denken mußte und lebhaft erinnert wurde! Georg war »himmelhoch jauchzend« und ich »zu Tode betrübt«. Das haben wir notwendig gehabt, sagte ich zu Ginover, als wir uns bereits abgewandt hatten, aber auf den nicht wegzubringenden Georg warten mußten, daß wir heute hierher geraten sind. Wie Herzeloyde den Parzival, oder auch wie der Abt auf der Insel den jungen Gregorius, versuchte ich, Georg zu erziehen für das Geistige, ihn vielleicht auch für das Geistliche zu begeistern, er aber begeisterte sich hier für das in meinen Augen Geistloseste. Auch den Ausdruck »hirnverbrannt« verwendete ich gern für diesen Sport. Aber was half es, wenn ich auch grob und derb wie Götz von Berlichingen oder seine Nachfahren und Landsmänner in unserer Nähe, die ihn so oft zitierten, sprach oder gesprochen hätte. Georg war nun einmal ehrlich hingerissen. Ein Kind nämlich kann sich nichts, auch keine Begeisterung einreden, es reagiert bekanntlich spontan, während die Älteren oft eine Begeisterung für etwas behaupten, weil es etwa einer Mode entspricht und man »in« sein will, obwohl sie sich in Wahrheit dabei quälen und langweilen. Wie sinnlos etwa, weil ohne jeden Sachverstand, war die neulich aufgetretene »Begeisterung« der Menschen für die alten Sachen, die sogenannte Nostalgie. Das war wirklich eine Krankheit, wie es das griechische Wort ausdrückt. Wie sich die Menschen, die verbildeten Erwachsenen, auch künstlich aufregen können, ohne die wahre Entrüstung im Hintergrund. Das Parlament ist die hohe Schule der künstlichen

Entrüstung. Ich aber war ehrlich »entrüstet«, um meine Rüstung gebracht und »entwaffnet«, als ich den Enthusiasmus des Sohnes für jenen umweltzerstörenden Wahnsinn und Schwachsinn ansehen mußte. Mir war dieser Sport und das Interesse, das er fand, ein »pudendum«, wie die Römer etwas nannten, wofür man sich als Mensch schämen mußte, schämen vor dem Schöpfer und seiner Schöpfung, etwa auch den Tieren, die ein solches Höllenspektakel unendlich verschreckte und sicherlich meilenweit und sicher bis hinter Friesach vertrieb, von der Verschwendung an Treibstoff und der Vergeudung von Luft und Erde ganz abgesehen. Es war ja gerade, als möchten sie die gute Bauernerde tausendfach mit ihren Noppen an den Rädern »umackern« und ein für allemal verwüsten.

Nach der »Entrüstung« kamen die Enttäuschung und die Trauer. Und ich hätte gern wie der Abt, das heißt auf deutsch »Vater«, des Inselklosters, der Gregorius, das Geschwisterkind, erzieht, zu Gregorius, der um »Urlaub« und Abschied bittet, um Ritter zu werden, mit Hartmann von Aue gesprochen: »Mein liebes Kind, nun hör mich an: Ich will dir raten, wie ich es meinem Liebling schuldig bin, den ich von Kindheit an erzog. Gott hat dir viel Gutes getan: Er hat dir in seiner Liebe für dein Dasein an Leib und Seele viele Möglichkeiten und Chancen gegeben. Darum kannst du dir nun selbst dein Leben verdienen oder es zu Ehren oder zu Schanden bringen. Und darum mußt du selber in deinem jetzigen Lebensalter den Kampf zwischen diesen zwei Dingen nach deiner Wahl entscheiden – nämlich zu deinem Heil oder zu deinem Verderben. Wähle nun, welchen Weg du gehst. Bleibe dir selber treu, mein Sohn, und folge dieser meiner Lehre, dann hast du dir Ansehn und Ehre statt Spott und Schande erwählt. Handle nicht überstürzt in deinem kindlichen Unverstand, damit es dich nicht später reut. Du bist ein begnadeter Jüngling mit vollkommenen Gaben und hast so gut und richtig begonnen ... Du wirst ein Buchge-

lehrter werden ...« So spricht der Abt und verspricht Gregorius auch seine Stelle als Abt, da er alt sei und resignieren und sterben werde. Gregorius aber, unterrichtet über seine Herkunft als Findelkind, will Ritter werden, Ritter und sonst nichts. So wie unser Georgius lange Zeit nach dem Launsdorfer Unglück »Driver« werden wollte, Driver und sonst nichts. Er hatte sich den Crosser nun einmal in den Kopf gesetzt, den Querfeldeinfahrer in den Querkopf. Ginover aber lachte über meine Enttäuschung und sagte, *ich* gehörte in den Kindergarten, wenn ich die Berufswünsche eines Sechsjährigen so ernst und wichtig nähme. Und schließlich sei doch auch Gregorius, nach einem Ritterintermezzo, ihrer Kenntnis der Büßerlegende nach noch geistlich, nämlich sogar Papst geworden. Papst, sagte sie, Arthur. Papst, nicht Abt in einem kleinen Inselkloster, was er geworden wäre, wenn er dem guten und gutgemeinten Zureden des alten Gregorius, der den jungen auf seinen Namen getauft hatte, gefolgt wäre. Und wenn er sich dabei auch die große Sünde oder »Sünde«, an die unbekannte Mutter zu geraten und sie zu heiraten, erspart hätte.
Ich aber dachte damals, als ich an der Zinne der Hochosterwitz lehnte, vor Augen die Burgkapelle und im Rücken das Gedröhn und Geplärre und Geheul von Launsdorf, an den Unterschied der Welten und Zeiten. Und es war mir ganz, als hätte ich vor mir das ruhige Heile und Schöne und hinter mir das Elend und den Ekel, die ganze moderne bekackte Welt der Hetze und Tempobolzerei. Vorne lieb und hinten kack, Gott helfe mir, ich kann es nicht anders ausdrücken. Georg aber fand umgekehrt, das, was sich recto von mir abspielte, »toll« und »prima« und »Spitze«, und ich fürchtete, daß ihn die großartige Jahrtausendwelt des Mittelalters verso bald nicht mehr so anziehen würde, wie sie ihn bisher durchaus gefesselt und angezogen hatte.
Ich dürfe dies alles nicht so schwarz-weiß sehen, meinte Ginover, und Georg gab ihr in der Folgezeit insofern recht, als

er die neu entdeckte Welt der Motorräder und Rennfahrer auf seine Weise seiner nach wie vor virulenten Ritterwelt der Playmobilburg sozusagen nahtlos »integrierte«. Seine Phantasiewelt war ja schon bis dato nicht puristisch im Sinne der geschichtlichen Realität gewesen, sondern »synkretistisch«, indem etwa das ritterliche Personal seiner Burg untermischt und durchsetzt und infiltriert war von anachronistischen Gestalten aus ganz anderen, weit entfernten Lebensbereichen. Diese handelnden Personen wurden nun um Driver und Crosser, wie sie die Spielzeugindustrie natürlich längst parat hielt, erweitert und ergänzt, und auch beim Spielen und Kämpfen in der Wohnung kam nun als zusätzliches Element die Imitation und Simulation des Querfeldeinfahrens, des »Aufdrehens« und auch des Stürzens und »Absterbens« dazu. Mit Hilfe der an sich nicht mehr neuen und ein wenig schäbig gewordenen Polsterung und Kissen der sogenannten Sitzgarnitur des Wohnzimmers wurden nun Steigungsstrekken hergestellt und dann mit Vollgas genommen. Und es setzte auch Stürze, Umfaller und Ausfälle, die Sanität bekam Arbeit, Schwester Ginover vom Roten Kreuz bekam zu tun. Auch der kleine Michael wollte mitmachen, imitierte seinerseits den größeren Georg, wie der das Motorradfahren imitierte, was freilich durch diese doppelte Brechung und Entfernung von der zugrundeliegenden Wirklichkeit kaum noch zu erkennen war. Meistens stand Michael Georg auch im Weg und wurde von diesem nicht selten umgerannt und überfahren.

Es »fleischte« bei beiden nicht wenig. Und ich hatte viel Mühe, den Georg zu »bremsen«, ihn zur Rücksicht gegenüber Menschen und Sachen zu ermahnen. Aber mahnen Sie einen, der vom Rausch der Geschwindigkeit befallen ist, einmal zur Mäßigung. Das Maßhalten, die alte »mâze«, ist wohl die den Drivern fremdeste Tugend, keine Tugend, sondern ein Laster. Sie eilen nicht mit Weile, sie weilen sogar mit Eile. »Temperantia«, zu deutsch »Mäßigung«, ist diesen

»Temperamentlern«, diesen Cholerikern und Bleifußpiloten so fremd wie dem Teufel das Weihwasser. »Sophrosyne« ist für die Crosser ein griechisches Fremdwort. Stoisch darf ein Rennfahrer nicht sein, obwohl, wie ich auch in Launsdorf gehört habe, immer wieder von der »Ruhe« der Fahrer die Rede ist. Einer sei »die Ruhe in Person«, der andere habe »die Ruhe weg«. Diese »Ruhe«, diese Kalmiertheit und stoische Gelassenheit, drückt sich aber in jenem Hochgeschwindigkeitssport nur darin aus, daß die Fahrer aufdrehen und auf dem Gaspedal bleiben, komme was mag, und komme ein Hindernis. Sie sind »nicht zu erschüttern«, hieß es, es handelt sich also um eine Art von »Ruhe im Sturm«, die die Rennfahrer auszeichnet. Sie bewahren ruhig Blut, sind kaltblütig auch dann, wenn es »fleischt« und Blut fließt. Mir freilich kam es vor, als seien diese Hektiker und Veitstänzer nur deshalb »seelenruhig«, weil sie wenig Seele und Gemüt besäßen. Ginover sagte, ich sei »paradoxienverdorben«.

Georg aber mit seiner Kraft des Einverleibens und Anverwandelns, der phantastischen Adaption und Akkommodation gelang es buchstäblich »spielerisch«, die Welt des Rittertums mit der Welt der Rennfahrer zu verbinden und zu verschmelzen, und Ginover sagte dazu: Es liegt doch so nahe! Es brauche gar nicht viel Phantasie, um in den Motocrossfahrern die Ritter wiederzufinden und in den Rennfahrern die Nachfahren jener Reisigen und Abenteurer zu sehen, die Verwandtschaft sei unverkennbar, die einen seien den anderen »wie aus dem Gesicht geschnitten«. Rennfahren sei die Fortsetzung der Ritterei mit anderen Mitteln, Betriebsmitteln, und geradeso stolz wie früher einmal die Ritter auf ihre Pferde gewesen seien, so stolz seien heute die Automobilisten und Motorradfahrer auf ihre Blechkarossen und Räder. Mich nennst du »paradoxienverdorben«, und wer ist »analogienverdorben«?!

Georg hörte manche solche Rede über den Unterschied und

die Ähnlichkeit der Zeiten, und zu unserem Erstaunen begann er bald selbst dabei mitzureden und sich durch altkluge Redensarten am Gespräch zu beteiligen. Mich, den Altertümlichen, sagte Ginover, freue natürlich die Altklugheit des Nachwuchses, sie selbst stehe diesem anachronistischen oder besser epichronistischen Phänomen skeptischer gegenüber. Lachen aber mußte oft auch sie, wenn der sechsjährige Dreikäsehoch sehr wichtig und wichtigtuerisch Ratschläge erteilte oder auch Phantastisches steif und fest für wahr erklärte. So wurden seine Schaum- und Sandburgen zu felsenfesten Steinburgen und alle möglichen Gespenster, Fabelwesen, Schloßgeister und überhaupt das ganze Gelichter zu wahren Lebewesen. Vor allem aber meldete sich Georg neuerdings häufig mit Ratschlägen zur Erziehung seines jüngeren Bruders. So sagte er etwa einmal, nachdem ihm Michael wieder beträchtlichen Schaden an seiner Burg zugefügt hatte: Mama, ich glaube, wir müssen den Michael strenger erziehen. Wenn wir aber für den Kleineren sprachen, den Größeren lobten als den Verständigeren, der mit dem unvernünftigeren Jüngeren Nachsicht haben müßte, so sagte er jetzt: Es sei aber schon an der Zeit, daß der gescheiter werde. Und so fort.
Es ist nicht meine Art, Weisheit aus Kindesmund zu kolportieren, wie ich mir auch selten, jedenfalls vor meiner Ehe und der anschließenden familiären Phase, und nur ungern die Erzählungen von Eltern über ihre kleinen Kinder und über das, was sie wieder Herziges und umwerfend Komisches gesagt hätten, angehört habe. Doch muß ich hier mindestens einen Ausspruch meines Georg mitteilen, weil er nicht nur gut anzuhören ist, sondern auch als ein Beispiel für eine naive Sprachauffassung gelten kann, wie es schöner nicht erfunden und ausgedacht werden könnte. Ich habe ihn darum auch schon in Einführungsübungen in die Sprachwissenschaft zitiert! Georg erzählte mir einmal von den verschiedenen Tieren, die es gebe. Er ist mir inzwischen durch Tiersendungen

im Fernsehen auf dem zoologischen Gebiet nicht nur ebenbürtig, sondern eigentlich längst überlegen, wenn ich auch zugeben muß, daß ich gerade auf diesem Gebiet nicht viel weiß und kenne, »persönlich« oder »namentlich«, sozusagen »vom Sehen« wohl, wie ich mich in diesem eidetischen, nicht aber im theoretischen und systematischen Sinne als Tierfreund bezeichnen darf. Georg aber sieht gern und kennt auch die Tiere, auch die exotischen, von Ferne vom Fernsehen. Als er mir also wieder einmal Nachhilfe in Tierkunde erteilte, kam er nach den zahmeren und häuslicheren Tieren, die mir auch geläufiger waren, auf die Bestien zu sprechen und damit auch bald von der Natur zur Übernatur. Immer wilder und unheimlicher wurden die Tiere, auch monströser, so daß die Saurier und Elefanten dagegen Kleinvieh waren. Papa, weißt du, was das Tollste ist? pflegte er seine unheimlichen Reden fragend einzuleiten. In Afrika gibt es ein Tier, das wie ein Löwe ausschaut, aber es hat zehn Füße und drei Köpfe. So lizitierte er hoch, immer mehr Extremitäten, größere Rümpfe und so fort. Mein Georg konnte sich, wie er mir die Raritäten und Mirabilitäten der Tierwelt in fernen Regionen schilderte, durchaus mit der sogenannten »ethnographischen Märchendichtung« der Griechen, mit dem dritten Buch der Ilias und dem dort geschilderten Kampf der Pygmäen mit den Kranichen oder mit Herodot und seinen skythischen Geschichten von den goldhütenden Greifen und den mit ihnen in Fehde liegenden einäugigen Arimaspen messen. Vor allem wurde ich, wie mir Georg sein Kapitel »de animalibus« vortrug, an die römischen Ethnographen, namentlich Plinius, erinnert und die Erzählungen von den Plattfüßen und Schattenfüßlern und den Langohren, jene Erzählungen also, die wie auch Augustinus' »Gottesstaat«, namentlich dessen 16. Buch und hier das Kapitel 8 »Alle Menschen und Völker, wenn auch noch so ungeschlacht und mißgestaltet, stammen von Adam ab«, immer als mögliche Vorlagen für das Epos vom Herzog Ernst aus dem 12. Jahr-

hundert erwähnt werden. Ich habe später auch Georg dieses 8. Kapitel aus dem »Gottesstaat« vorgelesen und ihm damit meinerseits Eindruck gemacht: »Auch erzählt man von einem Volke, wo die Leute nur ein Bein haben und die Kniekehle nicht beugen können, aber wunderbar behende sind. Man nennt sie Skiopoden, Schattenfüßler, weil sie, bei Sonnenhitze rücklings auf der Erde liegend, ihre Füße als Schirm benützen. Einigen fehlt, heißt es, der Nacken, und Augen haben sie an den Schultern. Und wer weiß, was es sonst noch für Menschen oder menschenähnliche Geschöpfe geben mag, wie man sie an der Meerstraße von Karthago in Mosaikmalerei bewundern und aus seltsamen Schilderungen in allerhand Büchern kennenlernen kann ...«
In allerhand Büchern der Alten oder in der Phantasie der Kinder zu allen Zeiten! Kinder gleichen, heißt es, jungen Völkern, und hierin, im Ausdenken des Unerhörten und Ungeheuren, ist dieser Zusammenhang mehr als evident! Das eigentlich Überraschende an den Erzählungen meines Georg war aber nun nicht das Inhaltliche, wenn auch das phantastisch und erstaunlich genug war, sondern der folgende Satz: »Weißt du Papa, was das Tollste ist? Das Tollste ist, daß es in Afrika ein so wildes Tier gibt, daß man seinen Namen gar nicht kennt!« Als ich dies hörte, mußte ich Luft holen. Bestia ineffabilis et ignobilis. Mit dieser »Meldung« läßt sich nur jene in einer Einführung in die Sprachwissenschaft und namentlich in das sogenannte Kratylos-Problem, also die Platonische Frage, ob die Namen »physis« oder »nomos«, »Natur« oder bloß »Satzung« seien, mitgeteilte eines Bauern an die Adresse eines Astronomen, der eben in einem Vortrag die Berechnung der Sternbahnen vorgeführt und dargestellt hatte, vergleichen, daß ihn, den Bauern, nicht diese Berechnung am meisten überrasche, sondern wie man es fertiggebracht habe, die Namen der Gestirne herauszubekommen – wo man doch, wie es diese Anfrage impliziert, niemals dort gewesen sei. Das ist das Problem. Und

gerade das ist auch der springende Punkt in Georgs Rede. Von einem Haustier also, einer zutraulichen Katze oder einem bei Fuß gehenden Hund, auch noch von den Tieren im Zwinggraben der Burgen oder in den Käfigen eines Zoos ist es nicht schwer, den Namen zu »erfahren« und zu kennen. Mit einem solchen Tier und über ein solches Tier kann man sprechen. Damit und darüber läßt sich reden. Die Katze schnurrt und sagt miau und so heißt sie dann auch. Je wilder aber das Tier, umso schwerer ist es nicht nur zu fangen oder zu zähmen, umso schwerer ist es auch, aus ihm den Namen »herauszubekommen«. O die Nachbarschaft von Nomen und Numen. Was Georg da von sich gegeben hatte, ist wahrhaftig ein Menschheitswort, ein Jahrtausendspruch, ich hatte hier einen tiefen Blick in die sprachmythische Urzeit des Menschen tun dürfen, mir war in der Ontogenese des Individuums, Georgi individui, etwas phylogenetisch Belangvolles, ja Hochbedeutendes aufgegangen. Ginover konnte freilich nicht ganz folgen, fand meine Begeisterung übertrieben und verwechselte sie mit dem Stolz des Vaters, der selbstzufrieden auf seinen Nachwuchs sieht. Ich hatte Mühe, ihr zu erklären, daß ich nicht so sehr die persönliche Leistung des Kleinen bewundere, wenn dieser Satz auch durchaus eine vielversprechende Intelligenz anzeigt, als vielmehr die anthropologische Dimension des von ihm Vorgebrachten. In seinem Satz, sagte ich, haben sich der atavistische und archaische Urgrund der menschlichen Sprachfähigkeit und das Fundament des »Verwortens der Welt« gemeldet, aus der großen Tiefe und dem unauslotbaren Brunnen der Vergangenheit ist etwas urplötzlich aufgetaucht und sichtbar geworden, ein Grundmuster des Verhaltens des Menschen zur Welt. Sprachmagie und Sprachfetischismus. Was wir da gehört haben, entspricht auf seine verbale Weise den Wandmalereien von Altamira. Dort haben die Urmenschen der Steinzeit auf graphische und malerische Weise »Symbolhandlungen« ritualisiert und nach- oder vielmehr

vorausvollzogen. Das Tier auf die Wand bannen, heißt bekanntlich soviel wie, über es verfügen, es in der Hand haben, es erlegen. So hatte man die Welt beherrschen gelernt. Man hat die Namen für »physis«, also für Natur gehalten, nicht für Schall und Rauch und Konvention. Ach wie gut, daß niemand weiß, daß ich Rumpelstilzchen heiß!
Georg stand ein wenig ratlos da, als er mich in dieser Begeisterung und in diesem »furor philosophicus« sah, er schien ein wenig erstaunt, daß er etwas so Gutes hervorgebracht haben sollte. Vor allem schien er sich zuzutrauen, diesen guten Satz sofort durch einen noch besseren zu überbieten. Er wollte gleich den Weg vom multum zum magis und zum maximum und zum non plus ultra beschreiten. Was er jedoch in der Folge herausließ und heraussprudelte, war mit jenem nicht mehr zu vergleichen, es war bloß ein qualitatives Auftrumpfen mit Monstrositäten, Abnormitäten und Anomalitäten.
Er hatte einen begnadeten Einfall gehabt, ja es war gar nicht so sehr sein Einfall oder wirklich in dem Sinne, daß ihm etwas eingefallen war, ohne eigene Anstrengung und Leistung, es war ihm etwas »eingeschossen«, die Menschheit hatte ihn unvermittelt gegrüßt, er hatte eine Eingebung, es war ihm etwas zugefallen, ja er war ein Medium der Menschheitsseele. Jetzt, wo er sich vornahm, weiterhin »einfallsreich« zu sein, produzierte er weiter nichts als mehr oder minder geistreiche und phantastische Erzählungen. Um ihn endlich davon abzubringen, las ich ihm die Stelle über die Platthufe aus dem »Herzog Ernst« vor, die jener im »Gottesstaat« des Augustinus entspricht: »Dem König von Arimaspi waren seltsame Menschen benachbart. Man nannte sie Platthufe. Sie hatten sehr breite Füße, die denen eines Schwanes ähnlich waren. In Wäldern und Sümpfen, da fühlten sie sich zu Hause. Sie trugen keinerlei Schuhe. Jedesmal wenn ein Gewitter kam, legten sie sich auf die Erde und hoben einen Fuß über sich. Das war ein seltsamer Anblick! Wenn das Unwetter

lange dauerte und der eine Fuß müde wurde, erhoben sie den zweiten Fuß. Auf diese Weise waren sie beschirmt, und es konnte ihnen kein Unwetter etwas anhaben!«
Im übrigen war die Zeit der wunderlichen Geschichten und der Vorliebe für das, was man im Mittelhochdeutschen »spaehe« und eben auch »wunderbar« nannte, also etwa für das Brunnenabenteuer Iwein oder eben Herzog Ernst, bei Georg deutlich im Abklingen, Michael stand damals an der Schwelle dazu, Georg aber wurde »realistischer« und »technischer«. Das Launsdorfer Abenteuer tat seine Wirkung. So verlangte er, daß bei seinem Tretrad endlich die Stützräder abgenommen würden, schließlich hatte Gerrit Wolsink an seiner Suzuki auch keine solchen Stützräder gehabt, obwohl er sich in einem schwierigeren Gelände als in einer Gemeindebauwohnung bewegen mußte, von der man immerhin sagen konnte, so eng und dürftig und »unfeudal« sie war, daß sie einen ebenen Boden besaß. Ungebremst und ungestützt flitzte Georg nun durch den Gang und in das Wohnarbeitskinderzimmer mit der Burg 839 von Playmobil auf meinem ehemaligen Schreibtisch. Er machte mit schnarrenden und schwirrenden Lippen ein Motorradgeräusch nach. Dabei war er nicht selten gerüstet mit Helm, Brustwehr und Beinschienen. Das breite Schwert Balmunc und den Schild führte er im Gepäckstäger mit sich. Er konnte also jederzeit absitzen und gewappnet einem Feind entgegentreten. Seine Fahrten waren ebenfalls abenteuerlich, Erkundungen und »Suchen«. Georg »inspizierte« und »kontrollierte«, vor allem den kleineren Bruder, der ihm nichts recht machte. Griff sich Michael etwa ein Schwert oder eine andere Waffe aus Georgs Arsenal, so entwaffnete ihn der Größere auf der Stelle, er exekutierte seine äußerst rigiden Prinzipien von Eigentum und Besitz, Besitzstörung war das Kapitaldelikt in seinen Augen, auch böswillige Sachbeschädigung. Besonders schwerwiegend waren die Methoden der Aneignung des brüderlichen Besitzes, übel vermerkt wurde vor allem »die

Beseitigung und Überwindung eines die Sache vor Wegnahme schützenden Hindernisses«.
Es kam mir nun zu Ohren, daß sich einige »Kollegen« darüber mokierten, daß ich in meine Lehrveranstaltungen manchmal familiäre Erfahrungen einbrachte, wie etwa im Zusammenhang mit dem Kratylosproblem jenen Ausspruch meines Sohnes Georg von dem unendlich wilden Tier, dessen Namen man nicht in Erfahrung bringen konnte. Ein besonders kollegialer Kollege habe mir den Spitznamen »Kindernarr« gegeben. Ein anderer nannte mich Parzival und dachte dabei wohl weniger an Parzival den Gralskönig als an Parzival den dummen Toren, der er am Anfang ist. Ich aber hatte mich innerlich bereits soweit von der Universität entfernt, daß mich all dies in meiner Abneigung nur bestätigte. Wie sollten auch die vielen unfamiliären Menschen, die dauernd »in Scheidung« und »getrennt« von »ihren Lieben«, ihren Frauen und Kindern, lebten, einem Ehe- und Familienmenschen wie mir gerecht werden. Und die Verständnislosigkeit war wechselseitig. Ich meinerseits stand verständnislos vor dem Phänomen jener Pädagogen und Philosophen, die große Theorien über das Zusammenleben entwickelten, sich auch noch dem Thema des Friedens zuwendeten und in der näheren und weiteren Umgebung, in vielen Ländern der Welt Bösewichter und Unruhestifter ausmachten und anprangerten, die aber dort, wo sie selbst lebten und zu bestimmen hatten, nichts als Unfrieden hinterließen, weil sie sich zu keiner Spur von Treue bereitfinden wollten, wodurch sie sich in ihrer »Selbstverwirklichung« eingeschränkt empfunden hätten. Wirklich verwirklicht haben sie aber nur das Unheil jener, die das Unglück hatten, ihnen zu begegnen und zu vertrauen.
So wußte ich, daß die Universität nicht zu mir halten würde. Weil ich nicht zu ihr hielte, meinte Ginover. Ich wußte aber auch, daß ich mich auf die Familie verlassen konnte. Ginover, in ihrem Bestreben, mich zu »ertüchtigen« und zu »er-

mannen«, fragte freilich, wie ich mir diesen Rückhalt vorstellte. Nichts gegen, nein alles für das Zusammenhalten und Zusammenstehen, Inkeinernotsichtrennennochgefahr, aber das Habilitationsrecht und auch andere »soziale Kompetenzen« ruhten nun einmal nicht im Schoße der Familie. Und das »Überfamiliäre«, wie ich es praktizierte, sei wohl auch der Grund, warum wir Georg nicht in den Kindergarten gebracht, das heißt nicht zustandegebracht hätten, ihn in den Kindergarten zu bringen, weil es ihm daheim weit besser gefiel. Ginover hatte auch bereits die Befürchtung, daß es uns mit der Schule ähnlich ergehen könnte und wir »aus familiärer Stärke« zu schwach sein könnten, Georg einzuschulen. Bin ich erst einmal an der Universität endgültig gescheitert, so werde ich der Hauslehrer meiner Söhne, sagte ich. Und ich werde dich dafür so gut bezahlen, daß wir alle davon herrlich leben können, sagte Ginover. Eine autarke Familie, sagte ich, fürwahr.
In Wahrheit hatte ich natürlich die schlimmsten Befürchtungen und Alpträume. Sah ich die Buben spielen und in ihrer kindlichen Art lustig und munter, so fiel mir die Verantwortung, die ich für sie empfand, schwer wie die Liebe auf die Seele. Und bei allem, was ich auch tat und mit ihnen tat, hatte ich das schlechte Gewissen, daß ich eigentlich über meinen Büchern und »der Schrift« sitzen müßte. Statt an meiner Karriere zu bauen, baute ich an der Burg 839 von Playmobil herum, statt für mich und die Meinen die Zukunft zu sichern, sicherte und verankerte ich das Dach über dem Torturm, und statt mich wissenschaftlich unangreifbar zu machen, verschanzte ich mich im Gemeindebau und hinter den Kindern. Ich beging manche Ersatzhandlung, und obwohl ich darum wußte, hatte ich doch nicht die Kraft, mir das ganze Ausmaß und den Ernst meiner Situation einzugestehen. Immer noch hielt ich vor mir und anderen einen Anschein aufrecht, obwohl ich eigentlich schon resigniert hatte und auf keine Verlängerung und auch keine Habilitation

mehr hoffen durfte. Womit auch hätte ich mich habilitieren sollen? Es ging mir manchmal wie jener Sängerin in Franz Kafkas Erzählung »Josefine, die Sängerin oder Das Volk der Mäuse«, deren Gesang sich letztlich als ein Piepsen, ja nicht einmal als das herausstellt. »Blutwenig« erschien mir oft, wenn auch in der Verzerrung durch die Depression, all mein Papierkram, der sich um meine »Habilitationsschrift« angesammelt hatte, ein unsystematischer Haufen Blätter. Einmal träumte ich auch davon, daß die Habilitationskommission meine Unterlagen für »die Schrift« kontrollierte und mit Erstaunen feststellte, daß es sich dabei um alte Rechnungen der Kleiderreinigung und einige Fahrscheine der Straßenbahn handelte. Alles was einen, wenn auch entfernten Bezug zu meiner Habilitationsschrift über die höfische Literatur hatte, waren alte Eintrittskarten in die Hochosterwitz und andere Burgen. Der Dekan und Präses der Habilitationskommission fragte mich, wie ich »diese Materialien« auszuwerten gedächte, und ich erwiderte mit traumhafter Schlagfertigkeit, daß ich die Zahlen und Daten der Rechnungen mit jenen der Eintrittskarten für Burgbesichtigungen und Schloßführungen addieren und dann durch die heilige Zahl 7 dividieren wolle und so Aufschlüsse über zahlenkompositorische Prinzipien bei der Errichtung von kastellologischen Objekten zu erhalten hoffte. Und wie merkwürdig es auch war, schien sich doch die Kommission mit diesen Aussichten auf Einsichten in numerische, ästhetische und sakralisierte Proportionen beim Burgenbau zu beruhigen und zufrieden zu geben! Jedenfalls sagte der Dekan, daß man meinen Assistentenvertrag in Ansehung der Hoffnung auf Ergebnisse auf diesem wichtigen Gebiet zu verlängern gedenke. Der Schwindel war den Herrn nicht aufgefallen, und glücklich darüber, noch einmal davongekommen zu sein und eine Galgenfrist eingeräumt bekommen zu haben, schlief ich mich alsbald in den nächsten Alptraum hinein.

Im wachen Zustand war mir freilich klar, daß ich auf diese

Weise nicht karrieren würde können und daß schlußendlich auch keine Ausrede auf meine familiären Umstände helfen und nützen würde. Die Familie wollte ich ja auch selbst nicht als »mildernden Umstand« berücksichtigt wissen. Letztlich müßte man ja von einem Menschen mit diesem familiären und ehelichen background und Rückhalt besonders viel verlangen und erwarten können. Der Frieden im eigenen Haus müßte doch dem Menschen und Mann für den Lebenskampf Mut und Kraft spenden. »Familiaris« heißt auf deutsch »vertraut«. Aus der Geborgenheit und Vertrautheit heraus müßte der familiäre Mensch doch eigentlich mit dem neuen Unvertrauten zurechtkommen, hat er doch die Möglichkeit des Rückzugs. Ja, ja, theoretisch, sagte ich zu Ginover. Und: Theoria sine praxi est currus sine axi! Mir stand klar vor Augen, daß am Schluß auch keine Entschuldigung helfen würde. Mir würde meine Schuld nicht nachgesehen und erlassen werden, auch der Gnadenweg war mir als einem politisch Unangepaßten natürlich verschlossen. Kannst du mir nicht eine Entschuldigung schreiben, sagte ich einmal zu Ginover. Und Ginover spielte mit, setzte sich hin und schrieb auf einen Zettel: Mein Mann Arthur konnte in den letzten Jahren am wissenschaftlichen Betrieb nicht teilnehmen, weil er sich mit seinen Söhnen beschäftigen mußte. Ich bitte sein Fernbleiben zu entschuldigen. Ginover.

Beweise für die Wahrheit solcher Angaben hätte ich wahrhaftig genug beibringen können. Die große Kunststoffburg 839 etwa wäre ein gigantischer Beweis gewesen. Mir war aber natürlich bewußt, daß ich mich mit diesem Playmobil nicht würde habilitieren können und daß das Kunststoffkastell nicht als grundlegende Habilitationsleistung anerkannt werden würde. Da würde der Herr Dekan freilich Augen machen, dachte ich, wenn ich statt der vorgesehenen Habilitationsschrift mit Hilfe eines Lastautos und Möbelpackern die Burg 839 von meinem Schreibtisch weg ins Dekanat der Philosophischen Fakultät bringen ließe. Man könnte sie etwa in der

Aula aufstellen. Und die Gutachter könnten dann um das riesige Modell schreiten und rigoros, das heißt streng prüfen, ob ich alles entsprechend und gemäß dem Konstruktionsplan zustandegebracht und keine Fehler gemacht hätte. Ich spreche von Widersprüchen zwischen dem Bauplan der Plastikfirma und meiner Ausführung, nicht von jenen Fehlern, romantischen Verklärungen, unromanischen Verhübschungen, Beschönigungen und Verbrämungen, die sich die Industrie zuschulden kommen läßt und die mir nicht angekreidet werden könnten. Denn natürlich zeigte Georgs Burg ein ganzes Dutzend Anachronismen und ahistorische Inkompatibilitäten, nicht authentische Verzierungen und altfränkische Schnörkel, die der rauhen romanischen Wirklichkeit einer Klosterburg der cluniazensischen und zisterziensischen Zeit kraß widersprachen.
Ich selbst, müßte ich über eine solche Burg wie die große 839 befinden und gutachten, würde eine gröbere Anzahl von burgkundlichen Fehlern anmahnen. Was ist mit der Kapelle, würde ich fragen, die Burg leidet an dem denkwürdigen Mangel eines Sakralraums. Diese Entchristlichung der aus makromolekularem Kunststoff aufgebauten Burg ist unverzeihlich. Selbst kleine Burgen wie etwa die Burg Hegi in der Schweiz hatten eine Kapelle, oder wenn schon kein eigentliches Gotteshaus, so doch eine Altarnische oder einen Erker. Freistehende Kapellen gab es entweder außerhalb des Burgberings wie in Ehrenberg am Neckar oder in der Vorburg wie in Liebenstein oder in der Hauptburg wie in Stetten über dem Kocher. Selbst meinem Sohn ist ein Gotteshaus abgegangen, von einem Besuch der Ruine Schaunberg in den letzten Ferien her hatte er eine solche gotische Kapelle, wenn auch im ruinenhaften Zustand ohne Dach und mit Sträuchern, Gras und Bäumen im Inneren, noch gut in Erinnerung, und kaum daß uns Georgs Paten den großen Karton mit der Burg 839 ins Haus gebracht und wir auszupacken und die jeweiligen Plastiksäcke mit den Fertigteilelementen ein wenig zu

ordnen und übersichtlich auf dem Fußboden meines Arbeitszimmers, meines ehemaligen Arbeits- und nun Kinderzimmers meiner Söhne, aufzulegen, zu verteilen und anzuordnen begonnen hatten, fragte er auch schon nach der Kapelle und wo das Gotteshaus geblieben sei. Keine Kirche, sagte er, Papa, da fehlt die Kirche. Ja, da fehlt leider die Kirche. Und unter dem Personal der Burg, den vielen Rittern und Knappen, Burgfräulein, Knechten und Mägden, Handwerkern und Dienstnehmern, die in einem eigenen Sack verstaut waren, war keiner, der einem Kaplan gleichgesehen hätte. Diese Burg leidet an Priestermangel, sagte ich. Alle Hofämter waren vertreten, Senneschall, Kämmerer, Truchseß, Mundschenk und Marschall, Küchen- und Kellermeister, auch Spielleute und Fiedler, sogar Insassen des Burgverlieses waren vorhanden, die man an einem Seil und unter einer Seilwinde mit einer Haspel durch das sogenannte Angstloch auf einem Knüppel reitend ins gewölbte Burgverlies unter dem Eingangsstockwerk des Bergfrieds hinunterlassen konnte. Gerade so, wie ich es etwa auf der Churburg in Tirol oder auch in den Gefängnistürmen von Grandson in der Schweiz oder auf der rheinpfälzischen Hardenburg einmal gesehen und erlebt und auch analysiert hatte. Im Unterschied zur traurigen und unmenschlichen, wahrlich unfaßbar finsteren und dunklen Wirklichkeit hatte das Verlies als Basisteil des Bergfrieds aber an zwei Seiten Fenster, damit man die in ihm Schmachtenden bequem von außen sehen und beobachten konnte. Die Abortgrube allein hatte man sich erspart, wie natürlich aus einem synthetischen Polykondensations- oder Polymerisationsprodukt, auch wenn es die Farbe und die Form und die theatralischen Gesten eines verzweifelten abwaschbaren Männchens hat, nichts Menschliches herausgepreßt werden und herauskommen kann, nichts Natürliches und auch nichts in einem verkleinerten Maßstab. Dafür aber gab es Schlangen und Ratten, die man durch das Angstloch in das Gefängnis hinunterwerfen konnte. Schau-

derbar. Ratten und Mäuse, Vögel und Wild, an alles war gedacht, nur nicht an den Kaplan. Und gerade die Gefangenen haben einen Priester sicher notwendig gehabt.
Nachts träumte ich einmal davon, daß mich der Dekan in einem großen, medizinisch gekachelten Raum, einer Art Operationssaal, vom anderen Ende her anrief: Herr Doktor, wo haben Sie Ihre Habilitationsschrift, was haben Sie vorzuweisen? Und ich stand nackt und beschämt vor ihm. Spektabilität, ich habe mit meinen Kindern gespielt, ich habe Ihnen alle Burgen und Burgruinen der Umgebung gezeigt, wir haben im Burghof der Schaunburg Fangen gespielt, und wir haben am Ende eines Ganges laut in die Dunkelheit eines Kellers hineingerufen. Der Dekan aber rief: Dafür kann ich Ihnen keine Venia legendi geben und keine Dozentur verschaffen. Bis mir dann aber die Burg einfiel, die Achthundertneununddreißiger. Herr Dekan, sagte ich und begann mich, mutiger und zuversichtlicher werdend, aufzurichten: Ich habe drei Jahre lang zuerst meinem Ältesten und dann meinem Jüngeren die große Abenteuerburg wiederholt auf- und umgebaut. Bringt diese Burg! dröhnte es von drüben. Ich sagte: Die Firma Künstel und Söhne ist bereits mit ihrem Tieflader unterwegs. Plötzlich öffnen sich mit Ächzen und Getöse die Tore der Universität. Hereingebracht aber wird von Pedellen nicht die große Burg, sondern, offenbar durch den unvorsichtigen und schonungslosen Transport verursacht, ein riesiger Haufen Playmobilsteine, mehr mobil sozusagen als play. Ich war, wie die Burg selbst, niedergeschmettert. Doch plötzlich kam mir eine wahrlich traumhafte Erleuchtung. Ich erinnerte mich, nachdem der Dekan, streng wie Zeus, gerufen hatte: Was soll dieser elende Haufen?, daß der Haufen auf lateinisch cumulus heißt, wie man auch in der Wettervorhersage immer von Kumulus- und Haufenwolken hört, so daß ich sagte: Spectabilis, ich bitte, kumulativ habilitieren zu dürfen. Und ich träumte ein Habilitationskolloquium, eine Art Rechtfertigungsrede, in der ich

wortgewaltig, zum Teil zum Erstaunen des Dekans und der plötzlich ebenfalls anwesenden Professoren, in Altfranzösisch auf den Sinn dieses scheinbar wüsten und sinnleeren Haufens von Bausteinen hinwies und wie sich in diesem unendlichen Berg von Elementen meine Antwort auf die Frage der Rezeption des Mittelalters durch unsere Zeit verberge, eine differenzierte und vielfach strukturierte Antwort auf die Wiederbelebung des Mittelalters in der Jetztzeit, wobei selbst die dazwischenliegenden Jahrhunderte und ihre Ansichten und Meinungen von der Ritterwelt vorkamen und eine Rolle spielten.
Es mußte damit zusammenhängen, daß ich immer wieder von Kollegen aus den naturwissenschaftlichen Fächern gehört und gelesen hatte, daß ihre Arbeiten, Diplomarbeiten, Dissertationen und Habilitationen, auch ein negatives Ergebnis haben könnten und dürften, daß die Ausgangsbasis einer solchen naturwissenschaftlichen, physikalischen oder mathematischen Unternehmung der Vorsatz, etwas zu beweisen, sei, daß aber dieser Beweis oft mißlinge und sozusagen im Handumdrehen aus einem intendierten Beweis eine Widerlegung werde, womit der Wissenschaft in vielen Fällen nicht weniger, ja oft geradeso, wenn nicht überhaupt mehr geholfen und gedient sei als mit dem positiven Ergebnis einer Beweisführung. Die Wahrheit und der Erkenntniswert solcher mißlungen-gelungenen Arbeiten liege darin, daß das Unwahre, Nichtzutreffende und Falsche erkannt, abgehakt und ausgeklammert werde. Hier werde gezeigt, was *nicht* ist, nicht *was* ist und *wie* es ist, sondern was *nicht* ist und nicht sein *kann* und warum es *so* und nicht anders *ist,* also *nicht* ist und nicht *ist.* Natürlich ist dies ein Umweg zur Wahrheit und zur Wirklichkeit, die Welt ist sozusagen eine der verwirklichten Möglichkeiten, die physikalischen und mathematischen Doktoranden mit ihren negativen Dissertationen, die naturwissenschaftlichen Diplomanden mit ihren falsifizierenden Diplomarbeiten geraten neben diese unsere

Realität, handeln somit nicht vom Wirklichen, sondern vom Denkbaren, das an unsere Wirklichkeit angrenzt, wobei diese »falschen« Untersuchungen knapp oder auch weit neben unserer Welt einschlagen können. An all das mußte ich mich als Habilitand in meinem Angsttraum erinnert haben, als ich sagte, dieser plastische und kunststoffliche Haufen sei falsifiziertes Mittelalter und von mir eindeutig widerlegtes Rittertum. Und ich kniete mich neben den Kumulus und begann darin zu wühlen, ähnlich wie man es oft von Kindern bei Fernsehlotterien sieht, um schließlich irgendein Stück herauszuziehen. Ich erwischte ein Mauerstück mit einer Zinnenkrone und begann unverzüglich den Abstand des plastischen Zustandes vom steinernen und hölzernen Natur- und Urzustand darzulegen, Korrekturen in bezug auf den Wehrgang anzubringen, Gestalt und Aussehen der Wimperge, das Fehlen von Holzblenden über den Zinnen, von Hausteinen oder Ziegeln, sattelförmigen oder mindestens flachen Mauerbedachungen zu bemängeln. Dann monierte ich das Fehlen von Hurden, um etwas auf die Feinde hinabwerfen oder hinuntergießen zu können. Und ganz besonders klagte ich darüber, daß der Mauerfuß nicht »angezogen« sei, das Fehlen dieses »Anzuges«, also eines Pyramidensockels oder -fußes, könne sich gerade dann, wenn man es mit Orientalen als Gegnern und Belagerern zu tun habe, verhängnisvoll und verheerend auswirken. Ich sagte, auch wenn man nicht mit Violet-Le-Duc, der französischen Burgenkapazität, der Meinung sei, daß dieser Pyramidensockel des Anzugs die Steine, die aus den Hurden hinuntergeworfen wurden, abzulenken hatte und ihnen gerade die Richtung zum gegnerisch besetzten Grabenrand verlieh, sei er unverzichtbar. Meine Herren, rief ich der Habilitationskommission zu, wir kennen die byzantinischen Untermineure, wir im Abendland haben genug böse Erfahrungen mit den maurischen Wühlmäusen und arabischen Schergen, sie werden sich nicht ans anständige Mauerbrechen oder Übersteigen

halten, sondern einmal mehr ihr subversives Handwerk des Untergrabens üben, seien wir auf der Hut und halten wir fest am abendländischen Anzug! Und so ging es weiter, immer wieder zog ich Trümmer aus dem Haufen und schloß dann weit durch den Raum der Burgenkunde führende Exkursionen an. Wie kostbare Tonscherben aus einer längst versunkenen Zeit zeigte und reichte ich den Mitgliedern der Kommission die Pläne des Playmobilbaukastens und gab dabei, auf dieses und jenes weisend, meine Instruktionen.
Allmählich veränderte sich für mich die Traumsituation dahin, daß ich die Kommissionäre der Habilitationskommission als eingeschlossene und belagerte Ritter auf einer Burg anzusehen und aus der Verantwortung des Burgherren heraus zu sprechen begann, so aus der Rolle des Geprügelten und Geprüften heraustrat und Anweisungen und Ratschläge gab, wie sich die Herren rüsten und wappnen und wie sie sich in diesem Notfall, in den wir geraten waren, verhalten sollten und salvieren könnten. Plötzlich war *ich* der Rektor! Und ich wies jedem gemäß seinem Lehrstuhl fachspezifische Aufgaben zu. Dem Mathematiker gab ich den Auftrag, unverzüglich Kurven zu zeichnen und die Flugbahn von Steinen zu berechnen, die wir aus dem Rektorat – Universität und Burg fingen an, entsprechend der mobilen Idee des Playmobil zu changieren – werfen würden. Ich bat um ballistische Argumente für – oder gegen – die Theorie des Franzosen Violet-Le-Duc. Und nehmen Sie keine Rücksichten, Herr Kollege, sagte ich, auch ein negatives Ergebnis ist ein Ergebnis. Im Falle eines positiven Ergebnisses, sagte ich, würde ich mich unverzüglich dafür verwenden, daß noch in der Ausbaustufe 3, möge sie sich auch bereits dem Ende zuneigen, ein Pyramidensockel über ein Nachtragbudget nachgeplant und hinzugebaut werde. Auch dem Orientalisten erteilte ich Befehle, da der Gegner aus dem Osten zu erwarten sei. Ich bat um Kooperation und interdisziplinäres Vorgehen von Orientalistik und Psychologie, um über Aufschlüsse

über die Gewohnheiten der Orientalen die entsprechenden Abwehr- und Entsetzungsvorkehrungen treffen zu können. Meinetwegen vergeben Sie auch Dissertationen, meine Herren, sagte ich, aber bitte nicht an Bummelanten, es eilt. Dann wandte ich mich an die Informatiker, die Chemiker. Ich sprach von Forschungsvorhaben und Projekten, von Schwerpunkten und Sonderforschungsbereichen, Pilotversuchen und Lehraufträgen, gruppendynamischen Trainings- und Selbsterfahrungsseminaren. Als ich mich mit meinen Kommandos, meinen Vorschlägen über Desiderate der Wissenschaft, neue Berufsbilder, Lehrplanfragen, Bildungsplanung und Curricula schon sehr weit von der Playmobilburg, der Habilitation und dem Ritterthema entfernt hatte, traf mich plötzlich – die Gegner hatten offenbar hinter dem Kumulus ein schweres Steingeschütz, eine Riesenschleuder, in Stellung gebracht – ein großer Gesteinsbrocken. Plötzlich stand aber auch der kritische Dekan wieder jenseits der zerstörten Burg und rief mir, nachdem er sah, daß ich getroffen worden war und hingestreckt lag, ermunternd zu: Sois preux!, den altfranzösischen Zuruf an den eben mit der »militaris alapa«, der Ritterohrfeige, »Ausgezeichneten«: Sei ein guter Ritter!
Ein andermal träumte ich, daß ich vor der großen Burg 839, der diesmal intakten und exakt errichteten, in der Aula stand und sie wieder als meine Habilitationsleistung gegen die merkwürdigerweise in Rittergewänder und mit dem großen Kreuz bezeichneten Mäntel des Georgsordens gekleideten Professoren verteidigte. Mein Anspruch war, daß ich hier Munsalvaesche, die Gralsburg, zustandegebracht hätte, und das war zugleich auch der kritische Punkt der Beanstandungen. Mein schärfster Gegner war diesmal der Musikologe der Fakultät, der mir in altertümlichen Reimen und Wendungen zusetzte. Diese Burg sei nicht jene Leistung, die der Dekan verhießen habe, sagte er statt verheißen. Nimmermehr ist's Monsalvat, sächselte er. Wo sei jene Säulenhalle mit Kuppel-

gewölbe, den Speiseraum überdeckend, wo das Rittergesipp im Angesicht des Grales mahle. Ich sei ein tör'ger Tor, wenn ich die hohe Fakultät glauben machen wolle, hier handle es sich um Monsalvat, eher sei dies Klingsors Fabuland. Durch meine Schuld sei alles verdorben, und mich schirme nur der Torheit Schild, er könne aber keinesfalls sein Placet geben, wolle er nicht seiner akademischen Selbstachtung mit der Lanze einen Stoß versetzen und sich in seiner wissenschaftlichen Ehre eine Wunde zufügen, die nie sich schließen würde. Zwar habe er den Status des Habilitanden, jenes Gedörn, aus eigener Erfahrung kennengelernt und sei darum aus Mitleid wissend, doch möchte sich Titurel im Grabe umdrehen, wenn diese niedrige Leistung von einer hohen Fakultät als Monsalvat anerkannt werde. Rektor Anfortas, bist du am Amt? würde wohl auch die vorgesetzte Behörde fragen. Karfreitagzauber! zischte er abfällig. Kritik kam aber auch von meinem Habilitationsvater, dem Genannten, dem Ritter. Und diese Kritik schmerzte natürlich besonders, weil doch erwartet werden mußte, daß wenigstens jener Professor, der die Arbeit »betreut« hatte, für sie das Wort ergriff, wenn auch vielleicht nur halbherzig. Er nannte aber mein Werk unverblümt »mißverstandenes Mittelalter«, er, der Genannte, habe sich leider in mir getäuscht, er habe mich für Parzival gehalten, der nach und trotz Verstrickung seinen Weg gehe und schließlich Weltdienst und Gottesdienst in Einklang bringe, auf mich hin gesprochen: Dienst und Familie. Das habe es zu versöhnen gegolten. Ich hätte aber, was die Wissenschaft betreffe, allenfalls die Artusburg »leicht angerissen«, mit der Gralsburg, wo Gott selbst die Ritterwelt der Tafelrunde zerstöre und überhöhe zugleich, habe meine Spielerei nichts zu schaffen. Von jener Selbstentäußerung vor der Gegenwart des Heiligen sei hier nichts zu spüren ... Ich legte mir während dieser Angriffe eine Antwort zurecht und wartete auf jenen Augenblick, wo ich endlich damit herauskäme. Ich wollte dann anhand verschiedener Abweichungen, die meine Gralsburg von einer gewöhnlichen romanischen Burg aufwies, die Richtigkeit meines Werkes dartun, einige jener Fehler der Konstrukteure der Kunststoffindustrie wollte ich geschickt ausnützen, um die Enthobenheit und Entrücktheit der heiligsten aller Burgen und ihre Nähe zum himmlischen Jerusalem und ihre über eine bloße Burg hinausreichende Urbanität hervorzuheben. Ich wollte das Dach über dem Palas abheben, mit der Hand auf das zu Tage geförderte Karree zeigen und die Johannisapokalypse zitieren: »Und die Stadt liegt viereckig, und ihre Länge ist so groß wie ihre Breite ...« Viel Eindrucksvolles legte ich mir zurecht und versprach mir davon nicht nur eine schlagartige Entlastung von den vorgebrachten Vorwürfen, sondern einen gänzlichen Umschlag der Stimmung unter den Georgsritterprofessoren zu meinen Gunsten. Noch war der Genannte am Wort und damit meine Kritiker, aber sobald er mit dieser Suada von Vorwürfen – auch die klassische rhetorische Frage Ciceros an Catilina kam vor: Wie lange noch gedenkst du unsere Geduld zu mißbrauchen! – geendigt hätte, wollte ich mit der Verteidigung beginnen und alles ins Lot rücken.

Der Genannte aber redete und redete mich und meine Burg in Grund und Boden. Einmal rief ich verzweifelt einfach dazwischen: Oheim waz wirret dir? Der gnädige Herr aber wurde ungnädig und sagte, ich solle ihn nicht unterbrechen und ausreden lassen. Die Mitleidsfrage sei außerdem an dieser Stelle des Verfahrens völlig fehl am Platz, sie hätte früher kommen müssen. Er, der Genannte, sei auch noch lange nicht amtsmüde, er sei kein Seneschall, kein *senis* oder *senilis scalcus*, kein »alter Trottel«, dozierte er, zu dem ich ihn im Vorwort seiner Festschrift machen wollte. Und er sei auch nicht an der *heidruose*, der »Hegedrüse«, verletzt und verwundet. Und wie Anfortas in seinen besten Jahren stieß der Genannte immer wieder den Schlachtruf Amor! aus. Amor, Amor! Er hatte sich so sehr in Eifer geredet, daß er nun aus

Atemnot doch nicht weitersprechen konnte. Er rang nach Luft.
Als so endlich eine Pause eintrat und ich beherzt einen Schritt vor und an die Gralsburg zutrat, um mit meinen Erklärungen zu beginnen und ich den Blick zu Munsalvaesche erhob – da hatte sich die Gralsburg unter einer großen Nebelschwade verhüllt. Und als der Rauch verzogen war, sah ich zwischen den Professoren und mir das Modell einer armseligen windschiefen Schrebergartenhütte.
Es ging also nicht mehr um die Burg.
Einen Augenblick überlegte ich noch, ob ich nicht auch mit diesem erbärmlichen Rest von Gebäude rhetorisch etwas anfangen und mich über dieses negative Ergebnis dem Mittelalter nähern könnte, als mir auch schon das losbrechende Lachen der Professoren, ein wahrhaft olympisches und homerisches Gelächter, jede Möglichkeit der Artikulation nahm und meine Niederlage besiegelte ...
Ich hatte bereits drei Wochen den Dienst versäumt und mich an der Universität nicht mehr blicken lassen, als eines Morgens der Briefträger mit einem eingeschriebenen Brief des Rektors der Universität an unserer Tür erschien und lange läutete. Ja, sagte ich, ich komme schon. Sie wecken mir mit ihrem Sturmläuten noch die Kinder! Guten Morgen, sagte der Briefträger, bitte hier unterschreiben.

ALOIS BRANDSTETTER

So wahr ich Feuerbach heiße

Roman

Hat man nun einmal mit dem Eigenheim auch ein bescheidenes Gärtchen erworben, so ist dies zweifellos eine Herausforderung, dort eine Party samt dazugehörigem Grill zu veranstalten. Der Bibliothekar Primus Feuerbach erliegt – nach kurzem Zögern – dieser Herausforderung. Auf Drängen seiner Frau und in Erinnerung an einschlägige Erfahrungen während seiner Studienzeit in Deutschland entschließt er sich, ein befreundetes Ehepaar zum Essen von Selbstgebratenem einzuladen.
So gegensätzlich aber wie die Elemente seines Namens, so zwiespältig sind die Gefühle, mit denen Feuerbach ans Werk geht. Und da läßt es sich gar nicht vermeiden, daß er ins Sinnieren gerät, liegen die möglichen Analogien doch be-greifbar nahe: ein kleiner Gartengrill in einem kleinen Land, wo die Wurstigkeit weitgehend Bestandteil des Selbstbewußtseins ist, wo es da und dort ein bisserl brandelt und wo manch Feuerchen mehr oder weniger unbeaufsichtigt lodert. Offen bleibt in jedem Fall die Frage, wie die Zündlerei wohl enden wird.
Mit diesem Roman beweist Alois Brandstetter wieder einmal – nicht ohne Selbstironie –, daß Worte wie auch Namen nie ganz zufällig sind.

Residenz Verlag